ullstein

Freyburg, 1880. Aenne Strauß darf den Mann, den sie liebt, nicht heiraten. Die Winzerfamilien im Unstruttal pflegen ihre Rivalität, Aenne jedoch hält fest an ihrem Clemens, sie liebt ihn heimlich. Als sie heiraten muss, vertraut sie sich Martin an, dessen prächtiges Haus an den Hängen der Weinberge das Weinschloss genannt wird. Von Clemens kommt sie jedoch nie los. Und so beginnt eine Familiengeschichte voller Liebe und Hass, Treue und Vertrauensbruch, Glück und schwierigen Entscheidungen.

Drei Generationen Frauen aus einer Familie, deren Schicksal eng mit der Kunst des Sektkelterns verbunden ist.

PAULA SEIFERT ist das Pseudonym einer vielseitigen Bestsellerautorin. Die schöne Landschaft um Saale und Unstrut kennt sie von klein auf. Geboren 1966 in Taucha bei Leipzig, arbeitete sie nach dem Studium der Kunstgeschichte in einem Verlag und in der Deutschen Bücherei Leipzig. 1995 zog sie nach Bad Hersfeld in Hessen, wo sie heute mit Mann und Hund lebt.

PAULA SEIFERT

Stürme über dem Weinschloss

Roman

Ullstein

Besuchen Sie uns im Internet:
www.ullstein-buchverlage.de

Ungekürzte Originalausgabe im Ullstein Taschenbuch
1. Auflage Juli 2020
© Ullstein Buchverlage GmbH, Berlin 2020
Umschlaggestaltung: bürosüd° GmbH, München
Titelabbildung: Arcangel Images / © Ildiko Neer (Frau mit Hut),
Mauritius Images/United Archives/ © Werner Otto (Burg),
Mauritius Images/ Andreas Vittig (Landschaft)
Gesetzt aus der Quadraat Pro powered by pepyrus.com
Druck und Bindearbeiten: CPI books GmbH, Leck
ISBN 978–3-548–06 156–6

Teil 1

1880

Rosenbowle

4 cl Weinbrand
je 1 Flasche Rot- und Weißwein
5 ungespritzte Rosen
100 g Zucker
1 Flasche Sekt trocken

Rosenblätter mit Zucker bestreuen, Weinbrand und eine halbe Flasche Rotwein darübergießen. Für eine Stunde kühl stellen. Danach abseihen und den restlichen Wein und Sekt zugeben.

1

»Was soll nur aus dir werden?«, fragte Ernestine Strauß und betrachtete ihre jüngste Tochter. Sie sah besorgt und sogar ein wenig ärgerlich aus. Aber auch jetzt war ihr Gesicht makellos, die Augenbrauen ordentlich gezupft, das Haar aufwendig frisiert. Sie war eine stattliche Frau, wie immer elegant gekleidet, das pflaumenblaue Kleid aus Organza war am Hals hochgeschlossen und fiel bei ihr bis zu den Knöcheln herab.

»Ich weiß nicht, was ich mit dir noch machen soll. Wenn das so weitergeht, wirst du nie einen Mann finden.« Sie wartete nicht auf Antwort, sondern wandte sich direkt an ihren Mann. »Karl Theodor, jetzt rede du ihr doch auch ins Gewissen.«

Wenn die Mutter den Vater mit beiden Vornamen ansprach, war es ernst, das wusste Aenne. Was konnte sie tun? Wie die Mutter friedlich stimmen, ohne dabei aufzuhören, sie selbst zu sein?

Aenne war eine Tochter aus gutem Hause, hatte eine Ausbildung an der Höheren Töchterschule in Naumburg absolviert, hatte gelernt, wie man einen großen Haushalt führt, sie sprach Französisch, spielte ein wenig Klavier und wusste alles über die Wein- und Sektherstellung, was es nur zu wissen gab. Heute Morgen war sie wie so oft mit dem Vater durch die Weinberge der Familie gegangen. Das hatte sie schon als Kind getan. Sie liebte es, den Trauben beim Reifen zuzusehen, sie liebte die Feuer im Herbst, wenn das Laub verbrannt wurde. Sie liebte es, wenn der Vater im Weinkeller stand und die Weine verkostete. Und immer hatte er auch Aenne kosten lassen und sie gefragt: »Wie schmeckt dir der Wein? Was schmeckst du?«

Er hatte gelacht, als sie als Fünfjährige den Mund verzogen und »sauer« gesagt hatte, aber schon als Zehnjährige hatte Aenne ein gutes Gespür für die Weinqualität gehabt. Sie hatte Nuancen von Pfirsich oder Holz, von Brombeeren und sogar Leder herausgeschmeckt.

Jetzt war Sommer, der Himmel hatte sich mit weißen Federwölkchen verziert, und die Trauben hingen noch klein, aber schon saftig an den Reben. In den Weinbergen daneben waren die Arbeiter am Werk, der Sommerschnitt stand an. Aber hier, in dieser Lage, die ausschließlich mit dreijährigen Reben bestückt war, legte der Vater selbst Hand an. Wenn sie Glück hatten, würden diese Reben zum ersten Mal Trauben geben, aus denen man Wein keltern konnte. Er hatte am Morgen Aenne gefragt, ob sie ihm helfen wollte. »An die Dreijährigen kann ich nicht jeden heranlassen. Da braucht man besonderes Geschick.«

Aenne war stolz gewesen, dass der Vater ihr dieses Geschick zutraute. Und schon hatte sie sich die Leinenschürze mit der großen Vordertasche umgebunden, ein wenig Draht und die Rebschere hineingepackt und war mit ihm mitgegangen.

»Erinnerst du dich, Aenne? Diese Rebe haben wir im Frühjahr erzogen.«

»Ja, ich weiß. Wir haben die Triebe so gebunden, dass ein typisches Stockgerüst entsteht.«

Er schüttelte unzufrieden den Kopf. »Aber die Rebe gefällt mir nicht. Sie trägt zu wenig. Die Triebe sind falsch oder zu fest gebunden.«

Aenne betrachtete die Rebe, strich sanft mit der Hand über die Zweige. »Zum Glück können wir alles korrigieren. Soll ich?« Sie blickte den Vater an. Es war eine schwierige Aufgabe, verlangte sie doch einiges an Wissen darüber, wie die Rebe sich entwickeln sollte.

»Ja. Schneide du die Triebe zurück, binde neu.«

Aenne betrachtete den Rebstock. »Ich würde die oberen Triebe ein wenig kürzen. Und dann in der Mitte ein wenig lockerer binden.«

»Gut, Aenne. Ich hätte es ebenso gemacht.« Er lächelte sie an, dann seufzte er, und Aenne wusste genau, warum er seufzte. Weil sie ein Mädchen war. Einem Sohn hätte er die Weinberge irgendwann vererben können, er hätte dafür sorgen können, dass er in seine Fußstapfen trat und sein Lebenswerk eines Tages fortführte. Aber Aenne würde heiraten. Sie würde das Weingut nicht weiterführen können. Im ganzen Saale-Unstrut-Tal gab es nicht eine einzige Frau, die ein Weingut führte. Und eigentlich fand Karl Strauß das auch richtig so. Wie sollte eine Frau die Geschäfte führen? Wer würde auf sie hören? Wie sollte sie die Verhandlungen mit den Banken, den Käufern, den Flaschenfabrikanten führen? Er könnte von Glück reden, wenn eine seiner Töchter einen Winzer heiratete oder wenigstens jemanden, der etwas vom Weinbau verstand.

Der Vater ging langsam weiter. In der Hand hielt er eine Rebschere, schnitt da und dort etwas ab. Aenne begleitete ihn. Während der Vater die linke Rebreihe abschritt, verfolgte sie die rechte Reihe, betrachtete jeden einzelnen Stock genau und schnitt ebenso konzentriert wie der Vater hin und wieder etwas ab.

Es war Mittag, als sie mit der Hälfte der Dreijährigen fertig waren. Sie gingen nebeneinander zurück zum Hotel Strauß, das der Familie gehörte und in dem bestimmt schon das Mittagessen auf sie wartete. Der Himmel hatte sich zugezogen, dicke Wolken zogen träge dahin. Der Vater sah nach oben, leckte seinen Zeigefinger an und hielt ihn in die Luft. »Der Wind kommt aus dem Westen«, erklärte er. »Es wird also wahrscheinlich regnen. Wir machen morgen weiter in den anderen Weinbergen. Heute Nachmittag kümmere ich mich um die Bücher.«

Für Aenne war das eine gute Entscheidung. Tante Oda hatte ihr einen neuen Band mit Gedichten von Bettine von Arnim geschenkt. Den würde sie am Nachmittag lesen. Und vielleicht fielen ihr dabei selbst ein paar Zeilen ein. Natürlich konnte und wollte sie sich nicht mit der Dichterin der Romantik vergleichen, aber sie ließ sich gerne anregen. »Blumen sind die Liebesgedanken der Natur«, hatte Bettine von Arnim geschrieben, und Aenne liebte diesen Satz. »Weinberge sind die Berge des guten Geschmacks«, fiel ihr ein, aber nachdem sie die Worte mehrfach leise vor sich hin gesprochen hatte, fand sie sie nicht halb so gelungen wie die Zeilen der von Arnim. Viel zu spröde. Und das mit dem Geschmack, das war ihr zu zweideutig und viel zu unromantisch. »Trauben sind die kleinsten Weingläser der Welt?« Nein, auch das hörte sich eher an wie ein Text aus einer Reklame. Aenne seufzte.

Die *Naumburger Zeitung* hatte vor einem Jahr ein Gedicht von ihr abgedruckt. Sie selbst hätte es nie gewagt, sich damit an die Öffentlichkeit zu wenden, aber die Mutter war von dem Gedicht ganz entzückt. Und da sie und der Chefredakteur der Zeitung in denselben Kreisen verkehrten, hatte sie ihm Aennes Werk gezeigt und sich von seiner Begeisterung anstecken lassen. Seither hatte die *Naumburger* immer mal wieder kleinere Artikel und das eine oder andere Gedicht veröffentlicht, die die Mutter alle aus der Zeitung ausgeschnitten und in ein Album geklebt hatte.

»Was soll ich denn dazu sagen?«, fragte der Vater und unterbrach Aennes Gedanken. »Wir erwarten von dir, dass du heiratest. Am besten einen Mann mit Wein-Verstand.« Karl Strauß saß im Salon in dem bequemen Ledersessel, auf einem kleinen Tisch daneben stand eine Tasse mit dampfendem Kaffee. Zwar hatte er schon immer gefunden, dass Heirat und Kinder Frauenthemen waren, aber wenn Ernestine seine Meinung wollte, sprach er sie aus. Jetzt stand Aenne vor ihm und blickte ein wenig beschämt, aber auch trotzig.

»Ich brauche keinen Ehemann, der mich versorgt. Ich kann im Hotel mithelfen und in den Weinbergen. Ich werde arbeiten und euch nicht auf der Tasche liegen.«

»Als ob es ums Geld ginge!« Karl Strauß zündete sich ein Zigarillo an. Das galt jetzt als schick. In Leipzig rauchten alle diese langen, dünnen Dinger. »Wir verlangen doch nichts Unmögliches von dir. Nur, dass du so bist, wie eine Frau sein sollte. Nimm dir doch mal ein Beispiel an deiner Schwester Bettina.« Dann hatte der Vater geseufzt, war aufgestanden und gegangen, und die Mutter hatte sie angeblickt, als hätte sie eine schwere Krankheit. Und Aenne hatte gedacht, dass sie ihren Eltern so gern eine Freude machen würde. Sie war gar nicht grundsätzlich gegen das Heiraten, aber bislang war sie noch nie verliebt gewesen.

Aenne hatte ein schlechtes Gewissen, aber nicht nur ihrer Eltern wegen, sondern obendrein wegen Oskar Nimmrod. Sie hatte mit ihm unter dem Maibaum getanzt, hatte ein Glas Maibowle mit ihm getrunken und wieder mit ihm getanzt. Es war ein herrlicher Abend gewesen, die Luft so lau und nach Flieder duftend, der Himmel über ihr von Tausenden funkelnden Sternen übersät. Um sie herum tanzten die jungen Mädchen und Jungen ausgelassen, und auf den Bänken unter der alten Linde hatten die Eltern Platz genommen, unterhielten sich und blickten stolz auf ihre Sprösslinge, gespannt darauf, welcher junge Mann mit welchem jungen Mädchen sprach.

Das Maifest war eine Anbahnungsveranstaltung, auch wenn sich die gute Gesellschaft Freyburgs niemals dazu herabgelassen hätte, es so zu nennen. Aber fest stand, dass sich an den Maifestabenden schon einige Paare gefunden hatten.

Und nun war Oskar Nimmrod gekommen und hatte um

ihre Hand angehalten. Aenne hatte geglaubt, vor Verehrern sicher zu sein, solange ihre ältere Schwester Bettina, nun im zwanzigsten Jahr, nicht wenigstens verlobt wäre. So war es Brauch im Saale-Unstrut-Tal. Hier heiratete man der Reihe nach. Doch Oskar Nimmrod hatte sich nicht daran gehalten. Er war gemeinsam mit seinem viel älteren Bruder Martin der Besitzer des Saale-Premium-Weingutes. Früher hatte das Gut schlicht den Namen »Nimmrod« getragen, aber seit deren bester Wein mehrere Jahre hintereinander auf der Thüringer Gewerbeausstellung mit einer Goldmedaille geehrt worden war, wurde das Gut nur noch »Saale-Premium« nach dem Goldwein genannt, und die Besitzer waren es zufrieden. Das Gut war ihnen nicht etwa durch ein großes Erbe in den Schoß gefallen, wenn auch die alten Nimmrods ihren beiden Söhnen immerhin das Weinschlösschen vererbt hatten, in dem die Brüder lebten. Auch ein paar Weinberge hatten zum Erbe gehört. Nicht an der Unstrut, sondern an der Saale zwischen Freyburg und Naumburg lagen sie. Gerade mal sechs Kilometer entfernt. Die Brüder hatten hart gearbeitet. Inzwischen war der Saale-Premium-Wein überall bekannt und galt als einer der besten Tropfen der Gegend. Es war ein Weißburgunder, dem die Nimmrods ganz besondere Sorgfalt angedeihen ließen, das wusste jeder. Das Schlösschen stand auf einem Hügel ein wenig oberhalb von der Stelle, an der die Unstrut in die Saale floss, und musste eine fabelhafte Aussicht haben. Etliche der vielen Rebstöcke hatten die Brüder selbst angelegt, hatten Land urbar gemacht und mit viel Geduld und Liebe einen Wein herangezüchtet, den es im Saale-Unstrut-Tal nirgendwo sonst gab.

Während Martin Nimmrod, der die vierzig weit überschritten hatte, schon beinahe zu den alten Junggesellen zählte, hatte sich der zehn Jahre jüngere Oskar nun endlich aufgemacht, eine Frau zu suchen.

Zuerst, erzählten die Leute, hatte er die Töchter aus sehr gutem Haus gesichtet. Nicht nur in Freyburg, sondern auch in Naumburg, in Kösen, und sogar in Zeitz sei er deshalb gewesen. Aber die alteingesessenen reichen Familien hatten ihn nicht gewollt. Sie rochen förmlich, wer wirklich vornehm war und wer nur so tat. Und Oskar Nimmrod, dem immer ein wenig Schmutz von den Weinbergen unter den Schuhen klebte, wurde abgetan. Nun sah er sich unter den Töchtern aus gutbürgerlichem Hause um.

Aenne Strauß gefiel ihm. Nach dem Maifest und ein paar diskreten Erkundigungen war er auf die Familie Strauß zugegangen. Er hatte bei der Hoteliersfamilie im privaten Salon gesessen, eine Flasche Saale-Premium als Mitbringsel unter dem Arm. Ungeniert sah Oskar Nimmrod sich um. Er taxierte den schweren Silberleuchter auf einem kleinen Tisch, die gefütterten Brokatvorhänge, die Anrichte aus poliertem Mahagoni, den Glasschrank mit dem kostbaren Kristall aus Böhmen, die Bücher, die kleine goldene Kaminuhr und die Ölgemälde an der Wand. Dann erst wandte er sich Aenne zu, die kerzengerade auf der Stuhlkante gesessen, die Füße am Knöchel gekreuzt, die Hände sittsam im Schoß, und Oskar Nimmrod bei seiner Inspektion zugesehen hatte.

»Fräulein Aenne, ich denke noch oft an unseren Tanz in den Mai«, sagte er. »Was Sie mir alles erzählt haben! Ich habe den Wein danach mit ganz anderen Augen gesehen und getrunken. Dabei besitze ich ein Weingut.« Er lachte. »Woher wissen Sie das nur alles?«

Aenne hatte mit den Achseln gezuckt. »Meinem Vater gehören ein paar Großlagen auf dem Schweigenberg, das wissen Sie ja. Ich war schon als kleines Kind in den Weinbergen.« Aenne taxierte nun ihn. Er war groß, größer als die meisten Männer, die sie kannte. Er hatte rötliches Haar, eine kräftige Nase und darunter einen schmalen Sichelmund, der sich gern spöttisch verzog. Sein Bauch hing fröhlich über der Hose, doch fröhlich war an Oskar Nimmrod sonst nicht viel. Er war Geschäftsmann. In jeder Beziehung. Ein Tanz unter dem Maibaum musste sich auszahlen, sonst wäre er gar nicht erst aufgestanden. Ein Kuss musste etwas einbringen. Und ein Besuch erst recht. Aenne hätte wetten können, dass er den Besitz ihrer Familie besser kannte als sie selbst.

»Verstehen Sie sich denn auch so gut darauf, einen großen Haushalt zu führen? Mit Dienstboten?«, wollte Oskar nun wissen. »Hat man Sie zur Sparsamkeit erzogen?«

Aenne hatte da schon gewusst, dass er um ihre Hand anhalten würde, und die Stirn gerunzelt. »In Haushaltsdingen ist meine Schwester Bettina die Spezialistin. Ich werde sie gleich einmal holen.«

»Nein, warten Sie, Fräulein Aenne. Ich bin ja Ihretwegen hier.«

Da blieb Aenne sitzen, legte die Hände zurück in den Schoß und blickte an Oskar Nimmrod vorbei an die Wand. Sie hatte mit ihm getanzt, ja. Aber sie hatte auch mit anderen getanzt, ohne sich dabei etwas zu denken.

»Würden Sie denn gern einmal mit mir spazieren gehen?«, fragte Oskar. »Wir könnten auf den Schweigenberg gehen. Sie zeigen mir die Rebstöcke, und ich bestaune die Weinberge Ihrer Familie. Sie könnten mich auch einmal durch Ihren Weinkeller führen.«

»Sie kennen unsere Weinberge noch nicht?«, fragte Aenne zweifelnd. In diesem Augenblick trat ihre Mutter zu ihnen, um zu fragen, ob der Herr Nimmrod gern ein Glas Wein hätte. Eigener Anbau, versteht sich. Der Herr Nimmrod wollte, und Ernestine goss den Wein in die guten böhmischen Pokale und setzte sich dazu. Neben ihr auf dem Boden stand ein Korb mit einem Stickrahmen und einer angefangenen Stickarbeit.

»Ist es nicht schön, dass der Herr Nimmrod dich besucht?«, fragte die Mutter und tätschelte Aennes Hand.

Aenne war ebenso hochgewachsen wie ihre Mutter. Auch Ernestine hielt den Rücken stets kerzengerade, saß meist vorn auf der Stuhlkante und konnte sich zu jeder Gelegenheit das passende Lächeln ins Gesicht kleben. Aenne sah ihr an, dass sie froh war über den Besuch Nimmrods und Oskar für einen passenden Ehemann hielt.

Ernestine war nicht blind in ihre eigene Ehe gegangen, die ihre Eltern für gut und richtig gehalten und zu der sie ihr geraten hatten, sondern mit einem Plan. Ich liebe diesen Karl Theodor Strauß nicht, hatte sie gedacht, aber ich werde ihn mir so zurechtbiegen, dass ich ihn eines Tages lieben kann. Und Karl Theodor ließ sich leicht führen, das hatte sie gleich gewusst. Und nun – Ernestine war selbst überrascht – liebte sie ihn schon mehr als zwei Jahrzehnte. Es war eine

Liebe, die langsam gewachsen war, aber umso tiefer reichte. Karl und Ernestine. In Freyburg war es undenkbar, nur einen der beiden Namen zu nennen, so fest gehörten sie zusammen.

»Nun sag schon, Aenne, ist es nicht ganz zauberhaft, dass der Herr Nimmrod dich besucht?«, wiederholte die Mutter, aber Aenne war anderer Meinung.

»Es kommt darauf an, was der Herr Nimmrod hier möchte«, erwiderte sie spielerisch und unterdrückte sogleich einen Aufschrei, denn Ernestine hatte ohne zu zögern gegen Aennes Schienbein getreten.

»Eigentlich wollte ich unsere Bekanntschaft ein wenig vertiefen. Ich bin auf der Suche nach einer Ehefrau, und ich glaube, dass es mit uns beiden passen könnte«, erklärte Oskar Nimmrod unromantisch und lobte sodann den Wein: »Ein guter Tropfen, wirklich.«

»Unser Schweigenberger Riesling hat ebenfalls einen Preis auf der Gewerbeausstellung bekommen«, erklärte die Mutter stolz und erwähnte nicht weiter, dass es der zweite Preis gewesen war, da der erste natürlich wieder an den Saale-Premium gegangen war. »Wir verkaufen ihn im ganzen Land. Inzwischen sogar bis nach Bayern und an die Ostsee.«

»Nicht schlecht. Ein gefälliger Wein, den man jeden Tag trinken kann.« Das war ja nun beinahe schon eine Beleidigung, denn der Wein war so gut, dass er von vielen Leuten nur zu besonderen Anlässen getrunken wurde. Ja, die meisten fanden sogar, dass er dem Saale-Premium in nichts nachstand.

»Nun, was meinen Sie, Fräulein Aenne?« Er betrachtete sie so ausgiebig, als stünde sie zum Verkauf.

Aenne schluckte. Sie wusste einfach nicht, was sie sagen sollte. Die Eltern waren sichtlich froh, dass sich ein Verehrer für sie gefunden hatte. Und dann noch einer der Herren vom Weinschlösschen. Aber Aenne fand so gar keinen Gefallen an Oskar Nimmrod. Und sie hatte auch nur mit ihm getanzt, weil er sie aufgefordert hatte und es unhöflich gewesen wäre, ihm einen Korb zu geben. Außerdem tanzte sie nun mal gerne.

»Ich weiß nicht, Herr Nimmrod. Eigentlich fühle ich mich noch zu jung für eine Ehe. Und meine Schwester Bettina wäre ja ohnehin vor mir dran. Wir nehmen es mit dieser Tradition sehr genau.« Das war natürlich gelogen, aber sie hatte einfach keine bessere Ausrede. Sie wollte nicht schon jetzt heiraten. Denn dann würde sie nicht mehr mit dem Vater in die Weinberge gehen und am Nachmittag Romane und Gedichte lesen können. Dann würde sie einem Haushalt vorstehen und Kinder bekommen müssen. Irgendwann, wenn sie älter war, würde sie einen Ehemann haben und eine Familie gründen. Aber sie war fest entschlossen, nur einen Mann zu heiraten, den sie auch liebte.

»Sie sind achtzehn Jahre alt, liebe Aenne. Im besten Heiratsalter.«

Es sah nicht so aus, als würde sich Oskar Nimmrod schnell geschlagen geben.

»Nein, ich kann noch nicht heiraten«, wiederholte Aenne.

Oskar Nimmrod lächelte nachsichtig. »Nun, vielleicht

müssen Sie sich erst ein wenig an den Gedanken gewöhnen, mein liebes Kind. Eine gewisse Bedenkzeit kann ich Ihnen schon zugestehen.«

Aenne zog die Augenbrauen in die Höhe. Hatte er sie gerade »mein liebes Kind« genannt?

»Gehört zu einer Ehe nicht auch Liebe?«, fragte sie ein wenig schnippisch und blickte Nimmrod direkt in die Augen. Er hielt ihrem Blick stand und erwiderte: »Nun, Liebe ist etwas für junge Mädchen und ältliche Fräuleins, die Liebesromane lesen. Ich dachte nicht, dass Sie dazugehören. Aber wenn Sie mir eine getreue und folgsame Gefährtin sind, die sich gut um den Haushalt und die Kinder kümmert, mir nicht in meine Angelegenheiten hineinreden und nicht klug, dafür aber anschmiegsam sind und das Geld nicht mit beiden Händen aus dem Fenster werfen, dann werde auch ich nicht mit Zuneigung geizen.«

Aenne warf der Mutter einen Hilfe suchenden Blick zu, doch Ernestine fragte nur: »Noch ein Glas Wein, lieber Herr Nimmrod?«, und goss auch schon ein.

Nimmrod trank, dann legte er eine Hand auf den Tisch und sagte: »Nun, da wir alles geklärt hätten, müssten wir uns nur noch auf einen Termin einigen.«

Da richtete sich Aenne auf. »Ich glaube, Sie haben mich nicht richtig verstanden. Und deshalb sage ich es jetzt klar und deutlich: Ich möchte nicht Ihre Frau werden.«

Nimmrod schluckte, sein Adamsapfel hüpfte. Sein Kinn wurde regelrecht kantig. »Sie geben mir einen Korb?«, fragte er, und Aenne hörte die unterdrückte Wut in seinen Worten.

»Ja!«, antwortete Aenne mit fester Stimme. Dann erhob

sie sich und verließ den Raum, weil sie Oskar Nimmrod keine Minute länger ertragen konnte.

Kurz darauf hörte sie die Haustür zuschlagen. Dann rief die Mutter in einem Ton nach ihr, der jeden Widerspruch ausschloss.

Aenne seufzte und ging zurück in den Salon. Ihre Mutter saß in ihrem Lehnstuhl, noch immer das Weinglas vor sich auf dem Tisch, neben ihr saß der Vater, der gerade von den Weinbergen nach Hause gekommen war und sich noch nicht umgezogen hatte. Nur die Schuhe hatte er ausgezogen und saß in Strümpfen, denn die Mutter duldete es nicht, dass jemand in Arbeitsschuhen den Salon betrat und das gute Parkett ruinierte oder gar die persischen Läufer.

»Warum bist du nur so?«, fragte die Mutter und sah dabei ehrlich verzweifelt aus. »Warum? Warum bist du nur naseweis? Dein Benehmen! Man könnte meinen, wir hätten dir überhaupt keine Manieren beigebracht. So wie du kann man mit einem Mann nicht reden!«

Aenne schwieg bedrückt. Sie hatte den Eltern keinen Ärger machen wollen, aber warum nur verstanden sie denn nicht, dass dieser Oskar Nimmrod ein schrecklicher Mann war? Dass sie nie im Leben mit ihm glücklich werden würde? Sie wusste genau, was den Eltern gerade durch den Kopf ging: Frauen, die immer gleich aussprachen, was sie empfanden, gaben keine guten Ehefrauen ab.

Die Mutter hatte wohl recht. Klugheit brachte Ärger, und am Ende stand man als alte Jungfer da. So wie Tante Oda. Obschon Aenne noch nie den Eindruck bekommen hatte, dass Tante Oda unter ihrem Leben litt. Im Gegenteil, sie war die fröhlichste und herzlichste Frau, die sie kannte. Und auch die klügste. Und das Leben, das Tante Oda führte, kam Aenne beinahe wie das Paradies vor.

In den Augen der Mutter stand Verzweiflung über ihre jüngere Tochter. Sie hielt den Blick fest auf Oskar Nimmrods leeres Glas geheftet, und Aenne wusste, dass sie sich wie eine Versagerin vorkam. Sie hatte ihre Tochter nicht gut erzogen, hatte ihr die Naseweisheit nicht ausgetrieben. Oder Aenne wenigstens dazu gebracht, ihr Wissen zu verstecken. Aber sie war ja nicht einmal dazu zu bewegen, ihre Leidenschaft für gelehrte Bücher zu verbergen. Heinrich Heine las sie! Dabei wusste doch jeder, dass er ein Aufrührer war. Nicht umsonst war er im Exil in Paris gestorben. Aenne konnte die Gedanken der Mutter regelrecht hören. Und sie wäre so gern anders gewesen, aber sie konnte nun mal nicht aus ihrer Haut.

Tante Oda machte, was sie wollte, und las, wann immer sie Lust dazu hatte. Sie saß dabei in ihrem bequemen Ohrensessel, auf dem Tischchen neben sich einen Kaffee oder später am Tag ein Glas Wein. Sie ließ sich Bücher aus Frankfurt am Main schicken, aber auch aus Paris. Und einmal war sogar ein Buch aus London bei ihr eingetroffen. Sie fuhr nach Leipzig, wann immer sie wollte, sah sich dort die neuesten Theaterstücke an oder ging in die Oper. Und danach kam sie stets ganz beseelt nach Freyburg zurück. Aenne konnte sich kein schöneres Leben vorstellen.

Manchmal, in Momenten wie diesem, wenn die Mutter ihr gar so traurig vorkam, beneidete Aenne allerdings doch ihre ältere Schwester Bettina ein bisschen, die den Eltern weit weniger Kummer machte. Bettina war, wie eine junge Frau zu sein hatte. Sie kannte die neuesten Rezepte und die neuesten Moden, schaute entzückt in jeden Kinderwagen, konnte es gar nicht abwarten, endlich zu heiraten, und hatte Freundinnen, die ebenso dachten wie sie.

Aenne hatte nur eine Freundin, und das war Ruth Hirsch, die vor Kurzem geheiratet hatte und nun im Lebensmittelladen der Schwiegereltern arbeitete. Und dann eben noch Tante Oda, ihre Patentante, die Schwester des Vaters, die zwar viel älter war als Aenne, sie aber immer wie eine Erwachsene behandelt hatte.

»Tante Oda darf lesen und ins Theater fahren, wann immer sie mag«, hatte ihr einmal die Mutter erklärt. »Sie hat keinen Mann, keine Kinder. Zu bedauern ist sie deswegen. Soll sie wenigstens ihre Bücher haben.« Aber Aenne wusste, dass es keinen Grund gab, Tante Oda zu bedauern.

Aenne verstand sich auch mit Emma Kloss sehr gut, aber diese war die Freundin der Mutter. Emma Kloss war der Mittelpunkt der eleganten Gesellschaft in Freyburg. Sie führte einen über die Stadtgrenzen hinaus bekannten Salon, in dem die Honoratioren und herausragenden Künstler der Gegend verkehrten. Sie war die Frau von Julius Kloss, einem der Gründer der Sektkellerei Kloss & Foerster, die dem Vater allerdings ein Dorn im Auge war.

Es war genau vierundzwanzig Jahre her, als die Brüder Moritz und Julius Kloss gemeinsam mit dem Jugendfreund Carl Foerster eine Weinhandlung in Freyburg gegründet hatten, die sie schon bald um eine Sektkellerei erweiterten. Karl Theodor Strauß wäre gern auch dabei gewesen, immerhin war er der größte Winzer der Stadt. Wer, wenn nicht er, wäre ein besserer Kompagnon der Kellerei gewesen? Aber die Brüder Kloss und Carl Foerster hatten kein Interesse an einem Geschäft mit ihm gehabt.

Mittlerweile waren die Foersters und Klosses reich geworden, reicher sogar als Karl Theodor Strauß. Eine Tatsache, die er auch nicht verzeihen konnte, die aber zugleich seinen Ehrgeiz anstachelte, sodass seine Weine von vorzüglicher Qualität waren, sein Hotel »Zum Strauß« erstklassig geführt wurde und die gereichten Speisen den Vergleich mit den Hotelspeisen der meisten Leipziger Hotels nicht zu scheuen brauchten.

Ja, die Speisen waren sogar so berühmt in Freyburg, dass Emma Kloss sie regelmäßig für ihren Salon bestellte, so auch heute. Ernestine hatte mit der Köchin geklärt, dass sie für den Abend gefüllte Täubchen und Weingelee vorbereiten sollte.

Ernestine sah dem Salon mit gemischten Gefühlen entgegen. Und das lag daran, wie Aenne wusste, dass die Einladung dieses Mal auch ihr galt. Einerseits war Ernestine stolz auf ihre jüngere Tochter, denn wahrlich nicht jeder wurde zum Salon geladen. Andererseits war Aenne nun einmal erst achtzehn Jahre alt, unverheiratet und ohne nennenswerte Verdienste und die anderen Herrschaften allesamt um einiges älter und erfahrener.

»Denkst du wirklich, dass meine Aenne in deinen Salon passt?«, hatte Ernestine gefragt, als Emma die Einladung ausgesprochen hatte.

»Deine Tochter ist klug und an vielen Dingen interessiert. Ich unterhalte mich gern mit ihr und denke, sie wäre für unseren Salon eine Bereicherung. Ihre Gedichte und kleinen Prosastücke entzücken mich immer wieder.«

Das hatte Ernestine gefreut und auch ein wenig beruhigt, und so würde nun heute Abend Aenne neben ihr sitzen und sie hoffentlich nicht blamieren. Wo war sie eigentlich? Vor einer Stunde hatte sie den Salon verlassen, als ihr der Vater eröffnete, dass er sich ihre Naseweisheit nicht länger gefallen lasse. »Zum Gespött der Leute machst du mich!«, hatte er gesagt. »Du bist einfach aufgestanden und hast den Herrn Nimmrod sitzen lassen. Nicht auszudenken, was er jetzt in der Gegend rumerzählt. Eine schlechte Frau kann das Geschäft schneller ruinieren als ein schlechter Wein. Was soll nur aus dir werden?«

Aenne hatte betreten zu Boden geblickt. Es war ja nicht so, dass sie gegen eine Heirat war. Nur eben noch nicht jetzt. Und einen Mann, mit dem sie das Leben teilen wollte, hatte sie bislang auch noch nicht getroffen.

Freyburg war eine kleine Stadt mit gerade mal dreitausend Einwohnern, die sich in einem Tal rechts und links neben den Fluss Unstrut duckte. Über ihr erhob sich die Neuenburg, und links und rechts neben dem Fluss zogen sich die terrassenförmigen Weinberge bis hinüber nach Naumburg. Die meisten Freyburger hatten mit Wein zu tun, besaßen Weinberge oder arbeiteten für einen der Weinbergsbesitzer.

Dann gab es noch ein paar Handwerker und Händler, die ihre Waren auf dem wöchentlichen Markt vor dem Rathaus feilboten, um den sich stattliche Bürgerhäuser zogen.

In der Mitte des Marktplatzes befand sich das Reiter-standbild des Herzogs Christian von Sachsen-Weißenfels und darauf die Inschriften: »Bleibe stehen, Wanderer, und sende fromme Bitten empor zu Gott für Christian.« Und: »Lieber, bester Fürst, lebe so Gott will noch lange für uns.« Aenne hatte die beiden Chronogramme schon oft gelesen, fand sie aber nicht mehr zeitgemäß. Sie fand, auf dem So-ckel sollte besser stehen: »Bacchus, wir beten zu dir für gu-ten Wein.« Und: »Liebe, beste Reblaus, lebe so Gott will, aber nicht bei uns.«

Es gab eine Düngemittelhandlung, einen Steinmetz, mehrere Fassbauer, auch Böttcher genannt, den Künstler-keller, das Hospital St. Laurentius, eine Apotheke, die Post-station, einen Sattler und Tapezierer, die Brauerei A. Seibt in der Schützenstraße, die Gärtnerlehranstalt, die Badeanstalt an der Unstrut, eine Schule und sehr viele Vereine, unter de-nen die Schützengilde die älteste war.

Aenne fiel dabei kein Mann in der Stadt ein, mit dem sie sich hätte vorstellen können, vor den Altar zu treten.

2

Nach dem Desaster mit Herrn Nimmrod hatte Ernestine ihr aufgetragen, sich für den Abend in Emma Kloss' Salon mit Bettinas Hilfe ein wenig hübsch herzurichten. Der Vater war zuerst dagegen, dass Aenne sie zu dem Salon begleitete, aber die Mutter hatte ihm energisch erklärt, dass sich vielleicht dort ein passender Verehrer für Aenne finden könnte, und schließlich hatte Karl Theodor Strauß brummend genickt.

Bettina war begeistert von ihrer Aufgabe gewesen, denn sie war im Hause Strauß die Expertin in Sachen Schönheit und Mode. Sie war etwas kleiner als Aenne, hatte ein Puppengesicht mit großen blauen Augen und helles Haar. Sie war wirklich hübsch und hatte ein heiteres Gemüt, und wie Aenne hatte sie eine Ausbildung an der Höheren Töchterschule in Naumburg abgeschlossen. Besonders im Rechnen war sie gut gewesen, auch das Fach Haushaltsführung hatte ihr gelegen. Alles in Bettina drängte zur Eheschließung, nur war der Richtige auch für sie noch nicht aufgetaucht. Bettina hatte Ansprüche, wenn auch ganz andere als Aenne. Ihr Mann sollte wohlhabend sein. Er sollte etwas darstellen, sollte Einfluss haben und Macht. Das Hotel ihres Vaters war gut und schön, aber nichts, das sie sich für ihr Leben wünschte. Ein Hotel machte wirklich gar so viel Arbeit. Da mussten Leute eingestellt werden, da mussten die Zimmermädchen kontrolliert werden, da musste man in der Küche nach dem Rechten sehen. Da musste man sich um die Speisepläne kümmern und darum, dass immer genügend Vorräte im Haus waren, und sobald irgendein Gast ein Anliegen hatte, musste man zur Stelle sein. Nein, für Bettina war so ein Leben nicht das Richtige.

»Sieh nur, das blassgelbe Kleid würde dir bestimmt gut stehen. Ich habe noch blassgelbe Handschuhe dazu und natürlich den passenden Hut. Probiere doch mal«, bat Bettina.

Aenne nahm das Kleid, zupfte an den Halsrüschen und schüttelte den Kopf. »Darin sehe ich aus wie eine Geburtstagstorte. Hast du nichts, was ein wenig schlichter ist?«

Bettina seufzte, kramte in ihrem Schrank herum, ließ die Kleiderbügel auf der Stange kratzen. »Das Grüne wolltest du nicht, das Rosafarbene hat dir nicht gefallen, das Blassgelbe sagt dir auch nicht zu. Herrgott, ich bin doch kein Kaufhaus. Sei froh, dass ich dir überhaupt etwas leihe und dich nicht in deinem dunkelblauen Leinenkleid gehen lasse, in dem du aussiehst wie eine Handwerkertochter.«

Aenne sah an sich herunter. Ihr Kleid war schlicht, aber aus bestem Leinen. Es hatte weder Spitzenbesätze noch Bänder oder Schleifen. Die Schneiderin in Naumburg hatte es nach Aennes Wünschen genäht. Die Mutter hatte ein wenig die Augen verdreht, aber sie war es wohl müde, mit ihrer jüngeren Tochter darüber zu streiten.

Plötzlich hielt Bettina inne: »Warum hast du den Oskar Nimmrod weggeschickt?«

Aenne zuckte mit den Achseln. »Weil ich ihn nicht liebe und weil ich ihn noch nicht einmal mag.«

Bettina schürzte die Lippen. »Ich hätte ihn genommen«, sagte sie und blickte sehnsüchtig aus dem Fenster. »Er ist der Besitzer des Weinschlösschens. Kannst du dir etwas Schöneres vorstellen, als in einem Schlösschen zu leben?«

»Ja«, gab Aenne zu.

»Manchmal verstehe ich dich nicht«, erklärte Bettina.

Aenne zuckte mit den Schultern. »Dann heirate du ihn doch, wenn du ihn so toll findest.«

Bettina blickte sie an, dann nickte sie langsam und sagte: »Vielleicht tue ich das sogar.« Sie wandte sich wieder dem Kleiderschrank zu. »Ein cremefarbenes Kleid würde dir auch sehr gut stehen«, sagte sie.

»Mein blaues Leinenkleid ist mir am liebsten«, erwiderte Aenne, doch im selben Augenblick warf Bettina ihr eine Kreation aus himmelblauer Seide zu. »Probiere das an. Das ist mein letzter Vorschlag. Wenn dir das auch nicht gefällt, dann weiß ich nicht weiter.«

Aenne stöhnte auf, zog sich aber gehorsam ihr Leinenkleid über den Kopf und schlüpfte in Bettinas himmelblaues. »Wenigstens ist es oben herum nicht so eng geschnitten wie deine anderen Kleider«, sagte sie und zupfte am Mieder herum.

Bettina half ihr bei den letzten Griffen. »Ein bisschen groß ist es schon. Deine Brüste kommen gar nicht richtig zur Geltung.«

»Das sollen sie auch gar nicht. Ich hasse Kleider, in denen die Brüste wie Äpfel in der Auslage liegen«, rief Aenne.

»Das ist ja das Problem« erwiderte Bettina. »Du weißt einfach nicht um deine Vorzüge und verstehst es nicht, sie richtig einzusetzen. Du kannst ruhig ein wenig Ausschnitt zeigen. Oder wenigstens eine Kette tragen, die die Aufmerksamkeit auf deine Brüste lenkt.«

Aenne verzog den Mund. »Bloß das nicht. Ich nehme das Himmelblaue. Ohne Kette, ohne Ohrgehänge.«

»Und was machst du mit deinem Haar?«

Bettina griff nach dem Zopf der Schwester. »Ich kann dir eine Hochsteckfrisur machen. Und Löckchen neben den Wangen. Das trägt man jetzt so.«

»Ich werde mir den Zopf neu flechten und fertig.«

Bettina stöhnte auf. »Mama hat gesagt, ich soll dich für eine Abendgesellschaft ein wenig herrichten. Also wenn du partout keine Löckchen haben willst, dann lass mich dir wenigstens das Haar hochstecken. Du kannst dafür sogar meinen kleinen Schildpattkamm benutzen.«

»Würdest du eigentlich auch gerne zum Kloss'schen Salon gehen?«, fragte Aenne. Sie konnte sich nichts Schöneres vorstellen, aber Bettina war nicht eingeladen, und nun würde sie auch noch ihr Kleid und ihr Kämmchen tragen.

»Ach nein, wirklich nicht. Ich gehe nachher zu Klärchen Stippak. Sie hat ein paar neue Zeitschriften aus Leipzig mitgebracht. Die wollen wir uns anschauen.«

Aenne war beruhigt, dann ließ sie sich in den Stuhl vor Bettinas Frisiertisch sinken. Ein halbes Dutzend Döschen mit verschiedenen Cremes standen darauf, eine silberne

Maniküre, verschiedene Haarbürsten aus England und eine silberne Schale mit Klammern und Spangen, mit kleinen Kämmen und Haarbändern. Über dem Frisiertisch hing ein Spiegel in einem schweren goldenen Rahmen, und darin erblickte Aenne das Zimmer der Schwester. Ein kleines Rosenmuster zierte die Tapeten, auf dem Boden lagen Läufer aus bester Schurwolle. Direkt hinter Aenne befand sich das weiß lackierte Bett mit dem rosafarbenen Überwurf. Die ebenfalls rosafarbenen Vorhänge bauschten sich leicht im Wind, der durch das offene Fenster drang. Links hinter ihr stand der weiße Schleiflackschrank mit offenen Türen. Vor dem Fenster war ein kleiner Tisch, auf dem immer eine gut gefüllte Schale mit Pralinen stand. Der Duft nach weißem Flieder erfüllte den Raum.

Bettina griff nach der Bürste mit dem Elfenbeingriff und machte sich an Aennes Haar. Aenne ließ die Prozedur geduldig über sich ergehen und musste hinterher überrascht zugeben, dass die Frisur gut gelungen war. Die Schwestern schauten gemeinsam in den Spiegel, Aennes Blick suchte die Augen der älteren.

»Danke. Für das Kleid und alles.«

Die Mutter würde zufrieden sein, sich beim Salon nicht für sie schämen müssen, und Aenne fühlte sich unerwartet gut in der schönen Aufmachung.

Sie hatte schon so viel von dieser Zusammenkunft gehört. Sogar im Kolonialwarengeschäft von Frau Hirsch sprach man darüber. »Es heißt«, hatte die alte Frau Hirsch gesagt, »die Damen dort reden gar über Politik!« Sie sprach das Wort ein wenig vorsichtig aus, aber Ruth Hirsch, ihre

Schwiegertochter, lachte. »Natürlich tun sie das, aber nicht nur. Sie lesen sich die neuesten Gedichte vor, sprechen über Romane und darüber, was in der Leipziger Oper gespielt wird. Und es sind nicht nur Damen anwesend.«

»So viel Zeit möchte ich einmal haben«, seufzte die alte Frau Hirsch und reichte Aenne aus Gewohnheit ein Bonbon aus dem großen Glas, wie sie es schon immer getan hatte.

Aenne nahm das Bonbon – es war ein Himbeerbonbon, das sie schon als Kind am liebsten gemocht hatte – und steckte es sofort in den Mund.

»Ich gehe heute auch zum Salon«, erzählte sie stolz, und die junge Frau Hirsch strich sich eine Haarsträhne aus der Stirn. »Ich wünschte, ich könnte auch einmal die ganze Pracht im Hause Kloss bewundern, aber unsereins kommt ja immer nur bis in die Küche.«

»Ich erzähle dir alles, wenn du magst«, versprach Aenne. Sie kannte Ruth Hirsch schon seit Schultagen, und sie hatten sich immer gut verstanden, auch wenn Ruth Hirsch ein ganz anderes Leben führte als Aenne. Aber Ruth Hirsch war auch eine von den Frauen, die gern Bücher lasen und in der Zeitung mehr als nur die Todesanzeigen. Aenne bedauerte es sehr, dass Ruth nun, da sie verheiratet war und im Lebensmittelladen arbeitete, nur noch sehr wenig Zeit hatte, um mit Aenne spazieren zu gehen und zu plaudern.

»Wollen wir uns mal wieder treffen?«, fragte sie. »Hast du Zeit, zu uns zu kommen?«

Ruth schluckte. »Wir haben gerade im Laden unheimlich viel zu tun. Sobald ich etwas Luft habe, komme ich.«

3

Sie wären beinahe zu spät gekommen. Die weiße Villa von Emma und Julius Kloss lag nicht auf dem Gelände der Sektkellerei in Freyburg, sondern ein Stück außerhalb. Normalerweise hätten Ernestine und Aenne zu Fuß eine Viertelstunde gebraucht, aber die Mutter war von einem Hotelgast aufgehalten worden. Jetzt drängten sie sich neben dem Kutscher, der die Speisen aus der Hotelküche zum Haus der Klosses brachte.

Die Mutter hielt ihren Hut fest und flüsterte Aenne zu: »Es ist gut, dass es schon so dämmrig ist. Es wäre mir doch zu peinlich, hier auf dem Kutschbock gesehen zu werden.« Sie lachte ein wenig, und Aenne kam sie in diesem Augenblick beinahe schon verwegen vor. »Nicht auszudenken, was die Leute reden würden. Aber lieber ein Kutschbock, als zu spät zum Salon zu erscheinen.«

Das Haus der Klosses war ein dreistöckiges weißes Gebäude mit großen Fenstern und zwei Säulen neben dem Eingang, das den Vergleich mit Nimmrods Weinschlösschen nicht zu scheuen brauchte. Fünf Stufen führten hinein ins Vestibül, das so herrlich weitläufig war, dass es Aenne beinahe wie eine Halle vorkam. Sie hätte sich beinahe von der Größe und Vornehmheit einschüchtern lassen, doch dann sah sie am Fuße der Treppe ein paar Gummistiefel stehen, und gleich fühlte sie sich wohler.

Als Aenne den Salon betrat, war sie für einen Augenblick überwältigt. Sie war ein wenig Luxus gewöhnt, schließlich waren die Straußens nicht irgendeine Familie in Freyburg, aber eine solche Bibliothek hatte sie noch nie gesehen. Der Raum war so groß wie das Strauß'sche Speisezimmer und der Salon zusammen. An allen Wänden reichten Bücherregale bis unter die Decke. Ein paar besondere Exemplare waren in einem Glasschrank ausgestellt. Aenne hätte sich am liebsten all die Bücher angesehen, hätte gern in einigen geblättert, aber dafür war weder Zeit noch Gelegenheit.

Vor dem Kamin waren bequeme Klubsessel mit Lederbezügen und weichen Kissen aufgereiht, dazwischen kleine Beistelltische aus Kirschholz. Das Feuer prasselte im Kamin und warf behagliche goldene Schatten, und auf dem Kaminsims standen neben einer kleinen englischen Kaminuhr Fotos in silbernen Rahmen, die die Familie Kloss zeigten.

Die meisten der Sessel waren schon besetzt. Die Männer und Frauen unterhielten sich leise, jeder hatte ein Glas Sekt in der Hand, natürlich aus dem Hause Kloss & Foerster. Am anderen Ende des Raumes befand sich ein Klavier, an dem Emma Kloss ein paar Stücke von Robert Schumann spielte.

Als sie Aenne und Ernestine erblickte, rief sie aus: »Jetzt sind wir vollzählig«, und schlug den Klavierdeckel zu. Sie nahm Aenne bei der Hand und sagte laut: »Das ist Aenne Strauß. Einige kennen sie bestimmt schon. Sie schreibt wunderbare Gedichte und Erzählungen. Einige davon waren sogar in der *Naumburger Zeitung* abgedruckt. Ich denke, wir haben mit ihr ein vielversprechendes Talent vor uns, welches sich zu fördern lohnt.«

Aenne knickste, plötzlich war ihre Aufregung wie weggeblasen. In Ruhe betrachtete sie die anderen Gäste. Da waren natürlich Julius Kloss, der Hausherr, und sein Sohn Ewald Kloss, der ungefähr im selben Alter war wie Aenne. Neben ihm hatte es sich der Freyburger Arzt Dr. Wangemut bequem gemacht und schmauchte seine Pfeife, die einen köstlichen Vanilleduft verströmte. An seiner Seite saß Aennes geliebte Tante Oda, die früher als Hauslehrerin durch die halbe Welt gezogen und sogar in Ägypten gewesen war. Auch von ihr erschienen hin und wieder Gedichte oder Zeichnungen in der Zeitung, und der Künstlerkeller in der Nähe des Marktes hatte sogar schon eine Sonntagsmatinee mit ihr abgehalten. Der Kantor der Marienkirche zündete sich eine Zigarre an, und eine ehemalige Opernsängerin, die in Freyburg zur Erholung weilte, winkte Aenne zu, und ihre Ringe blitzten dabei im Schein des Feuers. Neben ihr hatte der Chefredakteur der *Naumburger Zeitung* einen Platz gefunden, ihm zur Seite hatten es sich der Bürgermeister und seine Frau bequem gemacht. Am linken Rand streckte Franz Ferdinand Knabe, von allen nur F.F. genannt, seine langen Beine aus. Er war der Verkaufsleiter der Sektkellerei, besaß Anteile am Unternehmen und gehörte zur Geschäftsleitung. Er unterhielt sich gerade angeregt mit Rudolph Foerster, dem Sohn von Gründer Carl Foerster.

Ganz außen saß ein junger Mann, den Aenne noch nie

gesehen hatte. Emma stellte ihn vor: »Das ist Clemens Volk. Er ist neu in Freyburg. In der Sektkellerei wird er sich um den Verkauf kümmern.«

»Und um die Reklame«, ergänzte der junge Mann und lächelte Aenne zu. Er sah weitaus attraktiver aus als die meisten Männer, die sie kannte. Aenne fand seine dichten braunen Haare schön und die grünen Augen, die sie an die Unstrut erinnerten. So wie der Fluss nach dem Regen aussah, so sahen seine Augen aus. Er hatte breite Schultern und eine warme, tiefe Stimme. Seine Gesichtszüge waren markant, das Kinn voller Entschlossenheit. Ein Mann, der kriegt, was er will, dachte sie.

Aenne wurde neben dem jungen Reklamefachmann platziert, während Ernestine neben Emma einen Sessel fand.

»Unsere Aenne hat zuletzt einen Artikel über die Geschichte des Champagners geschrieben«, ergänzte Emma Kloos, und damit schien die Vorstellung beendet zu sein.

Julius Kloss sprach sie an: »Sie schrieben in Ihrem Beitrag etwas über Dom Perignon. Eine schöne Anekdote. Ich glaube, wir alle hier würden sie gerne hören.«

Aenne schluckte. Sie war neben Ewald Kloss und Clemens Volk mit Abstand die Jüngste in diesem Kreis. Und jetzt fand sie sich plötzlich im Mittelpunkt wieder.

»Dom Perignon war ein Benediktinermönch im Frankreich des 17. Jahrhunderts. Er lebte in der Abtei von Hautvillers in der Champagne«, begann sie stockend, doch die lächelnden und aufmerksamen Gesichter der Zuhörer ließen sie mutiger werden. »Das Kloster war für seine Weine berühmt. Mit dem Kellermeister einer benachbarten Abtei, Bruder Jean, versuchte Dom Perignon beständig, den Wein zu verbessern. Als er eines Abends einen lange gereiften Rebsaft verkostete, geschah etwas ganz und gar Außerordentliches. Dom Perignon trank zum ersten Mal einen Wein, in dem kleine Perlen aufstiegen, die in seinem Mund ein wahres Feuerwerk entfachten. Er ließ die Flüssigkeit im Mund kreisen, dann rannte er aus dem Weinkeller nach oben zu den anderen Mönchen und rief begeistert: »Brüder, Brüder, ich trinke Sterne.« Und damit war der erste Sekt geboren. Oder Champagner, wie der Sekt aus der Champagne heißt.«

Die Anwesenden klatschten, und Julius Kloss sagte: »Ich muss sagen, Sie können nicht nur sehr gut schreiben, Sie verstehen es auch, unterhaltsam zu erzählen.«

»Man weiß nicht sicher, ob es wirklich so war. Aber die Geschichte ist einfach zu schön«, sagte Aenne lächelnd.

»Ah, das ist interessant«, schaltete sich Clemens Volk ein. »Muss eine Geschichte immer wahr sein? Oder geht es um den Unterhaltungswert? Darf eine Geschichte ein wenig – nun, sagen wir – umgestaltet werden, wenn sich dadurch das Vergnügen der Zuhörer oder Leser steigern lässt?«

»Da spricht der Reklamefachmann«, merkte der Arzt an, lachte und prostete Clemens zu. »Was meinen Sie, Aenne?«

»Ich? Oh, ich weiß nicht recht.«

»Nur nicht so bescheiden. Sagen Sie ruhig, was Sie denken. Schließlich sind Sie die Dichterin, und wir sind hier ganz unter uns.« Die Opernsängerin nickte Aenne aufmunternd zu.

»Ich glaube, eine Geschichte ist nicht zwingend der Wahrheit verpflichtet. Sie muss die Leser oder Hörer unterhalten und im besten Fall noch ein wenig bilden. Übertreibung und Zuspitzung sind literarische Elemente, und gebraucht der Erzähler sie, führt das oft zu einem höheren Genuss.« Aenne schielte zu ihrer Mutter, versuchte, in deren Gesicht zu lesen, ob sie nicht zu vorlaut gewesen war. Aber Ernestine lächelte ihr zu.

»Gut gesagt. Und einleuchtend.« Clemens Volk nickte ihr zu. Ein Lächeln überzog sein Gesicht und ließ es noch attraktiver wirken. Die flussgrünen Augen funkelten.

Julius Kloss wechselte einen Blick mit dem Verkaufsleiter. »Nächstes Jahr steht unsere Fünfundzwanzig-Jahr-Feier an. Was hältst du von einer Chronik zu diesem Anlass?«

Der Verkaufsleiter Franz Ferdinand Knabe wiegte den Kopf. »Wer soll sie lesen?«

»Alle. Kunden, Lieferanten, Freunde des Sektes. Wir wollen im Herbst unseren ›Monopol‹ auf der Gewerbe- und Industrieausstellung in Halle präsentieren. Eine Chronik wäre eine nette Beigabe für Interessenten. Was sagst du dazu, Emma?«

»Ich finde die Idee hervorragend. Eine Art Reklame. Aber ich würde gern die Meinung unseres Fachmanns dazu hören.«

Clemens lehnte sich in seinem Sessel zurück. »Chroniken und Festschriften gibt es viele. Eine Chronik jedoch, die wie ein Roman daherkommt oder aus lauter einzelnen Geschichten bestünde, wäre ein Ereignis, das sicher Aufsehen erregen würde. Dazu noch ein paar Bilder.«

»Was für Bilder?«, wollte Emma Kloss wissen.

»Nun, vielleicht könnte man die Reklameplakate vom Anfang bis zum heutigen Tag abbilden. Dazu weitere Bilder, Skizzen und Fotografien zum Thema. Soweit ich weiß, hat das noch niemand gemacht.«

Julius Kloss schenkte neuen Sekt in die leeren Gläser. »Die Idee gefällt mir. Aber wer sollte diese Chronik schreiben? Ich komme nicht dazu, und du, Franz Ferdinand, bist die meiste Zeit auf Reisen. Und Carl hat alle Hände voll zu tun, sodass er es nicht einmal geschafft hat, heute Abend zu kommen.«

Emma stand auf, ging zu Aenne und legte ihr eine Hand auf die Schulter. »Was ist mit unserer Dichterin? Aennes Schreibstil haben wir alle schon bewundert. Und in der Zusammenarbeit mit Clemens könnte es eine sehr schöne Chronik werden.«

»Ist Aenne für eine so große Aufgabe nicht noch ein wenig zu jung?«, fragte Ernestine, doch der Stolz auf ihre Tochter stand ihr ins Gesicht geschrieben.

Julius Kloss meldete sich zu Wort: »Wir wollen ja gerade die jungen Leute erreichen. Unser Sekt ist ein Getränk, das zu ihnen passt. Und junge Leute haben viele Gelegenheiten zum Sekttrinken: Verlobung, Hochzeit, Kindtaufe. Die älteren Herrschaften bleiben gern bei dem, was sie kennen. Wir müssen uns eine Generation von Sekttrinkern heranziehen. Ich denke, es ist eine hervorragende Idee, die Chronik in die Hände junger Leute zu legen.«

Aenne atmete einmal tief ein und aus. Sie würde liebend gern diese Chronik schreiben, aber sie wusste ebenso gut, dass ihr Vater damit nicht einverstanden wäre. Eine Chronik für die Kellerei Kloss & Foerster! Aus der Hand einer Strauß! Aber davon abgesehen: Würde sie es hinkriegen? Was, wenn die Chronik nicht den Wünschen der Familie Kloss entspräche? Andererseits würde sie so furchtbar gern einmal etwas schreiben, was mehr Leute lasen als die Leser der *Naumburger Zeitung*. Sie wollte sich so gern beweisen, so gern als Autorin Erfolg haben. Noch ein letztes Mal suchte ihr Blick den von Tante Oda. Und wieder nickte die ältere Frau ihr aufmunternd zu.

Schließlich nickte sie, und ein Lächeln ließ ihr Gesicht aufleuchten. »Ich würde sehr gern diese Chronik schreiben. Vielleicht können Sie, Emma, mir dabei ein wenig zur Seite stehen?« Sie wurde rot, als sie bemerkte, dass sie Clemens Volk übergangen hatte. »Natürlich nur, was den Text betrifft. Für die Reklame gibt es ja bereits einen Fachmann, der die Entstehung der Chronik begleiten wird.«

Clemens Volk zwinkerte ihr zu, und Aenne lächelte ihn an, obschon sie das Zwinkern ein wenig keck fand.

»Wann soll es losgehen?«, fragte er.

Julius und F.F. wechselten einen Blick. »Von uns aus sofort«, erklärte Julius dann. »Ich denke, wir sollten uns in den nächsten Tagen noch einmal zusammensetzen.«

»Prima. Dann werde ich Sie, Fräulein Aenne, gern durch die Kellerei führen, wenn es gestattet ist.«

»Eine gute Idee«, bekräftigte Julius, und dann wandten sich die Gespräche der Literatur zu. *Der grüne Heinrich* von Gottfried Keller war gerade erneut erschienen, und man unterhielt sich über die Unterschiede zwischen der ersten und zweiten Fassung. Dann sang die Opernsängerin einige Lieder von Franz Schubert, und danach bat Emma Kloss die Gesellschaft in das Speisezimmer, das beinahe ein Saal war. Aenne saß zwischen Tante Oda und Clemens Volk. Tante Oda drückte ihr die Hand. »Ich bin stolz auf dich, Aenne«, sagte sie leise.

Die gefüllten Tauben und das Weingelee wurden über alle Maßen gelobt. Der Wein schmeckte vorzüglich, und Aenne, die zwei Gläser getrunken hatte, fühlte sich beschwingt. Ja, das war ihre Welt. Gespräche über Wein und die anderen Dinge des schönen Lebens. Gerade hatte die Opernsängerin von einem Gastspiel in Wien erzählt. Sie schwärmte von den Kaffeehäusern, vom Stephansdom und von einer Kunstausstellung, in der sie gewesen war. Sie hatte Bilder gesehen, die auf eine ganz andere Art und Weise als bislang üblich gemalt worden waren. Impressionismus nannte man das, und Tante Oda nickte und fügte hinzu, dass der Impressionismus eine französische Erfindung sei und sie das große Glück gehabt hatte, in Paris die Vorläufer davon gesehen zu haben.

Dr. Wangemut wiederum berichtete von einem französischen Wissenschaftler mit Namen Louis Pasteur, der dabei war, einige Impfstoffe aus abgeschwächten Krankheitserregern zu entwickeln, um damit vielleicht schon recht bald Pocken und Tollwut heilen zu können.

»Und wenn es diese Impfstoffe gibt, wer weiß, vielleicht gibt es dann auch bald Impfstoffe, die unsere Reben vor Schädlingen bewahren.«

Julius Kloss und Franz Ferdinand Knabe hatten gebannt

zugehört, und Julius ließ sich den Namen des Wissenschaftlers buchstabieren, um weitere Informationen zu suchen.

Nach dem Essen wurde Mokka gereicht, und die Versammlung begab sich wieder in den Salon. Die Herren zündeten sich Zigarren an, und die Damen tranken Likör. Die Gespräche drehten sich nun um die kürzlich stattgefundene Eröffnung des Zoologischen Gartens in Leipzig, und der Bürgermeister versprach, recht bald einmal einen Ausflug mit seiner Gattin dorthin zu machen und anschließend davon zu berichten. Als die Standuhr die zehnte Stunde schlug, brachen die Gäste allmählich auf. Aenne half ihrer Tante Oda in den Mantel und begleitete sie zur Kutsche. Erst als sie sicher war, dass Tante Oda es bequem und warm hatte, küsste sie sie auf die Wange und versprach, sie recht bald zu besuchen.

Clemens Volk reichte Aenne die Hand: »Es war mir eine Freude, Sie kennenlernen zu dürfen, und es wird mir eine Freude sein, Sie durch die Sektkellerei zu führen.«

Aenne und ihre Mutter gingen zu Fuß nach Hause. Die Frühlingsnacht war kühl, aber trocken.

»Jetzt willst du also die Chronik schreiben«, sagte Ernestine. »Da hast du dir viel vorgenommen.«

Aenne nickte. »Ich weiß, und denke ja nicht, dass ich keine Angst hätte.«

Ernestine lächelte. Sie blieb stehen, strich Aenne über den Arm. »Du wirst das schon schaffen. Ich habe leider weder die Zeit noch die Kenntnisse, um dir helfen zu können. Aber du könntest ja Tante Oda zurate ziehen.«

Sie gingen weiter, und Aenne sah hinauf zum Himmel, an dem unzählige Sterne funkelten. Etwas entfernt rief ein Käuzchen, eine Katze räkelte sich auf einer Treppenstufe.

»Er gefällt dir, der Herr Volk, nicht wahr?«, wollte Ernestine wissen.

Aenne zuckte mit den Schultern. »Ich kenne ihn ja kaum.«

»Fandest du ihn nicht unterhaltsam und nett?«

»Doch.« Aenne überlegte eine kleine Weile, bevor sie weitersprach: »Oskar Nimmrod kann sich natürlich nicht mit ihm vergleichen. Käme er zu uns, wäre ich wohl weitaus weniger abweisend.«

Ernestine nickte, als hätte sie es geahnt. »Nun, meine Liebe, dann muss ich dir sagen, dass er der Großneffe von Emma Kloss ist und gewiss keinen guten Stand bei deinem Vater hätte.«

»Das kann ich mir denken«, erklärte Aenne, aber insgeheim bedauerte sie, dass es wohl keinen Zweck hatte, sich bei der gemeinsamen Arbeit an der Chronik näher mit ihm anzufreunden. Er war witzig und klug und gab auf die Worte einer Frau nicht weniger als auf die Worte der Männer. So jedenfalls hatte sie ihn heute Abend erlebt. Nun arbeitete er ausgerechnet für Kloss & Foerster und zählte obendrein noch zur Verwandtschaft. Das war schade, sehr schade sogar, denn Männer wie ihn gab es in Freyburg und Umgebung sonst nicht.

Ein paar Tage später traf sie sich mit ihm im Kontor der Sektkellerei, einem imposanten Bauwerk mit der Aufschrift

»Champagner Fabrik Kloss & Foerster«. Das Hotel Strauß lag fast direkt daneben, sodass es Aenne nicht weit gehabt hatte.

Sie hatten sich in der imposanten Eingangshalle verabredet, und Aenne bewunderte den in Ornamenten gefliesten Boden, die vier weißen Säulen rechts und links des Eingangs sowie die zahlreichen wunderhübschen weißen Stuckarbeiten, die das Vestibül zierten.

Clemens Volk begrüßte sie herzlich, und Aenne hatte den Eindruck, dass er sich freute, sie wiederzusehen. Und sie selbst freute sich ebenso. Ja, sie hatte sich sogar Mühe mit ihrem Äußeren gegeben, hatte das Haar hochgesteckt, damit sie erwachsener wirkte, und trug ein Kleid, das ein wenig mehr der Mode entsprach und sogar eine Tournüre hatte, dazu einen hellen Hut, der ihr Gesicht beschattete, und Handschuhe in derselben Farbe. An ihrem Arm hing ein besticktes Beutelchen, von dem die Mutter gemeint hatte, sie sollte es unbedingt tragen, es enthielt aber nur ein Notizbuch und einen Bleistift.

Er führte sie durch die Fabrik und die Keller, und Aenne grüßte die Arbeiter, von denen sie einige kannte. Da war der junge Albrecht, der mittlere Sohn des kleinen Winzers Ganzer. Er kontrollierte gerade ein Fass, in dem der Wein reifte. Der Kellermeister Adam Feldmann hielt einen Weinheber in der Hand und war wohl dabei, den Reifegrad des Weines zu prüfen. Und ein dritter Mann, den in Freyburg alle nur »Hansi« nannten und der in der Kellerei dort mit anpackte, wo gerade Not am Mann war, fegte den Boden.

Mächtige Fässer lagerten hier. Aenne erkannte französische Weinfässer aus Eichenholz mit einem Fassungsvermögen von über zweihundert Litern. Die wenigsten davon waren rund, viele bereits oval, denn es hatte sich herausgestellt, dass die ovalen Fässer das Raumvolumen besser nutzten. Aenne wusste nicht genau, was das zu bedeuten hatte, aber der Vater hatte alle runden Fässer in seinem Keller entfernt und die französischen angeschafft. Französische Fässer, französische Sektbezeichnungen. Sie machte sich eine Notiz dazu und lauschte Clemens Volks Erklärungen.

»Warum tragen die Sekte eigentlich französische Namen?«, wollte Aenne wenig später wissen, als sie den kühlen unterirdischen Fasskeller verlassen hatten. »Ist das ein Einfall aus der Reklameabteilung?«

»Crémant Rosé, Lemartin Frères, Sillery Grand Mousseux. Hören Sie den Klang, Fräulein Aenne?«

»Ja. Man meint direkt, das Prickeln auf der Zunge zu spüren.«

»Französisch ist en vogue. Und unser Sekt ist nicht schlechter als der aus der Champagne. Die französischen Namen sollen an den Champagner erinnern.«

Die Erklärung leuchtete Aenne ein, und sie folgte dem Reklamemann in das nächste Gewölbe.

Clemens Volk zeigte Aenne die Rüttelpulte, auf denen die Flaschen mit dem Kopf nach unten aufgereiht waren. Ein alter Arbeiter drehte die einzelnen Flaschen langsam und behutsam um nur wenige Zentimeter. Er lächelte dabei, und Aenne hatte den Eindruck, als würde er mit dem Sekt sprechen. Etwas weiter entfernt sah sie riesige Pakete mit roten Banderolen, und sie wusste, dass die abgefüllten Sektflaschen damit geschmückt wurden. Die roten Banderolen waren von Anfang an das Markenzeichen der Sekte aus dem Hause Kloss & Foerster gewesen. Aenne fragte, warum diese Banderolen rot waren, wer diese Farbe ausgesucht hatte, doch Clemens Volk wusste darauf keine Antwort, und Aenne machte sich einen Vermerk in ihr Heft, um später Emma Kloss danach zu fragen.

»Sie kennen sich mit der Sektherstellung aus, Fräulein Aenne?«, wollte der Reklamemann wissen.

»Ich weiß ein bisschen was, Sie erinnern sich an die Geschichte von Dom Perignon. Und ich trinke Sekt leidenschaftlich gern. Für einen guten Sekt würde ich mich sogar verloben.«

Sie spürte ihre Wangen heiß werden. Was hatte sie da schon wieder gesagt? Die Mutter würde die Augenbrauen hochziehen, und der Vater würde den Kopf schütteln, hätten sie das gehört. Naseweis war sie wieder einmal gewesen. Verloben, für eine Flasche Sekt! Herrgott, was war ihr da nur schon wieder eingefallen?

Clemens Volk aber lachte. »Dann lieben Sie den Sekt genauso sehr wie ich. Wobei ich einen guten Wein auch nicht verachte.« Er sah ihr dabei so tief in die Augen, dass Aenne unter diesem Blick ganz kribbelig wurde. »Sekt wird aus verschiedenen Grundweinen hergestellt«, plapperte sie drauflos, um ihre Unruhe zu verbergen. »Die Weine schmecken jedes Jahr ein wenig anders. Das liegt unter anderem am Wetter. Das Saale-Unstrut-Gebiet ist das nördlichste Weinanbaugebiet Europas. Es wird im Winter nie kälter als 21 Grad Celsius, wir haben viele Sonnenstunden und wenig Regen. Ideale Bedingungen also. In einem sonnigen Jahr sind die Weine süßer als in einem verregneten. Aber die Käufer wollen immer den gleichen Sekt trinken. Also werden verschiedene Sorten zu einer Cuvée gemischt, damit so der typische Geschmack entsteht.«

»Welchen Wein trinken Sie eigentlich am liebsten, Fräulein Aenne?«

»Wie bitte? Welchen Wein?« Sie war komplett aus ihren Gedanken gerissen. »An Weißweinen mag ich den Riesling sehr gern. Aber nicht den vom Schweigenberger, sondern lieber den von der Steigraer-Hahnenberg-Lage. Aber auch den Weißburgunder mag ich, am liebsten als Spätlese.« Kurz dachte sie an die letzte Weinernte zurück. Sie hatte gemeinsam mit dem Vater und den Weinbergarbeitern die Trauben für die Spätlese nach der Hauptlese geerntet. Die Spätlese war gehaltvoller, musste mindestens 80° Öchsle haben, und eine Anreicherung mit Zucker war nicht gestattet. Es waren sonnige Herbsttage gewesen. Aenne war mit dem großen Weidenkorb von Rebe zu Rebe gegangen, hatte die Trauben behutsam von den Zweigen gelöst und sich hin und wieder eine davon in den Mund gesteckt, hatte mit geschlossenen Augen die Süße geschmeckt. Einige der Weinbergarbeiter hatten gesungen, Scherzworte waren von Rebgang zu Rebgang geflogen, und am Abend hatten sie alle zusammen im Hotel gegessen und dabei den neuen Wein der Hauptlese gekostet, der noch kein fertiger Wein war, sondern dessen alkoholische Gärung gerade begonnen hatte. Einer der Weinbauern hatte erzählt, dass dieser Jungwein im Hessischen Rauscher genannt wurde, aber auch die Bezeichnung

Federweißer war gebräuchlich. Es waren arbeitsreiche, aber fröhliche Tage gewesen, und Aenne freute sich jetzt schon auf die nächste Lese.

Clemens Volk hatte sich an ein Weinfass gelehnt und blickte sie mit seinen flussgrünen Augen so intensiv an, dass sie gar nicht wusste, wie sie sich verhalten sollte. »Was gucken Sie denn immer so?«, fragte sie, und ihre Worte kamen barscher heraus, als sie beabsichtigt hatte.

Volk lächelte. »Ich sehe Sie einfach gern an. Und ich höre Sie gern reden.«

»Eigentlich sind wir doch hier, damit Sie mir etwas erzählen, oder nicht?«

»Na ja, die Reklame liegt in meinen Händen. Ich muss doch sichergehen, dass Sie wissen, worüber Sie schreiben.« Dieses Mal war sein Lächeln spöttisch, und Aenne spürte einen leisen Ärger in sich aufsteigen. Herrgott noch eins, sie war schließlich hier inmitten von Weinbergen aufgewachsen, ihr Vater war Winzer. Natürlich wusste sie Bescheid! Der Wein, das war nicht nur die Seele des Saale-Unstrut-Gebietes, Wein war für Aenne auch eine sinnliche Erfahrung. Sie schmeckte in jedem Glas nicht nur die viele Arbeit in den Weinbergen, sondern auch den Sommer, die Scherze der Arbeiter, sie hörte das Summen der Bienen darin und roch den Geruch der frisch geernteten Trauben und den des Holzfeuers im Spätherbst. Ja, Aenne liebte den Wein und trank ihn nicht nur zu besonderen Gelegenheiten.

Ob Clemens Volk sie für eine Trinkerin hielt, weil sie ihre Begeisterung für den Wein nicht zügeln konnte? Ach, sollte er doch. Hier im Saale-Unstrut-Tal bekamen selbst die

Schulkinder verdünnten Wein zu trinken. Und warum sollte man sich an den eigenen Produkten nicht regelmäßig erfreuen?

»Wenn die Cuvée fertig ist, wird sie in Flaschen gefüllt, dann werden Tiragelikör und Reinzuchthefe zugesetzt und die Flaschen mit einem Korken verschlossen, der wiederum aus dem Holz der Korkeiche hergestellt wird.«

»Ich staune wirklich, Fräulein Aenne. Sie wissen ja bald so viel wie unser Kellermeister.«

Das war ein plattes Kompliment, fand Aenne, und sie sprach weiter, als hätte sie ihn nicht gehört: »Die Hefe spaltet den Zucker in Alkohol und Kohlendioxid. Das Kohlendioxid bindet sich mit der Cuvée und bildet das Mousseux, die feinen Perlen.«

»Perlen der Leidenschaft«, warf Clemens Volk ein.

»Wie bitte?«

»Leidenschaft. Ich sprach gerade von Leidenschaft. Sie spricht aus jedem Ihrer Worte, Fräulein Aenne.«

»Wie auch immer. Die Hefe stirbt nach einiger Zeit ab. Langes Lagern auf der Hefe verleiht dem Sekt ein köstliches Aroma.«

Er starrte auf ihren Mund. Aenne wischte mit der Hand über ihre Lippen, hoffend, dass da kein Krümel war.

»Ich schmecke den Sekt in Ihren Worten.«

Jetzt langte es Aenne. »Wenn Sie mich andauernd unterbrechen, verliere ich den Faden. Herrgott noch eins.«

»Wenn Sie fluchen, sind Sie noch schöner als sonst.«

»Wollen Sie jetzt noch etwas über die Sektherstellung hören, um meine Eignung als Chronistin zu prüfen, oder nicht?« Sie wusste selbst nicht, warum sie plötzlich so brüsk war. Clemens Volk brachte sie durcheinander, sodass sie nicht mehr wusste, was sie sagen sollte. Sein intensiver Blick, der auf ihrem Gesicht lag, machte sie verlegen und ganz kribbelig.

Jetzt lächelte Clemens Volk, griff nach ihrer Hand, die Aenne ihm sofort wieder entzog. »Erzählen Sie weiter, Fräulein Aenne. Ich bitte darum.«

Aenne wusste nicht genau, ob sie ärgerlich oder geschmeichelt sein sollte. Deshalb sprach sie einfach weiter, ohne eine Miene zu verziehen. »Der Sekt muss mindestens neun Monate in den Flaschen reifen. Danach kommen die Flaschen in das Rüttelpult und werden jeden Tag ein- bis zweimal ein wenig gedreht, damit sich die Hefe auflöst.«

Sein Blick hing an ihren Lippen, aber Aenne bezweifelte, dass das mit ihrem Vortrag zusammenhing. Clemens Volk flirtete mit ihr. Ganz eindeutig.

»Sobald sich die Resthefe oben am Korken abgesetzt hat, öffnet man vorsichtig die Flasche und lässt das Hefedepot rausspritzen.«

»Ich bin sicher, Sie würden sehr behutsam mit den Flaschen umgehen. Ich jedenfalls wäre Hefe in Ihrer Hand.«

»Herr Volk, ich habe keine Ahnung, was das soll. Ich bin hier, um zu arbeiten. Und das sollten Sie auch tun.« Aenne hatte streng gesprochen, war sich beinahe wie eine Hauslehrerin vorgekommen, die einen Schüler tadelt, aber insgeheim genoss sie seine Aufmerksamkeit. Doch sie würde nicht zulassen, dass er es bemerkte. »Wenn Sie mich nicht ernst nehmen, hat unsere Zusammenarbeit wohl keinen

Sinn.« Sie drehte sich auf dem Absatz herum und eilte hocherhobenen Kopfes und mit klopfendem Herzen aus dem Keller. Volk rannte hinter ihr her, fasste nach ihrem Handgelenk.

»Es tut mir leid, Aenne. Ich wollte Sie nicht verärgern. Es … es ist nur …«

»Was ist nur?«

»Sie sind eine ungewöhnliche junge Frau. So jemand wie Sie ist mir noch nie begegnet. Ich wollte Sie wohl ein wenig beeindrucken.«

»Nun, ich bin zum Arbeiten hier. Nichts sonst. Das merken Sie sich besser mal, Herr Volk. So, und nun muss der Sekt neu verkorkt und mit einem Drahtbügel gesichert werden, den man Agraffe nennt. Wollen Sie sonst noch etwas wissen?« In ihrer Stimme schwang noch immer leiser Ärger mit, doch als sie Clemens Volk beeindruckt nicken sah, verflog dieser Ärger.

»Ich glaube, die Chronik ist bei Ihnen in den besten Händen«, sagte er und lächelte dieses Mal nicht dabei.

Und Aenne wurde ganz warm unter seinem Blick, fand schon beinahe, dass seine schönen Augen ihr Gesicht streichelten. Und trotzdem mochte sie es nicht, dass er sie so durcheinanderbrachte.

4

»Ich höre wohl nicht recht?« Der Vater raufte sich die Haare. »Da erzählt man mir im Künstlerkeller, dass meine Tochter die Chronistin von Kloss & Foerster ist, und meine Familie hält es nicht einmal für nötig, mich darüber zu informieren.«

»Karl Theodor, du musst dich beruhigen, wir können das erklären.« Ernestine legte eine Hand auf den Arm ihres Mannes. »Komm, ich gieße uns nachher ein schönes Glas Wein ein, und dann reden wir. Es wäre zu unser aller Vorteil, Karl.« Der Vater blickte verärgert. »Ausgerechnet die Sektkellerei. Wenn Aenne schon unbedingt eine Chronik schreiben muss, dann eine von unserem Hotel und unserem Weingut. Nicht, dass bislang so etwas gefehlt hätte.«

Die ganze Familie saß am Abendbrottisch, und die Serviertochter des Hotels hatte gerade eine kräftige Rinderbrühe mit Nudeleinlage als Vorspeise gereicht. Eigentlich Karl Strauß' Lieblingssuppe. Jetzt aber legte er den Löffel so ungestüm an den Tellerrand, dass die Suppe nach allen Seiten spritzte.

»Mein Gott, Karl. Denk an die guten Bezüge!«, rief Ernestine und wischte mit ihrer Leinenserviette an einem Fleck auf der gepolsterten Lehne ihres Stuhles herum.

Bettina aß ungerührt weiter, während Aenne sich vorsichtshalber hinter den Blumenstrauß duckte, den die Mutter in die Mitte des Esstisches gestellt hatte und der ihr den Blick auf den Vater versperrte. Ihr Herz klopfte rasend schnell. Was, wenn der Vater ihr die Chronik verbot? O nein, bitte nicht, betete sie in Gedanken.

Bettina hatte fertig gegessen. Sie schob ihren Teller zur Seite und tupfte sich mit der Serviette die Lippen ab. »Was ist denn daran so schlimm, Vater?«, fragte sie und lächelte ihn an. Sie war seine Lieblingstochter, und Aenne konnte von Glück sagen, dass sie sich auf ihre Seite stellte. »Schau, wenn die Chronik gut wird und alle Leute den Namen ›Strauß‹ darin lesen, dann ist das auch gut für uns. Sie werden das Hotel besuchen, werden von unserem Wein kosten. Also, ich sehe da nur Vorteile.«

Aenne blickte erstaunt zu Bettina hinüber. Es war zwar nicht ungewöhnlich, dass die Schwestern sich gegenseitig beistanden, aber wenn es um Aennes Selbstständigkeit ging, war Bettina nicht immer mit ihr einer Meinung. Sie hatte ihr manchmal schon vorgeworfen, dass sie sich wie ein Sohn aufführte. Und hatte sie damit nicht auch recht?

Aenne ging mit dem Vater in die Weinberge, half beim Keltern und verkostete den Wein direkt mit dem Weinheber aus dem Fass. Und Bettina blieb die Hilfe im Haus, weil die Mutter im Hotel zu viel zu tun hatte.

Ernestine ergriff das Wort: »Was Bettina da sagt, stimmt. Das musst du einsehen, Karl. Denk nur daran, was sie bei ihrer Arbeit alles erfährt. Es ist wie mit dem Salon: Du hast ein Ohr direkt vor Ort.«

Allmählich beruhigte sich Karl Theodor. Und als das Serviermädchen den Rinderbraten mit Bohnen servierte, war er beinahe versöhnt. Herrgott, er war ein Mann mit drei Frauen im Haus! Das war nicht immer leicht, da konnte man schon manchmal aus der Haut fahren. Zum Dessert, es gab einen Waldmeisterpudding, lächelte er seiner Frau wieder zu. Dann wandte er sich an Aenne: »Ich will aber wissen, was du da schreibst. Und wenn dich jemand nach unseren Geschäften ausfragt, dann hältst du am besten den Mund.«

Aenne nickte und nahm sich vor, nichts weiter zu sagen, doch dann kamen ihr die Worte wie von selbst über die Lippen: »Ein Teil deiner Hotelgäste kommt nur wegen der Sektkellerei Kloss & Foerster nach Freyburg. All die Einkäufer aus den Leipziger und Hallenser Hotels. Sogar aus Magdeburg und Erfurt kommen sie angefahren. Und so mancher hat bei der Gelegenheit auch noch Weine von unserem Gut gekauft.«

»Ach!« Karl machte eine wegwerfende Handbewegung, schob den leeren Teller von sich, dann zündete er sich eine Zigarette an und griff nach der *Naumburger Zeitung*.

Während der Vater für das Weingut verantwortlich war, kümmerte sich Ernestine in erster Linie um das Hotel. Sie verstand es gut, mit den Gästen zu sprechen, sorgte dafür, dass in allen Zimmern Blumen standen und im Vestibül immer die neuesten Zeitungen auslagen. Sie beaufsichtigte die Zimmermädchen und sprach mit der Köchin den Speiseplan ab, sorgte dafür, dass die Vorräte immer aufgefüllt waren.

Aber jetzt, nach dem Abendessen, hatte auch sie endlich Feierabend, nachdem sie kurz zuvor einer kränklichen Dame aus Thüringen noch eine Wärmflasche bereitet hatte.

Aenne stand auf und folgte der Mutter und Bettina in den Salon, in dem das Zimmermädchen schon das Holz im Kamin angezündet hatte, da die Abende noch kühl waren. Die dunkelroten Vorhänge waren zugezogen, und das Licht des Feuers spiegelte sich in der Vitrine, in der Ernestine Strauß das gute Meißner Porzellan aufbewahrte. Dem Kamin gegenüber befand sich Ernestines Sekretär aus glänzendem Nussbaumholz. Auf der offenen Platte stand noch das Tintenfass mit der Feder darin, daneben das Kistchen mit den Siegellackstangen.

Ernestine begab sich zu dem kleinen Servierwagen aus Mahagoniholz, auf dem die Likörflaschen standen. Ein dicker Teppich in den schönsten Rottönen dämpfte ihre Schritte. Erdbeerlikör, Holunderlikör und Johannisbeerlikör. Allesamt von der Köchin selbst gemacht und ein Renner bei den Hotelgästen. Sie goss sich ein Glas Johannisbeerlikör ein, setzte sich in einen Lehnstuhl am Fenster und fragte: »Und, Aenne, wie weit bist du mit deiner Chronik? Kann man schon etwas lesen?«

»Ich sammle Berichte und mache mir Notizen. Übermorgen treffe ich Emma Kloss. Sie wird mir etwas über die Anfänge der Sektkellerei erzählen. Ach ja, und die ersten Entwürfe für die Plakate, die in der Chronik vorkommen werden, habe ich auch schon gesehen.«

»Hat Clemens Volk sie dir gezeigt?«

»Ja. Hat er. Aber er hätte zu gern noch ein paar Landschaftsskizzen darin, die die Weinberge im Wechsel der Jahreszeiten abbilden.«

»Vielleicht hat Tante Oda noch ein paar Zeichnungen? Sie bewahrt doch immer alles auf.«

»Gute Idee. Ich werde sie fragen und sie dann Clemens Volk vorlegen.«

»Clemens Volk?«, fragte Bettina, die in einer Zeitschrift blätterte. »Der neue Reklamemann?«

»Wir arbeiten zusammen.«

»Ich habe ihn neulich im Künstlerkeller gesehen. Letzten Sonntag zur Matinee. Ich wollte eigentlich ohne euch beide gar nicht hin, aber dann hat mich Klärchen Stippak doch überredet, mir mit ihr die schönsten italienischen Opernarien anzuhören. Clemens Volk war auch da. Er sieht nicht schlecht aus. Was für einen Beruf lernen eigentlich die Reklameleute?«

»Clemens hat an einer Kunstschule studiert«, erklärte Aenne. »Er wollte Maler werden, aber das haben seine Eltern nicht gestattet. Mit Kunst könne man Frau und Kinder nicht ernähren, meinten sie.«

Ernestine beugte sich ein wenig nach vorn. »Nun, dass er aus einer guten Familie kommt, das merkt man ihm an. Er ist recht selbstbewusst für sein Alter und scheut sich auch nicht, in Gesellschaft zu reden. Aber das ist nicht verwunderlich, ist er doch mit Emma Kloss verwandt. Ich glaube, Emmas Mutter und die Großmutter von Clemens waren Geschwister.«

»Sein Vater ist Leiter der Postdirektion in Halle«, sagte Aenne. »Er hat noch zwei Schwestern und einen Bruder.

Der ältere Bruder tritt wohl in die Fußstapfen seines Vaters, hörte ich.«

»Nun, bei der Matinee ist er nicht weiter aufgefallen«, erklärte Bettina.

»War er allein?«, wollte Aenne wissen.

Bettina zuckte mit den Achseln. »Ich habe mich nicht weiter um ihn gekümmert. Es gab noch anderes zu sehen. Du hättest mitkommen sollen.«

»Du weißt doch, Tante Oda hat sich nicht wohlgefühlt, und ich habe ihr eine Hühnersuppe gebracht. Beim nächsten Mal sind wir gewiss wieder alle mit dabei. Opernarien hätte Oda sicher gern gehört.«

»Was gab es denn noch anderes zu sehen?«, wollte Ernestine wissen, nahm den Stickrahmen und führte die Nadel durch den Leinenstoff.

Bettina kicherte ein wenig. Eine leise Röte färbte ihre Wangen. »Ach, nichts weiter.«

»Und was ist ›nichts weiter‹?« Ernestine zog die Augenbrauen ein wenig nach oben.

»Der Oskar Nimmrod war da.«

»Und weiter?«

»Er hat mich zu einer Weinschorle eingeladen.«

»Und weiter?«

»Wir haben uns unterhalten.«

»Und weiter? Herrgott, muss ich dir jedes Wort aus der Nase ziehen?«

Bettina senkte den Blick. Ihre Wangen waren noch eine Spur röter geworden. »Ihm gehört immerhin die Hälfte der Weinkellerei Saale-Premium. Und er wohnt in einem

Schlösschen. Er wäre eine gute Partie. Und da Aenne ihn ja nicht wollte ...«

Ernestine reckte das Kinn ein wenig. »Hast du Gefallen an ihm gefunden?«

»Er ist ein wenig dicklich, aber wirklich nett. Er hat gesagt, wenn er die passende Ehefrau fände, würde er sie auf Händen tragen.«

»Wollte er sich mit dir verabreden? Zur nächsten Matinee vielleicht?«

»Er hat gesagt, es war ihm ein besonderes Vergnügen, das er gerne wiederholen wollte.«

»Beim nächsten Mal gehen wir besser alle hin«, erklärte die Mutter. »Eigentlich gehört es sich für ein junges Mädchen ohnehin nicht, allein zu solch einer Veranstaltung zu gehen, und ich habe es auch nur erlaubt, weil Frau Stippak euch begleitet hat.«

Aenne betrachtete ihre Schwester und dachte bei sich, dass Oskar Nimmrod vielleicht ganz gut zu ihr passen würde. Die Frage war nur, warum er nicht gleich um Bettina geworben hatte.

Der Vater kam zu ihnen in den Salon und ließ sich in den Lehnstuhl neben der Mutter nieder. Das Mädchen brachte eine Tasse Mokka auf einem Tablett und stellte es auf dem kleinen Tisch neben ihm ab. Offensichtlich hatte er das Gespräch durch die offene Tür gehört. »Der Oskar Nimmrod?«, fragte er.

Bettina nickte. »Hast du ihn kürzlich getroffen? Hat er etwas über mich gesagt?«

»Ich habe ihn auf der Winzerversammlung gesehen. Wie

man hört, steht das Weingut ganz gut da. Aber nein, gesagt hat er nichts.«

Aenne verzog das Gesicht und hoffte, dass Oskar Nimmrod ihrer Schwester gegenüber ein wenig romantischer auftreten würde. Aber sie ahnte, dass er eher das Weingut als das Mädchen freien wollte.

»Nun, der käme mir gerade recht«, überlegte der Vater laut. »Ein Wunder, dass er sich noch einmal an ein Strauß-Mädel traut, nachdem Aenne ihn vergrault hat. Ja, der käme mir wirklich recht.«

Er nickte Bettina freundlich zu, stellte die leere Mokkatasse ab und verschwand in Richtung seines Arbeitszimmers, das sich im Hauptflügel des Hotels befand, während die Wohnräume der Familie in einem Seitenflügel lagen und durch eine Tür vom Hotel getrennt waren.

Ernestine erhob sich und schloss die Tür des Salons.

»Ihr tut ja gerade so, als wäre ich schon mit Oskar Nimmrod verlobt«, empörte sich Bettina. »Und wenn es dann doch nicht soll sein, dann seid ihr enttäuscht. Gerecht ist das nicht.«

Die Mutter seufzte. »Du weißt doch, wie es ist. Dein Vater will seine Weine partout nicht an Kloss & Foerster verkaufen, obwohl sie ihn jedes Jahr wieder anfragen. Von der letzten Ernte haben wir lange nicht so viel verkauft, wie wir es uns wünschen. Oskar Nimmrod ist in Naumburg ein wichtiger Mann, kennt die richtigen Leute. Wenn sich zwei große Weingüter zusammentun, dann hat das immer Vorteile.«

»Und wenn ich mich nicht in ihn verliebe?«, wollte Bettina wissen, die zu gern Liebesromane las und immer wieder zwischen Anflügen von Romantik und dem mütterlichen Pragmatismus schwankte.

»Liebe, Liebe. Das muss man sich erst einmal leisten können. Dein Vater und ich haben auch nicht aus Liebe geheiratet. Liebe vergeht. Such dir einen Mann, den du zum Freund haben kannst. Das ist das Beste, was dir passieren kann.«

Als die Unterhaltung beendet war, begab sich Aenne in ihr Zimmer, das sich genau über dem Salon der Mutter befand. Sie zog die blaue Bettdecke auf ihrem Bett zurecht und setzte sich dann an ihren Schreibtisch, der unter dem Fenster stand. Aus dem Bücherschrank daneben zog sie den Gedichtband von Bettine von Arnim. Sie wollte versuchen, noch ein paar Zeilen für die Chronik zu finden. Wein, Wein. Wein reimt sich auf Sein und Stein und fein und klein, aber nichts davon schien Aenne passend. Und für Sekt fand sie schon gar keinen Reim. Sie sah sich in ihrem Zimmer um, als fände sie die Inspiration in irgendeiner Ecke.

Der Boden war mit Dielen in dem satten Ton von Waldhonig belegt, ein bunter Flickenläufer, von Tante Oda hergestellt, lag vor dem Bett. In der Ecke neben der Tür prangte ein Sessel mit einem blauen Bezug, in dem Aenne gern saß und las. Sie seufzte auf. Nein, im Augenblick würde ihr nichts einfallen, das konnte sie spüren. Also nahm sie ihre Notizen heraus und bereitete sich auf das Gespräch mit Emma Kloss vor.

»Ob ich ihn geliebt habe bei der Hochzeit?« Emma Kloss

lachte. Sie saß mit Aenne in ihrem kleinen Salon, der mit einem Sofa in leuchtendem Gelb, einem Tisch mit vier bequemen Stühlen und einer geschnitzten Kommode ausgestattet war. Die Wände waren mit lichtgrauen Stofftapeten bestückt, an denen Scherenschnitte hingen. Auf dem Tisch stand ein Kännchen mit Kaffee, dazu eine Schale mit Gebäck und Pralinen. Ein Blumenstrauß erfüllte die Luft mit zartem Duft.

Aenne saß Emma gegenüber, hatte ihr in schwarzes Leinen gebundenes Notizbuch dabei und machte mit einem Bleistift Notizen.

»Ob ich Julius geliebt habe?«, wiederholte Emma Kloss gedankenverloren und lächelte vor sich hin. »Ja, das habe ich. Das tue ich heute noch.« Emma blickte Aenne aufmerksam an. »Warum fragst du das, meine Liebe? Das hat ja nichts mit der Chronik zu tun.«

Aenne räusperte sich ein wenig verlegen. Sie hatte diese Frage auch nur gestellt, weil Emma Kloss die Freundin ihrer Mutter war, und weil sie ahnte, dass Ernestines Ehekonzept nicht für alle zutraf. Sie hatte all ihren Mut zusammennehmen müssen, denn sie wusste genau, dass sich eine solch persönliche Frage nicht ziemte.

»Nun, weil viele Ehen aus geschäftlichen Gründen geschlossen werden. Ich will aber aus Liebe heiraten. Und zwar einen Mann, der in mir mehr sieht als die Mutter seiner Kinder.«

»Das ist das Beste, was du tun kannst, Aenne. Ich jedenfalls bin mit Julius nun schon zweiundzwanzig Jahre verheiratet und habe keinen einzigen Tag davon bereut. Aber nun lass uns zur Chronik zurückkehren. Du willst wissen, wie alles angefangen hat.«

Aenne nickte, nahm ihren Bleistift fest in die Hand und hörte genau zu.

»Es war 1856. Gerade war der neue Roman von Gustave Flaubert auf Französisch erschienen. *Madame Bovary*. Und Heinrich Heine war in Paris gestorben.« Sie brach ab und lächelte. »Ich merke mir viele Sachen mithilfe der Literatur. Die Politik damals, die Beendigung des Krimkrieges, hat in meinem Gedächtnis keine größeren Spuren zurückgelassen. Julius hat mir den Roman von einer Reise aus Frankreich mitgebracht. Er war mit Moritz und Carl Foerster unterwegs gewesen, um sich die Sektherstellung in der Champagne anzusehen. Als sie wiederkamen, waren die drei voller Ideen.«

Wieder lächelte sie. »In einem Hinterhaus machten sie zunächst eine Weinhandlung auf, doch schon nach einem Jahr wollten sie mehr. Alle drei waren mutige, kluge Männer, die die Herausforderung suchten. Sie hatten in Frankreich so viel über Wein und Sekt gelernt, und das alles wollten sie möglichst schnell in die Tat umsetzen. Sie gründeten eine Sektkellerei. Noch immer hatten sie nur die Räume im Hinterhaus zur Verfügung, die Wohnung der Klosses, stell dir das vor. Es war sehr beengt dort, und die drei standen sich manchmal gegenseitig auf den Füßen. Im Mai 1858 trat der Kellermeister Lewalder seinen Dienst an. Dank ihm konnten wir schon im ersten Jahr über sechstausend Flaschen Sekt abfüllen.«

Emma Kloss lächelte und wies Anne auf ein gerahmtes

Foto hin, das auf dem Kaminsims stand. »Schau, so sah es damals aus.«

Aenne betrachtete das Foto, das ein mittelgroßes Gebäude neben einem Schuppen zeigte. »Und wie ging es weiter?«

»Die erste Flasche haben wir auf unserer Hochzeit getrunken. Das war am 17. Juni 1858. Und niemals, liebe Aenne, hat mir ein Sekt besser geschmeckt. Es war, als hätte ich Himmelstropfen getrunken.«

Himmelstropfen, dachte Aenne, was für ein schöner Ausdruck. Und dann zückte sie ihren Bleistift und schrieb das Wort in ihr Heft.

Emma Kloss stand auf, verließ den Raum und kam mit einem Fotoalbum zurück. »Sieh, das ist ein Foto von Julius und mir.«

»Ein schönes Paar«, erwiderte Aenne. »Man kann auf dem Foto direkt das Glück sehen.«

»Ja, wir waren glücklich, das ist wahr. 1859 trat Franz Ferdinand Knabe als Handlungsreisender in die Firma ein. 1861 wagten sich die Gründer zum ersten Mal mit ihren Sektsorten an eine größere Öffentlichkeit. Sie stellten sie auf der Thüringischen Gewerbeausstellung in Weimar unter den Namen Monopol, Crémant Rosé, Lemartin Frères und Sillery Grand Mousseux vor.«

»Es gab von Anfang an verschiedene Sektsorten?«, wollte Aenne wissen. Erst am letzten Sonntag hatte sie mit Tante Oda ein Glas Monopol getrunken. »Sekt am Vormittag?«, hatte Aenne gefragt, aber Tante Oda hatte gelacht. »Sekt ist Medizin. Um den Kreislauf in Schwung zu bringen, gibt es nichts Besseres.« Oda hatte die Flasche sanft entkorkt und eingeschenkt. Dann hatte sie das Glas so gehalten, dass ein paar Sonnenstrahlen darauf fielen und der Sekt wie Gold gefunkelt hatte. »Es gibt nichts Besseres«, wiederholte sie, und Aenne hatte dazu genickt und sich vorgenommen, beim nächsten Besuch die neue Sektsorte von Kloss & Foerster mit Tante Oda zu verkosten. Es war ein Sekt, der hauptsächlich aus Riesling und Müller-Thurgau hergestellt worden war. Bislang war er noch nicht im Verkauf, aber Aenne hatte dem Kellermeister mit Hinweis auf die Chronik eine Flasche abschwatzen können.

»Ja«, sprach Emma Kloss weiter. »Es war dem Kellermeister gelungen, verschiedene Cuvées zu kreieren. Und wer immer einen unserer Sekte trank, wollte schon bald mehr davon.«

»Mein Vater«, erzählte Aenne. »Mein Vater hat früher, als junger Mann noch, an eine Champagnerfabrik hier in Freyburg seine Weine geliefert. Was ist mit dieser Fabrik geschehen?«

»Sie musste wegen Misswirtschaft und Absatzeinbußen nach und nach schließen. 1862 meldete sie Konkurs an. 1866 wurde dann der Betrieb versteigert. Die Fabrikgebäude, die Einrichtungen und die Materialien. Wir kratzten unsere letzten Pfennige zusammen und kauften. Etwas Besseres hätte Kloss & Foerster nicht passieren können, denn das Geld für die Neuanschaffung von Gebäuden, Kellern und all den anderen Dingen war noch nicht verdient. Jetzt begann das eigentliche Abenteuer. Schon ein Jahr später brauchte die Sektkellerei viel mehr Wein, als die Winzer in der Saale-

Unstrut-Gegend produzieren konnten. Deshalb wurden Wein und Most aus Württemberg und Baden dazugekauft, später kamen die französischen Weine dazu. Das ist bis heute so, und wie du ja selbst weißt, wird die Firma von Jahr zu Jahr erfolgreicher.«

Emma Kloss lächelte, doch dann überzog ein Schatten ihr Gesicht. »Das mit deinem Vater tut mir leid. Er wollte in die Kellerei einsteigen. Zweimal hat er es versucht, aber Moritz und Julius sind Brüder und Carl ein Freund aus Kindheitstagen. Jeder von ihnen beherrschte ein anderes Gebiet im Unternehmen.«

»Das weiß ich doch. Und Vater hat ja seine Weinberge und sein Hotel. Trotzdem hatte er noch gehofft, nach dem Tod von Moritz Kloss 1863 in die Kellerei eintreten zu können. Aber zu der Zeit war die Geschäftsführung ja mit F.F. und Adam Feldmann auch schon komplett.«

Emma Kloss lächelte ihr zu. »Kommst du gut aus mit Clemens Volk?«

»Ja. Er erklärt mir alles, was ich wissen will. Er hat mich auch durch die Kellerei und das Gebäude geführt.« Kurz überlegte sie, wie viel Emma Kloss wohl über ihn wusste. Der Flirt mit ihm aber war ihr Geheimnis.

»Aber? Ich höre ein Aber in deiner Stimme.«

Aenne schluckte. »Na ja, er hat sehr viel Ahnung von der Reklame, und er hat Kunst studiert. Er weiß so viel mehr als ich.«

»Ach, nein, meine Liebe. So ist es bestimmt nicht. Über Werbung weiß er so einiges, aber ich bin sicher, dass du besser schreiben kannst.«

Emma Kloss lächelte. »Hast du mal wieder etwas geschrieben? Ein kleines Prosastück oder ein Gedicht?«

Aenne errötete leicht. »Etwas Kleines nur. Ganz unwichtig.«

»Ich würde es trotzdem gern hören, wenn du erlaubst.«

»Es ist ein Gedicht über … über Sekt.«

»Dann mal los.«

»Es ist noch nicht ganz fertig.«

»Ich würde es trotzdem sehr gern hören.«

Aenne begann mit leiser, ein wenig zaghafter Stimme:

>»Perlen aus Leidenschaft,
> grundkühles Prickeln,
> das nach Sommer schmeckt.
> Und nach Regen, der auf der Wiese zerstäubt.
> Wenn ich trinke,
> so trinke ich Sterne.
> Eine Milchstraße voll davon.
> Dann leuchtet auch mir ein Stern.«

»Es gefällt mir gut, Aenne, richtig gut«, bemerkte Emma Kloss. »An der Metrik musst du noch ein bisschen feilen. Aber ich denke, dass dieses Gedicht sich sehr gut in der Chronik machen würde.«

Sie brach ab, schaute aus dem Fenster. »›Perlen aus Leidenschaft‹, ja, das trifft es gut.« Aenne folgte ihrem Blick, doch da stand nur die Birke vor dem Fenster, die im leichten Wind mit ihren Blättern raschelte.

Dann stand Emma auf, begab sich zum Bücherschrank

und suchte eine kleine Weile darin herum. »Wo ist es nur?«, sprach sie mit sich selbst. »Ach, jetzt habe ich es.«

Sie reichte Aenne ein Buch. »Da, das schenke ich dir. Es ist ein Gedichtband von Johann Wolfgang von Goethe. Ich hoffe, du hast ihn noch nicht. Er ist ein Meister der Metrik.«

Aenne war so voller Ideen und Inspiration nach Hause geeilt, dass sie in den nächsten Tagen und Wochen beinahe nichts anderes tat, als an der Chronik zu arbeiten. Sie saß an ihrem Schreibtisch, den Blick nach draußen in den Lindenbaum gerichtet. Ihr Tisch quoll über von Bildern und Notizen, und ständig kamen neue Einfälle hinzu. Sie schrieb die einzelnen Berichte, die als Geschichten abgefasst waren, in Notizhefte, um sie später, wenn sie mit dem Ergebnis zufrieden war, in Schönschrift in einem Extraheft zu notieren. Sie schrieb nicht nur über den Weinanbau und die Kellerei an sich, sondern auch über Themen, die sich drum herum gruppierten. Sie ließ die »Sektmacher« persönlich zu Wort kommen. Sie fragte zum Beispiel, welche Bedeutung die Kellermeister der früheren Jahre den Sternen beimaßen. Ein alter Aberglaube besagte, dass der Frühjahrsmond die Macht hatte, die Perlen in den Flaschen zu verstärken. Der Kellermeister hatte ihr das erzählt, und Aenne hatte es aufgeschrieben. Heute richtete er sich natürlich nach modernen Dingen, aber Aenne hatte geahnt, dass er hin und wieder doch noch nach dem Frühjahrsmond schaute.

Sie vergaß auch nicht, St. Vinzenz zu erwähnen, den Schutzpatron der Winzer. Der Verkaufsleiter Franz Ferdinand Knabe hatte ihr von ihm erzählt. In Frankreich gab es sogar Prozessionen zum Tag dieses Heiligen. Das alles, hatte Knabe berichtet, erinnerte nur daran, welche Ehrfurcht die Winzer ihrem Produkt gegenüber hatten.

Sobald sie ein Notizheft vollgeschrieben hatte, ging sie damit zu Tante Oda. Sie setzten sich zusammen, und Tante Oda las sorgfältig, korrigierte hin und wieder einen Rechtschreibfehler oder machte sie auf Wiederholungen aufmerksam. Aenne durfte in Tante Odas Zeichenmappe kramen. Sie fand eine kolorierte Zeichnung der Weinberge im Herbst, und Tante Oda überließ sie ihr für die Chronik.

Und bei allem, was sie gerade tat, dachte Aenne an ihre Arbeit, sammelte Worte und Sätze, Eindrücke und Bilder und war dabei so glücklich und erfüllt wie nie zuvor.

Nur eines beunruhigte sie ein wenig, und das war Clemens. Erst heute Vormittag, als sie zwischen mehreren Zeichnungen auswählen wollte, hatte sie ihn um Rat gefragt. Sie war zu seinem Büro gegangen und hatte angeklopft, wie es sich gehörte.

Nach dem »Herein« war sie eingetreten. Clemens nahm geschwind die Füße vom Schreibtisch und hielt einen Bleistift in der Hand. »Welch schöner Besuch!«, rief er aus, obwohl sie sich eine Stunde zuvor schon gesehen hatten.

»Was kann ich für dich tun, meine liebe Aenne?« Er hatte ihr eine Woche zuvor das Du angeboten, und Aenne hatte zugestimmt, obwohl sie gerne noch ein wenig länger damit gewartet hätte. Es fiel ihr so schwer, ihn auf Abstand zu halten.

»Ich bringe zwei Zeichnungen. Du musst sagen, welche dir besser gefällt.«

Clemens nahm ihr die Blätter aus der Hand, und wie zufällig strich er ihr dabei mit dem Daumen über den rechten Handrücken. Aenne schluckte, ein leiser Schauer rann ihr über den Rücken. Und schon sah er sie wieder mit seinen gefährlichen Augen an. »Welche gefällt dir besser?«

»Bitte?« Aenne hatte keine Ahnung, wovon er da sprach. Sie sah nur die Flussaugen und spürte noch immer seinen Daumen auf ihrem Handrücken.

»Die Zeichnungen. Welche gefällt dir besser?«

»Äh, die rechte. Sie ist von einem Naumburger Künstler, den wir beim letzten Salon getroffen haben. Ich hatte den Eindruck, er wollte sich sehr gern an unserer Chronik beteiligen.«

Clemens runzelte die Stirn. »Hat er dir schöne Augen gemacht?«

»Wie kommst du darauf?«

»Nun, die Zeichnung ist schlecht. Die Perspektive ist ganz verrutscht. Doch wenn du dich für ihn verwendest, dann hat er dich wohl sehr beeindruckt?« Sie überhörte den Spott in seiner Stimme.

»Nein. Ich … ich dachte nur, es wäre unhöflich, ihm gleich einen Korb zu geben.« Schon wieder brachte er sie ganz durcheinander.

»Mir ist es ganz lieb, wenn du anderen jungen Männern einen Korb gibst«, sagte er. Aenne wurde ein wenig heiß. Er flirtete schon wieder mit ihr.

Sie räusperte sich. »Also, dann nehmen wir die andere Zeichnung. Wie fandest du übrigens den letzten Text? Bist du damit einverstanden?«

»Den Beitrag über den Schutzheiligen der Winzer?«

Aenne nickte.

»Nun, wir leben zwar in einem überwiegend evangelischen Landstrich, aber du hast den Artikel so gut geschrieben, dass ich ungern auf ihn verzichten möchte.«

Er sprach jetzt ernst und sachlich, und Aenne entspannte sich. Sie redeten noch kurz über die Aufteilung der einzelnen Beiträge, dann kehrte Aenne zurück in ihr kleines Büro und nahm sich vor, Clemens beim nächsten Flirt eine passende Antwort zu geben.

5

Und dann war die Chronik geschrieben. Aenne hatte mit dem Kellermeister gesprochen, mit den Männern vom Rüttelpult, den Leuten aus der Abfüllerei, mit den Verkorkern und mit denen, die die Agraffen auf den Flaschen befestigten. Sie hatte den Frauen, die zum Schluss die rote Hülse um den Flaschenhals packten, bei der Arbeit zugesehen, hatte gehört, wie stolz sie waren, hier bei Kloss & Foerster arbeiten zu können, auch, wenn sie sich selbst den Sekt nie leisten konnten. Nur zu Weihnachten und zu Ostern, da spendierten die Inhaber je eine Flasche, die in den Familien mit besonderer Andacht getrunken wurde.

Und Aenne hatte recherchiert, was man noch alles mit Sekt anstellen konnte. Man konnte Gelee draus machen, Sektsauerkraut, man konnte mit Sekt Desserts bereichern, und natürlich konnte man Sekt in allen Varianten trinken: mit Erdbeeren, mit Likör, und eine Frau aus der Versandabteilung hatte ihr sogar erzählt, dass sie einmal eine Mischung aus Sekt und Mokka hergestellt hatte, aber die hatte komischerweise nur ihrer alten Mutter geschmeckt.

Aenne hatte Geschichten gesammelt. Der Kellermeister

hatte ihr mit glühenden Wangen erzählt, wie er die verschiedenen Weine zu einer Cuvée mischte, wie lange das dauerte, wie oft er die Mischung neu ansetzen musste, bis sie endlich so schmeckte, wie er sich das vorgestellt hatte. Der Verkaufsleiter wusste von einem renommierten Hotel in München zu berichten, in dem die Gäste nichts anderes mehr als den Sekt aus dem Saale-Unstrut-Gebiet trinken wollten. Aenne hatte auch von Winzern im Badischen gehört, die damit prahlten, ihre Weine für die Freyburger anzubauen. Der Sekt von Kloss & Foerster hatte seinen Siegeszug durch ganz Deutschland angetreten. Nur ganz oben im Norden, da tranken die Leute wenig Sekt. »Aber nicht mehr lange.« Da waren sich alle Beschäftigten einig. Man hörte den Stolz auf ihr Produkt aus jedem Wort. Und Aenne hatte Sekt getrunken. Jede einzelne Sorte hatte sie probiert. Einmal hatte sie Sommerregen geschmeckt, und bei der nächsten Flasche wurde sie ein wenig melancholisch, und der Sekt schien ihr im Kerzenlicht zu lodern wie die Herbstfeuer, die auf den Weinbergen entzündet wurden. Sekt, dachte sie, ist wie ein Wunder. Bei den unzähligen aufsteigenden Perlen musste sie an Küsse denken. Auch Küsse prickelten so, schmeckten süß und herb zugleich und verdrehten einem den Kopf. So stellte sich Aenne zumindest Küsse vor. Aber diesen Gedanken hatte sie in der Chronik natürlich nicht erwähnt.

Es hatte ein paar Monate gedauert, aber nun war die Chronik fertig. Sie lag vor Aenne auf dem Tisch, in rotes Leinen gebunden. Auf dem roten Leinen hatte sie bestanden. Die Farbe erinnerte an die rote Kappe, die auf jeder Sektflasche der Kellerei Kloss & Foerster prangte. Clemens Volk hatte dagegengehalten. »Rot«, hatte er gesagt. »Das ist die Farbe der Liebe. Rot ist eine gefährliche Farbe. Es ist sogar verboten, mit einem roten Kleid in die Kirche zu gehen.«

»Rot ist die Farbe der Leidenschaft. Ich finde, sie passt hervorragend zu Sekt«, hatte Aenne erwidert. Da hatte Clemens sie mit leicht zusammengekniffenen Augen betrachtet. »Ich wette, dir würde ein rotes Kleid hervorragend stehen«, sagte er und nickte dazu.

»Ein rotes Kleid? Ich weiß nicht. Ist das nicht viel zu auffällig? Und überhaupt ...« Sie brach ab. Sie hatte daran denken müssen, dass nur leichte Frauen gern rote Kleider trugen. Das hatte sie zumindest gehört, als sich zwei der Strauß'schen Weinbergarbeiter im Keller darüber unterhalten hatten. Sie hatten Aenne nicht bemerkt, und der eine hatte gesagt: »Gleich hinter dem Bahnhof in Leipzig, da kannst du sie finden.«

Und der andere hatte eingewandt: »Wie erkenne ich sie denn, die Käuflichen? Nicht, dass ich die Falschen anspreche.«

Der eine hatte gelacht. »Nimm eine mit einem roten Kleid, da kannst du nichts verkehrt machen.«

Ob Clemens das wusste? Nein, das konnte sie sich nicht vorstellen. Sie war verwirrt und ärgerlich darüber, dass Clemens sie schon wieder durcheinandergebracht hatte.

Deshalb drehte sie sich wortlos um und ließ ihn stehen.

Als zu Hause die Vorsuppe aufgetragen wurde, Markknochensuppe mit Eieinlage, fragte Aenne ihre Schwester: »Fährst du mit mir nach Leipzig? Ich möchte ein paar Einkäufe erledigen. Unter anderem brauche ich ein neues Kleid.«

Aenne hatte von der Sektkellerei ein Honorar für ihre Arbeit bekommen und war fest entschlossen, sich neu einzukleiden. Sie wollte sich neue Kleidung kaufen, weil sie sich verändert hatte. Sie war nun nicht länger die jüngere Tochter der Straußfamilie, die ein bisschen was von Wein verstand und ein paar nette Verse drechselte. Aenne hatte eine Chronik geschrieben. Und sie war dafür bezahlt worden. Ihr Leben hatte sich währenddessen tatsächlich wie ihr Leben angefühlt. So, als könnte sie bestimmen, was sie tun wollte. Dieses Gefühl war berauschend, war süchtig machend, hatte sie zu einer anderen gemacht. Aenne fühlte sich wie eine junge, stolze Frau, die in ihrem Leben noch viel erreichen konnte. Eine Frau, für die es mehr gab als die Ehe und Kinder. Sie wollte mehr, hatte schon immer mehr gewollt, aber nun hatte sie bewiesen, dass sie es auch konnte.

»Ich höre wohl nicht richtig«, spottete Bettina. »Du willst Kleider kaufen? Bislang hast du schon gemurrt, wenn du nur nach Naumburg zur Schneiderin solltest. Woher kommt diese Wandlung?«

Auch die Mutter blickte sie nun an. Nur der Vater schlürfte weiter die Suppe. Wie seine Töchter sich kleideten, hatte ihn noch nie interessiert, und außerdem hatte er sich sehr geärgert. Heute Morgen war eine ganze Kiste des besten Sektes von Kloss & Foerster geliefert worden. »Mit den herzlichsten Empfehlungen und als Dank für die wunderbare Arbeit«, hatte auf einem Billett gestanden, das an Aenne adressiert war.

Der Vater hatte neben ihr gestanden, als ein Bote die Holzkiste brachte. Und gleich war dem Vater eine dunkelblaue Zornesader auf der Stirn gewachsen. In seinem Hause brauchte niemand Sekt. Es gab hervorragende Weine, die allemal besser schmeckten als der Sekt, den diese ... diese Brüder da brauten. Die, die ihn und sein Wissen nicht hatten haben wollen. Und dann noch die Chronik! Widerwillig hatte er ihr Entstehen beobachtet, und jetzt hatten sie die Frechheit, Sekt zu schicken. In sein Haus!

»Der Sekt kommt mir nicht über die Schwelle«, hatte er getobt. »Das fehlte noch, dass wir hier das Getränk dieser Brüder zu uns nehmen. Schlimm genug, dass meine Tochter für die da arbeitet.« Und dann hatte er eine Flasche aus der Kiste genommen, hatte sie an der Hauswand kaputt geschlagen und grimmig zugesehen, wie der perlende Sekt im Erdboden versickerte. Dann hatte er die nächste Flasche genommen und sie an die Wand gefeuert und dann die dritte und hatte erst aufgehört, als alle zwölf Flaschen zerbrochen waren.

Aenne wäre dem Vater am liebsten in den Arm gefallen. Der gute Sekt! Es kam ihr wie ein Sakrileg vor, das köstliche Getränk zu vergeuden. Aber der Vater war manchmal ein Wutkopf, und Aenne hatte gelernt, ihm in solchen Augenblicken aus dem Weg zu gehen.

Sie war in die Küche gelaufen, hatte einen Eimer, Kehrschaufel und Besen geholt und die Scherben zusammengekehrt.

»Bald ist die große Jubiläumsfeier bei Kloss & Foerster. Dafür hätte ich gern ein neues Kleid.«

Der Vater brummte: »Dafür reicht ein Stück aus braunem Sackleinen.«

Bettina lachte. »Vati, kein junges Mädchen trägt Braun. Wirklich nicht. Wir müssen schon ein bisschen mit der Mode gehen. Schließlich sind wir in Freyburg nicht irgendwer.«

Der Vater brummte, während die Mutter Bettina zustimmte.

»Wir fahren alle drei nach Leipzig!«, verkündete Ernestine und beendete damit die Debatte. Sie hatte ihre Hand auf den Unterarm des Vaters gelegt und blickte ihn fragend an.

»Kauft, was ihr wollt«, brummte er. »Aber ich werde wohl nie verstehen, warum Frauen so viel Kleider und Wäsche brauchen.«

Die Mutter lachte. »Ich weiß«, sagte sie und strich ihm über den Arm. »Dir reichen deine Sachen, die du zum Arbeiten im Weinberg oder im Keller trägst.«

Später kam Bettina in Aennes Zimmer. Sie kam wie immer einfach rein, ohne anzuklopfen, stellte sich neben Aenne und sprach einfach drauflos: »Hast du dir schon überlegt, was für ein Kleid du haben möchtest?«

»Nein, eigentlich nicht. Ich hätte gern etwas Schlichtes. Ohne viel Spitze. Was schlägst du vor?«

Bettina legte den Kopf schief. »Die Farbe ist das Wichtigste. Sie muss zu dir passen und dir stehen. Ich würde dir etwas in Apricot empfehlen. Oder ein frisches Grün.«

Aenne betrachtete sich im Spiegel, der über ihrem Frisiertisch hing. Sie sah eine junge Frau mit langen, schmalen

Gliedern, der das hellbraune Haar bis über die Schultern fiel. Sie hatte graue Augen, die passabel weit auseinanderstanden, eine gerade Nase. Nur der Mund zwar vielleicht ein wenig zu breit.

Bettina war aufgestanden und hinter sie getreten. Sie hob Aennes Haare an. »Du hast einen schönen langen Hals«, sagte sie. »Den solltest du unbedingt betonen.«

»Meinst du wirklich?« Aenne hatte sich nie groß um ihr Aussehen gekümmert. Nicht so wie Bettina. Sie mochte es, gut auszusehen, aber sie fühlte sich in einem einfachen Leinenkleid auch sehr wohl.

»Kann ich mir mal deine Zeitschriften ansehen?«, fragte sie.

»Aber ja, du musst dich vor unserer Fahrt nach Leipzig schlaumachen.« Bettina ging in ihr Zimmer, kam zurück und warf drei Zeitschriften auf Aennes Bett.

Aenne wäre jetzt gern allein gewesen, denn so gut es Bettina auch meinte, sie wollte einfach allein auf Entdeckungsreise in die Welt der Mode gehen. Bettina hatte so genaue Vorstellungen von dem, was zu ihrer Schwester passte und was nicht, dass Aenne kaum Zeit hatte, sich selbst ein Bild von sich zu machen.

Aber Bettina war auf diesem Auge blind. Sie ließ sich auf Aennes Bett sinken und richtete ihr Kleid. Es hatte die Farbe von Eierschalen, und Aenne fragte sich, wie man ein so helles Kleid an einem Werktag anziehen konnte. Praktisch war das sicher nicht. Aber dann fiel ihr ein, dass Bettina zu Klärchen Stippaks Geburtstag eingeladen war und sich dafür wohl schon umgezogen hatte.

»Ist noch was?«, fragte Aenne, und beim Blick in das Gesicht der Schwester ahnte sie, dass es noch eine Weile dauern würde, bis sie sich den Modezeitschriften zuwenden konnte. Wenn Bettina diese Miene aufsetzte, dann hatte sie etwas zu erzählen. Und sie würde nicht eher gehen, bis sie Aenne alles erzählt hatte.

»Der Oskar Nimmrod.«

»Was ist mit dem?«

»Nun, er hat mir bei der letzten Matinee wieder eine Weinschorle ausgegeben, aber dann hat er sich viel länger mit Klärchen Stippak unterhalten als mit mir.«

»Na und?«

»Findest du das nicht seltsam? Wo er mir doch beinahe den Hof gemacht hat.«

»Mir hat er auch den Hof gemacht«, warf Aenne ein.

Bettina seufzte: »Wahrscheinlich ist er einfach auf der Suche und probiert sein Glück.«

Aenne musste lächeln, bei all ihren romantischen Vorstellungen hatte Bettina den Pragmatismus ihrer Mutter geerbt.

»Gefällt er dir denn?«

»Darum geht es doch nicht.«

»Worum dann?«

»Er kann nicht einfach so tun, als gefalle ich ihm, und dann lässt er mich links liegen.«

Aenne zuckte mit den Schultern. »Vielleicht gibt es Bessere als ihn.«

»Aber keinen mit einem Weinschlösschen«, erwiderte Bettina.

»Ach?« Jetzt war Aennes Interesse geweckt. »Du würdest ihn also nehmen, weil er ein Schlossherr ist?«

»Winzer ist er. Wie Vater. Er ist eine gute Partie.«

»Aber vermutlich ein schrecklicher Mensch.«

Da zuckte Bettina mit den Schultern. »Eine kluge Frau schafft es immer, ihren Mann dorthin zu kriegen, wo sie ihn hinhaben will. Guck dir Mutti an. Vati tanzt nach ihrer Pfeife und merkt es nicht einmal.«

Eine Woche später fuhren sie nach Leipzig. Zuerst mit der Kutsche bis nach Naumburg und von Naumburg aus auf der neuen Zuglinie bis nach Leipzig. Es war ein wundervoller Sommertag, und ein sanfter Wind kühlte die erhitzten Gesichter. Als Aenne aus dem Bahnhof trat, musste sie erst einmal tief durchatmen. Ein Gedränge aus Pferdedroschken und Kutschen verstopfte die Straße vor dem Bahnhof. Überall eilten Menschen hin und her. Ein Leierkastenmann spielte einen Gassenhauer, zwei Dienstmänner mit blauen Mützen luden unter lautem Getöse und Geschrei Kisten von einem Fuhrwerk, ein kleiner Junge weinte an der Hand seiner Mutter. Dem Bahnhof gegenüber stand ein vornehmes Hotel, und Aenne beobachtete, wie eine gut gekleidete Frau mit einem kleinen Mädchen im weißen Kleid das Hotel betrat.

Sie lächelte, sah sich um. Oh, sie war so gern in Leipzig. Die Stadt kam ihr vor wie der Mittelpunkt der Welt. Die wunderbaren Häuser mit ihren Stuckverzierungen, die gut gekleideten Menschen, die vornehmen Restaurants mit den gestärkten weißen Damastdecken und den befrackten Kellnern, die vielen Droschken, der unermüdliche Strom der Fußgänger.

Sie gingen vom Bahnhof direkt in Richtung Kaufhaus Held, schritten über die eleganten Bürgersteige, wiesen einen Zeitungsjungen ab, gingen stumm an einem Schuhputzer vorbei, der seine Dienste lauthals anbot. Als sie das Kaufhaus Held betraten, waren sie schlagartig in einer eleganten Welt, einem hellen duftenden Einkaufsparadies. Aenne nahm den glänzenden Kronleuchter, den marmorierten Fußboden und den Duft nach teurem Parfum wahr. Vor ihr lief eine Frau mit einem Hündchen, die einen Hut, groß wie ein Wagenrad, trug und von einer Verkäuferin unterwürfig mit »Frau Baronin« angesprochen wurde. Ein junger Geck betrachtete die große Auswahl an Stockschirmen, eine ältere Dame trippelte eilig zum Ausgang, von einem Dienstboten begleitet, der unter einem Turm von Paketen beinahe verschwand.

Bettina betrachtete verzückt das Angebot, bestaunte Hüte und Handschuhe, während Aenne und die Mutter direkt in die Maßschneiderei strebten. Die Damenabteilung wirkte beinahe wie ein Palast. Überall hingen Spiegel, vor denen sich bereits eine Kundin drehte, die zur Anprobe gekommen war. Es gab unzählige Kleiderpuppen, Regale, Ständer, Stapel mit Musterbüchern und Stoffproben, ein paar bequeme Sessel zum Ausruhen und natürlich eine überwältigende Auswahl an Tüchern, Pelzkrägen und Stolen.

Eine Verkäuferin in einem schwarzen langen Rock, einer weißen Seidenbluse und einem schwarzen Jäckchen darüber, die Haare ordentlich aufgesteckt, eilte herbei. »Wie kann ich Ihnen helfen, meine Damen?«

»Wir suchen ein Kleid für einen feierlichen Anlass für diese junge Dame hier.«

»Ein Ballkleid?« Die Verkäuferin schlug ein Musterbuch auf und hielt es der Mutter hin.

»Nein, kein Ballkleid, aber eine festliche lange Robe.«

»Wenn Sie mir bitte folgen wollen.«

Die Verkäuferin eilte durch einen Gang und blieb vor einem Regal mit weiteren Musterbüchern stehen, blätterte darin und zeigte dann auf die Zeichnung eines Kleides.

»Hier, das ist die neueste Kreation. In echter Seide wirkt das Kleid am gefälligsten. Der Entwurf kommt direkt aus Paris. Sehr modern. Sehr schmeichelhaft. Sehen Sie sich nur das Mieder an. Die Ösen, durch die die Schnüre laufen, können wir noch einmal mit Stoff unterlegen, das ist bequemer. Und die Spitze ist selbstverständlich aus Belgien.« Sie betrachtete Aenne.

Dann holte sie aus dem Regal mehrere Stofftücher, die sie vor Aenne aufblätterte. »Welches Material bevorzugen Sie?«

Aenne befühlte die Stoffe. Da war Seide, die sich glatt und zart wie ein Windhauch an ihre Hand schmiegte. Da war Atlas, beinahe ebenso zart wie die Seide, aber glatter und kühler. Und da war Organza, transparent und schillernd. Bettina riet ihr zur Seide, Ernestine empfahl einen Atlasstoff.

Aenne seufzte. Die Wahl war nicht einfach, aber dann entschied sie sich für die Seide, auch wenn diese am teuersten war. Sie hatte schließlich dafür gearbeitet und wollte sich etwas wirklich Schönes gönnen.

»Und die Farbe?«

Wieder war Aenne unsicher. Sie hatte einfach zu wenig Erfahrung mit diesen Dingen. Hilflos blickte sie zu Ernestine.

»Zu deinen grauen Augen würde ein hellgraues oder silbriges Kleid gut passen. Aber auch Blau steht dir. Und natürlich die Pastelltöne.«

Aenne hielt sich ein Stück silbergraue Seide vor das Gesicht. Danach ein Stück in Apricot und danach noch eines in Pastellgrün. Bettina, die ein Stück von ihr entfernt begeistert in den Musterbüchern blätterte, rief ihr zu: »Probiere auch einmal die Farbe von Lavendel. Ich wette, die schmeichelt dir.«

Und noch ehe Aenne sich's versah, hatte die Verkäuferin ihr bereits ein Stoffstück in Lavendel um die Schultern gelegt.

»Was meinst du?«, fragte sie ihre Mutter. »Lavendel oder Silbergrau?«

Ernestine wiegte den Kopf. »Silbergrau ist eine wunderschöne Farbe. Ich frage mich nur, ob du nicht noch zu jung dafür bist. Lavendel wiederum sieht an jungen Frauen am schönsten aus.«

»Gut, dann nehmen wir das«, erklärte Aenne, und dann bat die Verkäuferin sie in einen Anproberaum, in dem ein großer Spiegel hing. Eine Schneiderin kam hinzu, am Handgelenk ein Nadelkissen, und nahm Aennes Maße. Der Termin für die Anprobe wurde vereinbart, und Aenne fühlte sich durch das Einkaufserlebnis gleich ein wenig erwachsener. Ihr erstes Kleid aus Leipzig! Nach Pariser Chic. Ganz anders als die Kleider, die die Naumburger Schneiderin ihr bislang genäht hatte. Viel glamouröser.

»Wo wir schon einmal hier sind, wollte ich gleich ein wenig neue Unterwäsche kaufen, Strümpfe und all die Kleinigkeiten, die man sonst so benötigt.« Der Besuch des Kaufhauses fing an, Aenne Freude zu machen.

»Einen Hut und Handschuhe für das Abendkleid brauchst du auch noch«, meinte Ernestine.

Aenne probierte Strümpfe und Handschuhe an, drehte sich vor den Spiegeln, lachte über einen Hut, der so groß war wie der Deckel eines Weinfasses, entschied sich schließlich für helle Spitzenhandschuhe, ließ sich Unterwäsche und Strümpfe einpacken und kaufte als Letztes noch einen schlichten Strohhut, den sie bei der nächsten Weinlese tragen konnte.

Nach einer Stunde war sie fertig, und Aenne setzte sich erschöpft auf einen der zierlichen Sessel. Als die Verkäuferin ihr eine Erfrischung brachte, fühlte Aenne sich einmal mehr erwachsen und weltgewandt. Der Einkauf dauerte noch einmal gut eine Stunde, bis auch die Mutter und die Schwester endlich fertig waren und sie gemeinsam aus der Damenabteilung im ersten Stock hinunter ins Erdgeschoss stiegen. Da waren Tische voller Döschen und Tiegelchen, Parfumflakons aus Glas, die im Licht des Kronleuchters funkelten wie Diamanten. Da gab es Lippenrot in kleinen Döschen, die mit Schmucksteinen besetzt waren, glitzernde Haarkämme und seidene Haarbänder, Puderdosen und ein Arsenal an

Schminkpinseln, das jeden Maler neidisch gemacht hätte. Aenne schnupperte an den verschiedensten Düften und entschied sich für ein Parfum, das zart nach Maiglöckchen roch, dazu kamen noch ein Badeöl und ein heller Puder.

Als sie endlich das Kaufhaus verließen – die Einkäufe brachte ein Ladenjunge direkt zum Bahnhof –, fühlte sich Aenne aufgedreht und hungrig.

Sie gingen zusammen in den »Coffe Baum« zum Mittagessen. »Was für ein Kleid für die Jubiläumsfeier hast du dir ausgesucht?«, fragte Aenne.

»Ich habe ein lindgrünes Seidenkleid genommen«, erklärte Bettina mit leuchtenden Augen. »Ich denke, damit werde ich Aufsehen erregen. Lass dich überraschen.«

»Dann nimm besser grelles Rot und ein ganz enges Korsett«, sagte Aenne und lachte laut bei der Vorstellung. Bettina verzog das Gesicht.

»Was habt ihr nur wieder?«, schimpfte die Mutter. »Um was ging es dieses Mal?«

Bettina senkte den Blick, während Aenne sagte: »Es geht um Oskar Nimmrod.«

»Was ist mit ihm?«, wollte die Mutter wissen.

Aenne schaute zu Bettina, die noch immer den Blick gesenkt hielt. »Bettina will ihn haben. Sie will tatsächlich den Oskar Nimmrod haben.«

Die Mutter nickte ihrer älteren Tochter anerkennend zu. »Eine gute Wahl, meine Liebe. Du denkst in die Zukunft. Das wird den Vater freuen. Ich hoffe doch sehr, dass du ihn magst.«

»Ja. Das tue ich. Er hat mir schon immer gefallen.«

»Wirklich?«

Bettina nickte. »Oskar Nimmrod stellt etwas dar. Er weiß, was er will. Aber ich glaube, er interessiert sich mehr für Klärchen Stippak«, antwortete Bettina leise.

Die Mutter zog die Augenbrauen in die Höhe. »Klärchen Stippak? Ich glaube, da musst du dir keine Sorgen machen. Ich habe gehört, dass ihr Vater zwei Weinberge hat verkaufen müssen. Spielschulden sollen der Anlass gewesen sein. Nun, jetzt zählen die Stippaks wohl bald nicht mehr zu den ersten Familien in der Stadt. Das wird auch Oskar Nimmrod gehört haben, und wenn nicht, dann wird er es bald hören. Und wenn er so ist, wie ich es mir denke, dann wird er das letzte Mal mit Klärchen getanzt haben.« Sie schaute sehr energisch drein, den Mund zu einem schmalen Strich gepresst, in den Augen ein gefährliches Funkeln. Ernestine war eine Frau, die jedem alles gönnte, aber wenn es um ihre Töchter ging, kannte sie keine Freunde. Da war sie bereit, wie eine Löwin zu kämpfen. Das wusste Aenne, und sie wusste auch, dass der Vater Oskar für eine gute Wahl hielt. Und damit war eigentlich schon alles entschieden. Was Bettina nicht mit ihrem Liebreiz erreichen konnte, das würde die Mutter mit anderen Mitteln hinkriegen.

»Aber Klärchen ist doch meine beste Freundin«, jammerte Bettina. Da blickte die Mutter sie sehr streng an. »Willst du Oskar Nimmrod, oder willst du ihn nicht?«

»Ja. Schon. Aber ich möchte, dass er mich auch will.«

»Das lass mal meine Sorge sein«, tröstete die Mutter. »Wenn du ihn willst, dann werden wir ihn kriegen.«

Dann wandte sie sich ihrem Kaffee zu, und nach dem

Kaffee schlenderten die drei Frauen noch ein wenig durch das Stadtzentrum. In einem Juweliergeschäft ließen sie sich Ohrringe zeigen, in einem Posamentenladen kaufte die Mutter Nähnadeln und Nähgarn, bei einem Spirituosenhändler eine Flasche französischen Cognac für den Vater. Erst als Aenne in einer Buchhandlung stöberte und sich mehrere Romane aussuchte, drängte die Zeit. Sie mussten zum Zug, mussten bis Naumburg und hernach mit der Kutsche bis nach Freyburg zurück.

6

Am Tag der großen Jubiläumsfeier, zu der die ganze Familie Strauß eingeladen war, verbrachte Bettina Stunden vor dem Spiegel. Sie drehte sich Löckchen in die Haare, trug behutsam Lippenrot auf und betupfte sich mit dem Parfum, das sie in Leipzig gekauft hatte.

Aenne zog sich vorsichtig das lavendelfarbene Kleid an, bürstete ihr langes Haar und bat Bettina, die in einen lindgrünen Traum aus Seide gehüllt war und nach ihrem herrlichen Parfum duftete, ihr bei der Hochsteckfrisur zu helfen. Aenne war aufgeregt, würde sie Eindruck machen, würde Clemens aufmerksam zu ihr sein?

Der Vater hatte sich brummend in den Weinkeller verzogen, nachdem er bei Tisch mitgeteilt hatte, dass ihn keine zehn Pferde in die Sektkellerei brächten.

Die Mutter hatte verschiedene Kragen anprobiert und überlegt, ob sie ihr kleines Pelzjäckchen mitnehmen sollte, obgleich es Sommer war.

Endlich stand die Kutsche vor dem Haus, endlich fuhren sie los. Das Hotel Strauß befand sich zwar in unmittelbarer Nachbarschaft zur Sektkellerei, sodass der Kutscher keine fünf Minuten für die Fahrt brauchte, aber es wäre doch nicht schicklich gewesen, die wenigen Meter zu Fuß zu gehen.

Aenne war jetzt wirklich aufgeregt. Zum ersten Mal sollte ihre Chronik präsentiert werden. Würde sie den Leuten gefallen? Würden Klosses zufrieden sein mit ihrer Arbeit? Sie hatte all ihr Können und Wissen hineingelegt. Sie hatte wieder und wieder die Texte überarbeitet, bis sie den Eindruck hatte, dass sie perfekt passten. Sie hatte mit Clemens Volk debattiert, sie hatte Tante Oda gebeten, zwei ihrer Zeichnungen beizusteuern. Es war ein großer Tag für sie, und ihre Mutter spürte dies und drückte ihre Hand. »Mein liebes Kind, du siehst großartig aus in deinem neuen Kleid«, flüsterte sie ihr zu. »Und deine Chronik wird ganz sicher gut ankommen.«

Die Halle im Eingangsbereich der Kellerei war mit roten und weißen Bändern geschmückt. Überall standen große Vasen mit üppigen Rosensträußen, ebenfalls in Weiß und Rot. Riesige Kerzenleuchter prangten mit duftenden Bienenwachskerzen, und der Kronleuchter schimmerte in allen Farben. Es roch nach dem Parfum der Damen und den Zigarren der Herren. Gemurmel, unterbrochen von hellem Gelächter, erfüllte den Raum, und Aennes Aufregung beim Anblick all dieser Leute, die gleich ihre Chronik sehen würden, wurde noch ein bisschen stärker. Die Gäste standen in kleinen Grüppchen zusammen und unterhielten sich. Ein kleines Kammerorchester spielte ein paar Stücke, denen jedoch niemand aufmerksam lauschte. Die Stimmung war festlich und irgendwie prickelnd, und Aenne fand, dass diese Stimmung hervorragend zum Jubiläum einer Sektkellerei passte. Sie ließ ihren Blick über die Gäste schweifen. Der Bürgermeister war da, der Chefarzt des Hospitals, ein Vertreter der Winzervereinigung und natürlich noch die anderen Honoratioren der Städte Freyburg und Naumburg. Schließlich erblickte Aenne Oskar Nimmrod, neben ihm sein wesentlich älterer Bruder Martin. Sie hatte Martin Nimmrod lange nicht gesehen, hatte ihm nie sonderliche Beachtung geschenkt, aber nun, wenn Bettinas Wünsche sich erfüllen und sie womöglich miteinander verwandt würden, da wollte sie sich ein Bild von ihm machen. Er war schlank, viel schlanker als Oskar, und wirkte in seinem Frack ausgesprochen vornehm. Seine Haare zeigten erste graue Strähnen, die Nase ragte ein klein wenig zu weit nach vorn, aber alles in allem, fand Aenne, war er bedeutend eindrucksvoller als sein Bruder.

Er hob sein Glas und prostete ihr zu, als würden sie sich schon lange kennen. Aenne lächelte zurück und fragte sich, ob sie schon jemals mit ihm mehr als drei Sätze gesprochen hatte.

Jetzt kamen mehrere Herren in schwarzen Fräcken dazu, die mit gewichtigen Mienen mit anderen Herren in schwarzen Fräcken Gespräche führten. Die Damen trugen allesamt Abendroben, an denen man erkennen konnte, ob sie Freyburgerinnen oder aus einer größeren Stadt angereist waren. Das Hotel »Zum Strauß« war komplett ausgebucht, und so wusste Aenne, dass viele Leipziger Hoteliers und Weinhändler unter den Gästen waren.

Kellner liefen mit vollen Sekttabletts hin und her, und

auf einem großen Tisch lagen hoch aufgetürmt die rot ein-
gebundenen Chroniken. Zärtlich strich Aenne über eines
der Exemplare und dachte noch einmal daran, wie sie in
ihrem Zimmer am Schreibtisch gesessen und geschrieben
hatte.

Aenne hielt Ausschau nach Franz Ferdinand Knabe, der
im Gespräch war, ihr aber mit seinem Glas lächelnd zupros-
tete.

Neben dem Tisch stand Clemens Volk und winkte ihr zu.
»Komm, Aenne, lass dich feiern. Es gibt einige Leute, die
möchten zu gern die Chronistin kennenlernen.«

Ihr Blick fiel auf Emma und Julius Kloss, die ihr ebenfalls
zuprosteten, dann begab sie sich zu Clemens Volk.

»Was sagen die Leute zu unserer Chronik? Hast du schon
Reaktionen gehört?«

Aenne merkte selbst, dass ihre Fragen aufgeregt klan-
gen. Aber warum auch nicht? Es war ihre Arbeit! Und sie
hatte sich wirklich große Mühe gegeben. Carl Foerster hatte
ihr einen Fotografen geschickt, obgleich Fotografien nicht
billig waren. Aber da die Klosses die Chronik auch mit auf
Handelsreisen und Messen und Gewerbeschauen mitnehmen wollten, war ihnen nichts zu teuer.

Aenne war mit dem Fotografen und Clemens durch die
Fabrik gegangen, hatte alles fotografieren lassen. Aber nicht
auf die übliche Art, bei der ein Arbeiter in der Mitte steht
und dahinter vielleicht ein Rüttelpult. Nein, sie hatte es anders haben wollen. Sie hatte den Fotografen gebeten, so
nahe wie möglich an die Sektflaschen heranzugehen, damit
die Perlen sichtbar wurden. Sie hatte die Details festhalten

wollen, denn das Große und Ganze konnte ja jeder mit den eigenen Augen sehen. Clemens war dagegen gewesen. »Wir sollen die Realität abbilden«, hatte er argumentiert. »Was du willst, das ist Kunst.«

Sie hatten schließlich Carl Foerster dazugeholt, und der hatte entschieden, dass ein Foto mit den aufsteigenden Perlen genau das war, was die Leute sehen wollten. Ein bisschen hatte Aenne triumphiert, doch Clemens hatte das Ergebnis gelobt.

»Zuerst einmal möchte ich dich herzlich beglückwünschen. Du hast sehr gute Arbeit geleistet, und es war mir wirklich ein ganz besonderes Vergnügen, mit dir arbeiten zu dürfen.« In Clemens' Augen funkelte bei diesen Worten großes Interesse, kein Spott. Und Aenne freute sich so über seine Worte, dass sie zu Boden blicken musste, um die Röte ihrer Wangen zu verbergen.

»Der Redakteur von der *Naumburger Zeitung* hat sich eine Chronik mitgenommen. Er hat darin geblättert, und ich fand, er sah ganz zufrieden aus«, erzählte Clemens mit Genugtuung.

»Und der Kellermeister? Hat er die Chronik schon gelesen? Hat Herr Knabe, der Verkaufsleiter, sich schon dazu geäußert?«

Clemens lachte: »Du sprühst ja regelrecht Funken vor Aufregung. Ja, Adam Feldmann war zufrieden. Nur dass auf dem Foto eine Haarsträhne nicht so lag, wie er das wollte, hat er bemängelt. Und Herr Knabe hat gleich noch zehn Stück zusätzlich vormerken lassen.« Clemens zwinkerte ihr zu und flüsterte: »Ich glaube, er will sie in seiner Familie zu Weihnachten verschenken, weil sein Name ein paarmal darin erwähnt wird.«

»Und die Klosses?«, sprudelte Aenne weiter.

»Emma Kloss ist hellauf begeistert. Sie hat gerade einige Chroniken unter den Gästen verteilt. Sogar an den Mann vom Thüringer Gewerbeverein.« Clemens deutete unauffällig auf einen schlanken Mann, der in der Chronik blätterte.

Aenne strahlte. Sie stieß mit Clemens an, trank einen Schluck Sekt, und nie hatte er ihr besser geschmeckt.

Dann klopfte Julius Kloss an sein Glas, die Gäste verstummten, und der Inhaber der Sektkellerei hielt eine kleine Rede. »Sehr geehrte Damen und Herren, liebe Freunde! Es ist mir ein ganz besonderes Vergnügen, Sie alle heute hier zur Feier anlässlich des fünfundzwanzigjährigen Bestehens der Sektkellerei Kloss & Foerster begrüßen zu dürfen. Und dass unsere Sektkellerei weit über die Grenzen unseres Tals hinaus bekannt geworden ist, beweisen nicht zuletzt die Glückwünsche, die unser Kaiser Wilhelm uns hat schicken lassen …«

Die Gäste schwiegen beeindruckt. Und Aenne wurde noch ein wenig stolzer. Am Ende hatte vielleicht sogar der Kaiser die Chronik in die Hände bekommen?

Julius Kloss sprach ein wenig über die Geschichte der Firma, dann über die einzelnen Sektsorten, und zum Schluss verwies er auf die Chronik. Applaus brandete auf, und Aenne wurde verlegen, da sich alle Gesichter nun ihr zuwandten. Da trat Clemens neben sie, legte ihr ganz leicht seine Hand auf den Unterarm, und plötzlich verschwand alle Verlegenheit, und Aenne fühlte sich stolz.

Als die Rede vorüber war, kam das Ehepaar Kloss auf Aenne zu.

»Noch einmal in aller Form, liebe Aenne: Wir danken Ihnen sehr. Ihre Arbeit hat unsere Erwartungen bei Weitem übertroffen. Ein gravierender Fehler ist Ihnen allerdings unterlaufen.«

Aenne erschrak. »Was habe ich gemacht?«

»Nun, der Sekt aus unserem Hause heißt Monopol. Sie aber haben Monopole geschrieben, so heißt ein Champagner aus dem Hause Heidsieck.«

Aenne wurde ganz heiß. Sie spürte, wie sich ihre Wangen rot färbten. Sie wollte sich gerade wortreich entschuldigen, als Clemens zu sprechen begann. »Das war mein Fehler, für den ich mich in aller Form entschuldigen möchte.«

Er verbeugte sich ein wenig, und Aenne atmete auf. Es war ihr Versehen gewesen, das wusste sie, auch wenn Clemens jetzt die Schuld auf sich nahm.

»Letztendlich ist nichts passiert«, fuhr Julius Kloss fort. »Emma hat alle Unterlagen noch einmal kontrolliert, bevor sie in die Druckerei gingen. Sie hat den Fehler gefunden.«

»Aber warum haben Sie denn nichts gesagt?«, fragte Aenne, an Emma gewandt.

»Die Chronik ist ein Abbild unserer Jugend. Und die Jugend darf Fehler machen. Das war schon immer so.« Julius Kloss lachte, nahm drei Gläser vom Tablett eines Kellners, der gerade vorüberlief, und stieß mit Aenne und Clemens an. »Gute Arbeit!«, sagte er. »Aenne, was halten Sie davon, ab sofort als unsere ständige Chronistin tätig zu werden? Als Mitarbeiterin in der Reklameabteilung, zuständig für alles, was mit Texten zu tun hat. Der Vorschlag kam von Herrn Volk, und ich wünsche sehr, dass wir darauf hoffen dürfen, dass Sie beide auch weiterhin so fruchtbringend zusammenarbeiten.«

Aenne blickte zu Clemens, der sie strahlend anlächelte.

Aenne glaubte, ihren Ohren nicht zu trauen. Julius Kloss hatte ihr eine Anstellung angeboten, bei der sie sowohl ihre Liebe zur Sprache als auch ihre Liebe zum Sekt ausleben könnte. Aber was würden die Eltern sagen? Kein junges Mädchen aus ihren Kreisen arbeitete, von Ruth Hirsch einmal abgesehen. Es gab einige junge Frauen, die in den Betrieben der Eltern mithalfen, verheiratete Frauen, die ihre Männer unterstützten, und dann gab es die Unverheirateten, die sich zu Hauslehrerinnen oder Gouvernanten ausbilden ließen. Aber hatte Tante Oda nicht von jungen Frauen erzählt, die in den Städten als Sekretärinnen oder Buchhalterinnen arbeiteten? Überall suchten Geschäfte und Unternehmen nach Arbeitskräften, seit der Reichsgründung vor über zehn Jahren erlebte Deutschland eine wahre Gründerzeit. Und Tante Oda kannte Frauen, die für Frauen mehr Sicherheit und mehr Rechte verlangten.

Aber hier in Freyburg war man nicht so fortschrittlich wie in Berlin oder Leipzig. Sie ahnte schon, dass es die Eltern nicht erlauben würden, dass sie jeden Tag in einem Büro einer Arbeit nachging.

»Ich weiß nicht, das kommt so überraschend. Ich muss erst mit meinen Eltern sprechen«, sagte sie.

»Oh, liebe Aenne, das kann ich gern für Sie übernehmen, denn ich hatte ohnehin vor, mit Ernestine zu reden.

Wir wollen Sie und Ihre Mutter recht herzlich dazu einladen, uns im September auf eine Reise durch die Champagne zu begleiten. Wir reisen dorthin, um neue Weingüter kennenzulernen, von denen wir unsere Grundweine beziehen können. Außerdem möchten wir schon bald einen Sekt herstellen, der dem Champagner in nichts nachsteht. Wo könnte man dies besser lernen als in der Champagne? Auch in puncto Reklame und Vertrieb sind uns die Franzosen um einiges voraus. Sie verkaufen ihren Champagner in der ganzen Welt, während unser Sekt bislang nur in Deutschland zu haben ist. Wir können in jeder Beziehung von den Franzosen lernen. Wie gesagt: Es wäre sehr schön, wenn Sie uns begleiten würden. Nehmen Sie es als Dank für Ihre hervorragende Arbeit.«

Aenne errötete schon wieder ein wenig, wusste nicht, was sie sagen sollte. »Das würde mich sehr freuen, aber die Entscheidung darüber kann ich allein nicht treffen«, erwiderte sie schließlich.

»Das ist uns bewusst, Aenne. Aber da auch Emma unserer Reisegruppe angehören wird, wird sich Ihre Mutter vielleicht überreden lassen. Wo ist sie eigentlich?« Julius Kloss sah sich suchend im Saal um. »Das werde ich am besten gleich erledigen.« Das Ehepaar stieß noch einmal mit ihr an, dann eilte Julius zu Ernestine.

»In die Champagne«, murmelte Aenne vor sich hin. Sie hatte schon immer von der Champagne geträumt. Einmal wollte sie dorthin, wo der Champagner gemacht wurde. Es hieß, dort gäbe es die gleichen kohlensauren und kalkhaltigen Böden wie in ihrer Heimat. Überhaupt Frankreich. Sie hatte so viel von diesem Land gehört. Tante Oda war schon oft dort gewesen, selbst der Vater hatte einmal eine Reise ins Burgund unternommen. Aber sie machte sich wenig Hoffnungen. Der Vater würde diese Reise niemals erlauben. Da konnte die Mutter noch so geschickt argumentieren.

»Aenne? Träumst du?«

Aenne schrak auf. Clemens blickte sie an. »Ich werde bei dieser Reise auch mit dabei sein. Und ich würde mich ungeheuer freuen, wenn du mitkommen würdest.«

Er sah sie an, hoch aufgerichtet, mit frisch geschnittenen Haaren. In seinen schönen Augen blitzte die Lebensfreude, und Aenne konnte diesem Blick einfach nicht widerstehen. Clemens hielt ihren Blick fest, ein wenig zu lang sah er ihr in die Augen, ein wenig zu tief, und Aenne hatte den Eindruck, dass seine Blicke ihr Gesicht streichelten.

Sie hatte keine Zeit, darüber nachzudenken, denn Ernestine winkte sie zu sich. »Julius und Emma haben uns zu einer Reise in die Champagne eingeladen«, erzählte sie. »Emma möchte dein Talent weiterhin fördern. Sie ist der Meinung, dass Reisen nicht nur unterhaltsam sind, sondern für eine junge Frau, die Gedichte und den Sekt liebt, geradezu unabdingbar. Außerdem soll die Chronik weitergeführt werden, sodass diese Reise letztendlich wieder der Sektkellerei zugutekommt. Mein liebes Kind, du hast großen Eindruck gemacht.«

Gespannt blickte Aenne ihre Mutter an, suchte in deren Gesicht nach Zustimmung oder Ablehnung. Aber Ernestines Miene verriet nichts. »Nun, wir werden zu Hause darüber sprechen und sehen, was dein Vater dazu meint.«

7

»Was wollt ihr in Frankreich? Und auch noch jetzt, wo die
Lese bald losgeht?«, fragte der Vater am nächsten Tag.
»Schlagt euch das aus dem Kopf.«

»Karl, denk doch nur, was Aenne alles auf dieser Reise
lernen könnte! Sie würde ihr Französisch verbessern und
könnte dann deine Korrespondenz erledigen. Und sie er-
führe noch mehr über Wein und Sekt.«

Der Vater schüttelte den Kopf. »Um noch mehr über
Wein zu lernen, braucht sie nicht nach Frankreich zu fahren.
Außerdem weiß sie genug darüber.«

»Sie würde Erfahrungen sammeln, ihren Horizont er-
weitern.«

»Liest sie dafür nicht die vielen Bücher?«

»Sie würde weltgewandter werden.«

»Freyburg ist nicht die Welt.«

»Auch ich war noch nie in Frankreich.«

»Meine liebe Ernestine«, erwiderte der Vater. »Ich
wusste nicht, dass das dein großer Wunsch ist. Aber wenn
es denn sein muss, können wir vielleicht eines Tages zusammen dorthin fahren.«

»Daran glaube ich nicht.« Die Mutter seufzte.

Aenne hatte geschwiegen und überlegt. Dann fiel ihr etwas ein: »Vater, wenn du deine Weine an Kloss & Foerster verkaufen würdest, dann müssten wir nicht mit den Klosses und Carl Foerster nach Frankreich, um dort neue Zulieferer für die Grundweine zu finden.«

Der Kopf des Vaters ruckte hoch. »Was soll das denn heißen?«

Ernestine nickte. »Sie hat recht. Im Grunde fahren wir wegen deiner Sturheit dorthin.« In ihren Augen funkelte es belustigt.

»Wenn du nicht willst, dass wir fahren, so verkaufe deinen Wein an die Sektkellerei.« Aenne wollte nicht auf die Champagne verzichten, aber wenn sich der blöde Streit zwischen ihrem Vater und den Eigentümern der Kellerei beilegen ließe, wäre es fast genauso gut.

Der Vater drehte den Hals, als wäre sein Kragen zu eng, brummte etwas Unverständliches und verschwand.

Aenne blickte die Mutter fragend an. »Lass ihn!«, sagte Ernestine, und noch immer funkelte es in ihren Augen. »Jetzt hast du ihn mit seinen eigenen Waffen geschlagen. Er braucht ein bisschen Zeit.«

Am Abendbrottisch war Karl Strauß schweigsamer als sonst. Bis er brummte: »Arbeiten darfst du in der Sektkellerei, aber wohnen bleibst du bei uns, und deinen Verdienst sparst du.«

Aenne war drauf und dran, ihn nach der Reise zu fragen, aber ein Blick der Mutter stoppte sie. Sie waren schon beim Nachtisch, es gab Birnenkompott, da sagte er schließlich:

»Weiber! Da kann ein Mann machen, was er will, am Ende überreden sie dich doch. Wenigstens müssen die Klosses die Reise bezahlen. Bringt Wein mit aus Frankreich. Ich möchte kosten, wie der Nachbar schmeckt. Weißwein. Neue Sorten, die wir hier nicht kennen.«

Die Mutter und Aenne versprachen alles, versprachen auch, die Augen offen zu halten und genau hinzuschauen, wie die Franzosen ihre Weine herstellten. Und Bettina wollte neue Accessoires mitgebracht haben, einen Gürtel und Zierrat für einen neuen Hut. Nach Pariser Chic. »Und denkt daran, dass die Dinge zu meiner Aussteuer passen müssen.« Sie würde bald heiraten. Oskar Nimmrod hatte sich endlich erklärt. Und wenn auch nicht zu hoffen war, dass er Bettina zärtlich lieben würde, so war sie es doch zufrieden und mit nichts anderem als den Hochzeitsvorbereitungen beschäftigt.

Sie beschrieb Aenne genau, was sie haben wollte, aber sie hatte noch nicht zu Ende gesprochen, da hatte Aenne bereits die Hälfte vergessen.

»Ich freue mich so darauf, endlich einmal den berühmten Champagner zu kosten«, erzählte sie einige Tage später Clemens Volk, als sie in ihrem kleinen Büro saß, das man ihr eingerichtet hatte, und die neuesten Nachrichten aus der Welt der Weine und Winzer las. Sie war nur selten in diesem Büro, und wenn, dann nur für ein paar wenige Stunden. Der Vater hatte darauf noch bestanden. Wenn seine Tochter schon für Kloss & Foerster arbeitete, dann wenigstens zu Hause. Es ging für eine Strauß ja nicht an, dass sie wie ein Schreibmädel jeden Tag zur Arbeit ging.

Aber hin und wieder musste sie in die Kellerei, um sich mit Clemens abzustimmen. Sie arbeitete gern mit ihm und gestattete es sich mittlerweile sogar, vor ihm ihre Ideen auszubreiten.

»Ich habe mir überlegt, wie es wohl wäre, wenn wir eine kleine Broschüre mit Sektrezepten herausgeben würden. Sektgelee, Sektsauerkraut, Erdbeermarmelade mit Sekt. Normalerweise kaufen die Männer dieses Getränk. Mit den Rezepten würden wir aber die weibliche Kundschaft ansprechen. Und sind es nicht die Frauen, die die Einkaufszettel schreiben und sich um die Vorräte kümmern? Ich denke, auch die Hoteliers wären angetan.«

»Hm«, machte Clemens. »Der Gedanke ist gut, aber wie willst du die Broschüren an die Frau bringen? Und woher willst du die Rezepte nehmen?«

Aenne schürzte die Lippen. »Die Rezepte sind nicht schwer zu beschaffen. Unsere Hotelköchin probiert in jedem Winter etwas Neues aus. Und die anderen Winzerfrauen haben sicher auch ihre Hausrezepte, die sie bestimmt gerne mit uns teilen. Es soll ja nur eine kleine Broschüre werden.«

»Ich denke darüber nach. Die Idee gefällt mir. Aber über die Verteilung an die Frauen muss ich mir noch Gedanken machen. Erst wenn wir dafür eine Lösung gefunden haben, kann ich die Eigentümer davon überzeugen.«

»Hast du eigentlich schon einmal Champagner getrunken?«, wollte Aenne wissen. Sie vermied es, Clemens in die Augen zu schauen. Seine Nähe machte sie schon wieder ein wenig kribbelig. Er saß so nahe bei ihr, dass sie seinen Duft riechen konnte. Sie wusste, dass er ihr manchmal aus dem Fenster nachblickte, wenn sie nach Hause ging.

Zögernd verneinte Clemens. Er saß ihr gegenüber, eine Tasse Kaffee in den Händen. »Aber ich bin sicher, wir werden Gelegenheit haben, ihn zu probieren.«

»Wie läuft die Chronik?«

»Dreitausend verkaufte Exemplare«, erzählte er stolz. »Sogar aus Belgien kam ein Brief. Man hat dort durch die Chronik Appetit auf unseren Sekt bekommen.«

»Du meinst, unsere Arbeit hat etwas bewirkt?«

»Natürlich! Die Buchhandlung in Naumburg verkauft sie. Meist an die Touristen, die die Uta im Dom bestaunen und hernach ein gutes Schlückchen trinken wollen. Sie haben schon nachordern müssen.«

Er trank einen Schluck von seinem Kaffee, bevor er weitersprach. »Wir denken gerade in der Reklameabteilung darüber nach, wie wir an den Erfolg der Chronik anknüpfen können. Die Sektbroschüre wäre eine gute Möglichkeit. Lass uns nach der Frankreichreise noch einmal darüber sprechen.«

Das »wir« war übertrieben, das wusste Aenne, denn die Reklameabteilung bestand eigentlich nur aus Clemens Volk und ihr. Benötigte er einen Zeichner, dann beauftragte er einen. Brauchte es einen Schildermaler oder Siebdrucker, einen Fotografen oder einen Kalligrafen, so erteilte er diese Aufträge außer Haus. Nicht einmal die Ideen musste er alle allein finden, denn nun gab es ja Aenne. Sie hatte sogar einen Vertrag, beschränkt auf zwanzig Stunden in der Woche. Das Gehalt, das sie bekam, war nur wenig niedriger als das von Clemens Volk. Aenne wusste, dass Emma Kloss für die gute Bezahlung gesorgt hatte.

Erstaunlicherweise hatte sich der Vater an Aennes Arbeit gewöhnt. Das lag natürlich auch daran, dass sie sich nun um die Reklame für das Hotel und die Weinwirtschaft kümmerte. Sie hatte gemeinsam mit einem Fotografen für Postkarten mit Ansichten des Hotels gesorgt, hatte die Speisekarten neu gestaltet und damit begonnen, ein Heftchen zu schreiben, welches den Gästen auf die Zimmer gelegt werden sollte und in dem sie auf die Schönheiten und Attraktionen der Umgebung hinwies.

Und nun waren sie endlich unterwegs. Vierhundertfünfzig Kilometer von Freyburg und hundertdreißig Kilometer von Paris entfernt würde die Reise gehen. Vor zehn Jahren noch hatten Frankreich und Deutschland im Krieg miteinander gelegen. Der Norddeutsche Bund unter Führung Preußens und einige der süddeutschen Länder stritten mit Frankreich um die spanische Thronkandidatur, und am Ende verlor Frankreich seine Monarchie, und das Deutsche Reich unter Kaiser Wilhelm entstand. Aber die Feindschaft bestand weiter. Der Verlust Elsass-Lothringens an Deutschland ärgerte die Franzosen über alle Maßen, und Deutschland lag in Erbfeindschaft zu seinem Nachbarn. Aenne hatte sich gefragt, ob sie wohl die Deutschenfeindlichkeit der Franzosen zu spüren bekommen würden, aber Clemens hatte sie beruhigt. »Da treffen sich nicht Deutsche und Franzosen, da treffen sich Weinbauern mit Winzern. Und was haben die schon groß mit Politik zu tun oder mit dem Hause Hohenzollern?«

Gleich zu Anfang bat Carl Foerster Clemens und Aenne zu einem Gespräch.

»Ich möchte, dass Sie beide sich sehr genau anschauen, wie Reims für seinen Champagner wirbt. Immerhin ist er in der ganzen Welt bekannt. Schauen Sie sich die Stadt genau an, achten Sie auf die Werbung der einzelnen Champagnerhäuser. Ich möchte nach der Reise gern wissen, wie wir unsere Werbung verbessern können. Wir haben schon eine Weile darüber nachgedacht, unseren Sekt auch im benachbarten Ausland zu verkaufen.«

Zuerst besichtigten sie die Stadt. Ernestine wies Aenne immer wieder auf die Kleidung der Französinnen hin, und tatsächlich bewunderte auch Aenne die Nonchalance, mit der sie ihre Röcke schwangen. Aber noch mehr begeisterte sie die Stadt. Diese wundervollen alten Gebäude, die herrlichen Geschäfte, der Geruch nach Kaffee und frischen Backwaren und darüber ein blauer Herbsthimmel mit hellem Sonnenschein.

Hin und wieder wies Clemens Aenne auf eine Reklame hin. Da gab es Wegweiser zum Gut von Veuve Clicquot, da hatten Ladeninhaber ganze Pyramiden aus Sektschalen in ihren Schaufenstern aufgestellt. Einmal eilte Clemens davon und kam nach kurzer Zeit wieder. Ernestine, Emma und Aenne hatten auf ihn gewartet, während der Verkaufsleiter mit den Brüdern Kloss und Carl Foerster schon weitergegangen war.

»Hier, das müssen Sie unbedingt kosten. Es sind Champagnertrüffel.« Er reichte jeder von ihnen eine Praline, steckte sich selbst eine in den Mund. Aenne ließ sie auf der

Zunge zergehen, schmeckte die Creme, die leichte Schokolade.

»Ob wir aus unserem Monopol wohl ebenfalls Sektpralinen machen könnten?«, fragte Aenne und blickte Clemens an.

»Du denkst an die Broschüre mit Rezepten?«

Aenne nickte. »Ich kaufe vor der Abfahrt ein Tütchen davon. Und dann lassen wir unsere Hotelköchin probieren, ob sie so etwas auch hinbekommt.«

»Ja, und wenn es klappt, dann bestelle ich bei euch gleich mehrere Dutzend. Für den Salon kann ich mir nichts Schöneres vorstellen«, fügte Emma an.

»Und als kleine Werbegeschenke würden sich die Pralinen sicher auch sehr gut machen«, warf Clemens lachend ein.

Emma und Ernestine schlenderten weiter, während Clemens und Aenne weiter nach Champagnerwerbung Ausschau hielten. Sie sahen ein paar Fahnen mit den Logos der einzelnen Champagnergüter. Die Fahnen hingen vor Restaurants, sodass die Gäste gleich wussten, wo welcher Champagner ausgeschenkt wurde. Aenne blieb vor einem Schaukasten stehen, studierte die angebotenen Speisen und war froh, dass sie in der Höheren Töchterschule in Französisch gut aufgepasst hatte. In einem Restaurant bot man Muscheln zum Champagner an, in einem anderen Pasteten, und in einem dritten wollte man Mandelkuchen reichen.

An einer Hauswand war ein riesiges Bild gemalt, das in leuchtenden Farben Szenen aus den Weinbergen abbildete. Die Häuser trugen Stuckverzierungen aus Weinlaub, an vielen Gebäuden rankte sich Zierwein entlang. Die ganze Stadt schien vom Weinbau und von der Champagnerherstellung zu sprechen.

Am Abend folgten sie der Einladung des Winzers Armand Holler vor den Toren der Stadt, mit dem der Verkaufsleiter Franz Ferdinand Knabe in den letzten Jahren sehr gute Geschäfte gemacht hatte und der die Beziehung zu den Freyburgern gerne weiter ausbauen wollte. Er hatte in den letzten Jahren einen guten Teil der Grundweine geliefert und gedachte nun, einige weitere Weinberge zu kaufen, deren Ertrag ebenfalls an die Freyburger gehen sollte. So zumindest hatte F. F. Knabe es Aenne erklärt.

Die Septembersonne schien noch warm in der Champagne, die dem Saale-Unstrut-Tal ähnelte und doch zugleich ganz anders war. Das Licht hier erschien Aenne weicher, goldener, die Hügel sanfter, der Himmel blauer. Doch hier wie dort roch Aenne den typischen Weinbergsgeruch, den sie nicht erklären konnte, aber den sie unter Tausenden herausriechen würde. Süß und sauer zugleich. Nach Erde und nach Sonne, nach Trauben und Regen. In der Champagne baute man Spätburgunder, Schwarzriesling und Chardonnay an, auf den heimischen Weinbergen wuchsen Müller-Thurgau, Weiß- und Grauburgunder, Riesling und Silvaner. Für die Rotweine hielt man Dornfelder-, Portugieser- und Spätburgunderreben.

An den Bäumen hatten sich die ersten Blätter gelb gefärbt, und über der hügeligen Landschaft um Metz mit den vielen Weinbergen wehte ein stilles Lüftchen, das die Weinblätter leise flüstern ließ. Noch hatte die Lese nicht begonnen. Noch hingen die Trauben prall und sonnensatt an den Reben. Noch war es Zeit zu feiern.

Armand Holler hatte eine große Tafel am Rande seines Weinberges aufgestellt, unterhalb der kleinen Hütte, in der die Werkzeuge, die man zur Lese brauchte, aufbewahrt wurden.

Das weiße Damasttischtuch schimmerte rotgolden in der langsam untergehenden Sonne. Die Champagnergläser leuchteten im Abendlicht. Eine schwarzgelbe Katze strich um den Tisch herum, als das erste Glas Champagner eingeschenkt wurde. Es war ein Brut nature ohne Jahrgang, dem bei der zweiten Gärung kein Zucker zugesetzt worden war und der deshalb trocken schmeckte. Aenne war gespannt auf den Geschmack. Ein Platz am Ende der Tafel war leer, und Aenne fragte sich, wer wohl noch kommen würde. Sie selbst saß neben Ernestine, ihr gegenüber hatte Franz Ferdinand Knabe Platz genommen. Clemens saß so weit von ihr entfernt, dass eine Unterhaltung mit ihm nicht gut möglich war. Doch er blickte sie über die Kerzen hinweg an und lächelte ihr zu.

Aenne ließ die helle Flüssigkeit an den Rändern ihres Glases entlanglaufen. Dann roch sie am Champagner, nahm einen kleinen Schluck und schloss die Augen. In ihrem Mund fand ein Feuerwerk statt. Die zarten Perlen zerplatzten auf ihrer Zunge, prickelten am Gaumen, streichelten ihre Wangen. Sie lächelte mit geschlossenen Augen, bevor sie schluckte.

Lächelte noch immer, als sie die Augen wieder aufschlug. Sie schmeckte der Säure noch ein wenig hinterher, ehe sie den Winzer Armand fragte: »Ich glaube, schwarzen Riesling herauszuschmecken. Ist das so?«

Armand Holler, der wegen seines Vaters, der aus dem Rheinland stammte, perfekt Deutsch sprach, lachte. »Sie haben einen fabelhaften Gaumen, Mademoiselle. Die Cuvée besteht aus Chardonnay, Pinot Meunier, den die Deutschen Schwarzriesling nennen, und Pinot noir, Spätburgunder.«

Er setzte sich neben Aenne. »Sind Sie eine Sektliebhaberin?«

Aenne hob ihr Glas, trank genießerisch noch einen Schluck. »Ich schmecke Pfirsich und rieche eine blumig-fruchtige Note, die ich von unserem Sekt nicht kenne.« Sie wandte sich an Holler. »Ja, ich liebe Sekt. Und ich glaube, ich könnte mich auch in Champagner verlieben. Er ist ein wenig säuerlicher, die Perlen sind feiner.«

»Bei uns sagt man, dass Champagner das Getränk der Liebenden sei, sich aber nur denen erschließt, die wahrhaft sinnlich sind.«

Aenne spürte, wie sie rot wurde. Sie blickte zu ihrer Mutter, die links neben ihr saß und ob dieser Worte den Mund verzog. Emma Kloss, neben Ernestine sitzend, stieß sie leicht mit dem Ellbogen an. »Das ist ein Kompliment, meine Liebe.«

Die Mutter zwängte sich ein Lächeln ins Gesicht. »Na, wenn das so ist.«

Aennes Blick schweifte auch kurz zu Clemens Volk, der aber nicht sie, sondern Armand ein wenig misstrauisch betrachtete.

Nun aber ergriff Armand das Wort: »Champagner. Wir

lieben ihn. Wir respektieren den Champagner, wir achten ihn, und das tun wir, indem wir ihn zu besonderen Anlässen genießen.«

Franz Ferdinand Knabe lachte. »Sie sprechen, mein lieber Armand, als wäre der Champagner ein Lebewesen.«

»Ist er das nicht?«, fragte Armand zurück. »Was sagen Sie, Mademoiselle Aenne?«

Aenne dachte kurz nach. »Ein Lebewesen ist der Champagner nicht, aber es ist unumstritten, dass er lebt. Mir scheint, er wurde aus den Tränen der Sonne gemacht.« Kaum hatte sie diese Worte ausgesprochen, spürte sie, wie eine zarte Röte ihr Gesicht überzog. Sie heftete ihre Blicke auf die weiße Tischdecke.

Armand aber klatschte in die Hände. »Mademoiselle Aenne hat den Geist der Champagne in sich eingesogen. Sie versteht etwas von diesem Getränk. Sie versteht uns Franzosen.« Und dann beugte er sich zu ihr hinüber und küsste ihr die Hand, und Aenne sah, dass Clemens unwillig den Mund verzog.

Jetzt, nach dem Aperitif, wurde der Fisch serviert. Dazu gab es einen Blanc de Blancs aus Épernay, der so wunderbar mit dem Fisch harmonierte, dass Aenne glaubte, nie etwas Köstlicheres gekostet zu haben.

Nach dem Fisch folgte der Fleischgang, begleitet von einer Flasche Champagner Rosé, der sich wie eine Wunderkerze in Aennes Mund versprühte.

»Unsere Speisen sind nicht besonders stark gewürzt«, erklärte Armand. »Sie dürfen im Eigengeschmack nicht zu sehr hervorstechen, damit der Champagner nichts verliert.«

Aenne hatte nun schon drei Gläser Champagner getrunken und fühlte sich beschwingt. Wie schön es hier war! Die Sonne war mittlerweile untergegangen, und der Tisch wurde von weißen Kerzen erhellt. Entlang einer Reihe Reben hatte jemand Fackeln aufgestellt. Die Luft war angenehm kühl und so frisch, dass sie ähnlich wie der Champagner auf der Haut prickelte.

Armand war aufgestanden, hatte sich neben Emma Kloss gesetzt.

»Das Geheimnis unserer Champagner«, sagte er. »liegt in der Reifezeit. Fünfzehn Monate sind das Mindeste, aber wir lassen ihn meist bis zu drei Jahren reifen.«

Zum Käse gab es wieder einen Rosé, und zum Dessert wurde schließlich ein Sec entkorkt, der etwas lieblicher war. In diesem Augenblick kam eine mollige Frau mit großen dunklen Augen und einem fröhlichen Gesicht zu ihnen. »Darf ich mich vorstellen und Sie herzlich in unserem Haus begrüßen?«, sprach sie mit starkem Akzent. »Ich bin Agnès Holler, die Frau von Armand.«

Armand stand auf, trat neben seine Frau und blickte sie liebevoll und stolz an. »Agnès«, stellte er sie vor, »hat sich bisher um unser Menü gekümmert. Aber sie ist nicht nur eine hervorragende Köchin, nein, sie ist auch unsere Kellermeisterin.«

Aenne betrachtete Agnès Holler noch ein wenig genauer. Sie stand neben ihrem Mann mit stolz erhobenem Kopf. Ihre Augen sprühten, ihr Mund lachte, und Aenne erkannte, dass das Ehepaar Holler glücklich miteinander war. Später, als die Tafelrunde sich aufgelöst hatte, suchte Aenne die Begegnung mit ihr. »Wie sind Sie Kellermeisterin geworden?«, fragte sie, nachdem sie ein paar belanglose Bemerkungen getauscht hatten. »Oh, meinem Vater gehörte ein Weingut. Ich bin von klein auf mit in den Weinbergen gewesen. Mein Vater war ein sehr guter Kellermeister. Er hat seinen Gaumen geschont und hat nie Zwiebeln oder Knoblauch, nie scharfe Gewürze gegessen und auch am Zucker gespart.« Aenne hörte gebannt zu und nahm sich vor, kein Wort zu vergessen und gleich nachher im Hotel alles in ihr Notizbuch zu schreiben.

Agnès erzählte weiter: »Ich habe Armand geheiratet nur unter der Bedingung, dass ich weiterhin Weinbäuerin sein kann.« Sie drehte sich zu ihm um: »N'est-ce pas, chéri?«

Als Aenne später im Bett lag, drehte sich alles um sie herum. Sie wusste nicht genau, ob sie vier oder fünf Gläser Champagner getrunken hatte, sie wusste nur, dass jedes einzelne Glas für sie eine Offenbarung gewesen war. Der Tanz der Perlen im Glas, der Duft nach Spätsommer und der erfrischende Wind, der kühle, leicht säuerliche Geschmack. Hach, sie war so glücklich, das erleben zu dürfen. Armand hatte ihr zum Abschied eine Flasche Champagner Rosé geschenkt, und Aenne hatte versprochen, sie mit ihrem Vater zu trinken.

»Leben Sie wohl, Mademoiselle Aenne, und versprechen Sie mir, zu Ihrer Hochzeit und überhaupt immer in Ihrem Leben Champagner zu trinken.«

Aenne lachte. »Ich verspreche es.«

Auch von Agnès verabschiedete sie sich herzlich. »Folgen Sie Ihren Träumen, Mademoiselle Aenne, und das Glück wird auf Ihrer Seite sein.«

Ihre Träume. Aenne überlegte, wovon sie träumte. Natürlich davon, einen Mann zu finden, den sie liebte. Und nun, da sie Agnès kennengelernt hatte, da wünschte sich Aenne auch einen Mann, mit dem sie gemeinsam arbeiten konnte. Sie konnte sich hier in der Champagne noch viel weniger als zu Hause in Freyburg vorstellen, einmal das ganz normale Leben einer Hausfrau und Mutter zu führen. Sie wollte mehr: Sie wollte Wein machen, aber das Schreiben nicht aufgeben.

Am nächsten Morgen erwachte sie ohne Kopfschmerzen. Sie sprang auf, öffnete das Fenster, sog tief den Duft dieser unglaublichen Weinlandschaft ein. In einiger Entfernung sah sie einen Winzer seine Trauben prüfen, ein Stück entfernt rumpelte ein Fuhrwerk, beladen mit leeren Wasserfässern, den Hang hinab.

Für heute stand ein Ausflug nach Épernay und in die Umgebung auf dem Plan. Sie hielten bei Moët & Chandon, und Aenne genoss ein Glas vom berühmten Dom Perignon. Sie fuhren an den Gebäuden der Firma Roederer vorüber, machten einen kurzen Halt bei Veuve Clicquot zurück in Reims, und Aenne bedauerte über alle Maßen, die berühmte Witwe Barbe-Nicole Clicquot-Ponsardin nicht mehr angetroffen zu haben, weil sie bereits 1866 verstorben war. Die Witwe Clicquot. Aenne fragte Franz Ferdinand Knabe Löcher in den Bauch nach ihr, denn sie hatte in einer Weinzeitung vor einiger Zeit etwas über diese erfolgreichste Unternehmerin ihrer Zeit gelesen und war fasziniert gewesen.

Genau wie von Agnès. Es gab Frauen, die so lebten, wie sie es wollten.

»Kind, was Sie alles wissen wollen«, staunte F. F. Knabe, aber er begann zu erzählen: »Vor rund einhundert Jahren gründete François Clicquot eine Weinhandlung und baute sie später zu einem Champagnerhaus aus. Als er starb, übernahm Barbe-Nicole Clicquot-Ponsardin mit nur siebenundzwanzig Jahren das Geschäft und war somit die erste Frau, die ein Champagnerunternehmen leitete. Der Champagner aus dem Hause Clicquot war damals schon berühmt. Jährlich wurden mehr als hunderttausend Flaschen verkauft. Sie trank gern und viel Champagner, sie hatte ein Champagnerhändchen, genau wie Sie, Aenne, ein Sekthändchen haben. Als Chefin regierte sie mit großem Geschäftssinn und Pragmatismus, aber es hieß auch, dass sie es nicht verstand, sich zu kleiden, und immer ein wenig wie eine Bäuerin daherkam.«

Ernestine lachte. »Genau wie du, Aenne.«

Aenne verzog den Mund zu einem Lächeln, aber sie war doch ein wenig gekränkt. Ja, sie machte sich nicht viel aus Mode, aber wie eine Bäuerin kam sie nun auch nicht daher. »Herr Knabe, erzählen Sie mir mehr von der Witwe Clicquot«, bat sie.

Und, an ihre Mutter gewandt: »Wahrscheinlich hatte diese erfolgreiche Frau einfach keine Zeit, sich jeden Tag Löckchen in die Haare zu drehen.«

»Ja, sie war eine der erfolgreichsten und mächtigsten Frauen ihrer Zeit.«

An dieser Stelle warf Aenne ihrer Mutter einen triumphierenden Blick zu, den Ernestine mit hochgezogenen Augenbrauen quittierte.

»Die Witwe Clicquot war es, die das Rütteln erfand. Das Rütteln, welches aus dem trüben Traubensaft den feinperligen Champagner machte, der sogleich seinen Siegeszug um die Welt antrat.«

»Hatte sie Kinder?«, wollte Aenne wissen.

»Eine Tochter, genannt Mentine. Leider hatte sie den scharfen Verstand ihrer Mutter nicht geerbt. Ja, man könnte sie sogar als ein wenig zurückgeblieben bezeichnen, denn sie verstand nicht einmal die einfachsten Gesellschaftsspiele. Aber auch davor kapitulierte die Witwe Clicquot nicht. Sie soll zu ihrer Tochter gesagt haben: ›Weine nicht, Mentine, wenn ich dich verheirate, kaufe ich dir Scharfsinn.‹ Und dann suchte sie ihrer Tochter einen Mann aus gutem Hause, einen, der den Luxus liebte und den mangelnden Verstand seiner Frau auszugleichen verstand. Die Geschäfte aber übertrug die Witwe einem Deutschen, Eduard Werler aus Wetzlar. Werler, der sich in Frankreich Werlé nannte, war ein wahrer Rechenkünstler und verfügte über einen ähnlichen Geschäftssinn wie Barbe-Nicole Clicquot.«

»Es muss fantastische Abendgesellschaften in ihrem Haus gegeben haben«, vermutete Emma Kloss, aber Franz Ferdinand Knabe verneinte. »Sie war ungesellig. Ja, sie hasste es regelrecht, sich in Gesellschaft zu begeben. Und sie hasste jede Form von weiblicher Zurschaustellung. Sie trug am liebsten flohbraune Kleider, wollte sich niemals malen lassen. Sie wollte nicht nett sein, und sie wollte auch nicht anschmiegsam sein. Sie verachtete den ganzen ›Weiberkram‹, wie sie es nannte, und lebte glücklich ungesellig und in hässlichen Kleidern.«

»Ich möchte nicht, dass du dir die Witwe Clicquot zum Vorbild nimmst«, erklärte die Mutter mit Blick auf Aenne. »Ich finde es sehr wichtig zu gefallen.«

»Nun, genau das hat die Witwe Clicquot so erfolgreich gemacht«, sprach Knabe weiter. »Nicht ihre Klugheit, nicht ihr Geschäftssinn, sondern die unbedingte Weigerung, gefallen zu wollen. Ich zumindest glaube, dass darin ihr wahrer Erfolg liegt.«

Beeindruckt sah Aenne auf das Anwesen. Vor ihrem inneren Auge erblickte sie die Witwe, wie sie in ihrem flohbraunen Kleid durch die Weinberge schritt, da eine Traube kostete und dort einen Weinbergarbeiter auf einen vergessenen Schnitt hinwies. In ihren Gedanken wurde sie plötzlich zu Barbe-Nicole. Sie sah sich an einem großen Schreibtisch sitzen und in den Kontorbüchern blättern. Sie sah sich bei einer Sektprobe, sah sich neben dem Kellermeister stehen, der die Cuvée anmischte, sah sich am Rüttelpult behutsam die einzelnen Flaschen um wenige Zentimeter verrücken.

»Und um noch schnell das Ende zu erzählen«, fuhr F. F. Knabe fort. »Die Witwe starb mit neunundachtzig Jahren. Sie hatte es geschafft, jährlich 750.000 Flaschen ihres Champagners zu verkaufen; sie hatte das Unternehmen um das Siebeneinhalbfache vergrößert.«

Ein Leben für den Champagner. Ein Leben für den Sekt. War das nicht ein wundervolles Leben? Aber wäre so etwas auch das Richtige für sie?

Doch dann besann sie sich auf ihr anderes Talent, auf

das Schreiben. Sie hatte während der Reise unzählige Notizen angefertigt, und einzelne Gedichtzeilen geisterten durch ihren Kopf. Champagner, dachte sie, war wie das Leben. Süß und sauer zugleich, überraschend und immer wieder anders. Ob sich wohl der Geschmack des herrlichen Getränkes in Worte fassen ließ?

Heute nun war der letzte Tag. Am Abend würden sie Reims verlassen. Ernestine packte die Kleider zusammen. Aenne stand daneben, hielt ein paar Strümpfe in der Hand. »Wo sollen die hin?«

»Leg sie neben den Koffer. Oder nein, leg sie da drüben auf den Stuhl. Mein Gott, wo ist denn jetzt wieder mein blauer Hut?«

»Er liegt neben dir.«

»Aenne, du machst mich ganz närrisch. Kannst du nicht ein wenig draußen herumspazieren und mich allein packen lassen? Du bist doch fertig mit deinem Koffer, oder?«

»Ja, bin ich.« Aenne frohlockte. »Dann gehe ich nach draußen hinter das Hotel und spaziere im Garten umher.« Sie wartete die Antwort der Mutter gar nicht erst ab, sondern schlüpfte rasch aus dem Zimmer.

Vor dem Hotel blieb sie auf der mit weißem Kies bestreuten Einfahrt stehen und sog tief den Duft nach Astern ein, die in kleinen Kübeln neben der Einfahrt blühten. In der Luft lag ein Hauch von Holzfeuer. Die Sonne wärmte noch ein wenig, aber ihre Strahlen hatten einen goldenen Schimmer bekommen, wie sie nur das Herbstlicht hervorbrachte.

Aenne schritt um das Gebäude herum zu dem kleinen Pavillon, der sich im Hotelgarten befand. An einem Ziergitter rankten sich Weinreben nach oben. Die Trauben hingen prall und fest an den Reben. Aenne zupfte eine davon ab, ließ sie im Mund zergehen. Ja, die Trauben hier in der Champagne schmeckten süßer als die zu Hause, aber das war auch kein Wunder. Hier schien die Sonne kräftiger als oben im nördlichsten Anbaugebiet Europas.

»Na, schon fertig gepackt?«

Aenne schrak zusammen. Sie hatte Clemens Volk nicht kommen hören.

»Ja. Und du?«

»Ich auch.«

Clemens zupfte ebenfalls eine Traube ab, steckte sie in den Mund.

»Es war wunderschön hier«, sagte Aenne mit leiser Wehmut.

»Das war es. Allerdings wäre ich lieber mit dir durch die Stadt gestreift, als in die Weinberge und auf Einkaufstour zu gehen.«

Clemens hatte Franz Ferdinand Knabe und die Brüder Kloss zu den Winzern begleitet, hatte mit ihnen gemeinsam Wein für die Freyburger Kellerei eingekauft, denn die Klosses waren der Meinung, dass der Leiter der Reklameabteilung alle Stufen der Sektherstellung aus dem Effeff kennen musste, und dazu gehörte nun einmal auch der Einkauf der Grundweine.

»Du warst ja auch nicht zum Vergnügen hier.«

»Trotzdem. Ich wünschte, ich wäre immer in deiner Nähe gewesen. Als Knabe von der Witwe Clicquot erzählt hat, habe ich dein Gesicht betrachtet. Du hast gelächelt.

Gelächelt, und dann hast du sehr nachdenklich dreinge-
schaut.«

»Das hast du bemerkt?«

»Natürlich. Ich sehe dich immer an.«

Aenne musste schlucken. Er gefiel ihr noch immer. Ja, er
gefiel ihr sogar immer mehr, je besser sie ihn kennenlernte.
Er hatte einen Blick auf die Welt, der dem ihren ähnelte. Sie
konnten über dieselben Dinge lachen. Und sie liebten beide
den Sekt und seine Herstellung. Sie wussten um die Geheimnisse der Kellerei und hatten nun sogar erfahren, wie
der berühmte Champagner gemacht wurde.

»Das, was du über den Champagner gesagt hast, hat mir
gefallen. Dass Champagner kein Lebewesen sei, aber leben-
dig.«

Aenne lächelte geschmeichelt. Sie strich mit den Händen über ihr Kleid, das nicht flohbraun war, und ärgerte
sich, dass sie ihr Haar heute Morgen nur flüchtig gebürstet
und es oben am Kopf mit einer Spange zusammengefasst
hatte.

»Lass uns noch ein wenig spazieren, wir müssen lange
genug sitzen.«

Er griff nach Aennes Hand. Und Aenne zuckte kurz zurück, doch dann überließ sie sich ihm. Seine Hand war
warm und trocken, und es fühlte sich gut an, so mit Clemens zu gehen. Sie durchquerten den Garten, liefen an Ap-
felbäumen vorbei und an einer weiß gestrichenen Bank, die
darunter stand. In einem weißen Pavillon mit offenen Seiten
hingen unzählige Lavendelsträuße und verströmten ihren
Duft.

Am Ende des Hotelgartens blieb Clemens stehen. Er sah ihr in die Augen: »Ich möchte immer so mit dir spazieren. Ich möchte für immer mit dir hier in der Champagne bleiben.«

Wieder musste Aenne schlucken. Hier waren nur sie und Clemens und die Weinberge. Hier war alles, was sie liebte. Würde er sie jetzt küssen? Aenne sehnte sich danach, von Clemens geküsst zu werden, und hatte zugleich Angst davor. Sie hatte genaue Vorstellungen davon, wie ein Kuss zu schmecken hatte, aber Bettina hatte sie ausgelacht, als die Schwestern eines Tages darüber gesprochen hatten. »Nein«, hatte Bettina gesagt, »Küsse schmecken nicht nach Sekt, sie perlen nicht im Mund, und sie haben auch keinen Abgang. Küsse sind ein Signal, verstehst du? Wenn ein Mann dich küsst, dann will er mehr.« Ob Bettina recht hatte?

Sie beugte sich ein wenig nach vorn, schloss die Augen und fand seine Lippen. Ganz leicht, schmetterlingsleicht nur, legte sie ihre Lippen auf seine, und ihr war, als gleite ein Blitz durch ihren Körper. Sein Mund schmeckte nach Trauben, nach Heimat, nach Vergangenheit, Gegenwart und nach Zukunft. Sein Mund war das, was sie immer gesucht hatte.

Clemens legte seine Hände um ihr Gesicht, und dann öffnete er ganz leicht mit seiner Zunge ihre Lippen, und Aenne versank in einem Kuss, der besser noch schmeckte als Champagner, der sie aber ebenso berauschte.

8

Aenne hätte übersprudeln können vor Glück. Clemens liebte sie. Er hatte es gesagt. Gestern nach der Matinee im Künstlerkeller. Aenne mochte die Matineen, die jeden zweiten Sonntag von 11 bis 13 Uhr stattfanden, direkt nach dem Gottesdienst in der St.-Marien-Kirche. Sie waren die einzigen künstlerischen Veranstaltungen in der kleinen Stadt. Mal war eine Opernsängerin zu Gast, mal las ein Dichter aus seinen Werken, dann spielte ein Pianist aus Halle eine Sonate von Beethoven, ein anderes Mal warf ein Artist ein halbes Dutzend Bälle in die Luft. Ganz Freyburg liebte diese Veranstaltungen, auf denen man sich traf, ein gutes Glas Wein trank und neben dem künstlerischen Genuss noch in den Genuss des neuesten Klatsches kam. An diesem Sonntag war ein Humorist zu Gast, der lustige Anekdoten erzählte und Witze machte. Alle lachten, und in dieses Lachen hinein hatte Clemens ihr den Heiratsantrag gemacht.

Es hatte Sterne geregnet in diesem Augenblick. Ihre Knie waren ein wenig weich geworden, sodass Clemens sie halten musste. Und jetzt saß sie im Salon und wartete auf ihn. »Wir wollen es gleich verkünden«, hatte er gesagt. »Ich will nicht noch länger warten. Leben will ich mit dir. Leben und lieben und Kinder haben.«

»Ja«, hatte Aenne geflüstert, denn das alles wollte sie auch.

Sie hatte der Mutter Bescheid gesagt, und als Clemens' Schritte durch den Flur hallten, da klopfte Aennes Herz so rasch, als wollte es aus ihrem Brustkorb springen.

Der Vater saß entspannt vor dem Kamin und zündete sich ein Zigarillo an, als Clemens in der Tür erschien. Die Mutter hatte sich rasch das Haar gerichtet und das Kleid glatt gestrichen.

Und nun saßen sie zu viert vor dem Kamin, und der Vater unterzog Clemens einer genauen Musterung. »Was führt Sie her, Herr … äh?«

»Volk. Clemens Volk, verehrter Herr Strauß. Ich bin gekommen, um Sie um die Hand Ihrer Tochter zu bitten.«

Aenne hielt den Atem an, wandte keinen Blick von ihrem Vater. Der verzog den Mund. »Sie wollen also Aenne heiraten, ja?«

»Ja.«

»Warum?«

»Wie bitte? Weil ich sie liebe.«

»Aha. Und Sie sind sicher, dass es nicht mein Hotel ist, das Sie lieben?«

»Bitte? Ich glaube, ich verstehe nicht ganz.«

Der Vater paffte an seinem Zigarillo. »Nun, Sie arbeiten bei Kloss & Foerster. Sie sind angestellt, besitzen keine Weinberge und wohl auch sonst nicht viel.«

»Äh …«

»Und Sie machen in Reklame. Ist das eine Arbeit für einen richtigen Mann?«

»Vater!«, rief Aenne entsetzt, aber Karl Strauß gebot ihr mit einer Hand zu schweigen.

»Ich erledige meine Arbeit ordentlich. Die Klosses sind sehr zufrieden mit mir. Man hat mir sogar in Aussicht gestellt, dass ich eines Tages der Nachfolger von Franz Ferdinand Knabe werden kann, dem Verkaufsleiter.«

»Sie wollen also meine Tochter heiraten und die Produkte der Konkurrenz verkaufen? Ist das richtig?«

»Ich würde es anders ausdrücken.«

Der Vater erhob sich. »Nun, Herr Volk, ich denke, dass ich dem nicht zustimmen kann. Meine Tochter heiratet einen Winzer. Und gewiss keinen, der mit Kloss & Foerster verwandt ist.«

Dann verließ er den Salon. Aenne sprang auf, fassungslos, entsetzt, und lief hinter dem Vater her. Im Weinkeller holte sie ihn ein, fasste ihn am Ärmel. »Das kannst du nicht machen!«, rief sie aus, die Stimme schrill vor Verzweiflung. »Wir lieben uns.«

Der Vater legte ihr beide Hände auf die Schulter und sagte eindringlich und bestimmt: »Ich will das Beste für dich, Aenne. Und das ist dieser Reklameheini nicht.«

»Vater, bitte! Willst du mir das Herz brechen? Du willst nur keinen Mann in der Familie, der mit Kloss & Foerster verwandt ist! Du willst mein Leben ruinieren!«

»Schluss jetzt! Ich werde meine Meinung nicht ändern.« Der Vater ließ sie los und ging davon.

Aenne war wie betäubt. Sie nahm kaum wahr, wie sie die

Kellertreppe hinaufschritt, das Esszimmer durchquerte, den Salon betrat. Clemens Volk war bereits gegangen. Nur die Mutter saß noch da. Als sie Aenne sah, drückte sie sie in einen Sessel und reichte ihr ein Glas Wasser. »Hier, trink das. Du bist ja ganz blass.«

Als Aenne wieder zu Atem gekommen war, sagte sie leise: »Das kann er doch nicht machen. Mutter, das kann er doch nicht machen.«

Ernestine seufzte. »Doch, mein Kind. Ich fürchte, das kann er.«

Der Winter kam. Noch hatte es nicht geschneit, aber die Wiesen waren am Morgen mit Reif überzogen. Alle Blätter der großen Lindenbäume im Hotelgarten waren gefallen, Saatkrähen hockten auf den kahlen Ästen und stießen ihre schrillen Schreie in den Morgen. Die Tische und Stühle des Gartens waren in den Schuppen gestellt worden, die Blumenkübel, in denen im Sommer blaue Hortensien blühten, waren mit Säcken abgedeckt, nur an der Ölweide hingen noch grüne Blätter.

Über dem Fluss bildete sich Nebel, und der Vater ging sehr früh schon in die Weinberge, um zu sehen, ob die Trauben schon gefroren waren. Er wollte in diesem Jahr wieder Eiswein keltern, ein Wein, der sehr begehrt war, weil es so wenig davon gab.

Aenne hatte seit dem Nachmittag, als Clemens um ihre Hand angehalten hatte, nicht mehr mit dem Vater gesprochen. Sie konnte einfach nicht. Sie war wütend, so verletzt, fühlte sich ungerecht behandelt. Und zugleich hilflos und ohnmächtig. Wenn sie an Clemens dachte, dann nicht mehr froh, sondern voller Traurigkeit.

Aenne stand zeitig auf und ging nach der Morgentoilette hinüber ins Hotel. In der großen Küche saß die Mutter mit der Köchin zusammen und besprach das Abendessen. Zu dieser Jahreszeit waren nicht mehr viele Gäste im Hotel, sodass die Köchin weniger Arbeit hatte und Zeit, neue Rezepte auszuprobieren. Die Mutter wollte gern einmal Schweinsfilet in Sekt-Hollandaise probieren, doch die Köchin schüttelte unzufrieden den Kopf. »Dann schmeckt man ja gar nichts mehr von dem guten Filet«, warf sie ein. Meta war schon älter, arbeitete beinahe seit zwanzig Jahren in der Hotelküche. Ihre Füße waren meist geschwollen, und obgleich die Mutter sie immer wieder aufforderte, Pausen zu machen und die Beine hochzulegen, sträubte sich Meta. »Zum Arbeiten bin ich hier, nicht, um die Füße hochzulegen.«

Die grauen Haare hatte Meta zu einem dürren Dutt am Hinterkopf gezwirbelt und sich eine Haube darüber gezogen. Sie war, ungewöhnlich für eine so gute Köchin, groß und hager, doch Aenne wusste, dass sie riesige Portionen verdrücken konnte. Kurt, ihr Mann, arbeitete im Hotel als Kutscher und Gärtner. Er holte die Gäste von der Bahnstation und brachte sie wieder zurück, kutschierte sie, wohin sie wollten, und kümmerte sich um Metas Küchengarten, der hinter dem Sommergarten für die Gäste lag. Dort zog Meta nicht nur Petersilie und Schnittlauch, Kapuzinerkresse und Dill, sondern auch Thymian, Rosmarin und Lorbeer. Und in jedem Jahr wollte Meta ein neues Küchenkraut ausprobieren, in dessen Genuss die Gäste kamen. Im letzten

Sommer hatte sie ihre Vorliebe für Minze entdeckt und hatte daraus köstliche Limonaden gebraut. Aus den Johannisbeeren am hinteren Ende des Gartens hatte sie Likör und Marmelade gemacht, die Stachelbeeren waren eingekocht, sodass es auch im Winter ihre berühmte Stachelbeertorte geben konnte, und die Holunderblüten waren zu Sirup verarbeitet worden.

»Filet mit Sekt-Hollandaise«, wiederholte sie kopfschüttelnd. »Hat man so was je gehört?«

»In Frankreich speist man so«, erklärte die Mutter ein wenig unwillig. »Du sollst es ja nur mal ausprobieren. Wenn es uns nicht schmeckt, gut, dann lassen wir das.«

Meta brummelte noch ein wenig, dann schalt sie das Küchenmädchen, das die Asche aus dem Herd holte und dabei ein wenig davon auf dem Boden verstreute, ehe sie sich wieder der Mutter zuwandte. »Ein Filet probiere ich. Ein einziges. Bisher waren alle Gäste zufrieden, wenn ich zum Filet meine Soße mit saurer Sahne und Pilzen gemacht habe.«

Ruth Hirsch, die Lebensmittelhändlerin, klopfte an die Hintertür. »Seid ihr fertig mit eurer Liste?«, fragte sie, und die Mutter übergab einen langen Zettel, bevor sie die Küche verließ. »Kurt wird die Sachen am Nachmittag abholen.«

Ruth nickte, steckte den Zettel in die Tasche. Inzwischen stand die erste Geburt unmittelbar bevor.

Sie presste eine Hand in ihr Hohlkreuz.

»Setz dich, Ruth, trink eine Tasse Kaffee«, schlug Meta vor, und Ruth nickte dankbar.

»Aenne hat auch noch nicht gefrühstückt. Du kannst ihr Gesellschaft leisten.«

Dann tischte Meta Quark und Marmelade auf, holte das Holzfässchen mit der goldgelben Butter aus der Vorratskammer, dazu frisch gebackene Brötchen und zwei kleine Kuchen. Sie goss den jungen Frauen Kaffee ein und sagte: »Ich werde heute mal eine Liste all dessen erstellen, was wir noch unten im Keller haben. Mir scheint, es fehlen ein paar Gläser mit eingemachter Leberwurst. Auch das Pflaumenmus wird von Mal zu Mal weniger.«

Sie seufzte, dann verschwand sie durch eine kleine Seitentür im Keller.

»Wie geht es dir?«, fragte Aenne, die sich darüber freute, heute einmal nicht allein frühstücken zu müssen. Der Vater hatte schon vor Stunden einen Teller Haferbrei gegessen, die Mutter trank nur einen starken Kaffee, und Bettina lag ganz sicher noch im Bett.

»Oh, es geht ganz gut. Ich soll nicht schwer heben, hat der Doktor gesagt, aber ich kann ja meine Schwiegermutter nicht die ganze Arbeit allein machen lassen.« Sie lachte, strich sich eine Haarsträhne aus der Stirn und biss herzhaft in ein Marmeladenbrötchen. »Und dir? Wie geht es dir?«

Aenne seufzte. Ihr Herz war so voll, in ihrem Kopf schwirrten die Gedanken wie Bienen in einem Stock umher, doch sie fand keine Worte für das, was sie quälte. »Ach, es geht eigentlich ganz gut. Die Arbeit in der Kellerei macht mir noch immer Spaß, aber langsam überlege ich, ob es nicht besser wäre, damit aufzuhören.«

Ruth zog erstaunt die Augenbrauen hoch. »Du willst aufhören? Aber warum in aller Welt? Du sagtest doch gerade, dass die Arbeit dir Freude bereitet.«

»Ja, das stimmt. Doch wenn Bettina im nächsten Frühjahr heiratet und wegzieht, dann werde ich wohl im Hotel gebraucht. Mutter wird auch älter. Sie klagt manchmal über Rückenschmerzen. Und der Vater kann sowieso immer Hilfe gebrauchen.«

Ruth blickte Aenne mit zusammengekniffenen Augen an, und Aenne wusste, dass Ruth ihr nicht glaubte. »Jetzt sag schon, was wirklich los ist.«

Aenne sah sich nach Meta um, aber die war inzwischen in den Keller hinabgestiegen, und auch die Mutter war längst wieder im Hotel unterwegs, um den Zimmermädchen auf die Finger zu schauen.

»Ich habe mich verliebt.«

Ruth strahlte. »Wie schön! In wen? Hast du ihn schon deinen Eltern vorgestellt?«

»Clemens Volk hat mir einen Heiratsantrag gemacht, aber der Vater hat ihn weggeschickt, weil er mit Emma Kloss verwandt ist und obendrein in der Kellerei arbeitet.«

»Ach, du Arme!«

Aenne malte mit dem Finger das gestickte Blumenmuster der Tischdecke nach. »Ach, Ruth, was soll ich nur machen? Ich darf ihn nicht lieben, weil der Vater einer Verlobung mit ihm niemals zustimmt. Aber ich kann einfach nicht damit aufhören.«

Ruth nahm Aenne tröstend in den Arm. »Kannst du den Vater nicht überzeugen?«

»Nein. Er hasst die Kellerei, die Klosses und Carl Foerster. Eher würde er mich mit dem Totengräber verheiraten als mit Clemens.«

Ruth schwieg nachdenklich, dann schlug sie leise vor:

»Dann musst du ihn meiden. Geh ihm aus dem Weg.«

»Aber meine Arbeit. Sie macht mir so viel Freude. Endlich kann ich etwas tun, das mir gefällt. Ich verdiene eigenes Geld. Und es ist die einzige Gelegenheit, Clemens zu sehen.«

»Ich würde dir so gern helfen.« Ruth drückte ihr die Hand.

Aenne griff nach einem weiteren Brötchen, schnitt es auf und bestrich es mit Butter und Marmelade.

»Gehst du heute wieder in die Kellerei?«, fragte Ruth.

Aenne schüttelte den Kopf. »Nein, ich arbeite oft von zu Hause aus. Ich muss einen Beitrag über unsere Frankreichreise verfassen. Und dann ist schon das Wochenende da.« Plötzlich wusste sie, was sie machen konnte, um ihre Gedanken zu sammeln, ihre Gefühle zu ordnen. »Ich werde zu Tante Oda gehen. Mit ihr zu sprechen, tut mir immer gut.«

Jetzt hatte sie es eilig. Sie schlang den Rest des Brötchens herunter, trank in einem einzigen Zug den Kaffee aus, konnte es kaum abwarten, dass auch Ruth fertig wurde.

Eilig verabschiedete sie die alte Freundin. Dann lief sie zu ihrer Mutter. »Ich möchte zu Tante Oda gehen. Ich könnte ihr Wein und Marmelade mitnehmen.«

Die Mutter blickte sie prüfend an. »Wie kommst du auf einmal darauf?«

»Ich habe Tante Oda, seit wir aus der Champagne zurückgekehrt sind, nicht mehr gesehen. Es ist eine Schande, dass ich sie so lange nicht besucht habe.«

»Wann kommst du zurück?«

Aenne überlegte. »Heute ist Donnerstag, ich denke, ich werde bis zum Samstag bleiben. Ich schlafe bei ihr.« Tante Oda wohnte nur eine halbe Stunde zu Fuß entfernt, am anderen Ende der kleinen Stadt. Aber Aenne liebte es, am Abend mit ihr vor dem Kamin zu sitzen, sie liebte es, in dem alten Bett zu schlafen, und sie hatte den unbedingten Eindruck, mal von zu Hause wegzumüssen. Es gab so viel, über das sie nachdenken musste. Da war Clemens, da war die Arbeit in der Sektkellerei.

Wieder streifte sie ein prüfender Blick. Ernestine sagte nichts, aber Aenne wusste, dass ihrer Mutter klar war, aus welchem Grund sie wirklich zu Tante Oda wollte.

»Wann möchtest du aufbrechen?«

»Nach dem Nachmittagskaffee. Zuvor muss ich noch meinen Artikel fertig schreiben.« Aenne wurde ein wenig leichter ums Herz. Tante Oda würde sie verstehen. Tante Oda hatte sie immer verstanden. Sie war die Schwester des Vaters, und obschon sich Oda nie in die Familienangelegenheiten eingemischt hatte, hoffte Aenne, dass sie es dieses Mal tun würde.

Einige Stunden später machte sie sich auf den Weg, in der Hand einen Korb mit Marmelade und Most. Sie lief vom Hotel Strauß den Hügel hinauf. Ein längerer Weg als der durch die Stadt, aber Aenne liebte ihn. Er führte in einem Bogen um die Stadt am Waldrand entlang, an den Äckern und natürlich an den Weinbergen vorbei. Die ersten Winzer verbrannten bereits das Laub, an anderen Stellen waren noch einige Weinbergarbeiter dabei, die letzten Trauben für die Spätlese zu ernten. Die Felder lagen brach, ein würziger

Duft nach Erde und Holzfeuern drang ihr in die Nase. Aenne sah ein Reh, das friedlich graste, ein Schwarm Gänse zog kreischend am Himmel vorbei. Schwere Wolken lagen über dem Land, und Aenne hoffte, dass es keinen Regen gab.

Als sie endlich vor dem Haus ihrer Tante Oda ankam, zogen die ersten Vorboten der Dämmerung bereits über den Himmel.

Das kleine zweistöckige, weiß gekalkte Haus, an dessen Wänden sich Zierwein nach oben schlängelte, lud mit hell erleuchteten Fenstern ein. Es lag hinter einem kleinen Vorgarten, in dem Tante Oda ihre berühmten Rosen züchtete.

Tante Oda öffnete die Tür und breitete die Arme aus.

»Mein Mädchen, da bist du ja!«, rief sie, und Aenne stürzte in ihre Arme, ließ sich drücken und sog tief den Geruch nach Maiglöckchenseife und Birkenhaarwasser ein. Oda trug einen weichen langen Rock, eine weiße Bluse mit hohem Spitzenkragen und darüber eine bunte Jacke, die sie liebte und von der Aenne wusste, dass sie sie in Ägypten erworben hatte. Dort hatte sie zwei Jahre lang die beiden kleinen Söhne eines deutschen Kaufmanns unterrichtet. Danach war die ganze Familie samt Oda nach Italien gegangen, von dort aus weiter in die Schweiz und anschließend nach Paris. Tante Oda erzählte gern von diesen Aufenthalten, vom Skifahren in den Schweizer Alpen, von den heißen Sommern Ägyptens und den Ausflügen zu den Pyramiden oder von den Besuchen in den Uffizien in Florenz und im Pariser Louvre. Andere Welten taten sich vor Aenne auf, und Tante Oda zeigte ihr gern ihre Skizzenbücher, in denen sie diese fremden Welten festgehalten hatte.

Jetzt nahm sie Aennes Arm und führte sie in ihr Wohnzimmer, dessen große Fenster bei Tag einen herrlichen Ausblick in den Garten erlaubten. Sie hatte die schweren dunkelroten Vorhänge bereits zugezogen und den ungemütlichen Tag ausgesperrt. Im Kamin knisterte ein Feuer, und Aenne kuschelte sich in den bequemen Sessel, zog die Füße unter ihr Kleid und legte sich ein Kissen auf den Bauch. Hier bei Tante Oda hatte sich nichts verändert. Ein geschnitztes Sofa, mit rotem Samt bezogen und mit goldenen Stickereien besetzt, stand neben dem Regal mit den Kunstbüchern. Über dem Sofa hingen ein paar Skizzen, und Aenne entdeckte eine, die die Kathedrale Notre-Dame in Paris zeigte. Auf einer großen Kommode aus dunklem Holz standen ein paar Dinge, die Tante Oda von ihren zahlreichen Reisen mitgebracht hatte. Aenne erkannte eine Schneekugel aus der Schweiz, ein kleines geschnitztes Kamel aus Olivenholz, die Gipsbüste von Johann Wolfgang von Goethe, ein paar Nordseemuscheln und eine kleine Statue aus Marmor, die Tante Oda in Florenz gekauft hatte. Der Boden war mit gut geölten Dielen belegt, darauf selbst gewebte Läufer in verschiedenen Rottönen. Auf dem kleinen Tisch vor dem Sofa lagen ein paar Zeitschriften, daneben stand ein Korb mit roter Wolle und langen Stricknadeln, aus einem in Leder gebundenen Buch ragte ein Lesezeichen. Neben dem Sofa, auf einem anderen kleinen Tisch, stand ein riesiger Strauß mit späten Astern, in einer Schale dufteten die Blätter der letzten Rosen. Es war so gemütlich hier, dass sich Aennes Gedanken auf der Stelle beruhigten.

Tante Oda ließ sich neben ihr nieder, schenkte aus einer

Karaffe Wein in zwei Gläser und reichte eines davon an Aenne weiter.

Tante Oda fragte nach den Eltern, nach Bettina.

»Sie geht ganz und gar in den Hochzeitsvorbereitungen auf. Ich glaube, sie freut sich auf die Hochzeit.« Aennes Stimme klang traurig, denn sie hätte so gern mit Bettina eine Doppelhochzeit gefeiert.

»Wie ist er, dieser Oskar Nimmrod? Ich kenne ihn nicht, habe ihn nur hin und wieder gesehen.«

»Er ist berechnend. Ich habe an ihm noch kein einziges Gefühl entdecken können. Hoffentlich macht Bettina da keinen Fehler. Vater aber ist begeistert von ihm.«

»Bettina ist nicht wie du, mein Kind. Sie weiß, was sie will und wie sie es bekommt. Ich denke nicht, dass du dir ihretwegen Sorgen machen musst. Erzähl mir doch lieber, wie es dir geht. Ich habe deine Postkarte aus Reims erhalten. Es muss sehr schön dort gewesen sein.«

Aenne ließ den Wein im Glas kreisen, trank dann einen Schluck. »Ja, es war sehr schön. Und ich habe viel Champagner getrunken. Ein wunderbares Getränk. So frisch und kühl wie eine Quelle und doch so voller Sonne und Sommer.«

Tante Oda lächelte. »Ja, das trifft es genau. Ich habe auch schon Champagner getrunken, allerdings viel zu selten in meinem Leben.«

Tante Odas Blick lag freundlich und voller Zuneigung auf Aennes Gesicht, und Aenne erschien es, als hätte Oda schon alles in der Welt gesehen und erlebt. Sie war auf einem Kamel durch die Wüste geritten, hatte in Paris die Bekanntschaft der impressionistischen Maler gemacht und dort sogar ein wenig Zeichenunterricht genommen, und einmal hatte sie in Berlin sogar den Kaiser gesehen.

Jetzt blickte sie Aenne liebevoll an, aber sie fragte nichts, sondern wartete, bis Aenne zu sprechen anfangen würde.

Mit einem langen, tiefen Seufzer begann sie schließlich: »Tante Oda, ich habe mich verliebt.«

»Das ist schön, mein Kind, die Liebe ist etwas Wunderbares.«

»Auch, wenn es eine verbotene Liebe ist?«, wollte Aenne wissen.

»Nun, es ist immer ein schönes Gefühl, gemocht und begehrt zu werden. Aber manchmal sind die Umstände nicht eben günstig.«

Aenne nickte, trank einen weiteren Schluck Rotwein, und Tante Oda wartete geduldig, bis Aenne so weit war, dass sie weitersprechen konnte. »Er heißt Clemens Volk und ist der Reklamefachmann bei Kloss & Foerster. Er war auch mit in Reims. Und dort haben wir uns das erste Mal geküsst.« Träumerisch schaute Aenne in die Flammen des Kamins. Ein wehmütiges Lächeln umspielte ihre Lippen.

»Er mag dich auch, der junge Mann?«, fragte Tante Oda behutsam.

»Ja, da bin ich mir sicher.«

»Wo liegt dann das Problem?«

»Der Vater. Er ist gegen diese Verbindung. Clemens ist der Großneffe von Emma Kloss.«

»Oh.«

Eine Weile schwiegen die beiden Frauen. Jede hing ihren

eigenen Gedanken nach. Dann fragte Tante Oda: »Ist es euch ernst miteinander?«

Aenne seufzte. »Er ist der erste Mann, bei dem ich mir vorstellen kann, den Rest meines Lebens mit ihm zu verbringen. Er ist klug, witzig, hat viele Bücher gelesen, und er liebt den Sekt so wie ich.«

Wieder verfiel Aenne in Schweigen, blickte in die Flammen.

»Und was möchte Clemens?«, fragte Tante Oda vorsichtig. Sie angelte nach ihrem Handarbeitskorb, nahm die Stricknadeln heraus und begann zu stricken. Die Nachbarin würde bald ein Kind bekommen, und Oda wollte ihr zur Geburt ein Jäckchen für das Baby schenken.

Es war still im Raum, nur das Prasseln des Feuers und das Klappern der Stricknadeln waren zu hören.

»Er will dasselbe wie ich«, sagte Aenne nach einer Weile.

»Eine schwierige Situation.«

»Schwierig? Aussichtslos.«

»Was sagt denn Clemens dazu?«

»Er hofft, den Vater doch noch überzeugen zu können, aber ich weiß, dass das aussichtslos ist.«

Tante Oda seufzte. »Wirklich eine verfahrene Situation, mein liebes Kind. Ich hoffe, du bist nicht gekommen, um mich zu bitten, mit deinem Vater zur reden.« Sie lächelte ein wenig. »Ich befürchte, alle Versuche meinerseits würden die Situation nur noch verschlimmern. Ihr seht euch heimlich?«

»Wir sehen uns bei der Arbeit. Manchmal, wenn nicht allzu viel zu tun ist, spazieren wir durch die Weinberge. Und sonntags sehen wir uns bei der Matinee im Künstlerkeller, auch wenn meistens Bettina oder Mutter dabei ist. Aber wir müssen unsere Liebe geheim halten, das versteht sich.«

»Eine Trennung kommt nicht infrage?«

»Tante Oda! Wir lieben uns!« Aennes Stimme klang schrill und voller Empörung, doch Tante Oda lachte leise, aber dieses Lachen war voller Traurigkeit. »Ich weiß, die erste Liebe kommt mit einer Urgewalt daher. Aber manchmal kann eine Liebe eben nicht gelebt werden.«

Aenne ärgerte sich. Sie hatte gehofft, bei Tante Oda Unterstützung zu finden. Was weißt du schon von der Liebe?, hätte sie gern gefragt, denn Oda war nie verheiratet gewesen. Doch da begann die Tante zu sprechen: »Auch ich war einmal unglücklich verliebt. Es ist schon lange her. Ich war damals ungefähr so alt wie du. Es war in Paris. Er war Künstler und hat mich im Zeichnen unterrichtet. Wir verbrachten einige glückliche Wochen miteinander. Doch er war verheiratet. Hätte er mich darum gebeten, wer weiß, vielleicht wäre ich sogar mit ihm durchgebrannt.« Tante Oda lachte leise, und für einen Augenblick sah Aenne in ihr das junge Mädchen aus Paris.

»Ein Skandal, wenn unsere Liebe ruchbar geworden wäre«, sprach sie weiter. »Ich wusste, dass wir nie zusammenkommen könnten. Deshalb habe ich mich schweren Herzens von ihm getrennt.«

Aenne hatte gut zugehört. »Hast du es je bereut?«

»Ich habe es bedauert, aber nie bereut. Ich wollte keine Ehe zerstören, wollte kein Leben in Heimlichkeit und Lügen. Wir waren wohl auch einfach nicht füreinander bestimmt.«

Tante Oda erhob sich, goss Aenne und sich einen weiteren Schluck Rotwein ein. Dann wechselte sie das Thema: »Hat Bettina schon ein Kleid für die Hochzeit? Ich freue mich auf die Feier im Hotel. Ich gehe davon aus, dass das junge Paar im Weinschlösschen leben wird? Hat Bettina schon Vorstellungen davon, wie sie ihr neues Heim einrichten will? Oder soll alles so bleiben, wie es ist?«

Und Aenne erzählte, froh darüber, ein wenig von den eigenen Problemen abgelenkt zu sein.

Teil 2

1886

Schweinefilet in Sekt-Hollandaise

2 Schweinefilets, schwarzer Pfeffer, 3 EL Öl,
4 Eigelb, 100 ml Sekt, 250 g Butter, Salz

Schweinefilets würzen, in Öl braten, ruhen lassen,
Butter im Topf klären, Eidotter im Wasserbad aufschlagen
und 50 ml Sekt einrühren. Butter tropfenweise unterschla-
gen, mit Salz und dem restlichen Sekt abschmecken.

1

Die Hochzeit von Bettina und Oskar Nimmrod lag nun schon vier Jahre zurück, und Bettina hatte eine Tochter geboren, die sie Pauline, und einen Sohn, den sie nach seinem Vater Oskar genannt hatte, der aber von allen nur Kleinoskar gerufen wurde. Nun war sie die Herrin des Weinschlösschens. Sie beschäftigte ein Dienstmädchen, ein Kindermädchen, eine Köchin und eine Wäscherin.

»Ach, du ahnst ja gar nicht, wie gut es mir geht«, hatte sie kurz nach der Hochzeit Aenne vorgeschwärmt. »Endlich einen eigenen Hausstand. Ich kann tun und lassen, was ich möchte. Natürlich gibt es bei uns nicht nur am Wochenende Sekt. Nein, wir trinken ihn auch unter der Woche. Und Weingelee gibt es auch jeden Tag. Ich habe Oskar gebeten, mir einen kleinen Wintergarten an den Salon zu bauen. Martin ist allerdings dagegen. Er sagt, ein Wintergarten würde die Architektur des Schlösschens zerstören, aber ich bestehe darauf. Martin ist alt, hat altmodische Ansichten, versteht nichts von den neuen Moden. Er kann froh sein, hier zu leben, denn Oskar macht doch den Großteil der Arbeit. Ich habe schon überlegt, ob es in Freyburg nicht eine Witwe gibt oder eine alte Jungfer, die sich mit Martin vermählen würde, denn so groß das Schlösschen auch ist – immerhin vierzehn Zimmer in jedem Flügel und dazu die Dienstbotenkammern –, eine junge Ehe braucht nun mal die Zweisamkeit.« Aenne konnte sich noch gut an dieses Gespräch erinnern und über ihre Verwunderung darüber, wie schnell sich Bettina, die Hotelierstochter, in eine Schlossherrin verwandelt hatte.

Jetzt saß sie mit Bettina im Salon. Die Schwester war in ein beigefarbenes Kleid gehüllt, das mit Seidenbändern geschmückt war. Auf dem Schoß hielt sie Kleinoskar, der zufrieden an seinem Daumen nuckelte, während Pauline mit dem Kindermädchen spielte. Aenne saß ihrer Schwester gegenüber auf einem Stuhl mit zierlich gedrechselten Beinen und Chintzbezug. Vor ihr auf dem Tisch standen eine Tasse mit heißer Schokolade und ein böhmisches Kristallschälchen, in dem kleine Kuchen lagen. »Wie gefällt dir mein neuer Salon?«, wollte Bettina wissen und schaute sich stolz um.

Der Raum war gerade neu tapeziert worden, weil Bettina in einer ihrer Zeitschriften gelesen hatte, dass Blau nicht mehr à la mode war. Also zierten die Wände jetzt Tapeten, die rosa und grau gestreift waren, dazu dreißig Zentimeter unter der Decke einen grünen Fries hatten. Sie hatte aus Frankreich eine Récamiere kommen lassen, die einen grauen Samtbezug hatte, mit rosa Kissen belegt war und auf der Bettina, wie sie sagte, gern etwas ruhte. Eine imposante Vitrine barg eine Sammlung von Weingläsern und Sektschalen aus feinstem Muranoglas. Der Boden war mit Parkett ausgestattet, das so blank poliert war, dass man sich beinahe darin spiegeln konnte. Persische Läufer, ebenfalls in Rosa und Grau, dämpften die Schritte und machten den Salon behaglich.

Und Bettina selbst strahlte ebenso im Gefühl ihrer Rechtschaffenheit und mit der Würde der Ehefrau und Mutter.

»Liebe Aenne, willst du dir nicht endlich einen Mann suchen? Einen Mann, den du heiraten kannst?«, fragte sie und wartete die Antwort gar nicht erst ab. »Du bist jetzt dreiundzwanzig Jahre alt. Es wird langsam Zeit.«

Aenne schüttelte den Kopf. »Es drängt mich nichts zur Ehe. Ich bin glücklich mit meinem Leben.«

Dass dies nicht stimmte, wusste Aenne selbst nur zu gut. Die letzten vier Jahre waren für sie keine glücklichen Jahre gewesen.

Sie hatte Clemens abgeschworen, und das hatte so wehgetan, dass sie selbst jetzt noch nicht darüber sprechen wollte. Sie hatte so lange gebraucht, um ihn zu vergessen, hatte sogar die Arbeit bei Kloss & Foerster aufgegeben, um nicht in seine Nähe zu kommen. Aber seither war ihr Leben trist. Sie arbeitete im Hotel Strauß, unterstützte die Mutter, half dem Vater in den Weinbergen, aber es gab nicht mehr viel, über das sie sich freuen konnte. Nur einmal im Jahr, zu ihrem Geburtstag, brachte Ruth Hirsch ihr heimlich einen Brief, den Clemens geschrieben hatte. Und jedes Jahr schrieb er wieder: »Du bist die Liebe meines Lebens, Aenne. Und wenn ich hundert Jahre auf dich warten müsste, so würde ich es tun.« Und an seinem Geburtstag übergab

Aenne einen Brief an Ruth, den diese an Clemens weiterleitete.

Und auch Aenne schrieb immer wieder: »Clemens, ich werde niemals einen anderen Mann lieben.«

Bettina setzte die Kakaotasse klirrend ab. »Pah, was du Leben nennst! Du lebst bei den Eltern, hast keinen eigenen Hausstand und musst dich den ganzen Tag nur danach richten, was Vater und Mutter wollen.«

Aenne zuckte mit den Schultern. »Ich finde das nicht schlimm. Es gefällt mir, wie es ist.«

Aber es war schlimm. Sie fühlte sich, als hinge ihr Leben in der Schwebe, als gäbe es kein Vorwärts, sondern nur eine Abfolge von immer gleichen Tagen, die nie enden würden. Sie hatte so viel gewollt: die Liebe, eine eigene Arbeit, die sie ausfüllte. Und nun?

Nur wenn sie schrieb, fühlte sie sich ganz bei sich. Sie hatte damit begonnen, die Sagen aus dem Saale-Unstrut-Gebiet zu sammeln. Sie ging sogar zu Liesbeth Adler, von der es hieß, ihr Vater wäre ein Zigeuner gewesen. Aber wenn jemand krank war in Freyburg und Dr. Wangemut nicht mehr helfen konnte, dann begaben sich die Freyburger im Schutze der Dunkelheit zu ihr, kauften Tränke, die sie selbst gebraut hatte, oder ließen sich die Zukunft aus der Hand lesen. Liesbeth Adler, hieß es, wäre auch mit den Geistern in Kontakt und könnte mit den Toten sprechen. Und sie kannte so viele Geschichten. Aenne war gern bei ihr, lauschte dem, was sie erzählte, und schrieb es danach auf. Auch Tante Oda half ihr bei diesem Projekt. Überhaupt zog es Aenne immer stärker zu Frauen, die ein wenig anders waren als der Durchschnitt. Ihnen fühlte sie sich verwandt und nahe.

Der Frühling war in voller Blüte. Der Flieder stand in ganzer Pracht, an den Kirschbäumen reiften langsam die ersten Früchte, ein Storchenpaar war aus dem Süden zurückgekommen und nistete auf dem Kirchturm. Die Pfingstrosen zeigten ihre wunderschönen blutroten Köpfe, und die Hortensien prangten in den Kübeln neben dem Eingang des Hotels und neben dem Zugang zum Garten.

Kurt hatte die Bänke und Stühle aus dem Schuppen geräumt und unter den alten Linden aufgestellt, während Meta im Wald wilden Bärlauch pflückte.

Beim Abendessen sagte der Vater: »Aenne, deine Mutter und ich möchten mit dir reden.«

Aenne zerteilte eine Kartoffel mit der Gabel, spießte sie auf. »Worüber?«

»Du musst dir endlich einen Mann suchen.«

»Warum?«

Der Vater zog die Augenbrauen in die Höhe. »Fragst du mich das wirklich? Nun, dann will ich es dir einmal in aller Deutlichkeit sagen: weil eine Frau einen Mann braucht. Eine Frau ohne Mann ist nichts wert, ist eine Versagerin, eine alte Jungfer, die belächelt und bedauert wird.«

»Und wen soll ich heiraten, wenn nicht den Mann, den ich liebe?«, wollte Aenne wissen, die sah, dass der Vater die Augenbrauen in die Höhe gezogen hatte.

»Gibt es denn keinen, den du magst?«, wollte Ernestine wissen.

»Ihr wisst, wen ich liebe.«

Der Vater legte eine Hand auf den Tisch. »Die Leute reden. Sie reden über dich und den Reklameheini. Noch immer, denn ihr seid beide bisher keine anderen Verbindungen eingegangen. Es wird vermutet, dass ihr euch noch immer trefft.«

Aenne wollte etwas einwenden, sie wollte sagen, dass sie jeden Tag an Clemens dachte, dass sie ihn aber nicht sah, weil das zu schmerzlich für sie gewesen wäre, aber der Vater unterbrach sie mit einer Handbewegung.

»Diese Gerüchte schaden dem Geschäft. Und unserem Ansehen. Und du bist nicht glücklich, hängst ihm immer noch nach. Deshalb wirst du dir nun endlich einen Bräutigam suchen. Ich gebe dir vier Wochen Zeit. Ansonsten suche ich dir einen.«

Der Vater erhob sich und blickte Aenne so bestimmt an, dass sie ihm nicht widersprach.

Aenne dachte lange nach, dann schrieb sie Clemens einen Brief:

»Mein Liebster, heute hörst du das letzte Mal von mir. Mein Vater wird mich verheiraten. Aber du wirst immer meine große Liebe bleiben. Lebe wohl!«

An dieser Stelle verwischte die Tinte von Aennes Tränen. Sie faltete den Brief zu einem Umschlag, siegelte ihn und brachte ihn zu Ruth Hirsch in den Laden.

Zwei Tage später spazierte Aenne durch die Weinberge, weil

sie es zu Hause nicht mehr aushielt. Die Mutter betrachtete sie den ganzen Tag besorgt, der Vater entschlossen. Von Clemens hatte sie nichts gehört, und das war auch gut so. Sie wollte, sie musste ihn endlich vergessen, um weiterleben und neu anfangen zu können.

Es hatte den ganzen Tag geregnet, erst vor Kurzem hatte es aufgehört. Der Wind wehte kühl, ein paar Saatkrähen zogen ihre Kreise, und über dem Fluss stieg der Nebel auf. Aenne fror, aber sie wusste nicht, ob das von den kalten Temperaturen kam oder von einer inneren Kälte. Plötzlich hörte sie, wie jemand leise ihren Namen rief. Sie erkannte die Stimme sofort und fuhr herum: »Clemens!«

Sie fiel in seine Arme, schmiegte ihr Gesicht an seine Brust. Er hielt sie ganz fest, flüsterte ihren Namen. Endlich lösten sie sich voneinander.

»Der Vater wird mich verheiraten«, flüsterte sie, hoffte, dass Clemens irgendeine Idee hatte, das zu verhindern. Aber Clemens nahm ihr Gesicht in seine Hände, seufzte und küsste sie, als gelte es das Leben. Er sah ihr tief in die Augen, und Aenne sah den Schmerz in seinem Blick.

»Wenn es nicht anders geht, kündige ich bei Kloss & Foerster und suche mir etwas anderes. Ich liebe meine Arbeit, aber dich liebe ich noch mehr.«

»Ich glaube nicht, dass das helfen würde«, sagte Aenne traurig. »Du bleibst der Großneffe von Emma Kloss. Mein Vater würde dir niemals vertrauen.«

»Aenne, sag mir, was ich machen soll. Du weißt, ich würde alles für dich tun.«

Aenne schüttelte langsam den Kopf und versuchte, die

Tränen wegzublinzeln, doch es half nichts. Clemens wollte sie erneut in seine Arme ziehen, aber Aenne stieß ihn zurück. »Ich kann nicht mehr, Clemens. Vielleicht soll es einfach nicht sein.«

Mit diesen Worten drehte sie sich um und lief davon.

»Aenne! Komm zurück!«, rief Clemens hinter ihr her, aber sie lief weiter, spürte, wie die Tränen über ihre Wangen rollten. Sie lief hinunter bis ins Tal, lief über die Brücke und hinauf auf die Felder. Sie lief, als könnte sie dadurch den schweren Stein in ihrem Magen auflösen.

Als sie endlich nach Hause kam, war sie erschöpft. Ihre Augen waren vom Weinen geschwollen, die Haut fleckig.

Sie betrat den Wohnflügel, hörte die vertrauten Geräusche aus der Hotelküche, das Klappern der Teller, roch den Duft nach Essen. Dann stieg sie die Treppe hinauf in den ersten Stock, betrat den Salon ihrer Mutter. Ernestine saß in einem Sessel am Fenster und sah in den Nieselregen, der lautlos fiel. Der Himmel war von einem tiefen Grau. »Sieh nur, wie schön der Regen fällt«, sagte Ernestine. »Es ist ein Geschenk an die Natur.«

»Ihr könnt mir einen Mann suchen«, erklärte Aenne, ohne auf die Worte der Mutter zu achten. »Es ist mir ganz gleichgültig, wen ich heirate.«

Ernestine wandte sich um, sah das verstörte Gesicht ihrer Tochter. Sie klopfte auf den Sessel neben sich. »Komm her zu mir.«

Aenne kuschelte sich in den Sessel, zog eine warme Wolldecke über sich und hätte sich doch am liebsten in ihrem Bett verkrochen, das Kissen über dem Kopf.

»Was ist passiert?«, wollte die Mutter wissen und reichte Aenne ein Glas Wasser.

»Nichts ist passiert«, erklärte Aenne und hatte Mühe, die Tränen zurückzuhalten.

»Ich weiß, dass du Clemens Volk noch immer liebst. Ich bin nicht blind, Aenne. Es schmerzt mich, dich so zu sehen.«

»Wir lieben uns. Und daran kann der Vater nichts ändern.«

»Nun, über die Liebe haben wir lang und breit gesprochen. Sie ist nicht das Entscheidende.«

»Ich habe doch gesagt, sucht mir, wen ihr wollt.«

»Wir möchten, dass du glücklich bist.«

»Wie soll ich glücklich werden, wenn ich Clemens nicht heiraten kann?«

»Bist du denn jetzt glücklich mit ihm?«

»Nein.«

»Es kann also nur besser werden.«

Die Mutter beugte sich über ihren Sessel, strich Aenne sanft über den Arm. »Es wird alles gut werden. Du musst uns vertrauen. Dein Vater weiß, was er tut.« Aber Aenne glaubte ihr nicht.

Nach der Trennung von Clemens dachte Aenne, sie würde in Tränen ertrinken, aber sie weinte kein einziges Mal. Ihr Herz tat weh, das Licht schmerzte in ihren Augen, die süßen Frühlingsdüfte schienen sie zu verhöhnen. Aenne fühlte sich, als hätte sie alles verloren, ihr Lachen, ihre Freude. Nur die Lust am Schreiben war größer geworden. In ihrem Kopf fanden sich aber nur Worte der Traurigkeit und Wehmut. Begriffe, die auch durch das Schreiben den Schmerz nicht lindern konnten.

»Die Liebe lassen,
wer kann das verlangen,
dich nie mehr sehen
und nur um dich bangen.
Das Leben könnte schön sein,
es könnte schmecken wie Wein.
Aber ich bin allein.«

Sie eilte zu Tante Oda, wollte sich bei ihr ausweinen, doch da waren keine Tränen mehr.

»Warum kann ich nicht um ihn weinen?«, fragte sie die alte Frau, die sie in Decken gehüllt und vor den Kamin gesetzt hatte und jetzt darauf bestand, dass sie einen Becher stärkenden Würzwein trank. Sie fror noch immer, es war eine Kälte, die tief aus ihrem Inneren kam. Sie hielt den Becher mit dem Würzwein in beiden Händen, wärmte sich die Finger daran.

»Du stehst wahrscheinlich unter Schock«, vermutete Tante Oda. »Die Tränen werden später kommen.«

Tante Oda blickte ihre Nichte an, berührte sie leicht an der Schulter. »Ich weiß genau, wie du dich jetzt fühlst. Aber glaube mir, das geht vorbei.«

Aenne nickte, obwohl sie nicht dachte, jemals wieder fröhlich sein oder gar lachen zu können.

2

Er war nett, dieser Martin Nimmrod. Aber er war auch alt. Fünfundzwanzig Jahre älter als Aenne. Er war groß und schlank, hielt sich so gerade wie ein Edelmann. Sein Haar war mit weißen Strähnen durchzogen, doch die blauen Augen blickten klug und interessiert.

»Nun«, sagte er. »Ich bin mir durchaus bewusst, dass es einer so jungen Frau, wie Sie es sind, liebste Aenne, nicht unbedingt leichtfallen muss, einen Mann zu lieben, der ihr Vater sein könnte. Sie sollen wissen, dass ich keinerlei Ansprüche an Sie habe. Sie werden Ihr eigenes Schlafzimmer bekommen, und ich werde versuchen, Ihnen alle Wünsche zu erfüllen.«

Er saß ihr gegenüber im Salon der Mutter. Der dicke Strauß Maiglöckchen, den er mitgebracht hatte, stand auf dem Kaminsims und verströmte seinen Duft. Die Fenster des Salons standen offen, die leichten Vorhänge wölbten sich wie Sommerwolken. Von draußen war zu hören, wie Kurt, der Kutscher, die Pferde anspannte. Das Küchenmädchen lief mit einem Weidenkörbchen nach hinten in den Garten, vielleicht, um Waldmeister zu pflücken.

»Wozu dann eine Ehefrau?«, wollte Aenne wissen und blickte Nimmrod in die Augen. Er saß ruhig auf dem Stuhl, nichts verriet seine Aufregung.

Über Aennes Frage lächelte er. »Es ist nicht schön, allein zu leben. Wir haben jahrelang allein gelebt, mein Bruder Oskar und ich. Aber jetzt hat er eine eigene Familie.«

Reicht das?, dachte Aenne. Sollte er mich nicht wenigstens mögen? Als hätte er ihre Gedanken gelesen, fügte er nun hinzu: »Ich bewundere Sie schon lange, liebe Aenne. So eine Frau wie Sie gibt es in ganz Freyburg und Umgebung nicht noch einmal. Sie sind kultiviert und gebildet, Ihre kleinen Gedichte und Prosastücke sind voller Anmut. Und, gestatten Sie mir, dass ich das sage, Sie sind schön wie ein junger Frühlingstag.«

Martin Nimmrod war überraschend gekommen. Der Vater hatte zwar bei einem Abendessen vor einer Woche erwähnt, dass Nimmrod auf ihn zugekommen und nach Aenne gefragt hatte, aber Aenne hatte das nicht allzu ernst genommen.

Vor Kurzem hatte sie noch einen Rückfall erlitten, einen Clemens-Rückfall. Sie hatten sich zufällig getroffen, unten in der Stadt. Aenne war bei Ruth Hirsch zu Besuch gewesen, hatte deren kleinen Sohn bewundert, und etwas in ihr sehnte sich danach, auch ein Kind zu haben. Und auf dem Rückweg war sie Clemens begegnet.

»Guten Tag«, sagte er und blieb mitten auf dem Trottoir stehen, sodass Aenne nicht an ihm vorbeikonnte. »Gehst du ... gehst du spazieren?«

Aenne nickte. »Es ist ein schöner Junitag. Viel zu schön,

um ihn drinnen zu verbringen.« Ihr Herz klopfte rasend schnell. Alles in ihr drängte danach, sich in die Arme des Geliebten zu werfen. Einmal noch, nur noch einmal wollte sie ihn küssen, streicheln, schmecken und riechen. Ein einziges Mal noch.

»Darf ich dich ein Stück begleiten?«, fragte er.

Der vernünftige Teil von ihr wollte den Kopf schütteln, wollte energisch verneinen, wollte ihn wegschicken, aber der andere, größere Teil wollte nichts anderes, als ihm nahe sein.

Sie gingen durch die Weinberge. Kurz vor der kleinen Weinhütte, die Aennes Vater gehörte, blieb Clemens stehen, hielt sie am Handgelenk fest, drehte sie zu sich herum und nahm ihr Gesicht in seine Hände. In Clemens' Augen loderte das Feuer der Verzweiflung. »Es ist alles so schwer ohne dich«, flüsterte er.

Ja, dachte Aenne. Das empfinde ich ebenso. Sein Geruch stieg ihr in die Nase, und sie hatte nur den einen Wunsch: ihn zu berühren und sich von ihm berühren zu lassen.

Er zog sie zur Weinbergshütte, die stets unverschlossen war. Und Aenne ging mit, ließ sich ziehen, ließ sich ausziehen, ließ sich lieben, liebte leidenschaftlich zurück, lachte und weinte zugleich dabei, und hinterher dachte sie: Es war schön, und es war richtig. Ich liebe Clemens.

Und jetzt saß Martin Nimmrod vor ihr. Die Fenster im Salon waren weit geöffnet, und der Wind bauschte die leichten Vorhänge. Der Duft von frisch gemähtem Gras drang herein.

Aenne betrachtete den älteren Mann genau, während

dieser weitersprach. »Ich besitze einige Weingüter, wie Sie vielleicht wissen. Natürlich wissen Sie das. Ich würde mich glücklich schätzen, wenn Sie mich recht bald einmal dort besuchen würden.«

»Ja!«, sagte Aenne und setzte sich kerzengerade auf ihren Stuhl. Sie drückte die Schultern nach vorn und nickte bekräftigend.

»Ja? Oh, das freut mich ungemein. Wollen wir gleich einen Termin vereinbaren? Ich hoffe, mein Haus wird Ihnen gefallen. Ihre Schwester hat, wie soll ich sagen, an vielem etwas auszusetzen.«

»Nein.« Aenne schüttelte den Kopf. »Das Schlösschen habe ich nicht gemeint. Sie wollen um meine Hand anhalten. Ich fühle mich sehr geehrt und würde gern Ihre Frau werden. Aber Sie werden mich nicht wollen. Ich erwarte das Kind von einem anderen.«

Bislang war das nur ein Verdacht gewesen. Ihre Periode war ausgeblieben, ihre Brüste hatten sich verändert, und Ruth Hirsch hatte eine Schwangerschaft für möglich gehalten. Aber nun war Aenne sich ganz sicher, dass sie ein Kind erwartete. Ein Kind von Clemens Volk.

Wenn Martin Nimmrod verblüfft war, so ließ er sich das nicht anmerken. Ruhig schaute er sie an. »Und der Kindsvater möchte Sie nicht heiraten?«

Aenne schüttelte den Kopf, aber sagte nichts weiter dazu.

»Nun, ich werde Sie nicht fragen, wer der Vater des Kindes ist. Ich bin bereit, Sie zu meiner Frau zu nehmen und das Kind wie mein eigenes zu behandeln.«

»Warum?«, fragte Aenne. Erstaunt blickte sie ihm in die Augen.

Martin Nimmrod betrachtete sie lange, ehe er antwortete: »Aenne, Sie sind eine wunderschöne, kluge und charmante Frau. Ich habe mich in Sie verliebt. Schon vor langer Zeit. Aber ich bin achtundvierzig Jahre alt. Ich kann nicht erwarten, dass Sie von mir ein Kind bekommen werden. Ich erwarte nicht einmal, dass Sie mich lieben. Und nun gestehen Sie mir, dass wir ein Kind haben werden. Wie kann ich mich da nicht freuen. Wir werden eine Familie sein.«

»Sie könnten eine andere Frau finden.«

Nimmrod lachte auf. »Ja, das stimmt wohl. Mein Weinschlösschen würde manche Frau für meine männlichen Makel entschädigen. Aber ich wollte schon immer das Beste. Und das sind Sie, Aenne. Sie haben Verstand, ich unterhalte mich gerne mit Ihnen, Sie haben Witz. Und Sie sind die schönste Frau, die ich kenne. Deshalb frage ich Sie noch einmal: Möchten Sie meine Frau werden?«

Aenne sah ihr Leben vor sich. Und sie sah eine Zukunft. »Ja, das möchte ich wirklich. Ich möchte Ihnen die Ehefrau sein, die Sie sich wünschen.«

Er strahlte über das ganze Gesicht, nahm Aennes Hand und küsste sie. »Sie wissen nicht, wie glücklich Sie mich machen. Und ich verspreche, dass ich versuchen werde, Sie ebenfalls glücklich zu machen.«

Plötzlich sah Aenne das Weinschlösschen mit ganz anderen Augen. Sie hatte der Landschaft ringsumher und Bettinas Inneneinrichtung bei den Besuchen nie genügend Beachtung geschenkt. Doch nun, da es ihr Zuhause werden würde, betrachtete sie alles, als wäre es das erste Mal.

Das Schlösschen lag oberhalb des Flusses auf einem Hügel, verfügte über zwei Stockwerke und Gauben, hatte ein leuchtend rotes Dach und eine breite Fensterfront. Zur Flussseite hin fiel der Hang steil ab, aber die andere Seite zeigte zu den riesigen Weinbergen. Zu der rot gestrichenen Haustür führten fünf Stufen. Entlang der Hauswand blühten Kletterrosen und Zierwein. Blumenkübel mit Buchsbäumen rahmten den Eingang, und vor den Fenstern blühten Geranien. Eine mit Birken und Pappeln bewachsene Einfahrt führte zu dem mit Sommerblumen bewachsenen Rondell. Links und rechts neben dem Wohnhaus befanden sich Nutzgebäude. Links waren die Arbeitsgeräte für die Weinberge untergebracht, rechts lag der Weinkeller, tief in den Felsen gehauen und auch im Sommer kühl.

Hinter dem Weinkeller zog sich ein Garten entlang, in dem die Köchin Luzie ihr Gemüse zog. Bohnenpflanzen waren an Stangen gebunden, Möhren wuchsen neben Zwiebeln und Lauch, Kohlrabi und Gurken.

Martin nahm ihre Hand. »Gefällt es dir?«, wollte er wissen, und Aenne konnte nur beeindruckt nicken. Die Sonne ließ die gekalkten Gebäude weiß leuchten, das rote Dach strahlte in der Sonne.

»Jetzt möchte ich dir gern unsere Innenräume zeigen. Im Westflügel wohnen Oskar und Bettina mit ihren Kindern. Den kennst du ja. Im Ostflügel werden wir wohnen. Du kannst alles nach deinem Geschmack verändern.«

Sie betraten über die Treppe die schwarz und weiß geflieste Eingangshalle. In der Mitte stand ein Tisch, auf dem ein Strauß Feldblumen prangte. Die Tageszeitung und ein paar Briefe lagen daneben. Dahinter zog sich eine Treppe mit honigfarbenem Geländer nach oben. Links von der Halle ging es weiter zur Küche und den Vorratsräumen. Aenne hörte das Klappern von Geschirr, eine Frauenstimme schimpfte mit einem Mädchen.

Martin öffnete die rechte Tür, und Aenne betrat den sonnendurchfluteten Salon. Weiße leichte Vorhänge hingen wie Sommerwolken neben den Fenstern. Die Wände waren mit Tapeten in gebrochenem Weiß und kleinem Rosenmuster beklebt.

Ein gemauerter Kamin nahm die gegenüberliegende Seite des Raumes ein. Davor gruppierte sich ein Sofa mit sonnengelbem Bezug, links und rechts davon bequeme Sessel. Auf einem englischen Teewagen standen zahlreiche Getränke bereit.

Es roch nach Bienenwachspolitur und noch ganz leicht nach verbrannten Kaminscheiten.

An der schmalen Wand befand sich ein kleiner Sekretär aus Mahagoni mit unzähligen Schubladen, darauf eine Schreibtischgarnitur aus dunkelgrünem Leder.

»Das ist dein Reich«, erklärte Martin mit einem gewissen Stolz in der Stimme. »Der Sekretär ist leer geräumt. Aber ich werde für dich Briefpapier drucken lassen, sobald du meinen Namen trägst. Wie gefällt es dir?«

»Es ist wunderschön.«

»Was möchtest du ändern?«

»Im Augenblick gar nichts. Es gefällt mir, wie es ist.«

»Bettina hat alles verändert. Sie fand ihren Wohnflügel wohl etwas altbacken.«

Die Eltern Strauß waren nicht unvermögend, aber sie hatte gelernt, sparsam zu sein, wo Bettina modern sein wollte. Warum sollte sie neue Vorhänge kaufen, wenn die alten noch wie neu ausschauten und ihr überdies gefielen? Nur eines vermisste sie. »Kann ich einen Bücherschrank haben?«, wollte sie wissen.

»Aber natürlich. Ich bestelle gleich morgen den Schreiner.«

Er öffnete die Tür, die ins Nebenzimmer führte. »Das ist das Kinderzimmer. Auf dem Dachboden stehen noch eine Wiege und eine Wickelkommode aus meiner Kindheit. Der Kutscher wird sie aufarbeiten. Du musst nur sagen, in welcher Farbe dieses Zimmer gestrichen werden soll.«

Aenne nahm seine Hand, schmiegte kurz ihre Wange hinein. Sie fühlte sich wohl bei Martin Nimmrod. »Ich möchte einen sonnengelben Anstrich«, sagte sie. »Und ein paar bunte Flickenteppiche auf dem Boden. Tante Oda macht sie selbst. Ich werde sie bitten, mir damit zu helfen.«

Vom Kinderzimmer führte eine Tür direkt in einen weiteren Raum.

»Das Schlafzimmer der Kinderfrau«, erklärte Martin. »Damit du in der Nacht nicht gestört wirst.«

Eine Kinderfrau, dachte Aenne. Ist das wirklich nötig?

Dann schlenderten sie weiter durch das Haus. Aenne betrachtete das dunkel getäfelte Rauchzimmer, in dem zahlreiche Zeitschriften auf einem kleinen Tisch lagen, daneben ein Ständer mit mehreren Pfeifen. Es roch nach Tabak und

Büchern, und auf der breiten Sessellehne lag ein Roman, aus dem ein Lesezeichen lugte.

Das Esszimmer war verschwenderisch groß, und an der langen Tafel, mit einer gestärkten weißen Damastdecke belegt, hatte wohl ein Dutzend Leute Platz. In der Mitte befand sich ein silberner Tafelaufsatz in Form eines Schwanes. Silberleuchter waren mit weißen Kerzen bestückt, an den Wänden hingen schwere Ölgemälde in goldenen Rahmen.

Im Stockwerk darüber befanden sich die Schlafzimmer. Aennes Raum war ganz in Rosa und Weiß gehalten. Ein weiß lackierter Frisiertisch stand dem Bett genau gegenüber, darauf ein Strauß Feldblumen mit rotem Klatschmohn und Schleierkraut. Ein kleiner Raum an der rechten Seite führte in ein kleines Ankleidezimmer. Die rosa Vorhänge waren dick gefüttert, sodass Aenne nachts die Dunkelheit ganz und gar aussperren konnte und am Morgen nicht von der Sonne geweckt wurde.

Neben ihrem Schlafzimmer lag Martins Schlafraum. Es war ganz in Dunkelgrün und Braun gehalten und wirkte recht männlich. Daneben lagen zwei Gästezimmer, eines in Hellblau gehalten, das andere cremefarben.

Aenne war während des Rundgangs immer stiller geworden, aber jetzt fiel ihr Blick auf Martin, der sie mit leichter Besorgnis musterte. »Gefällt es dir, Aenne?«

Und plötzlich strahlte Aenne über das ganze Gesicht. »Es ist wunderschön hier. Ich glaube, ich werde mich sehr wohlfühlen.«

Da nahm er ihre Hände in seine, hielt sie ganz fest und sagte mit ernster Miene. »Meine liebe Aenne, nun weißt du, wie ich lebe, weißt ein wenig mehr, wer ich bin. Möchtest du noch immer meine Frau werden?«

Da nickte Aenne, und obgleich sie es nicht fertigbrachte, Martin zu küssen, so wusste sie doch, dass er ein Mann war, mit dem sich gut leben ließ. Beinahe vom ersten Tag an hatte sie bei ihm Ruhe und Geborgenheit gefunden. Er tat ihr gut, seine Zuneigung legte sich wie Balsam auf ihre Seele.

Nun stellte Martin ihr noch die Bediensteten vor. Das war neben der Köchin Luzie und dem Küchenmädchen Netti der Gärtner Fritz, Luzies Ehemann. Dann gab es noch den Kutscher Gustav, der zugleich als Wachmann tätig war und in einem kleinen Gartenhäuschen hinter dem Weinschloss am Rande der Rebgärten lebte. Hilde und Heide, zwei Schwestern, kümmerten sich um die Wäsche und die Sauberkeit der Räume, und hin und wieder, wenn es einen Großputz gab, kamen noch weitere Frauen aus dem Dorf hinzu.

Die Arbeiter auf dem Weingut wohnten alle mit Frauen und Kindern in kleinen Häuschen auf dem Gutsgelände, und Martin versprach Aenne, sie ihr vorzustellen.

Als sie fertig waren mit der Besichtigung, begaben sie sich in den linken Flügel zu Bettina und Oskar. Bettina hatte sie zum Kaffee eingeladen und wartete schon im Salon. Auf einem kleinen Tisch standen eine Kaffeekanne mit einem bunten Kaffeewärmer darüber, ein Tablett mit Zucker und Milch, und auf einer Etagere lagen kleine Kuchen, die herrlich dufteten.

»Und? Wie gefällt dir dein zukünftiges Reich?«, wollte

Bettina wissen und goss, ganz Hausherrin, den Kaffee ein, reichte die Kuchen herum.

»Ich finde es wunderschön hier.«

Bettina lächelte. »Ich bin froh, dass wir bald zusammenwohnen werden. Meine Angst, dass Martin sich eines Tages eine Frau suchen würde, mit der ich mich am Ende nicht verstehe, war ziemlich groß. Aber nun kann ich mir keine schönere Gemeinschaft denken.«

Sie wirkte herzlich, aber Aenne hatte den leisen Eindruck, dass sie, die so ganz in der Rolle der Schlossherrin aufging, in vielen Dingen anderer Meinung sein würde als ihre Schwester.

»Und? Wie war es?« Ernestine Strauß hatte schon hinter dem Fenster gestanden und auf ihre Tochter gewartet. Sie war kaum aus der Kutsche gestiegen, da stand die Mutter schon in der Tür, zog sie in den Salon.

»Martins Heim ist zauberhaft«, sagte Aenne und erzählte von den Zimmern, von der Köchin Luzie und dem großen Schäferhund, der dem Wachmann und Kutscher gehörte.

Ernestine, die Bettinas Räume genau kannte, hatte gut zugehört, dann griff sie nach Aennes Händen. »Glaubst du, dass du glücklich werden kannst?«

Und Aenne nickte, nickte aus vollem Herzen und bemerkte, dass sie Martin Nimmrod bereits ins Herz geschlossen hatte.

»Dann können wir die Hochzeit planen?«, drängte die Mutter weiter.

»Ja, das können wir.«

Und Ernestine strahlte über das ganze Gesicht und setzte sich sofort an ihren Sekretär, um die Einladungsliste zu erstellen.

Und so war schon bald das ganze Haus in Aufruhr, denn die Hochzeit war für den September geplant, gerade noch rechtzeitig vor der Weinlese.

Und Bettina, die ihre Hochzeit im Hotel gefeiert hatte, drang nun darauf, dass auch Aennes Hochzeit dort abgehalten wurde, obgleich Aenne lieber auf dem Schlösschen gefeiert hätte. Sie würde ein neues Leben beginnen. Wäre es da nicht schön, es dort zu beginnen, wo es weitergehen würde?

3

Die Hochzeit war nur im kleinen Kreis gefeiert worden, und bald darauf brachte Aenne ihre Tochter Hedda zur Welt, die Martin Nimmrod ganz selbstverständlich als seine anerkannte.

Bettina kam jeden Tag in den Nachbarflügel, um die junge Mutter zu besuchen.

»Wie schön du es hast«, sagte sie einmal. »Es ist so gemütlich bei dir.« Dabei hatte Aenne gar nicht viel verändert. Aber überall, auf jedem Tisch, auf jedem Kaminsims, standen frische Blumen. Bunte Kissenhüllen und Tante Odas bunte Läufer zauberten eine heitere Atmosphäre, kleiner Nippes zeugte von Erinnerungen.

»Geht es dir gut? Ist das Leben mit Oskar angenehm?«, fragte Aenne. Sie hatte geglaubt, Oskar und Bettina häufiger zu sehen. Am Anfang hatten sie täglich miteinander gegessen, doch jetzt, nach Heddas Geburt, fanden sich die beiden Familien nur an den Wochenenden am Esstisch zusammen. Einmal hatte Aenne, als sie in der Eingangshalle die Post holte, gehört, wie sich Bettina und Oskar gestritten hatten. Sie hatte nicht lauschen wollen, aber Bettinas aufgeregte

Stimme drang nun einmal bis in die Halle. »Ich hasse es, wenn du zum Kartenspielen gehst«, hatte Bettina ausgerufen. Und Oskar hatte ebenso lautstark geantwortet: »Das geht dich überhaupt nichts an. Ich mache, was ich will.«

Bettina presste die Lippen zu einem schmalen Strich zusammen und nickte. »Alles in bester Ordnung. Was soll schon sein?«

Da fragte Aenne nicht weiter, sondern bat Bettina zum Kaffee. Luzie hatte einen leckeren Rührkuchen gebacken, und im Salon war der Tisch gedeckt.

Die kleine Hedda schlief in ihrer Wiege, bewacht von Adele, dem Kindermädchen.

»Ich wundere mich noch immer, dass du Martin Nimmrod geheiratet hast, meinen Schwager«, erzählte Bettina. »Und nicht nur ich wundere mich, sondern mit mir ganz Freyburg und Naumburg. Bei den Sonntagsmatineen im Künstlerkeller wart ihr lange das Gesprächsthema Nummer eins. Und dann noch das Kind, kaum dass ihr verheiratet wart. Da hört so mancher die Nachtigall trapsen.«

Aenne lächelte. Sie würde Bettinas Neugier nicht befriedigen.

»Ist er denn gut zu dir, der Martin?«

In diesem Augenblick wurde die Tür geöffnet, und Martin kam herein. Er küsste Aenne auf den Scheitel, begrüßte Bettina herzlich. »Ich habe gerade nach unserer Kleinen gesehen. Sie schläft.«

Er lächelte selig, und Bettina seufzte. »Ich wünschte, Oskar würde auch mal nach Kleinoskar sehen. Denn der kleine Kerl ist ein Wirbelwind, den die Kinderfrau kaum bändigen kann. Aber Oskar hat nur seine Geschäfte im Kopf. Paulinchen ist die Einzige, die ihm ein gutes Wort entlocken kann. Er liebt sie, weil sie ihm so ähnlich ist, während Kleinoskar wohl eher nach unserer Familie gerät.« Sie lächelte, und Aenne schaute nicht hin, denn sie wollte die wehmütigen Blicke ihrer Schwester nicht sehen.

Martin verabschiedete sich, und kaum war die Tür hinter ihm ins Schloss gefallen, plapperte sie weiter: »Weißt du schon das Neueste? Clemens Volk ist nun auch Handlungsreisender. Es heißt, es zieht ihn ganz besonders stark nach Frankreich.« Sie lächelte maliziös. »Die Französinnen sollen ja besonders begabt für die Liebe sein.«

Aenne erstarrte. Sie wartete auf den Schmerz, der sich bei dieser Neuigkeit doch einstellen sollte, aber da war nichts.

»Wen hat er denn kennengelernt in Frankreich?«

»Das weiß niemand.«

»Sie sind nicht verlobt?«

»Nein. Es heißt, die Frau wäre sein Geheimnis.«

»Wer sagt so etwas?«

Bettina zuckte mit den Schultern. »Oskar hat es erzählt. Ich habe keine Ahnung, woher er das weiß.«

»Ich denke, Clemens wird sich ihm nicht anvertraut haben. Also ist das vielleicht nur ein Gerücht.«

»Er ist jung. Er sieht gut aus. Er ist ein Mann. Und er wäre nicht normal, wenn er keine Geliebte hätte.«

»Soll er eine Geliebte haben. Mir macht es nichts aus. Ich bin glücklich mit Martin.«

Aenne hatte ruhig gesprochen. Ganz so, als spräche sie

über irgendjemanden. Sie wartete noch immer auf den Schmerz, aber da war nichts. Nur Wehmut und Traurigkeit.

Bettina beugte sich ein wenig über den Tisch, sah sich um, als erwarte sie, dass jemand sich unbemerkt in den Salon geschlichen hatte. »Du hattest eine Liebelei mit ihm, nicht wahr? Auch noch, nachdem der Vater dir die Heirat verweigert hat.«

Aenne richtete sich kerzengerade auf. »Wer sagt denn so etwas?«

Sie war alarmiert, denn sie hatte Martin versprechen müssen, sich niemals wieder mit Clemens Volk zu treffen. Aenne glaubte, dass er wusste, wie es um ihr Herz stand. Martin war sicher der Ansicht, dass sie Clemens noch immer liebte, aber selbst wenn das stimmen sollte, so hatte Aenne in den letzten Monaten ihren Ehemann lieb gewonnen. Sie würde ihn nicht betrügen. Niemals. Er war ein guter Mann. So verständnis- und liebevoll zu ihr und zur kleinen Hedda, dass Aenne ihm um keinen Preis der Welt Kummer bereiten würde. Sie führte kein aufregendes Leben. Nicht so wie Bettina, die gar nicht aufhören konnte, von Abendessen und Festen zu berichten. Sie war auf dem Jägerball gewesen und auf dem Winzerball und auf dem Neujahrsball der Gewerbetreibenden. Sie fuhren am Wochenende über Land, besuchten andere Weingüter, verkosteten die dortigen Weine, und hin und wieder reiste Bettina sogar nach Leipzig und verbrachte einige Tage dort mit Einkäufen, Theaterbesuchen, guten Essen in guten Hotels, und einmal war sie sogar zu einem Pferderennen gewesen.

Aenne genoss ihr Leben. War Martin tagsüber beschäftigt, versuchte sie, ein wenig zu schreiben. Er hatte ihr unter dem Dachboden ein kleines Arbeitszimmer eingerichtet, bei dem das Licht aus dem Süden kam und so hell war, als befände sie sich im Freien. Seit der Champagnerreise hatte sie immer wieder daran gedacht, ein Sekt- und Weinkochbuch zu schreiben. Eigentlich war diese Idee für Kloss & Foerster gedacht gewesen, doch nun schrieb sie an ihrem Buch für das Weingut Saale-Premium und für das Hotel ihrer Eltern. Eine angefangene Sammlung mit den Sagen und Geschichten aus dem Saale-Unstrut-Tal hatte sie beiseitegelegt. Als sie daran gearbeitet hatte, war sie voller Kummer und Verzweiflung gewesen, und immer, wenn sie sich ihre Notizen dazu wieder hervornahm, musste sie an diesen Kummer und an die Verzweiflung denken. Ihr schien es beinahe, als hätte das Papier all ihre Tränen aufbewahrt. Das Rezeptbuch dagegen ging ihr leicht von der Hand. Sie schrieb es mit einem Lachen. Sie hatte nicht nur Meta, die Köchin des Hotels Strauß, dazu interviewt, sondern auch Luzie, die Köchin des Weinschlösschens. Sogar Tante Oda hatte ein Rezept für eine Sekt-Senf-Suppe beigesteuert, das sie in Paris kennengelernt hatte.

Am Nachmittag würde sie mit Hedda in ihrem Kinderwagen in den Weinbergen spazieren gehen. Und abends würde sie mit Martin bei einem Glas Wein zusammensitzen, würde sich anhören, wie sein Tag gewesen war, und dann würden sie lesen oder plaudern. Sie liebte diese stillen Tage, die ruhigen Abende. Es war, als hätte sie bei Martin die Ruhe gefunden, die sie zwar nie gesucht, aber lieben gelernt hatte. Sie genoss es, wenn er ihre Hand nahm, genoss es, wenn er sie küsste, auch, wenn diese Küsse nicht so prickelnd schmeckten wie die von Clemens.

»Wer sagt das?«, wiederholte sie. »Wer sagt, dass ich eine Liebelei mit Clemens Volk hätte? Er hat um meine Hand angehalten, der Vater hat abgelehnt, und fertig.«

»Ach, komm, jetzt tu doch nicht so. Die ganze Stadt weiß davon. Die Spatzen pfeifen es sozusagen von den Dächern.«

»Wer sind diese Spatzen?«, fragte Aenne weiter, und ihr Ton klang harsch.

Da lehnte sich Bettina in ihrem Stuhl zurück und verzog das Gesicht, als hätte Aenne sie beleidigt. »Klärchen Stippak hat davon gesprochen. Sie hat es von ihrem Hausmädchen. Und die hat es von einem Zimmermädchen des Hotels.«

»Es stimmt nicht«, erklärte Aenne. »Ich habe keine Liebelei mit irgendwem. Auch nicht mit Clemens Volk.«

»Aber du hattest.« Bettina lächelte selbstzufrieden.

»Und wenn schon? Geheiratet habe ich Martin.«

»Ist Hedda ...«

»Nein!« Aenne schnitt ihrer Schwester das Wort ab. »Martin ist Heddas Vater. Und jetzt will ich kein Wort mehr darüber hören.«

Schlechte Nachrichten waren aus Frankreich gekommen. Die Reblaus, ein aus Nordamerika eingeschleppter Rebenschädling, hatte in weiten Teilen der französischen Weinbaugebiete gewütet und große Teile der Rebstöcke vernichtet.

Martin erzählte jeden Tag davon. »Kloss & Foerster werden es schwer haben, in diesem Jahr genügend Sekt anzusetzen. Die französischen Winzer können keine Weine liefern. Also werden sie aus dem Rheingau und aus Württemberg zukaufen müssen. Die Preise sind drastisch gestiegen.«

»Was bedeutet das für uns?«, wollte Aenne wissen.

Martin wiegte den Kopf, stopfte umständlich Tabak in seine Pfeife, lehnte sich dann in seinem Sessel zurück und streckte die Beine von sich. »Bislang noch nichts, aber ich habe gehört, dass es auch in der Nähe von Dresden zu ersten Reblausschäden gekommen ist.«

Er wirkte besorgt, und Aenne verstand das. »Meinst du, sie kommt auch hierher, die Reblaus?«

»Ich weiß es nicht. Es wäre möglich, aber noch will ich hoffen, dass wir verschont bleiben. Wir hatten in den letzten Jahren genug Probleme mit der Weinmotte und dem Rüsselkäfer. Die Reben haben sich gerade erst wieder davon erholt.«

Und dann kam die Reblaus, besetzte jeden einzelnen Weinstock, saugte an den Wurzeln und an den Blättern, die darauf hässliche Geschwüre bildeten.

Die Winzer im Saale-Unstrut-Gebiet waren verzweifelt.

Martin Nimmrod hatte im Künstlerkeller mit den anderen Winzern – auch mit dem Winzer und Hotelier Strauß – zusammengesessen und beraten, was sie gegen die Reblaus tun könnten.

Einer hatte gehört, dass der Urin von Zigeunern dagegen helfen sollte. Aber wo sollte man auf die Schnelle Zigeuner herkriegen? Martin hielt das für Unsinn. Und als drei Winzer übereinstimmend sagten, dass auch der Urin von Grundschülern helfen sollte und sie deshalb die kleinen Freyburger und Freyburgerinnen auf die Weinberge bestellt hatten, damit sie auf die Reben pieselten, da musste sich Martin das Lachen verkneifen. Wieder andere schworen auf Jauche. Doch all diese Maßnahmen taugten nichts. Die Reblaus hatte in den sächsischen und anhaltinischen Weinbergen ein Zuhause gefunden.

Martin selbst, der ganz gut Französisch sprach, hatte die Weinzeitungen des Nachbarlandes studiert. Von Petroleum war die Rede und von Schwefelkohlenstoff. Er berichtete den anderen Winzern im Künstlerkeller davon. Da saßen sie alle an einem riesigen dunklen Holztisch, jeder ein Weinglas vor sich, und starrten Martin an. Der ließ seinen Blick über die geschnitzten Fasswände streifen, die hier als Dekoration angebracht waren, über die rot karierten Tischdecken, die weiß gekalkten Wände, an die jemand mit wunderbarer Handschrift Weinsprüche geschrieben hatte: »Der Wein, ein Segen, den die Natur uns schuf, ihn zu pflegen, ein schöner Beruf«, oder: »Nicht nur an Mosel und Rhein wächst der Wein, auch Weine von Unstrut und Saale füllen die Pokale.« Die Luft war erfüllt von den dicken Stumpen, die zwei der Winzer rauchten. Zwei andere schmauchten ihre Pfeifen.

»Petroleum?«, fragte schließlich einer. »Was soll mit dem Petroleum passieren? Sollen wir ihn über die Reben schütten und anzünden?«

Martin zuckte mit den Achseln. »Ich weiß es nicht genau. Aber wenn du die Reben anzündest, kannst du sie auch gleich der Reblaus überlassen. Hin ist hin. Und wir wissen ja aus Frankreich, dass die Rebstöcke absterben. Kein Wunder, wenn ihre Wurzeln zerstört sind.«

Trotzdem schütteten einige Petroleum auf die Reben und zündeten sie an. Was sollten sie sonst machen? Von den Dresdner Winzern hatten sie zwar gehört, dass auch das nichts half, aber man musste doch wenigstens irgendetwas tun. Einer der Winzer hatte eine befallene Rebe ausgegraben und zu einem Treffen der Winzer mitgebracht. Die Wurzeln sahen aus, als wären sie von einer Lackschicht überzogen, so dicht hockte dort Reblaus an Reblaus. Die Wirtin des Künstlerkellers kam hinzu und schrie ihn an: »Willst du wohl weggehen mit dem Ungeziefer? Wie kannst du es wagen, die Reblaus in mein Lokal zu schleppen?«

»Der Wein in den Fässern und Flaschen wird nicht befallen«, tröstete Martin, aber die Wirtin beschimpfte die Winzer so sehr, dass man die Rebe sogleich in den Hinterhof warf, Öl darüber goss und sie verbrannte.

Nun griffen die Winzer zum letzten Mittel. Sie gossen eine Lösung mit Schwefelkohlenstoff aus und hofften, damit Erfolg zu haben. Aber es war verheerend. Hunderte Hektar waren verloren, die Ernte fiel aus.

Das Weinanbaugebiet Saale-Unstrut lag in Trümmern. Sechshundert Hektar waren verseucht. Nur knapp hundert davon konnten noch bebaut werden. Es gab viele Winzer in der Gegend, die ruiniert waren und denen nichts anders übrig blieb, als ihre Weinstöcke zu verbrennen und darauf zu hoffen, dass sie im nächsten Jahr Weinstöcke setzen konnten, die von der Reblaus verschont blieben. Aber es würde drei Jahre dauern, bis die Stöcke Früchte trugen. Drei Jahre!

Und dann zuerst nur wenige Trauben. Manche befallenen Rebstöcke dagegen waren fünfzig Jahre alt und gaben die schönsten Trauben.

Aennes Vater hatte kein Glück gehabt. Alle seine Reben waren von der Reblaus befallen gewesen und verbrannt worden. Das Weingut Strauß gab es nicht mehr. Nur viele Hektar mit verseuchtem Boden.

Nun sollte der Hotelbetrieb für das tägliche Brot sorgen. Aber die Gäste blieben aus. Was sollten sie auch hier an der Unstrut, wenn es keinen Wein gab?

Einzig die Nimmrod-Weinberge waren von der Reblaus verschont geblieben. Sie grenzten an keine anderen Weinberge, lagen höher als alle anderen. Und Martin und Oskar hatten es gemacht wie die französischen Weinbauern. Sie hatten die Weinberge mit kleinen Steinmauern umgeben, hatten davor kleine Gräben gesetzt und diese mit Petroleum ausgeräuchert. Die Reben, die an den Grenzen der Weinberge standen, hatten sie von den Arbeitern mit Kohlenstoffdisulfid behandeln lassen. Sie hatten die Wurzeln jedes einzelnen Stockes damit getränkt. Tag und Nacht hatten sie gearbeitet, aber es hatte sich gelohnt. Die wenigen Weine in diesem Jahr waren gut und gehaltvoll. Und die Weine Nimmrods, ohnehin begehrt, erzielten die höchsten Preise.

Wirtschaftlich ging es Martin gut, aber etwas bedrückte ihn. Sosehr Martin auch versuchte, Aenne nicht mit seinen Sorgen zu behelligen, es gelang ihm nicht.

»Du siehst müde und erschöpft aus«, sagte sie eines Abends, als sie wieder einmal beieinandersaßen. »Ich mache mir Sorgen um dich.«

Martin beugte sich über den Sessel und tätschelte Aennes Hand. »Du musst dich nicht sorgen, meine Liebste, dir kann nichts passieren.«

Und Aenne ließ sich fürs Erste beruhigen. Und doch hatte sie den Eindruck, dass Martin nicht mehr der Alte war.

Er wurde blass und blasser. Und manchmal, wenn er die Treppe hinauf zu den Schlafzimmern stieg, hörte sie ihn schnaufen.

Er war mittlerweile fünfzig Jahre alt. Sein Haar war grau geworden, und sein Schritt, vor gar nicht langer Zeit noch federnd und energisch, wurde schleppend. Vor dem Morgengrauen begab er sich in seine Weinberge und kam nach Sonnenuntergang zurück. Der Sommer war in diesem Jahr kühl und verregnet gewesen, aber Martin war mit der Qualität der Ernte zufrieden.

Gemeinsam mit Oskar hatte er verschiedene Cuvées zusammengestellt, doch für die herbe Süße, die den berühmten Saale-Premium ausmachte, brauchten sie dieses Mal mehr Trauben als in den vorangegangenen Jahren.

Kam er nach Hause, setzte er sich über seine Bücher. Er hatte Bestellungen aus allen Teilen des Landes. Mehr, als er liefern konnte. Die Preise waren gestiegen, er konnte das Doppelte verlangen, weil die Reblaus so viel Wein vernichtet hatte. In ganz Deutschland und in Frankreich.

Eines Abends kam überraschend Besuch. Martin war gerade aus seinem Arbeitszimmer in den Salon gekommen, hatte Aenne aufs Haar geküsst und sich aufseufzend in einem Sessel niedergelassen, die müden Beine weit von sich gestreckt.

Er war eben im Begriff, sich eine Pfeife zu stopfen, Aenne wollte ihnen Wein einschenken, als sie den Türklopfer hörten. Aenne erhob sich. »Bleib sitzen, ich gehe.«

Wenig später kam sie mit Carl Foerster und Julius Kloss zurück. Martin richtete sich auf, und Aenne fragte: »Soll ich euch lieber allein lassen?«

Martin schüttelte den Kopf. »Ich habe keine Geheimnisse vor dir. Aber es wäre für mich wohl von Vorteil, wenn Oskar dabei wäre.« Er klingelte nach dem Dienstmädchen, und kurz darauf kam Oskar und setzte sich dazu.

Martin goss die Weingläser voll, und als jeder sein Glas in der Hand hielt, setzte er sich wieder. »Worum geht es?«

Julius Kloss lächelte. »Du warst noch nie ein Mann der leichten Konversation, nicht wahr? Immer gleich zur Sache.«

Martin nickte. »So ist es mir am liebsten.«

»Wir brauchen Wein«, erklärte Carl Foerster.

Martin nickte. »Das dachte ich mir.«

»Kannst du uns helfen?«

Martin entzündete seine Pfeife, schmauchte genießerisch und blickte zu Oskar. »Unser Wein ist in diesem Jahr der beste im ganzen Gebiet. Wir hoffen, eine neue Qualität beim Saale-Premium zu erreichen.«

»Deshalb kommen wir zu euch. Beste Qualität, dafür steht Kloss & Foerster. In Frankreich war die Ernte schlecht, die Schäden von der Reblaus sind noch nicht wiedergutgemacht.«

Martin sprach Aenne an. »Was meinst du?« Aenne fühlte sich den Klosses verbunden, und jetzt, da Martin sie in seine Überlegungen einbezog, durchströmte sie Stolz.

»Wenn ihr etwas erübrigen könntet ...?«

Martin wandte sich an Oskar, der ebenfalls nickte.

Sein Blick ging zu den Kellereibesitzern, die sich sichtlich entspannten.

»Wir werden morgen sehen, wie viel wir für unseren Saale-Premium brauchen. Den Rest könnt ihr haben«, erklärte Oskar.

Kloss und Carl Foerster entspannten sich. Julius lehnte sich zurück und hielt sein nunmehr leeres Glas in der Hand, das Aenne rasch nachfüllte.

»Ihr Nimmrods habt etwas gut bei uns«, erklärte Julius.

Aenne war so lange nicht mehr bei Kloss & Foerster gewesen, dass sie neugierig war. »Wie geht es sonst in der Kellerei?«

»Nun, der fehlende Wein ist unser größtes Problem. Haben wir das gelöst, so können wir an andere Dinge denken. Wir haben überlegt, einen Keller zu bauen, der fünf unterirdische Geschosse haben soll.«

»Einen so großen Keller?«

Julius winkte ab. »Zukunftsmusik. Es wird noch dauern.«

»Und wie geht es Emma?«

Sie hätte gern gefragt, wie es Clemens ging, aber das wagte sie nicht. Schließlich lächelte sie und wollte wissen, wie der Verkauf liefe.

»Gut. Besser als je zuvor. Wenn nur das Problem mit den Grundweinen nicht wäre. Wir könnten so viel verkaufen, wir haben Bestellungen aus der halben Welt, aber was uns fehlt, ist guter Grundwein.«

4

Den ganzen Winter verbrachte Martin Nimmrod mehr oder weniger im Bett. Seine Gelenke waren geschwollen, jeder Schritt, jedes Armheben tat ihm weh.

Aenne bestrich die schmerzenden Stellen mit einer Kampfersalbe, füllte jeden Abend die Wärmflasche aus Messing, doch es wollte und wollte nicht besser werden. Nur am Weihnachtsabend erhob Martin sich von seinem Lager, um mit Aenne und Hedda in die Kirche zu gehen und anschließend mit Aennes Familie, Bettina, Oskar und den Kindern im Hotel Strauß zu feiern.

Aenne war eine Woche zuvor in Leipzig gewesen, um Geschenke zu kaufen. Sie hatte für Hedda ein Puppenhaus erstanden und für Martin eine warme Decke und einen Schal. Für Bettina hatte sie ein Parfum gekauft, für die Mutter elegante Handschuhe aus Leder. Der Vater bekam pelzgefütterte Hausschuhe, Kleinoskar einen Holzwagen, Paulinchen eine Puppe, nur für Oskar Nimmrod war ihr nichts eingefallen. Sie mochte ihn noch immer nicht. Sie mochte ihn sogar weniger als je zuvor. Bei der Geburtstagsfeier für Ernestine war er ihr in den Weinkeller nachgestiegen und hatte ihr schöngetan. »Hättest du mich doch nur genommen«, hatte er gesagt. »Dann wäre mein Leben leichter. Bettina ist mit nichts zufrieden. Ich wette, du bist viel anschmiegsamer.« Und dabei hatte er mit feuchten Lippen gelächelt, und Aenne war davon ein wenig übel geworden.

Ruth Hirsch hatte ihr erzählt, es gäbe eine Pokerrunde in Naumburg, und Oskar wäre einer, der kein Spiel verpassen würde. Sie hatte nicht viel darauf gegeben, es war ihr gleichgültig, was Oskar tat oder unterließ. Aber dann hatte Bettina sich beschwert, er hätte ihr das Kleidergeld gekürzt, zudem wollte er das Kindermädchen entlassen, und Bettina sollte selbst kochen.

Bettina war tränenüberströmt zu ihrer Mutter gefahren und hatte verlangt, dass der Vater Oskar ins Gebet nahm. Sie konnte unmöglich selbst am Herd stehen. Was sollten die Freundinnen sagen? So weit war es natürlich nicht gekommen, doch Aenne vermutete, dass die Kosten für die Köchin nun allein von Martin getragen wurden. Jedenfalls kochte Luzie weiter für alle, und Bettina war noch nie in der Küche gesehen worden, es sei denn mit Anweisungen.

Schließlich hatte Aenne ein Buch für Oskar gefunden. Es handelte vom Weinbau. Sie hatte keine Ahnung, ob der Schwager darin etwas erfuhr, was er noch nicht wusste, aber es war ihr gleichgültig.

Sie fuhren am Heiligabend mit der Kutsche den Hügel hinab nach Freyburg. Aenne hatte darauf bestanden, dass sich Martin dicke Decken über die schmerzenden Beine legte, doch sie hatte nicht verhindern können, dass er sich in der zugigen Kirche erkältete und Silvester hoch fieberte.

Tag und Nacht saß sie an seinem Bett, legte ihm feuchte Tücher auf die Stirn, umwickelte seine Waden damit. Aber das Fieber wollte einfach nicht weichen. Dazu kam ein schrecklicher Husten, der Martins ganzen Körper erbeben ließ.

Gleich im neuen Jahr schneite es. Die Wege hoch aufs Weinschlösschen waren gefroren, sodass sich kein Kutscher fand, der Dr. Wangemut fahren wollte.

Aenne saß in Martins Schlafzimmer und betrachtete ihren Mann mit großer Sorge. Er war bleich wie ein Leichentuch. Seine Wangen waren eingefallen, unter den Augen lagen dicke dunkle Ringe. Schweiß hatte sich auf seiner Stirn gebildet, den Aenne ihm vorsichtig abtupfte. Sie sprach leise auf ihn ein, bis er endlich in den Schlaf sank, der immer wieder von Hustenanfällen unterbrochen wurde.

Bettina hatte Hedda mit zu sich in den linken, den Westflügel, genommen, damit Aenne sich ungestört um Martin kümmern konnte und die Kleine sich nicht ansteckte.

Aenne blickte aus dem Fenster. Die kahlen Bäume schwenkten ihre dürren Zweige im Wind, ein paar Saatkrähen stießen ihre Schreie aus. Der Himmel war mit dicken grauen Wolken bedeckt, und vorhin, als Aenne das Fenster zum Lüften geöffnet hatte, hatte sie Schnee gerochen.

Die ersten Flocken fielen. Dicht und dick, und sie wären schön anzusehen gewesen, wenn Martin gesund gewesen wäre und der neuerliche Schneefall nicht bedeutet hätte, dass es keine Kutsche den Hügel hinaufschaffen würde.

Luzie kochte immer wieder einen Aufguss aus Lindenblüten, aber das Fieber wollte einfach nicht weichen.

Aenne war das Herz schwer. So schwer, dass es ihr vorkam, als liege ein Stein in ihrer Brust. Sie hatte Angst um Martin, schreckliche Angst. Er war so dünn geworden, sein Gesicht so eingefallen. Sie betrachtete ihn voller Mitleid, und dann faltete sie die Hände und betete.

Eine Woche später lag Martin im Sterben. Dr. Wangemut war gekommen, doch da war Martin schon nicht mehr ansprechbar. Aenne saß weinend neben seinem Bett.

Dr. Wangemut hatte ihr eine Hand auf die Schulter gelegt. »Er hat eine Lungenentzündung«, sagte er. »Wir können nicht viel machen. Gebt Honig in den Lindenblütenaufguss und seht zu, dass er keine kalte Luft atmen muss. Und dann betet.«

Und Aenne hatte gebetet. So viel wie noch nie in ihrem Leben. Jeden Abend hatte sie eine Kerze angezündet und neben Martin gewacht.

»Sie müssen sich ausruhen, Aenne«, hatte Dr. Wangemut ihr bei seinem letzten Besuch dringlich geraten. »Sie sind vollkommen erschöpft. Ich habe Angst, dass auch Sie noch krank werden.«

Aber Aenne konnte Martin einfach nicht verlassen. Sie hielt seine Hand, schüttelte die Kissen auf, flößte ihm von dem Tee ein.

Erst Ernestine konnte sie ablösen. Sie hatte Aenne kurzerhand ins Bett gesteckt und begann, selbst neben Martin zu wachen.

In der Nacht spürte sie, wie sein Atem flacher wurde. Seine Lippen verloren jede Farbe, und Ernestine ging, um Aenne zu wecken.

»Ich glaube, es geht zu Ende«, sagte sie leise.

Aenne starrte sie mit vor Entsetzen geweiteten Augen an, die sich rasch mit Tränen füllten. »Er darf nicht sterben«, hauchte sie.

Ernestine legte Aenne ein dickes Wolltuch um die Schultern, brachte dicke Socken und die Fellhausschuhe. Dann legte sie einen Arm um ihre Tochter und geleitete sie so in Martins Zimmer.

Er atmete noch, seine Brust hob sich, doch in unregelmäßigen Abständen.

»Martin!« Aenne stürzte zu ihrem Mann, legte ihre Wange an seine, hielt seine Hände. »Bitte verlass mich nicht. Bitte stirb nicht!«

Er sagte leise: »Ich danke dir, Aenne, meine Liebste. Du hast mir das Leben schön gemacht.« Und dann schloss er die Augen wieder, seufzte noch einmal aus tiefstem Herzen auf und starb.

Eine Weile hielten die beiden Frauen still, den Blick auf den Leichnam gerichtet. Es gab nichts zu sagen. Später stellte Ernestine links und rechts neben das Bett Kerzen und umarmte ihre Tochter. Und Aenne schluchzte an ihrer Brust, als wollte sie niemals wieder damit aufhören. Es dauerte, bis Ernestine die junge Witwe aus dem Zimmer geführt und ihr heißen Wein eingeflößt hatte, während die Köchin Luzie mit Nettis Hilfe den Leichnam wusch und ankleidete.

Am selben Abend setzte Tauwetter ein. Ein föhniger Wind aus dem Süden ließ den Schnee tauen. Ein paar Tage später schaufelte der Friedhofswärter auf dem Freyburger Friedhof ein Grab. Die Glocken der St.-Marien-Kirche läuteten zur Beerdigung.

Als Aenne sah, wie der Sarg von Martin Nimmrod in die Erde gelassen wurde, schluchzte sie laut auf.

Ganz Freyburg war gekommen. Die Familie Kloss, Carl Foerster, Dr. Wangemut, sämtliche Winzer, die Wirtin des Künstlerkellers. Auch Aennes Familie hatte sich vollzählig versammelt. Und Aenne stand zwischen ihrer Mutter und ihrer Schwester, von Trauer überwältigt.

Kurz vor der Feier hatte sie gehört, wie Dr. Wangemut der Mutter zugeflüstert hatte: »Passen Sie gut auf Ihre Tochter auf. Sie nimmt Martins Tod sehr schwer.«

Und nun hatte Bettina Hedda auf dem Arm, die noch zu klein war, um zu verstehen, was geschehen war. Vater Strauß hatte seine Tochter kurz und steif umarmt, eine Geste, die er sonst nicht wagte. Er hatte ihr zugeflüstert: »Du hast jetzt zwar keinen Mann mehr, aber du hast immer noch eine Familie.«

Und Aenne hatte sich von diesem einfachen Satz stärker getröstet gefühlt als von allen anderen Beileidsbezeugungen.

Der Pfarrer sprach: »Aus der Erde sind wir genommen, zur Erde sollen wir wieder werden. Asche zu Asche, Staub zu Staub.«

Und dann warf er ein Schäufelchen Erde hinab, und Aenne zuckte zusammen, als die Erde polternd auf das Sargholz traf. Der Pfarrer gab das Schäufelchen an Aenne weiter, aber Aenne konnte nicht. Nein, sie konnte einfach keine Erde auf ihren Mann werfen, sie konnte nicht. Da reichte ihr

Ernestine eine Rose, und Aenne war unendlich dankbar für diese Geste. Sie küsste die Rose und warf sie auf den Sarg.

Später wusste sie nicht mehr, wie sie die ganzen Beileidsbekundungen überstanden hatte. Gesichter zogen an ihr vorüber, ihre Hand wurde gedrückt, sie wurde umarmt, doch sie nahm nichts davon wahr. Nur einmal blickte sie auf. Clemens Volk stand vor ihr. »Es tut mir so unendlich leid, Aenne«, sagte er, und sie nickte und drückte die nächste Hand.

Sie fand sich plötzlich im großen Speisesaal des Hotels Strauß wieder, an einer Tafel sitzend, auf der sich nach dem Brauch Bleche voller Streuselkuchen befanden.

»Du musst etwas essen«, drängte die Mutter. »Du bist so dünn geworden.«

Aenne blickte über die Tafel, blickte an sich herab, sah, dass sie ein schwarzes Kleid trug, und sie wusste nicht, woher dieses Kleid stammte, erinnerte sich nicht, es angezogen zu haben.

»Ich muss nach Leipzig«, flüsterte sie, und das waren die ersten Worte, die sie seit Martins Tod sprach.

»Was willst du in Leipzig?«, fragte die Mutter.

»Kleider kaufen. Schwarze Kleider. Ich kann mir nicht vorstellen, jemals wieder etwas anderes zu tragen.«

Die Testamentseröffnung wurde verschoben, weil Dr. Wangemut der Ansicht war, Aenne sollte erst einmal wieder zu sich kommen. Überdies war bislang kein Testament gefunden worden, doch es hatte auch niemand danach gesucht. Der Notar, Dr. Pichel, wusste nur, dass Martin nach seiner Eheschließung ein neues Testament hatte aufsetzen wollen, doch er war nie damit in der Kanzlei erschienen. Nur das alte Testament war noch vorhanden, doch das verschwieg Dr. Pichel, weil er sicher war, dass Martin Nimmrod seine junge Familie hätte absichern wollen. Dr. Pichel hoffte, das neue Testament würde bald im Weinschlösschen auftauchen, sonst kämen noch schwerere Zeiten auf Aenne zu.

Es würden Entscheidungen zu treffen sein, und niemand konnte mit gutem Gewissen behaupten, dass Aenne dazu in der Lage wäre.

Nur Oskar drängte. »Es muss weitergehen«, sagte er. »Der Tod darf uns die Geschäfte nicht verderben.«

Doch Aenne konnte nur denken, dass der Tod alles verdarb. Und die Geschäfte waren das Wenigste davon.

Die nächsten Wochen zogen beinahe unbemerkt an Aenne vorüber. Der Januar war wieder bitterkalt geworden, der Schnee lag einen ganzen Meter hoch, und die Tage blieben grau und trüb. Aenne fror. Es war ganz gleich, was sie anzog oder wie dicht sie vor dem Kamin saß, sie fror. Es war eine Kälte, die von innen kam.

Sie vermisste Martin so sehr. Sein freundliches »Guten Morgen« nach dem Aufstehen, die Küsse auf ihr Haar, die gemeinsamen Abendstunden. Sie hatte nicht gewusst, wie sehr sie ihn gemocht hatte. Erst jetzt fiel es ihr auf, und sie war untröstlich darüber, dass sie es ihm nicht öfter gesagt hatte.

Und auch Hedda vermisste den Mann, den sie als ihren Vater kannte. Sie weinte schnell, ließ sich schwer beruhigen, wachte in der Nacht oft auf und weinte wieder. Aenne hätte sie so gern getröstet, aber sie wusste nicht, wie.

Das Kindermädchen Adele tat alles, um die Kleine abzulenken. Sie ging mit ihr spazieren, las ihr vor, spielte mit ihr, aber Hedda suchte die Nähe ihrer Mutter, beruhigte sich erst, wenn sie auf Aennes Schoß saß, von ihr gewiegt und gestreichelt wurde.

Bettina kam, sooft sie konnte, brachte Kleinoskar und Pauline mit, um Hedda aufzuheitern. »Du musst etwas essen«, drängte sie Aenne. »Du darfst nicht noch dünner werden.« Aber sie drang nicht zu ihrer Schwester durch. Schließlich machte sie sich auf den Weg nach Freyburg. Die Wege waren noch immer unpassierbar, sodass sie dem Elternhaus mehr entgegenschlitterte als dass sie elegant schritt. »Du musst kommen«, erklärte sie Ernestine. »Aenne isst nicht, trinkt nicht, schläft kaum. Ich weiß nicht mehr, was ich machen soll.«

Ernestine kam. Jeden zweiten Tag machte sie sich auf den beschwerlichen Weg den Hügel hinauf. »Komm mit zu uns«, drängte sie Aenne. »Bleib nicht alleine hier.«

Aber Aenne schüttelte den Kopf. Sie musste hierbleiben, hier im Weinschlösschen, denn nur hier war sie Martin noch nahe.

Und Ernestine seufzte, strich ihrer untröstlichen Tochter über den Rücken und ging wieder. Tante Oda schickte eine wärmende Jacke. Sie hätte sich am liebsten selbst zum Weinschlösschen aufgemacht, aber den Weg durch Kälte und Schnee konnte sie in ihrem Alter nicht mehr bewältigen.

Manchmal ging Aenne nach draußen, und Bettina stand

besorgt an einem Fenster des Westflügels, um zu sehen, ob Aenne sich wenigstens warm angezogen hatte.

Aenne lief durch die Weinberge, blieb an den ältesten Reben stehen, strich über deren kahle Zweige. Hier wuchs der Saale-Premium. Und Aenne hatte den Eindruck, als wäre sie Martin hier besonders nah.

Einmal vergaß sie die Zeit. Es dämmerte stark, als sie sich dem Schlösschen näherte. Im Westflügel brannte überall Licht, die Vorhänge waren im Salon bereits vorgezogen. Im Ostflügel hingegen war alles dunkel. Hedda würde mit Adele noch bei Bettina sein, dachte Aenne, als sie plötzlich in Martins Arbeitszimmer einen hellen umherirrenden Schein erblickte. Wer war da drinnen? Sie eilte zum Haus und erkannte Oskar. Oskar, der ein Petroleumlicht auf Martins Schreibtisch gestellt hatte und in den Fächern wühlte. Aennes Herz schlug rasend schnell. Nicht, weil Oskar dort Sachen tat, die er nicht tun sollte, sondern weil er Martins Schreibtisch durchwühlte. Der Schreibtisch war das Heiligtum ihres Mannes gewesen. Das Hausmädchen hatte Anweisungen, ihn nicht zu putzen. Nicht einmal Aenne ging daran. Aber nun Oskar. Was suchte er? Er zog eine Schublade auf, kramte in den Papieren. Plötzlich lächelte er. Er nahm einen pergamentfarbenen Umschlag heraus und dazu zwei dicke Kladden, in denen Aenne die Kontorbücher erkannte. Dann verließ er das Arbeitszimmer. Bettina hatte in Oskars Auftrag in den letzten Tagen mehrfach nach den Büchern gefragt, und Aenne hatte versprochen, sie herauszusuchen. Aber dann war sie wieder von ihrer Trauer überwältigt worden und hatte es nicht geschafft, an Martins

Schreibtisch zu gehen. Und nun hatte sich Oskar die Bücher eben selbst geholt.

Aenne blieb noch eine Weile vor dem Haus stehen. Sie wollte Oskar nicht begegnen, wollte nicht von ihm an ihr Versäumnis erinnert werden. Erst als sie sicher war, dass Oskar zurück im Westflügel war, betrat sie das Schlösschen.

Als der Frühling die Schneeschmelze brachte und die ersten Schneeglöckchen ihre Häupter in die noch blasse Sonne reckten, riss die Mutter alle Fenster auf. Sie hatte Ruth Hirsch mitgebracht, und gemeinsam mit Luzie und Netti klopften sie alle Teppiche, putzten die Fenster, wuschen die schweren Vorhänge. Und Aenne tat mit, aber immer wieder hielt sie beim Teppichklopfen einfach inne und starrte vor sich hin.

»Du solltest dich von Martins Sachen trennen«, schlug die Mutter am Abend vor. »Und du musst dir einen Überblick über das Weingut verschaffen. Du wirst geerbt haben, bist jetzt die Mitbesitzerin von Saale Premium und all den anderen Dingen. Weißt du darüber Bescheid? Weißt du, wie deine Finanzen stehen?«

Aenne schüttelte den Kopf. Sie wollte sich nicht von Martins Sachen trennen. Einmal schon hatte sie es versucht, hatte den Pfeifenständer in der Bibliothek weggeräumt, doch dann war sie in bittere Tränen ausgebrochen und hatte ihn wieder dort hingestellt, wo er immer schon gestanden hatte. Martins Decke lag noch über der Sessellehne, seine Zeitschriften auf dem kleinen Tisch daneben, es roch noch immer ein wenig nach dem Tabak seiner Pfeife. Auf dem

Schreibtisch im Arbeitszimmer türmten sich die Papiere, und Aenne wusste, dass sie sich kümmern musste, aber ach, sie konnte Martin einfach nicht loslassen. Sie waren nicht lange Mann und Frau gewesen. Es hatte eine Weile gedauert, bis sie in sein Schlafzimmer gekommen und sich zu ihm unter das dicke Federbett gekuschelt hatte. Aber bald schon hatte sie jede Nacht bei ihm verbracht. Und es war schön gewesen. Unaufgeregt, zärtlich. Jetzt plagte sie die Reue. Er hatte ihr alles gegeben. Und sie war so geizig gewesen, hatte ihm nie gesagt, dass sie ihn liebte, dass sie ihn brauchte, dass das Leben schön war mit ihm. Und weil sie so viel zurückgehalten hatte, konnte sie ihn jetzt nicht loslassen. Also saß sie in der Bibliothek und blickte hinaus. Gerade war Oskar da gewesen, hatte die Post auf Martins Schreibtisch durchgesehen. »Wir haben einige Bestellungen bekommen. Und wir müssen Flaschen und Korken kaufen. Bislang hat Martin das gemacht. Nun werde ich mich darum kümmern.«

Aenne war es recht gewesen. Sollte er machen, was er wollte. Hauptsache, er störte sie nicht bei ihrem wehmütigen Blick aus dem Fenster.

Im Rondell vor dem Haus blühten die Narzissen und Osterglocken. Netti, das Küchenmädchen, hatte ihr einen Strauß gepflückt und ihn in ihr Schlafzimmer auf die Frisierkommode gestellt. Aenne hatte sich Martins Decke umgehängt, roch seinen Duft und hätte schon wieder weinen können, doch da hörte sie Schritte im Esszimmer, an das sich die Bibliothek anschloss. Gleich darauf wurde an ihre Tür geklopft.

Es war schon später Nachmittag, Luzie und Karl hatten sich in ihr kleines Häuschen unweit des Schlösschens zurückgezogen, Netti hatte Ausgang und würde erst nach Einbruch der Dunkelheit wiederkommen, und Gustav, der Kutscher, gab wohl gerade den beiden Pferden die letzte Mahlzeit des Tages. Sie war allein im Ostflügel. Adele hatte Hedda hinunter nach Freyburg zu den Großeltern gebracht. Sie hatte einige Erledigungen in Naumburg auf ihrem Plan – Hedda brauchte Schuhe –, und fuhr morgen mit Ernestine in die Stadt.

Im Kamin flackerte ein Feuer, weil die Abende noch sehr kühl waren. Sie erwartete keinen Besuch, und sie hatte auch nicht die geringste Lust, jemanden zu empfangen. Doch der Besucher ließ sich nicht abwimmeln. Also erhob sie sich seufzend, schälte sich aus Martins Decke und aus seinem Geruch und ging zur Tür.

Oskar Nimmrod stand davor.

»Was willst du?«, fragte sie ihren Schwager, und der Tonfall ließ keinen Zweifel daran, dass der Besuch nicht gelegen kam. Sie hatte Oskar seit Martins Tod kaum gesehen, und sie hatte ihn auch nicht vermisst. Wie ein Schatten war er hin und wieder in Martins Arbeitszimmer gegangen.

»Wir sind eine Familie«, erklärte Oskar Nimmrod nun erstaunlich gut gelaunt. »Wir sollten in schweren Zeiten zusammenstehen. Ich bin gekommen, um zu sehen, wie es dir geht.«

»Du hättest Bettina fragen können. Außerdem haben wir uns doch vorhin gesehen. Förmlichkeiten sind überflüssig«, antwortete Aenne.

»Willst du mich nicht trotzdem hereinbitten? Ich muss mit dir sprechen.« Sie führte ihn in die Bibliothek, legte sich wieder die Decke um.

»Willst du etwas trinken? Dann bediene dich.« Sie deutete auf den Servierwagen aus Mahagoni, der unweit des Kamins stand und mit Flaschen aller Art bestückt war.

»Dann nehme ich einen Cognac. Mein Bruder wusste zu leben, er trank nur den besten.«

Aenne sah zu, wie Oskar Nimmrod sich einen Schwenker recht voll goss und dann Anstalten machte, sich in Martins Sessel zu setzen.

»Nicht dahin. Das ist Martins Platz.«

Sie deutete mit der Hand auf das samtbezogene Chaiselongue, das dem Sessel gegenüberstand.

Oskar ließ einen Schluck Cognac genießerisch im Mund zergehen und streckte die Beine behaglich in Richtung des Kaminfeuers.

»Wie geht es dir?«, fragte er dann.

»Es geht mir gut.«

Oskar blickte sich um, das Glas dabei in der Hand haltend. Seine Augen glitten über die beiden Bücherschränke aus Kirschholz, verweilten auf dem silbernen Kaminleuchter, schweiften von dort zu den schon leicht abgetretenen Orientteppichen zu seinen Füßen.

»Schön hast du es hier«, sagte er. »Es ist alles noch wie früher. Nur irgendwie ... heiterer.« Er seufzte.

»Bettina hat aus dem Westflügel ein Möbellager gemacht. Alle alten Sachen mussten weg. Und nun weiß ich kaum noch, wo ich mich ausruhen kann.«

Aenne fand, dass Oskar nicht so über ihre Schwester sprechen sollte, aber sie hatte nicht die Kraft, ihn zurechtzuweisen. Sie wollte ihn nur so schnell wie möglich wieder loswerden.

»Ist der Ostflügel nicht zu groß für dich allein?«, wollte er wissen und sprach weiter, ohne auf Aennes Antwort zu warten. »Ich mache mir Sorgen um dich. Du bist blass und dünn. Wenn Martin dich so sehen würde!«

Er schüttelte den Kopf und trank noch einen Schluck, dann blickte er schweigend in die Flammen des Kaminholzes.

»Du könntest sicher Hilfe gebrauchen«, fuhr Oskar fort, der sich von Aennes Schweigen nicht aufhalten ließ.

»Es wird allmählich Zeit, die Testamentseröffnung vorzunehmen. Ich muss wissen, wie es weitergeht. Das Gut braucht eine feste Hand.«

»Ich habe noch kein Testament gefunden«, erklärte Aenne. »Ich habe aber auch nicht danach gesucht.«

»Nun, dann solltest du es vielleicht tun.«

»Warum die Eile?«

»Die Bücher müssen geführt werden, Dinge müssen geregelt werden. Ich will einfach wissen, wie mein Leben weitergeht. Ich habe Pläne, verstehst du?«

»Was für Pläne?«, wollte Aenne wissen.

»Ich möchte neue Weinberge anlegen. Dazu muss Land gekauft werden.«

»Ach, diese Pläne meinst du. Martin war dagegen. Ihm ging es um Qualität. Weniger war für ihn mehr.«

Oskar machte eine wegwerfende Handbewegung. »Martin war ein Zögerer. Er hielt am Alten fest. Ich bin anders. Ich will mehr.«

»Habe ich da nicht auch ein Wörtchen mitzureden?«, fragte Aenne.

Er stand auf. »Das sehen wir dann. Kümmere dich um das Testament. Es muss weitergehen.«

Auch Aenne erhob sich.

Sie wusste, dass Oskar recht hatte. Sie musste sich endlich wieder dem Alltag widmen, musste dafür sorgen, dass es weiterging.

»Du kannst dem Notar Bescheid sagen. Ich werde das Testament suchen.«

Sie ging zur Tür, doch mit einem Mal hatte es Oskar nicht mehr eilig. Er schenkte sich noch ein Glas Cognac ein und setzte sich zurück auf das Chaiselongue. »Was ist, wenn du erbst? Was wird dann aus deinem Erbe?«

Aenne zuckte mit den Schultern, aber plötzlich fasste sie einen Entschluss, der schon lange in ihr geschlummert haben musste: »Nun, dann werden wir das Gut zu zweit führen. Ich werde Martins Stelle einnehmen.«

Oskar verschluckte sich beinahe an seinem Getränk. »Nein!«, sagte er bestimmt. »Du wirst Martins Stelle bestimmt nicht einnehmen. Martin ist unersetzlich.«

»Das weiß ich. Aber ich werde das Werk meines Mannes fortsetzen.«

»Frauen können keine Weingüter führen. Das hat es hier noch nie gegeben. Und wir werden gewiss nicht die Ersten sein.«

Aenne holte ein paarmal tief Luft. Ein ängstliches Gefühl kroch über ihre Wirbelsäule. Wie sollte sie das alles schaffen? Sie wusste viel über den Weinanbau. Genug, um sich für die Arbeiten auf dem Gut gerüstet zu fühlen. Aber wusste sie auch genug über das Führen der Bücher? Über die Steuern und Abgaben? Würden die Hotels und Restaurants mit einer Frau verhandeln? Hatte sie sich da nicht zu viel vorgenommen? Aenne fiel es nicht leicht, diese Gedanken zu verdrängen. Aber sie fasste all ihren Mut zusammen: »Die Witwe Clicquot hat es geschafft, also werde ich es auch schaffen. Du wirst mir dabei helfen.«

Da beugte sich Oskar vor. So nahe, dass sie seinen Atem riechen konnte. »Ich werde das Gut leiten. Das habe ich schon immer getan. Und keine Frau dieser Welt wird sich da einmischen.«

»Wir werden sehen«, erklärte Aenne. »Und jetzt bitte ich dich zu gehen. Ich bin müde.«

Sie erhob sich und sah ihn auffordernd an.

Da endlich stand auch Oskar auf. Er trat ganz dicht an Aenne heran und zischte ihr ins Gesicht: »Du hast mich einmal schon abgewiesen, und nun tust du es schon wieder. Ich schwöre dir, das wirst du bereuen.«

Und mit dieser Drohung verschwand er.

Aenne hatte die Luft angehalten. Erst, als sie die Haustür ins Schloss krachen hörte, atmete sie aus.

Und plötzlich war alle Schwermut von ihr abgefallen. Sie trauerte noch immer tief um Martin, vermisste ihn, sehnte sich nach ihm. Aber jetzt hatte sie wieder eine Aufgabe. Sie würde Martins Aufgaben übernehmen, würde das Weingut führen, würde Saale-Premium weiter glänzen lassen. Die

Witwe Clicquot hatte es geschafft, und auch sie würde es schaffen.

Und obschon es spät war, ging sie in Martins Arbeitszimmer und begann, die Papiere zu ordnen. Es dauerte gar nicht lange, dann hatte sie das Testament gefunden. Kurz wunderte sie sich, dass es obenauf auf dem Schreibtisch gelegen hatte. Jetzt nahm Aenne die Blätter zur Hand, las genauer. Martin hatte sein gesamtes Hab und Gut an Oskar vermacht. Ihr blieb nichts. Gar nichts. Sie glaubte, ihren Augen nicht zu trauen, und suchte nach dem Datum. Das Testament war sechs Jahre alt, war abgefasst, bevor sie geheiratet hatten.

5

Weiße Federwölkchen jagten über den Himmel, die Sonne schien strahlend und färbte alles ringsum mit einem goldenen Anstrich. Im Rondell blühten die ersten Rosen, der Kiesweg war sauber geharkt. Im Garten trocknete Wäsche auf der Leine, und Netti goss gerade einen Eimer Putzwasser neben der Hintertür aus. Alles wirkte so friedlich, so normal, dass es Aenne beinahe das Herz brach.

Sie saß unter einem Apfelbaum, ein Glas Wasser neben sich und vor sich auf dem Tisch das Testament. Sie saß zum letzten Mal hier, und der Abschied vom Weinschlösschen fiel ihr schwerer, als sie je für möglich gehalten hatte. Es war ihr Zuhause gewesen. Ihr Zuhause mit Martin. Hier hatte sie sich wohl und geborgen gefühlt. Hier hatte sie das Gefühl gehabt, sie selbst sein zu können. Sie hatte Bücher lesen dürfen, ihre Meinung war wichtig gewesen, und Martin hatte nicht ein einziges Mal gesagt oder sie spüren lassen, dass eine Frau weniger wert war als ein Mann. Hier hatten sie beide den ersten Jungwein gekostet, hier hatte Hedda das Licht der Welt erblickt.

Sie hatte gleich nach Oskars Besuch noch einmal gründlich das ganze Arbeitszimmer durchsucht in der Hoffnung, auf ein neueres Testament zu stoßen. Sie hatte einfach nicht glauben können, dass Martin sie unversorgt hinterließ. Aber so war es nun einmal. Ihr gegenüber saß Ernestine und betrachtete ihre Tochter mit leiser Sorge. Sie war den Hügel heraufgekommen, um Aenne bei ihrem Abschied beizustehen.

»Ich kann noch immer nicht glauben, dass Martin Oskar seinen gesamten Besitz vererbt hat. Und dann Oskar, der noch am Abend der Testamentseröffnung von dir verlangt hat, dein Heim zu verlassen.« Ernestine schüttelte den Kopf.

Aennes Augen füllten sich mit Tränen. »Ja, er hat mir keine Zeit gelassen. Und nun sitze ich zum letzten Mal hier im Garten.«

Ernestine griff nach ihrer Hand. »Ich weiß, es tut weh. Warum nur hat Martin kein neues Testament aufgesetzt?«, fragte sie.

»Dr. Pichel sagt, er wollte es immer tun. Aber es gab so viel Arbeit. Er hat ja nicht wissen können, dass er so bald schon stirbt.«

»Und was sagt Bettina?«

Aenne zuckte mit den Schultern. »Es täte ihr alles so leid. Sie hat Oskar gebeten, mir nicht das Zuhause zu nehmen, aber Oskar hat nicht mit sich reden lassen.« Sie seufzte. »Ich glaube, Oskar hasst mich. Als Martin noch lebte, hat er sich zusammengerissen. Ich habe kein böses Wort von ihm gehört, aber seine Blicke haben mich immer wissen lassen, dass er mich hier nicht wollte. Vielleicht hat er nie verwunden, dass ich ihn vor Jahren abgewiesen habe.«

Aenne warf einen wehmütigen Blick zu den Rebstöcken, die sich in endlosen Reihen über den Hügel zogen.

»Ich weiß nicht, was nun werden soll«, sagte sie, und die Verzweiflung in ihrer Stimme war nicht zu überhören.

»Du kommst erst einmal nach Hause, wie besprochen. Alles Weitere wird sich finden«, bestimmte Ernestine. »Der Kutscher kommt nachher herauf, um deine Sachen zu holen. Hast du schon alles gepackt?«

Aenne nickte, sah über sich in den Apfelbaum, der über und über mit weißen Blüten bedeckt war. Ein paar Bienen summten, und eine Katze, die Luzie gehörte, versuchte, den Baum zu erklettern.

Gerade trat Adele mit Hedda auf dem Arm aus dem Haus. Sie setzte das Kind in seinen Wagen, winkte Aenne und Ernestine zu und verschwand auf dem Weg, der den Hügel hinab zur Stadt führte. Sie hatte ihre und Heddas Sachen ebenfalls gepackt und brachte nun das Kind in sein neues Zuhause. Ernestine hatte in Bettinas altem Zimmer ein Kinderzimmer für Hedda eingerichtet. Und auch für Adele hatte sich eine komfortable Bleibe im Hotel Strauß gefunden.

Im selben Augenblick trat Bettina aus dem Haus und kam zu Mutter und Schwester. Sie setzte sich auf den freien Stuhl. Ihr Gesicht war sehr blass, die Augen waren von dunklen Ringen umgeben. »Es tut mir so leid, Aenne«, sagte sie. »Du sollst wissen, dass ich mit Oskar nicht einer Meinung bin.«

»Ich weiß«, erwiderte Aenne leise. »Aber er ist dein Mann. Du musst tun, was er sagt.«

Sie nickte wieder, doch da ging im Westflügel ein Fenster

auf. Oskar erschien darin: »Bettina! Deine Kinder brüllen sich die Lunge aus dem Hals.«

Sie zuckte ein wenig zusammen, dann erhob sie sich. »Ich muss wieder«, sagte sie.

»Geht es dir gut?« Ernestine blickte ihre ältere Tochter besorgt an. Bettina wirkte fahrig, knüllte ein Taschentuch in den Händen, ließ den Blick flattern.

»Ja. Natürlich, warum auch nicht?«

»Bettina!«, brüllte Oskar wieder.

»Geh nur.« Ernestine erhob sich, gab ihrer ältesten Tochter einen Kuss auf die Stirn. Dann sah sie ihr nach. Als Bettina im Haus verschwunden war, wandte sie sich an Aenne.

»Ich fürchte, sie ist nicht glücklich.«

Auch Aenne hatte längst bemerkt, dass sich Bettina verändert hatte. Sie war nicht mehr das fröhliche schwatzhafte Mädchen, das sie früher war. Bettina lachte nur noch selten. Ihr Gang war nicht mehr so stolz und aufrecht, wie man es von ihr kannte, doch immer, wenn Aenne gefragt hatte, war Bettina ihr eine Antwort schuldig geblieben.

Ernestine erhob sich. »Ich muss zurück ins Hotel. Kommst du jetzt gleich mit mir mit, oder willst du warten, bis der Kutscher deine Sachen holt?«

»Ich bleibe noch ein bisschen«, erklärte Aenne. »Ich muss Abschied nehmen.«

Aenne blieb noch eine Weile unter dem Apfelbaum sitzen und sah hinauf in die Blätter, die im leisen Wind raschelten. Eine Amsel flog vorüber, und die Katze streckte sich inzwischen auf den von der Sonne beschienenen Stufen des Eingangs. Aus dem offenen Salonfenster hörte sie die

Standuhr die elfte Stunde schlagen. Sie war glücklich hier gewesen, hatte das Weinschlösschen als ein Zuhause empfunden. Und nun musste sie fort von hier.

Und plötzlich wusste sie, was sie zu tun hatte. Sie würde kämpfen. Sie würde sich nicht bei ihren Eltern verkriechen. Sie würde kämpfen, damit Martin stolz auf sie wäre. Das war sie ihm schuldig.

Sie erhob sich und suchte Luzie. Sie fand sie in der Küche am Spülstein, damit befasst, das Frühstücksgeschirr zu waschen. Über dem Herd hingen die blitzblank gescheuerten Kupfertöpfe, auf dem Feuer köchelte eine Suppe leise vor sich hin. Die Küchenbank war sauber geschrubbt, selbst Luzies Küchenschürze strahlte vor Sauberkeit. Sie hatte das Küchenfenster geöffnet, sodass die von ihr gebundenen Kräutersträuße am Fenster sich leise im Wind bewegten.

»Ich gehe bereits jetzt in die Stadt runter«, teilte Aenne ihr mit. »Und ich esse auch dort. Du musst heute also nicht für mich kochen.«

»Wann kommen Sie zurück?«, wollte Luzie wissen und deutete auf ein bemehltes Brett. »Ich habe Hefeklöße für Sie gemacht. Ihr Lieblingsessen. Weil es doch die letzte Mahlzeit hier sein wird.«

»Danke dir, Luzie, das ist lieb von dir. Aber ich komme nicht zurück.«

Luzie traten Tränen in die Augen. »Es wird hier nicht mehr so sein, wie es war«, sagte sie leise. »Sie haben das Lachen zurückgebracht. Nun wird es kein Lachen mehr geben.«

Da umarmte Aenne sie. »Mach es gut, Luzie. Ich bin

ja nicht aus der Welt.« Sie zögerte einen Augenblick, dann fügte sie hinzu: »Pass ein bisschen auf Bettina auf, ja?«

Und Luzie versprach es.

Aenne prüfte noch einmal, ob das Gepäck vollständig in der Halle stand, dann holte sie ihren bestickten Beutel und ging den gewundenen Weg den Hügel hinab, ohne sich von Bettina und den Kindern zu verabschieden. Sie würde Bettina heute Abend bei den Eltern sehen und ihr dann alles erklären. Rechts neben ihr zogen sich die Weinberge dahin. Sie sah, dass die Reben kräftig sprossen, und das freute sie. Eine Lerche stieg auf und erfüllte die Luft mit ihrem Gesang.

Links neben ihr zog sich ein steil abfallender Hang bis hinunter zum Fluss. Martin hatte überlegt, ob er auch dort noch Reben anbauen sollte, doch die Bearbeitung wäre zu mühselig gewesen. Also hatte er es bei den Wiesen belassen und sich lediglich damit einverstanden erklärt, ein paar Schafe dort weiden zu lassen, die dem alten Kummerow gehörten, der eine armselige Hütte am Flussufer hatte und seinen wackeligen Kahn, mit dem er manchmal hinausfuhr, um Flusskrebse zu angeln.

Sie hatte den halben Weg schon hinter sich, als ein Fuhrwerk den Hang hinaufgerumpelt kam. Es war Gustav, der Kutscher, der ihre Sachen abholen wollte. Kurz vor ihr zügelte er die Pferde und hielt an. »Ich hätte Sie doch gefahren. Sie hätten nur ein wenig warten müssen«, erklärte er und wirkte dabei ein wenig zerknirscht.

»Danke, Gustav, aber ich gehe gern zu Fuß. Noch dazu bei einem solch schönen Wetter.«

Gustav brummelte etwas in seinen Bart, dann zog er die

Zügel straff. »Aber das nächste Mal müssen Sie mir Bescheid sagen. Ihre Frau Mutter würde mir gehörig den Marsch blasen, wüsste sie, dass ich Sie nicht kutschiert habe.«

»Mach dir keine Sorgen, Gustav. Es ist alles in Ordnung.«

Es dauerte noch eine ganze Stunde, bis sie endlich erschöpft und durstig in der Sektkellerei eintraf. Sie öffnete die Tür zur Eingangshalle und genoss die Kühle, die dort vom gefliesten Boden aufstieg. Der Portier grüßte sie: »Wie schön, Frau Nimmrod, Sie auch einmal wieder hier zu sehen.«

»Danke, ich freue mich auch. Sagen Sie, sind die Herren Kloss und Foerster zu sprechen?«

Der Portier nickte. »Sie sind in ihren Büros. Sie wissen ja Bescheid.«

Aenne nickte, dankte ihm und lief dann die geschwungene Steintreppe bis hinauf in den ersten Stock. Sie blickte in den Gang, von dem zahlreiche Türen abgingen. Hier war früher ihr Büro gewesen.

In diesem Augenblick öffnete sich eine andere Tür, und Clemens Volk kam heraus.

Aenne wollte sich abwenden und die Treppe weiter nach oben in den zweiten Stock eilen, doch Clemens rief ihren Namen, und so blieb sie stehen.

»Es tut mir leid«, sagte er und betrachtete sie voller Wehmut.

»Was tut dir leid?«

»Das mit deinem Mann. Ich hatte dir geschrieben, einen Kondolenzbrief. Und auf der Beerdigung war ich auch, aber da waren so viele Menschen.«

»Danke«, sagte Aenne kühl und wollte weitergehen. Sie konnte nicht mit Clemens sprechen. Jede Begegnung mit ihm ließ ihr Herz ein wenig rascher schlagen. Am liebsten wäre sie ihm niemals wieder begegnet, denn die Erinnerung an seine Lippen und an seine Hände ließen sie noch immer ein wenig erschauern.

»Warte noch!«, bat Clemens.

Er stand vor ihr, die Arme neben seinem Körper wie Stöcke hängend, mit der Schuhspitze unruhig über den gefliesten Boden kratzend. »Es tut mir leid«, sagte er schon wieder.

»Das sagtest du bereits.«

»Ich meine das mit uns.«

»Das ist vorbei und vergessen«, erwiderte Aenne, obwohl sie in diesem Augenblick merkte, dass sie Clemens leider immer noch nicht vergessen hatte.

»Es ist alles so schwer ohne dich. Ich wünschte ...«

»Hör auf, Clemens, ich will nichts davon hören.«

»Aenne, warte. Ich muss dir noch etwas sagen. Ich gehe weg aus Freyburg. Ich habe vor einem Jahr schon ein kleines Weingut in Metz gekauft, werde jetzt selbst Winzer. Für Kloss & Foerster werde ich von dort aus arbeiten. Ich werde durch das Elsass, durch Lothringen und durch Süddeutschland reisen, um Grundweine einzukaufen und unseren Sekt zu verkaufen. Du wirst mich nicht mehr sehen.«

Als Aenne das hörte, war ihr, als schnitte ihr jemand ein Stück ihres Herzens weg. Doch sie nickte nur, zwang sich ein Lächeln ins Gesicht und sagte leise: »Ich wünsche dir viel Erfolg, Clemens. Ich wünsche dir, dass du dein Glück findest.«

Dann raffte sie ihren Rock, ließ Clemens einfach stehen und schritt mit hocherhobenem Kopf die Treppe hinauf, seine Blicke wie Pfeile in ihrem Rücken spürend.

Oben schickte die alte Sekretärin Fräulein Habermehl sie gleich ins Besprechungszimmer. Dort fand sie Julius Kloss, Carl Foerster und Franz Ferdinand Knabe ins Gespräch vertieft. Vor ihnen auf dem Tisch lagen Baupläne. Bei ihrem Eintritt verstummte das Gespräch der Männer.

»Aenne, wie schön, dass Sie uns einmal besuchen!«, rief Julius Kloss aus und bot ihr einen Platz an. Auch die beiden anderen Männer setzten sich, und Aenne schien es, als wüssten sie, dass dies kein privater Besuch war.

Sie saßen um einen mittelgroßen Tisch, auf dem in der Mitte in einem Kühler eine Sektflasche stand.

»Möchten Sie?«

Aenne betrachtete das Etikett und sah, dass es ein Sekt war, den sie noch nicht kannte.

»Sehr gern. Aber bitte nur einen winzigen Schluck. Es ist ja noch nicht einmal Mittag.«

»Sekt, meine liebe Frau Nimmrod, kann man zu jeder Tageszeit trinken.« Carl Foerster öffnete die Flasche mit einem lauten Plopp und schenkte vier Gläser voll.

Aenne trank genüsslich, und wie immer, wenn ihr ein Sekt besonders gut schmeckte, schloss sie die Augen.

»Ist der neu?«, fragte sie.

Julius Kloss nickte. »Ein Versuch. Wir haben dafür blaue Trauben weiß gekeltert. Wie finden Sie ihn?«

»Ganz ausgezeichnet. Er ist nicht so feinperlig wie die anderen und wohl auch etwas lieblicher, aber er schmeckt mir.« Aenne stellte ihr Glas zurück. Sie hatte wirklich nur einen Schluck davon genommen.

»Ein großer Sekt?« F. F. Knabe lächelte sie an.

Aenne schüttelte den Kopf. »Ein guter Sekt, aber kein großer. Ein Sekt, mit dem man einen wunderbaren Sommertag beschließen kann.«

Die drei Männer lächelten, und Julius sagte: »Sie haben nichts verlernt.«

»Wie sollte ich auch? Martin hat mir viel beigebracht. Er hatte einen Weingaumen.«

Sie wartete ein wenig, und die Männer blickten sie alle drei erwartungsvoll an.

»Ich bin gekommen, um nach einer Arbeit zu fragen. Ich kann nicht erwarten, dass Sie mich wieder in der Reklame arbeiten lassen, aber das ist es, was ich am besten kann.«

Sie betrachtete die Männer, die ihr aufmerksam zuhörten. Carl Foerster lächelte. »Sie sind eine Frau klarer Worte.«

»Es tut mir leid, ich wollte Sie eigentlich nicht überfallen, aber mir ist nichts anderes eingefallen. Martin hat mir nichts hinterlassen. Das gesamte Erbe ging an Oskar. Deshalb bin ich hier.«

Die Männer blickten sich erstaunt an, aber sie kommentierten Aennes Worte nicht. »Wir haben im Augenblick große Ausgaben. Die Reblaus. Sie hat das bisschen Wein, das es noch gibt, erheblich verteuert. Wir mussten Weine aus Lothringen zukaufen«, erklärte Julius Kloss.

»Und dann der unterirdische Keller. Er verschlingt Unsummen«, warf Carl Foerster ein. »Haben Sie die Baustelle schon gesehen?«

»Ja, sie ist mir aufgefallen.«

»Ich führe Sie nachher hin, wenn Sie möchten. Allerdings gibt es da noch ein Problem. Wir müssen mit Ihrem Vater reden. Aber nun zurück zu Ihnen, Aenne. Im Augenblick können wir uns keine Reklamekraft leisten. Doch wir werden Sie auch nicht im Stich lassen. Lassen Sie uns in Ruhe über alles nachdenken.«

»Wie lange brauchen Sie dafür?«, fragte Aenne und trank noch einen Schluck Sekt.

»Eilt es denn?«

»Nun, ich bin eine mittellose Witwe mit Kind.«

»Reicht Ihnen eine Woche?«

»Das reicht.«

Aenne erhob sich. Einen Augenblick gestattete sie sich, an ihre frühere Zeit bei Kloss & Foerster zu denken. Damals war sie so jung gewesen, hatte geglaubt, dass ihr die Welt zu Füßen läge. So viel war passiert seither, aber sie war fest entschlossen, die Welt für sich zurückzuerobern. Für Hedda.

Und jetzt wollte sie so rasch wie möglich nach Hause zu ihr.

6

Es dauerte fünf Tage, bis Emma Kloss ins Hotel Strauß kam. Eigentlich war sie mit Ernestine zu einem Plausch verabredet gewesen. Aber sie wollte auch mit Aenne sprechen und begab sich zu deren Zimmer.

»Wie geht es dir, mein Liebes?«, fragte Emma und streichelte Hedda, die zu Aennes Füßen spielte, über den Kopf. »Sie ist so groß geworden und so hübsch. Sie sieht dir ähnlich.«

Aenne überlegte, ob Emma wohl ahnte, wer Heddas Vater war.

»Es geht mir nicht schlecht.«

Emma betrachtete sie eine Weile, lächelte ihr zu. »Nun, ich habe eine gute Nachricht für dich. Die Geschäftsführer benötigen eine Sekretärin. Fräulein Habermehl möchte sich zur Ruhe setzen. Sie selbst hat den Vorschlag unterbreitet, dass du ihre Nachfolgerin werden könntest. Du müsstest die Korrespondenz erledigen, Terminpläne erstellen und Zusammenkünfte koordinieren.«

»Das klingt gut.«

»Du traust dir das zu?«

»Ja«, antwortete Aenne, ohne zu überlegen.

»Dein Vater wird dagegen sein.«

»Das kann ich leider nicht ändern. Aber ich bin kein Kind mehr, ich bin Witwe, die ein Kind zu versorgen hat. Ich muss allein entscheiden, was ich tue.«

»Gut. Wann kannst du anfangen?«

Aenne überlegte kurz. Heute war Mittwoch. »Am nächsten Montag?«

Emma strahlte. »Willkommen zurück bei Kloss & Foerster.«

Kaum war Emma verschwunden, machte sich Aenne einen Plan. Es war noch so viel zu erledigen. Adele würde auf Hedda aufpassen. Schon für Adeles Lohn brauchte sie ein Einkommen. Und dann musste sie sich um eine Bleibe kümmern, denn es war ihr klar, dass sie als Angestellte von Kloss & Foerster unmöglich weiter mit dem Vater unter einem Dach leben konnte. Das tat ihr leid. Sehr leid. Aber so war es nun einmal. Sie war kein Kind mehr. Der Vater hatte einmal massiv in ihr Leben eingegriffen. Und sie befürchtete, dass er es wieder tun könnte. Angefangen bei ihrer Arbeit. Er hatte ihr angeboten, im Hotel zu arbeiten, aber das hatte Aenne abgelehnt. Bliebe sie hier, arbeitete sie gar noch hier, würde sie wieder zum Kind werden, zur Strauß-Tochter. Aber das war sie nicht mehr.

Am Abend besuchte sie Ruth Hirsch. Sie wollte die Freundin nach einer kleinen Wohnung fragen. Ruth war begeistert, dass Aenne wieder bei Kloss & Foerster arbeiten wollte, aber sie hatte einen Einwand. »Du wirst Clemens sehen. Das bleibt nicht aus. Eure Wege werden sich kreuzen.«

Aenne seufzte. »Ich werde ihm nicht mehr begegnen. Er hat sich ein Weingut in Lothringen gekauft, wird von dort aus für die Sektkellerei arbeiten.«

Ruth nickte. »Das wird es dir leichter machen.«

Aenne zuckte mit den Schultern. »Ich hoffe es.«

»Liebst du ihn noch?«

Aenne seufzte. »Ja. Ein Teil von mir wird ihn immer lieben. Aber die Zeiten haben sich geändert. Hedda spielt die größte Rolle in meinem Leben.«

»Weiß er von Hedda?«

»Ich habe es ihm nicht gesagt.«

»Hat er sie gesehen?«

Aenne schüttelte den Kopf.

»Wirst du es ihm sagen?«

»Warum? Würde das nicht alles noch viel schwerer machen?«

Simon Hirsch begleitete Aenne nach Hause. Sie gingen durch die Stadt, überquerten den Marktplatz, streiften den Künstlerkeller, aus dem lautes Geschrei ertönte. Als sie gerade in eine kleine Seitenstraße einbogen, sahen sie einen Mann nah am Lichtschein der Gaslaterne auf dem Pflaster liegen. Drei andere Männer standen um ihn herum. Einer trat ihm gegen die Rippen, und der Mann schrie auf.

»Du hast gewusst, dass das passiert. Wir haben dich gewarnt. Spielschulden sind Ehrenschulden. Wenn du bis zum Wochenende nicht gezahlt hast, werden wir andere Saiten aufziehen.« Die Stimme des Mannes klang bedrohlich.

Aenne sog scharf die Luft ein. Sie hielt Simon am Arm

zurück, flüsterte: »Nicht. Geh nicht hin. Misch dich nicht ein.«

Der Mann, der unter einer Straßenlaterne auf dem Boden lag, war Oskar Nimmrod.

Aenne drehte sich um. »Lass uns woanders langgehen«, bat sie. »Ich möchte nicht, dass er mich sieht.«

»Er ist dein Schwager. Vielleicht braucht er Hilfe.«

»Ich bin sicher, er wäre über eine Begegnung mit uns nicht erfreut. Und schwer verletzt scheint er mir auch nicht zu sein. Sieh, er rappelt sich schon wieder hoch.«

Simon runzelte die Stirn, aber dann geleitete er Aenne durch eine Parallelgasse hinauf bis zum Hotel Strauß. Als sie sich verabschiedeten, fragte er noch einmal nach: »Bist du sicher, dass ich nicht noch einmal nach ihm sehen sollte?«

»Ja, da bin ich sicher. Das würde alles noch schlimmer machen, als es ohnehin ist.« Oskar hasste sie. Sie war die Letzte, von der er wollte, dass sie Zeugin seiner Demütigung wurde.

Im Bett dachte sie noch einmal an das, was sie beobachtet hatte. Aenne wusste, dass in dem Haus die Pokerrunden abgehalten wurden. Sie machte sich Sorgen. Sorgen um Bettina. Natürlich wusste die Schwester, dass ihr Mann spielte. Aber wusste sie auch, dass er sich in Schwierigkeiten befand? Es hatte sich so angehört, als schulde Oskar jemandem Geld. Sollte sie mit Bettina darüber sprechen, oder würde Bettina das als Eimischung betrachten? Sollte sie mit der Mutter reden?

Mit diesem Gedanken schlief sie ein.

Am Wochenende besuchte sie zusammen mit Hedda ihre Tante Oda.

Oda war gerade dabei, in ihrem Garten Unkraut zu jäten. Sie trug einen Strohhut und sah strahlend auf, als die kleine Hedda bei ihrem Anblick vor Freude quietschte.

Sofort ließ Oda die Gartenschere fallen, nahm Hedda auf den Arm und drückte das Kind liebevoll an sich. »Wie schön, euch beide zu sehen. Ich wollte gerade eine Pause machen. Mein Rücken schreit schier danach.«

Sie führte die beiden ins Haus, setzte Wasser auf, befüllte einen kleinen Leinenbeutel mit Kaffeemehl und ließ dann das kochende Wasser durch den Leinenbeutel in die Kaffeekanne laufen. Dann machte sie Milch für Hedda warm, und schon saßen sie in Odas Wohnzimmer. Hedda hielt einen Keks in der Hand und spielte mit ein paar Flaschenkorken, ihrem liebsten Spielzeug, von denen Aenne immer ein paar für sie in der Tasche hatte. Tante Oda lachte, als sie das sah. »Sie ist ein richtiges Winzerkind, nicht wahr?«

Aenne lächelte. »Ja, das ist sie wirklich. Martin hat sie manchmal mit in die Weinberge genommen. Auf seinem Arm hat sie die erste Traube ihres Lebens gekostet, und Martin war rasend stolz darauf, dass sie sie nicht ausgespuckt hat.«

»Wie geht es dir, Kind?«, wollte Oda wissen. »Du bist nicht mehr ganz so blass. Aber noch immer viel zu dünn.«

»Ich habe eine Arbeit. Am Montag fange ich an, als Sekretärin bei Kloss & Foerster.«

»Das wird sicher nicht einfach.«

»Ich brauche meine Unabhängigkeit, will mein eigenes Geld verdienen und nicht den Eltern auf der Tasche liegen.«

»Das verstehe ich gut, meine Liebe.«

Tante Oda blickte sie an, als warte sie auf etwas, und Aenne ahnte, dass es dabei um Clemens ging.

»Keine Angst. Was vorbei ist, ist vorbei. Wir sind älter geworden.«

»Alter – oder sollte ich besser sagen, Erfahrung – schützt vor Liebe nicht.«

»Aber die Verantwortung für ein Kind schützt vor Unüberlegtheit«, erwiderte Aenne. »Clemens reist durch das Land, wir werden uns nicht häufig sehen. Wir sind beide älter geworden. Ich bin sicher, dass er sich ebenfalls seiner Verantwortung bewusst ist.«

Tante Oda nickte. »Wie geht es dir sonst?«

»Besser. All das Leid hat mich wachsen lassen, glaube ich. Martin hat mich umsorgt, hat mir Geborgenheit und Sicherheit geschenkt. Nun muss ich Hedda Sicherheit und Geborgenheit schenken.«

»Wer kümmert sich um sie, wenn du arbeitest?«

»Adele. Mutter hat im Hotel zu tun. Und wenn wir aus dem Hotel ausziehen, hätte Mutter ohnehin keine Gelegenheit mehr, sich mit Hedda zu beschäftigen.«

»Du willst ausziehen, Aenne?«

»Ja. Ich will mein eigenes Leben führen.«

»Hast du schon eine Bleibe gefunden?«

»Ich suche noch.«

Tante Oda ließ ihren Blick durch den Raum schweifen. Dann sagte sie: »Ich werde älter, Kind. Für den Haushalt habe ich eine Hilfe, und auch einen Gärtner habe ich. Kannst du dir vorstellen, zu mir zu ziehen? Du wirst dieses Haus eines Tages ohnehin erben. Und Platz haben wir genug. Hier unten könnte das Wohnzimmer bleiben und natürlich die Küche. Das Musikzimmer mit dem Klavier könnten wir in einen kleinen Salon oder ein Arbeitszimmer für dich umwandeln. Und oben gibt es vier Zimmer: ein Schlafzimmer für mich, eines für dich, eines für Hedda und sogar noch ein Gästezimmer. Und wenn du willst, könnte ich auf die Kleine aufpassen, dann müsstest du Adele nicht mehr bezahlen.«

Aenne riss überrascht die Augen auf. »Hast du dir das auch gut überlegt?«

»Ja. Ich liebe meine Freiheit und meine Unabhängigkeit. Aber je älter ich werde, umso stärker vermisse ich jemanden, der die Abende mit mir teilt. Alleinsein im Alter fühlt sich nach Einsamkeit an. Überlege es dir, du musst dich nicht gleich entscheiden.«

Aenne nickte nachdenklich. Sie liebte Tante Oda, und sie mochte das Haus. Den Geruch nach Büchern, die Bilder an der Wand, die bunten Läufer auf den Dielen. Oda war in der letzten Zeit häufiger krank gewesen. Nichts Ernstes. Eine starke Erkältung, ein umgeknickter Fuß. Sie war über sechzig Jahre alt, und ihr Rücken bereitete zunehmend Beschwerden. Es wäre gut, wenn jemand für sie da wäre. Und Oda liebte Hedda, Aenne war sich sicher, dass sie sich gut um sie kümmern würde. Es gab so viel, das sie der Kleinen beibringen konnte.

»Würden wir dir auch nicht zur Last fallen? Du bist es

nicht gewohnt, mit jemand anderem unter einem Dach zu leben.«

»Da hast du wohl recht. Es wäre aber sehr schön, die letzten Jahre nicht mehr allein zu sein. Überlege es dir.«

Aenne konnte sich gut vorstellen, hier zu leben. Sie wusste, Tante Oda würde sich nicht einmischen, aber stets mit Rat und Unterstützung für sie da sein. Und sie wüsste Hedda in guten Händen. Adele war ein gutes Kindermädchen, aber von Tante Oda könnte die Kleine so viel mehr lernen. Es gab unzählige Bücher in ihrem Haus. Am liebsten hätte sie sofort zugesagt, aber sie wollte erst noch eine Nacht darüber schlafen. Doch es fühlte sich gut an, richtig gut.

»Wie geht es Bettina?«, wollte Tante Oda wissen.

Aenne zuckte mit den Schultern. »Ehrlich gesagt weiß ich das nicht. Früher ist sie oft ins Hotel zu Besuch gekommen. In letzter Zeit hat sie das Weinschlösschen kaum verlassen. Selbst zur Matinee geht sie nicht mehr.«

Kurz überlegte sie, ob sie Oda von ihrem Verdacht über Oskar erzählen sollte, aber dann ließ sie es sein. Vielleicht war alles gar nicht so schlimm. Ein Streit unter Pokerfreunden. Mehr nicht.

Am Montag früh ging sie zur Arbeit hinüber in die Sektkellerei. Die Stadt war gerade aus dem Schlaf erwacht. Ein Bäckerjunge mit bemehlter Mütze trug einen Korb mit duftenden Broten an ihr vorbei, ein Fassbauer rollte ein Fass über seinen Hof, ein Fuhrwerk rumpelte vorüber. Aenne fühlte sich stark heute. Nicht mehr schwach und krank, hilflos und ohnmächtig wie nach Martins Tod. Sie war fest entschlossen, ihr Leben in die eigene Hand zu nehmen. Aber wenn sie ganz ehrlich war, so war sie doch noch immer enttäuscht, dass Martin nicht für sie vorgesorgt hatte. Das passte so gar nicht zu ihm.

»Guten Morgen, Aenne!« Hansi aus der Sektkellerei trat aus einer Seitengasse kommend auf sie zu, und gemeinsam liefen sie die letzten Meter zu Kloss & Foerster.

Im Vorzimmer der Geschäftsleitung stand auf einem Schreibtisch eine Vase mit einer blauen Hortensienblüte, und Aenne freute sich darüber. Gleich darauf kam Julius Kloss durch die Tür.

»Guten Morgen, Aenne. Haben Sie sich schon mit Ihrem Schreibtisch vertraut gemacht? Nein? Nun, dann richten Sie sich erst einmal ein. Wenn Sie fertig sind, hätte ich ein paar Briefe zu diktieren.«

Aenne nickte, zog die Schubladen des Schreibtisches auf, fand das feine Briefpapier der Firma, fand Bleistifte, ein frisches Tintenfass, Siegellack und einen Abakus, mit dem sie rechnen konnte.

Eine halbe Stunde später saß sie vor Julius Kloss.

»Aenne, wir müssen mit Ihrem Vater reden. Können Sie bei ihm vorfühlen, ob er Zeit für uns hat?«

Aenne nickte. Sie hätte gern nach dem Warum gefragt, aber das wagte sie nicht.

»Wir würden ihm gern das Hotel abkaufen.«

»Niemals!«, brach es aus Aenne hervor. »Ich meine, der Vater wird das Hotel niemals verkaufen.« Und schon gar nicht an Kloss & Foerster, doch das sagte sie nicht.

»Wir werden sehen«, erklärte Kloss. »Ich möchte jedenfalls, dass Sie einen Termin mit ihm vereinbaren.«

Beim Abendbrot wandte sich Aenne an den Vater: »Julius
Kloss und Carl Foerster wollen mit dir reden. Sie hätten gern
einen Termin.«

Der Vater sah überrascht auf. »Was wollen sie?«

Aenne schluckte. »Das sollen sie dir selber sagen.«

»Ich habe mit denen nichts zu besprechen.«

Er aß weiter seine Suppe.

»Sie haben mich gebeten.«

»Es reicht, dass du für sie arbeitest. Aber mich lass in
Ruhe mit denen.«

Aenne wusste, dass sie hier mit Worten nicht weiterkam.
Also berichtete sie Julius Kloss am nächsten Tag, dass der
Vater nicht wolle.

»Nun, aber wir müssen trotzdem mit ihm sprechen.
Wann ist er sicher zu Hause?«

»Am Abend.«

»Gut, wenn er es nicht anders haben will, werden wir ihn
leider ungebeten aufsuchen müssen.«

Als Aenne nach der Arbeit nach Hause kam, hörte sie die
Stimmen ihrer Eltern aus dem Arbeitszimmer des Vaters. Sie
wollte nicht lauschen, aber sie schaffte es auch nicht weiter-
zugehen.

»Die Bank hat den Kredit nicht bewilligt«, hörte sie den
Vater sagen. Seine Stimme klang kraftlos, und er seufzte laut
auf.

»Um Gottes willen, warum denn nicht?« Ernestines Ausruf klang erschrocken.

»Unsere Sicherheiten reichen nicht aus. Wir haben die große Hypothek auf das Hotel aufgenommen und sind jetzt schon mit drei Raten im Rückstand. Offen gesagt, ich habe keine Ahnung, von was wir die nächsten Raten bezahlen sollen. Unsere Konten sind leer.«

»Diese verfluchte Reblaus. Sie hat uns ruiniert. Nicht nur die Weinberge, in denen auf Jahre hinaus keine Trauben wachsen werden, sondern obendrein das Hotel. Die Leute sind wegen des Weines gekommen. Da es nun kaum noch welchen gibt, fahren sie woandershin.« Ernestine klang unendlich verzweifelt.

Aenne hielt die Luft an. So schlimm stand es? Das hatte sie nicht gewusst. Zwar hatte der Vater Einbußen durch die Reblausplage gehabt, aber Aenne hatte geglaubt, dass nur die Hälfte der Weinberge betroffen gewesen war. Hatte er das nicht sogar selbst erzählt? Und jetzt das! Warum hatte die Mutter nichts gesagt? Aenne konnte sich die Antwort selbst geben. Ihr Mann war gestorben, die Eltern hatten sie nicht mit ihren Problemen belasten wollen.

»Was sollen wir jetzt tun?«, hörte sie die Stimme der Mutter. »Wir müssen die Gehälter der Angestellten zahlen, obwohl keine Hotelgäste da sind.«

»Ich weiß es auch nicht«, stöhnte der Vater. »Herrgott, ich weiß es doch auch nicht.«

Und wieder die Stimme der Mutter: »Wir müssen etwas verkaufen.«

»Was denn? Die Weinberge? Die sind nichts mehr wert,

die sind für Jahre verdorben. Wir haben doch nur noch das Hotel.«

An dieser Stelle überkam Aenne ein solcher Schmerz, dass sie nicht länger zuhören konnte. Mein Gott, was waren das für Zeiten? Nicht nur sie hatte alles verloren, auch die Eltern standen am Rande des Abgrunds. Wenigstens Bettina lebte in gesicherten Verhältnissen. Das zumindest hoffte Aenne.

Aenne wäre am liebsten nach dem Abendbrot direkt in ihr Zimmer gegangen, aber Hedda saß auf dem Schoß ihres Großvaters und quietschte entzückt, wenn er sie an seinen Beinen hinabrutschen ließ. Ihr Vater war alt geworden. Warum war ihr das nicht früher aufgefallen? Machten Schmerz und Leid egoistisch? Seine Wangen waren eingefallen, das Haar war vollständig grau und an manchen Stellen so dünn, dass die Kopfhaut durchschimmerte. Er war dünn geworden. Falten durchzogen wie kleine Gräben sein Gesicht. Wenn sie doch helfen könnte! Sie dachte an Martin, der ihr nichts hinterlassen hatte, und sie gestattete sich zum ersten Mal, wütend auf ihn zu sein.

Da hörte sie den Türklopfer und wusste, die Inhaber der Sektkellerei waren gekommen.

Sie stand auf und übergab Hedda an Adele. Das Kind musste ins Bett.

»Ich gehe«, sagte sie, damit der Vater sie nicht gleich an der Tür wegjagte.

Sie führte Carl und Julius in den Salon, bot ihnen Platz an, ohne dem Vater ins Gesicht zu blicken. Die Mutter stand vor dem Bücherschrank und ordnete einige Dinge. Jetzt ließ sie die Bücher Bücher sein und wandte sich den Besuchern zu.

»Was wollt ihr hier?« Die Stimme des Vaters klang bissig, aber auch ein Hauch von Resignation lag darin.

»Wir wollen dir dein Hotel abkaufen.« Julius blickte dem Vater in die Augen.

Der schüttelte den Kopf. »Das könnte euch so passen, nicht wahr? Darauf habt ihr doch nur gewartet.«

Carl beugte sich ein wenig nach vorn. »Wir haben dir nie etwas Schlechtes gewollt. Uns allen hier geht es nicht gut, wir mussten alle Verluste hinnehmen. Sieh unser Angebot als Hilfe.«

Aenne runzelte die Stirn. Dann wussten die Herren Kloss und Foerster also, wie schlecht es um den Strauß'schen Familienbesitz stand?

Der Vater blickte zu Boden, schüttelte wieder und wieder den Kopf.

»Wir zahlen dir so viel, dass du viele Jahre sorgenfrei leben kannst.«

»Ha!«, fuhr der Vater auf. »Hättet ihr mich damals zum Kompagnon gemacht, stünde ich jetzt anders da.«

Darauf schwiegen die beiden Männer.

Ernestine war zu ihrem Mann getreten, hatte eine Hand auf seine Schulter gelegt. »Karl«, sagte sie leise. »Es wäre eine Möglichkeit.«

Der Vater sah auf. Sein Blick war leer wie ein vertrockneter Brunnen. Er wirkte so unendlich erschöpft, dachte Aenne.

Dann erhob er sich, ohne ein einziges Wort zu sagen, und verließ das Zimmer.

Carl und Julius schauten ihm ratlos hinterher und blickten dann zu Ernestine.

»Lasst ihm Zeit«, bat die Mutter. »Er muss sich erst gewöhnen.«

»Viel Zeit haben wir nicht«, erklärte Julius Kloss und erhob sich. »Auch wir müssen planen und rechnen.« Die Mutter brachte ihn und Carl Foerster zur Tür. Auf der Schwelle hielt Carl inne. »Wir wollen euch nichts Schlechtes. Das haben wir nie gewollt.«

Dann warteten Aenne und Ernestine, denn normalerweise gesellte sich der Vater am Abend zu ihnen. Aber er kam nicht. Es wurde dämmrig, es wurde dunkel. »Ob er im Weinkeller ist?«, fragte Ernestine.

»Soll ich nachsehen?«

»Ach nein, er wird schon kommen.«

»Es tut mir so leid.«

»Was tut dir leid, Aenne?«

»Ich habe nicht gewusst, dass es so schlimm um das Hotel und das Weingut steht.«

Ernestine seufzte. »Ich befürchte, wir schaffen es dieses Mal nicht. Wir haben schon so viel durchlitten. Die Weinstöcke waren schon vom Mehltau und vom Rüsselkäfer befallen, aber nichts hat so verheerend gewirkt wie die Reblaus.«

»Und das Hotel?«

»Mit dem Hotel steht es nicht besser. Die Gäste bleiben aus. Wir müssten einige Zimmer renovieren, aber uns fehlt das Geld. Und unsere Rücklagen sind allesamt aufgebraucht. Wir sind am Ende, Aenne. Wir besitzen nur noch das Hotel und das, was wir auf dem Leib tragen.«

Aenne schwieg erschüttert. Erst jetzt fiel ihr auf, dass das Silber fehlte. Wo waren die Kandelaber? Wo der Tafelaufsatz? Wo die Ölbilder?

Ernestine hatte Aennes Blicke sehr wohl beobachtet. »Ich ... ich musste sogar meinen Schmuck schon verkaufen«, sagte sie leise, und Aenne schnitten die Worte ihrer Mutter ins Herz. So viele Winzer waren bankrottgegangen. Aber nie hatte sie geglaubt, dass ihre Eltern dazugehören könnten.

Sie musste die Nachricht erst einmal sacken lassen, ehe sie leise sagen konnte: »Dann wäre es vielleicht von Vorteil, wenn ihr das Hotel verkaufen könntet.«

»Tja«, seufzte die Mutter. »Es ist seit vier Generationen im Familienbesitz. Der Vater wird es nicht hergeben wollen. Er würde den Verkauf als sein persönliches Versagen empfinden.«

Die Standuhr schlug die zehnte Stunde. Es war Zeit, ins Bett zu gehen, aber der Vater war noch immer nicht da.

»Jetzt gehe ich doch einmal in den Weinkeller«, beschloss Aenne und erhob sich.

Sie verließ den Salon, traf in der Küche auf Meta, die gerade die Brötchen für das Frühstück buk. »Hast du Vater gesehen? Ist er im Weinkeller?«

Meta schüttelte den Kopf. »Im Keller ist er nicht. Ich habe gesehen, wie er das Haus verlassen hat. Er hatte die Rebschere dabei.«

»Was will er um diese Uhrzeit in den Weinbergen?«

»Weiß ich's? Zu schneiden gibt es da sowieso nichts mehr.«

Besorgt sahen sich Aenne und Ernestine an. Ohne ein Wort zu wechseln, liefen sie hinaus und schlugen den Weg in Richtung der Weinberge ein. Aenne trug eine Laterne mit sich, doch die Dunkelheit lag dicht und schwer über dem Land. Aenne blickte nach oben. Eine dicke Wolke hatte sich gerade vor den Mond geschoben, nun zog sie weiter, erhellte den Weg.

»Was macht er wohl in den Weinbergen?«, fragte Aenne, aber sie wusste nicht, ob sie es wissen wollte, und die Mutter antwortete nicht. Sie schien bleich wie ein Leichentuch, und in ihren Augen flackerte Angst. Sie ging immer schneller, sodass Aenne kaum folgen konnte. Das letzte Stück rannte sie sogar. Sie blieb mit dem Rock an einer Dornenhecke hängen, doch sie rannte weiter, ohne darauf zu achten, dass das Kleid riss. Sie rannte, als werde sie von allen Teufeln gehetzt. Und plötzlich begriff Aenne, was die Mutter so vorwärtstrieb. Es war die Furcht.

Atemlos kamen sie an der Weinbergshütte an. Die Mutter zögerte nur einen Atemzug lang, dann riss sie die Tür auf. Ihr Schrei hallte über die Weinberge bis hinunter in die Stadt.

7

Die Beerdigung des Vaters hatte in aller Stille stattgefunden. Nur die Familie stand am Grab, denn wenn ein Selbstmörder beerdigt wurde, blieben die Leute fern.

Ruth Hirsch war gekommen, und Aenne glaubte, Clemens Volk gesehen zu haben. Er stand mehrere Grabreihen entfernt und verbeugte sich leicht, als Aenne zu ihm hochschaute. Aber war er es wirklich? Oder nur ein beliebiger Friedhofsbesucher, der Blumen auf das Grab seiner Lieben bringen wollte?

Danach ging alles ganz schnell. Die Mutter verkaufte das Hotel an die Sektkellerei Kloss & Foerster. Von dem Erlös bezahlte sie die Hypothek ab und erwarb ein kleines Häuschen mit gerade einmal drei Zimmern am Ufer der Unstrut. Aenne zog mit Hedda zu Tante Oda. Der Abschied von Adele fiel Aenne so schwer wie der kleinen Hedda. Es gab zu viele Abschiede in ihrem Leben.

Aber die neue Gemeinschaft mit Oda tat Aenne so gut wie Hedda. Das kleine Mädchen fühlte sich in dem bunten Haus wohl, und sie konnte sich an Odas Geschichten aus ihrem langen abenteuerlichen Leben gar nicht satthören. Zum ersten Mal seit Martins Tod fand Aenne wieder zu ein wenig Ruhe.

In der Sektkellerei behandelten die Mitarbeiter Aenne mit vorsichtiger Rücksichtnahme. Niemand sprach sie auf den Vater an, aber jeder versuchte, ihr ein wenig Arbeit abzunehmen. Hansi kam jeden Morgen, um die Büros zu kehren. Einmal legte er eine weiße Rose auf Aennes Schreibtisch, ein anderes Mal einen Zweig Rotdorn. Die Geschäftsführer hatten gefragt, ob sie ein wenig Urlaub bräuchte, aber Aenne war froh, in der Kellerei arbeiten zu können und abgelenkt zu sein. Sie brauchte das Einkommen.

Sie schrieb Briefe, kümmerte sich darum, dass die Bestellungen für die Flaschen herausgingen, setzte sich mit dem portugiesischen Importeur der Korken in Verbindung, bestätigte den Eingang der Grundweinlieferungen aus dem Süden Frankreichs und sorgte dafür, dass die Inhaber von allen kleinen Problemen verschont blieben. Sie war gottfroh, die Arbeit zu haben. Nicht nur wegen des Geldes. Sie wäre zusammengebrochen, allein mit ihrem Kummer. Erst Martin, nun der Vater. Es war, als würde sie vom Pech verfolgt.

Als sie den Vater gefunden hatten, da war sie wie erstarrt gewesen, als wäre ihr Inneres zu Eis gefroren. Sie hatte funktioniert, hatte getan, was getan werden musste, aber sobald sie allein war, war tiefe Verzweiflung über sie gekommen. Als Martin starb, hatte sie gedacht, dass es schlimmer nicht mehr werden konnte. Nun wusste sie, dass dem nicht so war. Sie war wütend auf Martin und besonders auf den Vater. Er hatte sich davongestohlen, hatte sie im Stich gelassen. Aber sie verstand ihn auch. Er hatte beinahe alles verloren.

Dass er sich am Schluss noch vor Kloss & Foerster beugen sollte, das hatte er nicht verkraftet.

Es klopfte an der Tür, während Aenne gerade über einer Kerze den Siegellack erhitzte.

»Ja, bitte«, rief sie, und gleich darauf stand Clemens Volk vor ihrem Schreibtisch und sah sie mit seinen flussgrünen Augen an.

»Mein herzliches Beileid, Aenne.«

»Danke. Was tust du hier? Ich dachte, du müsstest dich um dein Weingut kümmern und herumreisen.«

»Nun, meine Abreise hat sich ein wenig verschoben. Ich hatte noch Termine im Thüringischen. Aber übermorgen verlasse ich Freyburg.«

Er blickte sie an, als warte er auf etwas. Doch Aenne schwieg. Sie war so traurig, sie hatte nicht einmal Trost für Ernestine, wie sollte sie sich da mit ihren Gefühlen für Clemens auskennen?

»Gibt es etwas, das ich für dich tun kann?«

»Nein danke. Ich komme zurecht.« Ihr Herz klopfte plötzlich ein paar Takte schneller, und Aenne dachte daran, dass sie heute zum Glück das schwarze Kleid trug, das ihr am besten stand. Aber gleich darauf schalt sie sich. Was spielt mein Kleid für eine Rolle? Clemens ist ein Kollege, nicht mehr. Und doch spürte sie, wie die Röte ihre Wangen färbte und ein Kribbeln in ihrem Bauch begann.

Nun war eigentlich alles gesagt. Er hätte gehen können. Aber er blieb stehen.

»Ich habe ihn immer respektiert, deinen Vater. Obwohl ...«

Aenne hob abwehrend die Hand. »Sprich bitte nicht weiter.«

Clemens nickte. »Du bist stark, du wirst das schaffen.«

Sie hätte ihn gern gefragt, woher er das wüsste, aber der Kloß im Hals war zu groß.

»Ich war viel auf Reisen in den letzten Wochen. Mit Franz Ferdinand Knabe in Frankreich und durch ganz Deutschland.«

»Ich weiß«, sagte Aenne, aber sie sagte nicht, dass sie jede Nachricht von Herrn Knabe oder ihm an die Firma mit Herzklopfen gelesen hatte.

Schließlich wiederholte Clemens: »Wenn etwas ist, dann sage es ruhig.« Er sah sie aufmerksam an.

»Danke.«

»Ich wünschte, es wäre alles anders gekommen.«

Aenne tat, als hätte sie seine Worte nicht gehört, ließ das Siegelwachs auf den Briefumschlag tropfen, siegelte ihn und legte ihn an den Rand des Schreibtisches, wo schon mehrere andere Briefe lagen. Sie hatte das Gefühl, dass ihre Hände zitterten, und fasste das Papier so fest an, dass es beinahe riss.

»Also, dann gehe ich jetzt«, sagte Clemens.

»Ja. Und danke.«

Aenne blickte nicht auf, aus Angst, dass seine schönen Augen sie ihrer mühevollen Beherrschung beraubten. Noch Minuten später klopfte ihr Herz in einem raschen Takt.

Dann kam der Sommer, danach der Herbst, und in den ehemals Strauß'schen Weinbergen verrotteten die alten, kranken Reben. Die Tür zur Weinbergshütte hing nur noch an einer Angel, das Fenster war mit Brettern vernagelt. Aenne war lange nicht mehr dort gewesen, doch der Anblick riss die alten Wunden erneut auf. Jetzt war die Zeit der Lese, aber im gesamten Saale-Unstrut-Gebiet erntete niemand Trauben, denn es gab keine mehr. Die Weinberge lagen ungepflegt und verseucht da, und es hatte im letzten Jahr insgesamt vier Selbstmorde gegeben. Die Winzerfrauen litten Not. Zwei waren in die Stadt gegangen, und von einer hörte man, dass sie sich in Naumburg mit einem Anwalt verheiratet hatte. Zwei ältere Winzerfrauen hatten sich gemeinsam ein kleines Zimmer gemietet, in dem sie nun zusammenlebten. Eine andere sammelte Feuerholz und verkaufte es für ein paar Kupferstücke, um ihre Kinder durchzubringen.

Aenne war auf dem Weg zu ihrer Mutter. Das kleine, weiß getünchte Haus mit dem roten Dach am Ufer der Unstrut machte einen hübschen Eindruck. In den Fensterscheiben spiegelte sich die untergehende Sonne. An einem Strauch neben dem Haus zeigten sich knallrote Hagebutten.

Ernestine öffnete ihr die Tür, und als das Herbstlicht auf sie fiel, sah Aenne, dass ihre Mutter sich verändert hatte. Im schmalen Gesicht waren neue Falten sichtbar geworden, und Ernestines Haar war mittlerweile weiß. Sie war jetzt fast Mitte sechzig, und zum ersten Mal hatte Aenne den Eindruck, einer alten Frau gegenüberzustehen.

Sie begaben sich ins Wohnzimmer, in dem die Möbel aus dem alten Esszimmer zusammengedrängt standen, sodass kaum ein Durchkommen war. In der Mitte prangte der Esstisch, der nun viel zu groß war.

»Wozu hast du den großen Tisch aufgehoben?«

»Vielleicht, weil ich die Hoffnung noch nicht aufgegeben habe, dass wir ihn noch einmal brauchen können.«

Aenne lachte auf. »Willst du damit sagen, dass du von einem großen Esszimmer träumst?«

»Warum nicht? Ich wünsche mir, dass du ihn eines Tages abholen kommst. Und so lange bleibt er hier.«

»Wie geht es dir?«, fragte Aenne, ohne auf den Traum der Mutter einzugehen. Sie setzte sich in einen Sessel unter dem Fenster. Ernestine hatte neben ihr Platz genommen, goss aus einer Karaffe ein Glas Wasser ein.

»Du wirst es nicht glauben, aber es geht mir gut. Ich vermisse deinen Vater, aber nun bin ich alle Sorgen los. Nie hätte ich gedacht, dass Geldsorgen so schwer wiegen können. Ich habe das Hotel geliebt. Aber ich habe es auch gehasst. Die viele Arbeit, und immer die Angst, dass das Geld nicht für die Löhne ausreicht. Ich habe so viele Nächte schlaflos gelegen. Jetzt schlafe ich gut.«

»Bist du ... bist du wütend auf Vater? Ich bin es manchmal. Und zugleich verstehe ich ihn.«

»Ich war wütend. Das ist jetzt vorbei. Er war, wie er war. Es war nicht seine Schuld.«

Aenne sah sich um. Die Mutter schien ihren neuen Rhythmus gefunden zu haben. Im Zimmer standen frische Blumen, und Meta, die ehemalige Hotelköchin, die einmal in der Woche kam, hatte Kekse gebacken, die in einer Porzellanschale lagen. Obschon überall Möbel und Nippes herumstanden, die Teppiche übereinanderlagen, war es hier gemütlich.

»Brauchst du noch etwas, Mama?«

Ernestine schüttelte den Kopf. »Ich habe alles. Aber jetzt erzähle mir, wie es dir geht.«

Aenne trank von dem Wasser. Dann sagte sie leise: »Ich habe mit Clemens gesprochen.«

»So?«

»Ja. Er hat mir kondoliert.«

»Und?«

Aenne zuckte mit den Schultern. »Er hat sich in Lothringen ein Weingut gekauft und wird die meiste Zeit dort leben. Ansonsten ist er ein Kollege. Mehr nicht.«

»Wirklich nicht?«

»Ich weiß es nicht. Ich habe ihn immer geliebt, und wahrscheinlich liebe ich ihn auch jetzt noch. Auf eine andere Art, als ich Martin geliebt habe. Doch zurzeit gehen mir andere Dinge im Kopf herum als die Liebe.«

»Ja, du hast wirklich schwere Monate hinter dir. Es wird Zeit, dass du dich wieder um dich kümmern kannst.«

Ernestine sagte das mit einem Lächeln, aber Aenne schüttelte den Kopf. »Ich sehne mich nach Ruhe und Frieden. Ich möchte nichts anderes, als euch alle gesund zu wissen. Noch mehr Aufregungen und Leid könnte ich nicht verkraften.«

Da beugte sich Ernestine nach vorn. »Aenne, du bist noch jung. Gerade einmal sechsundzwanzig Jahre alt. Dein Leben liegt noch vor dir.«

»Aber was ist, wenn ich das Vertrauen ins Leben verloren habe?«

Teil 3

1890

Pfirsich in Sektschaum

4 geschälte Pfirsiche

2 Eigelb

50 g Zucker

125 ml trockener Sekt

Eigelb mit Zucker und Sekt verrühren, im Wasserbad aufschlagen, bis die Masse sämig ist. Die Pfirsiche damit über-
ziehen.

1

Reichskanzler Otto von Bismarck wurde von Kaiser Wilhelm
II. zum Rücktritt gedrängt. Aber das alles spielte sich in Ber-
lin ab und hatte keinerlei Auswirkungen auf das Leben in
Freyburg, das so gelassen weiterlief wie gewohnt. 1888 war
Carl Foerster gestorben, und an seine Stelle war Foersters
Sohn Rudolph getreten.

Die Unstrutbahn hatte vor einem Jahr ihren Betrieb aufgenommen, und Franz Ferdinand Knabe hatte dazu eine
brillante Geschäftsidee gehabt. Er ließ einen Sektwaggon
auf die Schienen bringen. Einen Waggon, beheizt und mit
doppelt gepolsterten Wänden, um den Sekt vor Frost zu
schützen. Durch das ganze Land reiste dieser Waggon, si-
cherte der Sektkellerei eine große Aufmerksamkeit und
brachte die Ware zu den Kunden. Alle Zeitungen hatten darüber berichtet, die Menschen standen an den Schienen und
bestaunten den Waggon.

Vor wenigen Monaten hatten sie Julius Kloss beerdigen
müssen, und dann war auch noch Franz Ferdinand Knabe
gestorben. Der Sektwaggon war seine letzte große Idee gewesen. Julius und Franz Ferdinand fehlten ihr. Ohne sie, das

ahnte Aenne, würde die Sektkellerei für sie nicht mehr dieselbe sein.

Aber Kloss & Foerster standen so gut da wie nie zuvor seit ihrem Bestehen. Die Witwen Emma Kloss, Mathilde Foerster und Natalie Knabe waren als Gesellschafterinnen in die Kellerei eingetreten, die Geschäftsführung lag nun in den Händen von Rudolph Foerster und Bernhard Otto, einem guten Freund Knabes. Und bald schon würde auch Ewald Kloss, der dritte Sohn von Julius und Emma, in das Unternehmen eintreten.

Eine zweite Sekretärin wurde eingestellt, die nur für die ausgehenden Bestellungen zuständig war. Trotzdem hatten sie alle Hände voll zu tun, und Aenne verließ so manches Mal ihr Büro lange nach Geschäftsschluss.

Dann baten die neuen Geschäftsführer Aenne zu einem Gespräch.

»Herr Volk hat nach Herrn Knabes Tod viel zu tun. Außerdem ist es ein wenig beschwerlich, wenn er von Metz aus die Reklame für die Sektkellerei hier in Freyburg betreuen soll. Die Abteilung muss stetig geführt, Kampagnen müssen in Absprache mit uns entwickelt werden. In den letzten Jahren haben wir auf diesem Gebiet unsere Möglichkeiten nicht ausgeschöpft, aber jetzt muss das wieder anders werden. Wir brauchen jemanden, der sich mit der Sache auskennt und der ständig vor Ort ist. Wir haben an Sie gedacht, Aenne.«

Bernhard Otto und Rudolph Foerster saßen mit ihr im großen Besprechungszimmer. An den Wänden hingen Plakate, die für den Sekt warben, in einer Vitrine standen die

Preise, die die Sekte aus dem Hause auf den verschiedensten Ausstellungen gewonnen hatten. 1881 war der Sekt auf der Gewerbeausstellung in Halle sogar mit der Großen Preußischen Staatsmedaille in Gold ausgezeichnet worden. Und schon ein paar Jahre später trank man in allen preußischen Offizierskasinos den Sekt aus Freyburg.

Gerade bereiteten die Geschäftsführer ihre Teilnahme an der Weltausstellung in Chicago vor. Sekt aus dem Hause Kloss & Foerster würde zum ersten Mal über das Meer nach Amerika verkauft.

»Ich soll die Abteilung leiten?«

»Nun, nicht im direkten Sinne. Und außerdem sprechen wir hier nur von der Werbung für den deutschsprachigen Raum. Für die internationale Vermarktung wird eine Reklamefirma aus Berlin sorgen.«

»Was bedeutet ›nicht im direkten Sinne‹?«, wollte Aenne wissen.

Die Männer sahen sich an, aber keiner antwortete. Rudolph nahm ein Zigarillo aus einem kleinen silbernen Etui, und Bernhard Otto goss Aenne ein Glas Wasser aus einem Glaskrug ein.

»Ah! Ich verstehe. Weil ich eine Frau bin.«

»Wir wissen Ihre Arbeit durchaus zu schätzen, aber es ist nun einmal so, dass Frauen in der Werbung eine Seltenheit sind. Offiziell würden Sie der Verkaufsabteilung unterstehen. Frau Nimmrod, es gibt niemanden, der so gute Texte zu schreiben vermag wie Sie. Wenn ich nur an die Chronik zum Jubiläum denke! Und dann der Slogan: ›Unser Sekt in aller Munde‹, da haben Sie tolle Arbeit geleistet.«

Aenne nickte dankend, dann fragte sie: »Wer ist mein Vorgesetzter? Clemens Volk?«

»Wir sind unter uns, wir können ehrlich miteinander sein. Clemens Volk erscheint uns in diesem Falle nicht der Richtige zu sein. Außerdem ist er nicht vor Ort. Weisungsbefugt sind wir. Sie wären für die Koordination verantwortlich und natürlich für alle Texte. Um die grafische Seite würde sich Ewald Kloss kümmern. Natürlich nicht selbst, aber er würde die Siebdrucker und Schildermaler beauftragen. So wie früher Clemens Volk. Wäre das in Ihrem Sinne?«

Aenne überlegte nicht lange. Endlich bekam sie angeboten, was sie immer gewollt hatte. Schreiben, kreativ sein, sich ausdrücken, etwas bewirken. Es wurmte sie nur, dass sie als Frau die Reklame nicht leiten durfte.

»Es wäre mir eine große Ehre«, sagte sie.

Rudolph stand auf, entkorkte eine Flasche Sekt. Wie immer wurden im Hause Kloss & Foerster alle großen Ereignisse mit Sekt begossen.

Aenne trank ein Glas, dann ging sie glücklich zurück in ihr Sekretariat, räumte den Schreibtisch aus, nahm die Geranie vom Fensterbrett, packte alle Stifte in ihr Mäppchen und bezog dann das Büro, in dem Clemens Volk früher gearbeitet hatte. Sie sog tief die Luft ein, hoffte, dass es noch ein wenig nach ihm roch, aber das tat es nicht.

Ein Jahr später konnte Aenne auf eine erfolgreiche Arbeit zurückblicken. Endlich war das Sektkochbuch erschienen, allerdings nicht unter dem Namen Kloss & Foerster, sondern unter ihrem Namen: Aenne Nimmrod. Sie war stolz darauf, blieb jedes Mal vor der Buchhandlung in Naumburg stehen, wo es im Schaufenster lag.

Kloss & Foerster verschenkten das Buch zu jeder Gelegenheit an ihre Kunden, und Aenne hatte damit ein wenig Geld verdient. Nicht viel, aber es reichte, um Ernestine mit Hedda, die an hartnäckigem Husten litt, nach Saalfeld zur Erholung zu schicken.

Tante Oda hätte mitfahren sollen, aber sie wollte lieber in Freyburg bleiben. »Du arbeitest so schwer, Kind«, hatte sie gesagt. »Da möchte ich wenigstens dafür sorgen, dass du richtig isst.« Und so saßen Oda und Aenne fast jeden Abend zusammen vor dem Kamin oder im Sommer draußen im Garten unter dem großen Kastanienbaum, und Aenne erzählte von ihrem Tag.

»Ich muss zugeben, dass ich wahnsinnig stolz auf dich bin«, erklärte Oda eines Abends. »Und nicht nur ich, auch Ernestine ist glücklich und stolz. Aber willst du dein Leben wirklich nur deiner Arbeit und uns widmen? Ist es nicht langsam an der Zeit, nach einer neuen Liebe, nach einem neuen Mann Ausschau zu halten?«

Aenne schüttelte energisch den Kopf. »Ich habe geliebt. Zweimal sogar. Und dabei heißt es, die große Liebe gibt es nur ein einziges Mal. Ich bin zufrieden, mehr will ich gar nicht.«

Tante Oda betrachtete Aenne mit leichter Besorgnis. »Du bist jung, Aenne. Du solltest nicht wie eine Nonne leben und deine Freizeit mit alten Leuten verbringen.«

»Ich habe Hedda.«

»Das wird auf die Dauer nicht reichen.«

Aenne bemerkte, dass Tante Oda noch einiges mehr zu sagen hatte. Entschlossen presste sie die Lippen aufeinander, und Oda verstand und wechselte das Thema.

»Ich habe lange nichts von Bettina gehört.«

»Sie war kürzlich mit den Kindern bei Mutter.«

»Wie geht es ihr?«

Aenne zuckte mit den Achseln. »Ich weiß es nicht. Sie redet nur über alltägliche Dinge, aber ihr Gesicht wirkt verhärmt, ihr Lachen klingt schrill, und ich frage mich, ob sie Hilfe braucht. Oskar dagegen lässt sich überhaupt nicht mehr blicken.«

»Bettina wird kommen, wenn es so weit ist.«

Im Herbst schickte die Sektkellerei Aenne zur Thüringer Gewerbeausstellung nach Weimar. Sie fuhr nicht allein. Bernhard Otto und Clemens Volk, der eigens dafür aus Metz angereist war, begleiteten sie. Rudolph Foerster hatte sie gefragt, und Aenne hatte zugestimmt: »Ich muss wissen, wie die anderen Unternehmen ihre Produkte präsentieren, wie sie dafür werben. Die Gewerbeschau ist eine gute Gelegenheit dafür.«

Und dann fuhren sie in der 1. Klasse der Bahn nach Weimar. Bernhard Otto hatte sich ans Fenster gesetzt, Clemens Volk saß neben ihm und Aenne ihm gegenüber. Otto unterhielt sie mit Anekdoten aus seinem Leben, und Aenne amüsierte sich wirklich gut. Einmal stieß Clemens mit seinem Knie an das ihre, und Aenne durchfuhr diese Berührung wie ein Stromschlag.

»Entschuldige bitte.« Das waren die einzigen Worte, die

238

Clemens auf der ganzen langen Fahrt mit ihr wechselte. Er kümmerte sich um ihr Gepäck, sorgte dafür, dass sie den bequemsten Platz in der Kutsche erhielt und das bequemste Zimmer im Hotel. Er wünschte ihr einen guten Morgen beim Frühstück und eine gute Nacht nach dem Abendbrot, aber Aenne spürte seine Blicke.

Sie spürte sie sogar in der großen Halle, in der die Gewerbeschau abgehalten wurde. Ja, sie spürte seine Nähe immer. Sogar, wenn er am anderen Ende der Schau war. Es schien ihr, als hingen sie beide noch immer an einem unsichtbaren Faden, der sie verband. Sie roch seinen Duft, wenn er im Hotel vor ihr die Treppen hinaufgegangen war. Sie hörte seine Stimme, sobald sie sich im selben Raum aufhielten. Und wenn sie nachts in ihrem Bett lag und die Augen schloss, dann konnte sie ihn spüren. Seine Finger auf ihrer Haut, seine Lippen an ihrem Hals. Und dann wälzte sie sich unruhig in ihren Laken hin und her und wünschte, ihr Leben wäre ein anderes. Und obwohl sie sich mit allen Fasern ihres Seins zu ihm hingezogen fühlte, mied sie ihn doch. Liebe, das hatte sie gelernt, bedeutete Verlust. Für eine Stunde Glück zahlte man doppelt so viel Leid. Sie hatte genug gelitten.

An einem Abend war die Luft so lau, der Duft des nahen Waldes so betörend, dass sie sich im Hotelgarten auf eine Bank setzte und sich von dem anstrengenden Tag auf der Schau erholte. Sie dachte an die vielen Leute, mit denen sie gesprochen hatte. Sie dachte an einen Herrn aus dem Sauerland, der geglaubt hatte, sie wäre das Schankmädchen, und von ihr eine Kostprobe des Sektes erbeten hatte. Sie lächelte

bei dem Gedanken, wie Bernhard Otto sie ihm als Reklamefachfrau vorgestellt hatte und der Herr ein wenig beschämt
gewesen war. Und natürlich dachte sie auch an Clemens, der
heute so müde ausgesehen hatte.

»Darf ich mich zu dir setzen?« Als sie seine Stimme
hörte, glaubte sie erst, sie bilde sie sich nur ein, aber Clemens stand leibhaftig vor ihr, die flussgrünen Augen ruhten
auf ihrem Gesicht. Sein Mund verzog sich zu einem Lächeln,
und Aenne konnte an nichts anderes mehr denken als an
diese Lippen, die ihre Haut liebkost hatten. Sie musste
schlucken, dann nickte sie.

Clemens setzte sich so nahe neben sie, dass sie förmlich
die Wärme seiner Haut spüren konnte.

»Ich weiß nicht, was ich sagen soll«, gestand er ihr
schließlich nach einigen Minuten des Schweigens. »Es gibt
so viel, was ich sagen will, aber ich finde die rechten Worte
nicht.«

Aenne nickte. Es ging ihr ebenso. War es, weil der Abend
so mild war? Oder weil sie so lange schon alleine war? Sie
musste ihre Hände im Schoß ineinanderschlingen, so stark
war das Bedürfnis, ihn zu berühren.

»Ich denke oft an dich. Ich dachte, es wäre in Metz leichter, dich zu vergessen, aber das ist es nicht. Ich stehe dort an
meinem Fenster, schaue in die Weinberge und denke daran,
wie es wohl wäre, wenn du bei mir wärst. Ich sehe dich in allen anderen Frauen«, gestand er leise, und da ließ Aenne alle
Vorsicht fahren, griff nach seiner Hand, und schon hatten
sich ihre Münder gefunden. Sie klammerten sich aneinan-
der wie zwei Schiffbrüchige im Sturm. Seine Hände glitten

über ihren Rücken, sein Atem vermischte sich mit ihrem, und jede Faser ihres Körpers hieß Clemens willkommen.

Ihr Herz klopfte so unendlich schnell, und ihre Haut vibrierte, fieberte seinen Berührungen entgegen.

Später, als sie endlich voneinander lassen konnten, sich ihr Atem beruhigt hatte, fühlte Aenne sich ganz gelöst, aber noch ein wenig zittrig. Sie blickte in Clemens' Augen, sah dieselbe Sehnsucht darin, die auch sie spürte.

»Und wie geht es jetzt weiter?«, fragte er.

Einen Moment lang wusste Aenne nicht, was er meinte, aber dann verstand sie. »Es geht nicht weiter.«

»Warum nicht? Du bist frei, zu tun und zu lassen, was immer du willst. Dein Vater kann uns nicht mehr hindern.«

»Das stimmt, aber ...« Sie biss sich auf die Lippen. Sie war noch nicht bereit; es war so viel geschehen. Vielleicht musste sie sich erst an den Gedanken gewöhnen, dass ihr Körper und auch ihre Seele die Liebe nicht vergessen hatten.

»Lass mir Zeit«, bat sie.

»Wir haben schon so viel Zeit verloren.« Sie hörte das Drängende in Clemens' Stimme. »Oder ... oder liebst du mich etwa nicht mehr?«

Doch, wollte Aenne sagen, ich liebe dich. Ich habe keinen Tag lang aufgehört, dich zu lieben. Und trotzdem konnte sie nicht.

Am Abend lag sie im Bett und dachte über Clemens und sich nach, dachte daran, wie ihr bei seinem Kuss die Knie weich geworden waren. Und dann dachte sie an Martin. Er würde nicht wollen, dass sie alleine blieb. Er war ein so großzügiger Mann gewesen, er würde ihr die Liebe gönnen.

Aber sie war noch nicht so weit. Es gab etwas, das sie hinderte. Aber was? Sie hatte den Eindruck, dass das vergangene Unheil sich noch nicht verzogen hatte. Es gab keinerlei Anzeichen dafür, nur dieses mulmige Gefühl. Und das ließ sie auf der Hut sein. Auch Clemens hatte sich verändert, war älter geworden, hatte viel gesehen. Sie konnte sich seiner Liebe nicht mehr sicher sein. Martins Tod hatte ihr gezeigt, wie verletzlich sie war. Noch einen Mann zu verlieren, das würde sie nicht aushalten.

Wieder war es Herbst geworden, und wieder empfand Aenne beim Anblick der Weinbauern zwischen den Rebstöcken Wehmut und Trauer. Einige Winzer hatten neue Reben gesetzt, hatten sich deshalb verschuldet und konnten nachts nicht schlafen, weil sie neues Ungemach fürchteten. Aenne vermisste die Arbeit in den Weinbergen, den Geschmack der sonnenprallen Trauben, den Geruch der Maische, den Geschmack des Jungweins.

Clemens war wieder auf einer Verkaufsreise in Frankreich unterwegs und würde danach die eigene Lese beaufsichtigen. Seine Weine gingen alle an Kloss & Foerster, und Aenne wusste, dass er damit gut verdiente. Sie vermisste ihn und war gleichzeitig froh über den Aufschub. Er hatte sie nicht gedrängt, aber seine Blicke sprachen von seiner Ungeduld.

Kurz vor seiner Abreise hatte er sie noch einmal in ihrem Büro aufgesucht. Er hatte die Hand in ihren Nacken gelegt, sie mit den Fingern liebkost, war über ihre Wirbelsäule gefahren, bis kleine Schauer über ihren Rücken gekrochen waren. »Ich sehne mich so nach dir«, hatte er geflüstert, und sein heißer Atem hatte ihr Ohr gestreift. Sie hatte sich zurückgelehnt, gegen seine streichelnde Hand, hatte mit geschlossenen Augen die Zärteleien genossen. Aber dann hatte sie sich losgemacht. »Lass mir noch ein wenig Zeit, Clemens. Nur noch ein bisschen.«

Und Clemens hatte geseufzt. »Lass mich nicht so lange warten. Wenn ich wiederkomme, dann musst du dich entscheiden.«

Und dann war er weggefahren, und Aenne vermisste ihn jeden Tag ein bisschen mehr. Sie hatte sich vorgenommen, ihm bei seiner Rückkehr zu sagen, dass sie nun bereit war, ihre Liebe wieder aufleben zu lassen. Und seit sie diesen Beschluss gefasst hatte, fieberte sie seiner Ankunft schier entgegen. Sie würden sich Zeit lassen, würden sich erst wieder richtig kennenlernen. Aenne wollte sehen, wie er mit Hedda zurechtkam und sie mit ihm. Sie wusste nun, dass sie auch ohne Mann leben konnte. Es gab nichts, das drängte, auch, wenn sie seit Clemens' Liebeserklärung jeden Tag mit einem Lächeln herumlief.

»Wie schön du bist«, hatte Emma Kloss erst neulich zu ihr gesagt und den Kopf geschüttelt, als wäre ihr das zuvor nicht aufgefallen.

»Du strahlst endlich wieder«, hatte die Mutter gesagt und Aennes Hand getätschelt.

Und Tante Oda hatte gefragt: »Stellst du ihn mir vor? Auf der nächsten Matinee?«

Und Aenne hatte es versprochen. Jetzt saß sie in ihrem Zimmer, hörte Hedda mit Tante Oda in der Küche hantieren, und ihr Herz und ihr Kopf waren so voll, dass sie einfach schreiben musste:

Die Sonne malt die Blätter gelb.
Mit dir sind sie golden.
Der Fluss ist braun nach dem Regen.
Mit dir glitzert er in tausend Farben.
Die Nacht ist schwarz,
aber die funkelnden Sterne sprechen von dir.
Und auch mein Mund möchte deinen Namen sagen.
Wieder und immer wieder.

Natürlich hatte sie nicht vor, Clemens dieses Gedicht zu zeigen. Es war viel zu gefühlvoll, aber es entsprach genau ihrem Empfinden.

Tante Oda rief ihren Namen. Sie musste schon mehrfach gerufen haben, denn ihre Stimme klang ein wenig ungeduldig.

Aenne steckte den Kopf aus ihrem Zimmer. »Kann ich etwas für dich tun?«

»Nein. Nicht für mich. Aber Bettina ist gekommen.«

Bettina. Seit Wochen hatte sie die Schwester nicht mehr gesehen. Und beim letzten Mal hatte Bettina so kraftlos gewirkt. So müde und erschöpft. Aenne hätte sie gern gefragt, was los ist, aber Bettina hatte sich in ihr Inneres zurückgezogen, und Aenne hatte sie nicht drängen wollen. Aber nun war sie da.

»Ich komme!«, rief sie und eilte die Treppe hinab. Sie trug das Haar heute offen, nur zwei Seitensträhnen hatte sie mit einer Spange nach hinten gesteckt. Ihr Kleid flatterte um ihre Füße, und alles fühlte sich so leicht an.

Sie betrat das Wohnzimmer, und als sie Bettinas Gesicht sah, da wusste sie, dass neue Sorgen ins Haus standen.

2

Bettina war allein gekommen, und Aenne war überrascht, als sie die Schwester sah. Sie trug ein Kleid, dessen Saum ein wenig ausgefranst war. Ihre Stiefel hatten abgetretene Absätze, das Haar war unordentlich aufgesteckt. Blass war sie, und ihre spröden Lippen zitterten.

»Was ist los?«, fragte Aenne, als sie zusammen vor dem Kamin saßen.

»Oskar ist weg.«

»Weg? Wohin?«

»Ich weiß es nicht.«

»Was soll das heißen?«

Bettinas Augen füllten sich mit Tränen, ihre Hände begannen zu zittern, sie knüllten ein Taschentuch. »Vor einer Woche schon. Er hat seine Sachen gepackt und ist verschwunden. Mitten in der Nacht. Am Abend war er noch da, trank, wie so oft in letzter Zeit, mehr, als ihm guttat. Ich bin früh zu Bett, wollte nicht miterleben, wie er immer betrunkener wird und mich am Ende beschimpft.«

»Er hat dich beschimpft?«

Bettina nickte. »Er hat gesagt, dass er mich eigentlich

nie gewollt hatte, dass ich sein Unglück wäre, eine Belastung. Er hat gesagt, ich wäre dumm wie die Nacht dunkel. Er könne mich nicht mehr ertragen, er müsse sich mich jeden Abend schöntrinken.«

Jetzt rollten Tränen über Bettinas Wangen. Stille bittere Tränen der Verzweiflung.

»Wie kommt er dazu, dich zu beschimpfen?«, wollte Aenne aufgebracht wissen.

Bettina zuckte mit den Schultern, blickte ihre Schwester todtraurig an. »Er hat immer nur dich gewollt.«

»Hat er das gesagt?«

»Jeden Abend.«

»Und plötzlich war er fort?«

»Er muss in der Nacht gegangen sein; ich habe nichts gehört.«

»Hat er etwas hinterlassen? Einen Brief? Eine Nachricht?«

Bettina kramte in ihrer Tasche, zog ein Blatt Papier hervor, das an vielen Stellen von Tränen durchnässt war, und reichte es Aenne.

Bettina, ich gehe fort und fange ein neues Leben an. Wage es nicht, mir hinterherzuspionieren. Oskar

»Das ist alles?« Aenne war fassungslos.

»Nicht ganz. Er hat alles Geld mitgenommen. Das Konto auf der Bank ist bis auf den letzten Heller geräumt. Sogar die Kassette mit dem Haushaltsgeld ist leer.« In Bettinas Gesicht stand blanke Angst.

Aenne musste diese Neuigkeiten erst einmal verdauen.

»Was noch?«, fragte Aenne.

»Es kommen Leute zum Weinschloss.«

»Was für Leute?«

»Ich weiß es nicht. Sie wollen Geld. Aber ich habe nichts mehr.« Sie schlug die Hände vors Gesicht, und ihre Schultern bebten unter Schluchzern.

Aenne streichelte ihren Rücken, aber ihr fiel nichts ein, womit sie Bettina trösten konnte.

Als sich die Schwester beruhigt hatte, fragte sie leise: »Warum hast du so lange gewartet? Oskar ist seit einer Woche weg, und du kommst erst heute zu mir? Warum?«

Bettina zog ein Spitzentaschentuch aus dem Ärmel ihres Kleides, putzte sich die Nase, trocknete die nassen Wangen.

»Ich habe es wohl nicht wahrhaben wollen«, flüsterte sie kaum hörbar. »Und dann hoffte ich noch, dass er vielleicht doch zurückkommt. Dass er mich und die Kinder nicht wirklich verlässt. Es ist so eine Schande. Ich schäme mich in Grund und Boden.«

»Wieso? Du hast keine Schuld.«

Bettina schluckte, und Aenne sah, dass sie sich quälte. »Ich war ihm nie genug. Und ich habe als Ehefrau versagt. Weißt du noch, was Mutter immer gepredigt hat? Eine Frau kann ihren Mann zu dem machen, den sie möchte. Nun, ich habe das nicht gekonnt.«

Schließlich holte sie noch ein Papier hervor, reichte es Aenne. *Testament von Martin Nimmrod* stand darüber und ein Datum, das genau einen Monat vor seinem Todestag war. Damals hatte er sich schon unwohl gefühlt.

Aenne konnte nicht verhindern, dass ihre Hände zu zittern begannen. Langsam faltete sie das Papier auseinander und las: »*Ich, Martin Nimmrod, vermache mein gesamtes Hab und Gut meiner geliebten Ehefrau Aenne Nimmrod.*«

Aenne ließ das Papier sinken. Ihre Kehle war plötzlich wie zugeschnürt. Sie stand auf, öffnete das Fenster, ließ die Luft ihre heißen Wangen kühlen. Es dauerte eine Weile, bis sich Worte in ihrer Kehle formten. Ihr Mund war trocken, und ihr Herz schlug einen rasend schnellen Takt. »Woher hast du das?«

»Ich ... habe es gefunden. Vor zwei Tagen. Es lag in Oskars Schreibtisch. Ich habe nach Geld gesucht, um Lebensmittel kaufen zu können. Da habe ich es gefunden.«

Vor Aennes innerem Auge sah sie sich selbst von außen in Martins Arbeitszimmer blicken. Sie sah Oskar, der in Martins Schreibtisch wühlte, einen Umschlag an sich nahm, dazu zwei Kontorbücher.

»Oskar hat das Testament gestohlen!«, presste sie hervor, die Stimme ganz rau vor Empörung. Oskar hatte Hedda und sie um ihr Erbe gebracht! Er hatte sie aus dem Weinschlösschen vertrieben, hatte zugelassen, dass sie eine mittellose Witwe mit Kind war. Was hatte er noch alles verschwiegen? Die Wut raste wie Feuer durch ihre Adern. Sie sprang auf. »Was verschweigst du mir noch?«

Bettina wich zurück, schlang die Arme schützend um ihren Oberkörper. »Nichts, Aenne, das schwöre ich dir. Du bist doch meine Schwester. Ich schäme mich so für meinen Mann.«

Tante Oda hatte die ganze Zeit dabeigesessen und geschwiegen. Jetzt fragte sie: »Bettina, was ist noch vorgefallen? Warum bist du heute gekommen?«

Bettina wurde noch eine Spur blasser. »Weil ich am Ende bin. Ich kann meine Kinder nicht mehr ernähren. Und die Leute, die zum Weinschloss kommen und Geld von mir fordern, machen mir Angst. Oskar hat Spielschulden. Ich weiß nicht, in welcher Höhe, aber gestern hat mir ein Mann angedroht, das Weinschloss anzuzünden, wenn ich nicht endlich zahle.«

Bettinas Elend schmerzte Aenne, aber ein Teil von ihr war unendlich wütend. »Du hättest mit uns reden müssen.« Sie hielt noch immer das Testament in der Hand, und sie bat Martin in Gedanken um Verzeihung dafür, dass sie geglaubt hatte, er hätte sie und Hedda unversorgt zurückgelassen.

»Wo sind deine Kinder?«, wollte Tante Oda wissen.

»Sie sind bei Mutter. Ich wollte meine Beichte allein hinter mich bringen.«

»Weiß sie von deinen Problemen?«

»Nein, ich wollte sie nicht aufregen.«

Aenne erhob sich und lief im Zimmer auf und ab. Sie konnte jetzt unmöglich still sitzen. In ihrem Inneren lieferten sich die widersprüchlichsten Gefühle einen heftigen Kampf. Einerseits war sie so unendlich froh, dass Martin sie keineswegs unversorgt zurückgelassen, dass er sie geliebt hatte. Eine heiße Welle von Trauer schoss durch ihre Seele. Ach, Martin, dachte sie. Warum hast du nur so früh sterben müssen?

Und andererseits war da die unendlich große Wut auf Oskar. Auf Oskar, der daran schuld war, dass sie an ihrem

Mann gezweifelt hatte. Der ihrer Schwester so wehgetan und sie zugrunde gerichtet hatte. Der nur an sich dachte und Bettina seine Probleme auflud.

»Was soll ich nur tun?«, fragte Bettina verzweifelt.

»Erst einmal bleibst du hier«, bestimmte Tante Oda. »Du bist völlig aufgewühlt.«

»Hast du Oskars Schreibtisch durchsucht?«, wollte Aenne jetzt wissen, die noch immer aufgebracht im Zimmer hin- und herlief.

»Nein. Ich habe es nicht gewagt. Als ich das Testament gefunden hatte, ist mir klar geworden, dass Oskar schlimme Dinge getan hat. Ich hatte nicht den Mut, mich diesen Dingen zu stellen.« Ihre Stimme klang kläglich, und ihre Blicke flehten um Verständnis und Hilfe.

Aenne holte tief Luft. Dann straffte sie die Schultern und reckte das Kinn kämpferisch nach vorn. »Morgen ist Samstag. Wir beide werden gemeinsam zum Schlösschen gehen und nachsehen, was Oskar noch so alles versteckt hat.«

Sie blickte besorgt auf ihre Schwester, die zusammengesunken im Sessel saß und schon wieder begonnen hatte, leise zu weinen. Sie tätschelte ihr die Schultern. »Es ist nicht deine Schuld, Bettina. Wir werden eine Lösung finden, aber zuerst müssen wir herausfinden, wie groß die Probleme eigentlich sind.«

Am folgenden Morgen machten sie sich nach dem Frühstück auf den Weg. Bettina war noch immer blass, die Augen dunkel verschattet, aber auf Aenne wirkte sie nicht mehr ganz so mutlos und verzweifelt wie am Abend zuvor.

Sie liefen durch die Stadt und dann den Hügel hinauf zum Schloss. Sie hätten eine Kutsche nehmen können, immerhin lag das Schlösschen sechs Kilometer entfernt. Aber Aenne war so wütend auf Oskar, dass sie sich die Wut aus dem Bauch laufen wollte. Und da es Bettina ähnlich ging, hatte sie den langen Spaziergang vorgeschlagen. Außerdem wollte sie alles wissen, was Bettina in den letzten Monaten erlebt hatte. Und beim Laufen ließ sich besser reden, weil Bettina ihr dann nicht in die Augen sehen musste.

Und Bettina begann zu erzählen: »Ich wusste schon lange, dass Oskar pokert. Wieder und wieder habe ich ihn gebeten, das Glücksspiel sein zu lassen. Er kam am Abend betrunken nach Hause. Einmal fehlten seine goldenen Manschettenknöpfe, ein anderes Mal seine Uhr. Einmal hatte er ein blaues Auge, ein anderes Mal war sein Mantel zerrissen und schmutzig. Doch immer, wenn ich ihn darauf angesprochen habe, hat er mich angeherrscht, ich solle den Mund halten und mich um meine eigenen Angelegenheiten kümmern.

Ich habe geahnt, dass er Spielschulden hatte, nur woher sollte ich wissen, dass er so viel Geld verloren hat? Bis jetzt weiß ich nicht, wie viel es ist. Da sind nun diese Männer. Sie kommen beinahe jeden Tag. Manchmal am Morgen, manchmal tagsüber, manchmal abends und einmal sogar nachts. Ich habe Angst, Aenne. Angst um meine Kinder und um mich.«

»Das kann ich mir gut vorstellen«, presste Aenne zwischen den zusammengebissenen Zähnen hervor. Mit jedem Wort, das Bettina gesprochen hatte, war ihre Wut auf Oskar gestiegen. Sie hätte am liebsten laut geschrien, aber sie wollte Bettina nicht noch mehr verängstigen.

»Ich habe ihn um seiner Kinder willen gebeten, mit dem Pokerspiel aufzuhören, aber er hat mich nur ausgelacht. Er hat nie auf mich gehört. Er hat mich geheiratet, um eines Tages das Hotel und das Weingut der Eltern zu erben. Er hat mich nur geheiratet, Aenne, weil er dich nicht haben konnte. Groß und immer größer wollte er werden. Der größte Winzer im Saale-Unstrut-Tal, der größte Winzer in ganz Deutschland. Solange Martin am Leben war, hat er sich zusammengerissen. Aber nach seinem Tod gab es kein Halten mehr.«

»Du kannst froh sein, dass er weg ist«, knurrte Aenne.

»Er hatte mir alles Geld gestrichen. Er hat die Dienstboten entlassen, alle. Sogar Luzie, Fritz und Netti. Beinahe hätte er sie noch aus ihren Häusern gejagt, die ja zum Gut gehören, aber das habe ich nicht zugelassen. Er hat von mir verlangt, dass ich koche und putze. Ich habe es getan. Dann hat er mir das Haushaltsgeld gestrichen. Zum Glück hatte ich mir in den guten Zeiten etwas zur Seite gelegt. Und als alles aufgebraucht war, ist er gegangen.«

»Gehören dir die Weinberge noch? Oder hat er sie auch verspielt?«

»Das weiß ich nicht. Mir gehört nichts. Gar nichts. Aber die Hälfte der Weinberge gehört jetzt dir. Und auch die Hälfte des Schlosses.«

»Uns gemeinsam.«

Bettina schüttelte den Kopf. »Er hat eine Hypothek darauf aufgenommen.«

Sie blieb stehen, fasste Aenne beim Ärmel. »Es tut mir so leid«, flüsterte sie. »Es ist auch meine Schuld, dass dein Erbe verloren ist. Ich hätte früher zu dir kommen müssen.«

Ja, das hättest du wirklich, dachte Aenne, aber nun ist es zu spät. Und wir haben nicht die Muße, uns darüber zu ärgern oder zu streiten. Aber habe ich Bettina nicht auch im Stich gelassen?, fragte sie sich. Ich habe doch gemerkt, dass es ihr nicht gut ging. Ich hätte nicht zulassen dürfen, dass sie sich so verschließt. Ich hätte in sie dringen müssen.

Endlich waren sie am Schlösschen angekommen. Das Rondell war verwildert, die Blumen darin verwelkt und vermodert. Von der Haustür blätterte Farbe ab, ein Fensterladen hing nur noch an einer Angel und quietschte leise im Wind. Aenne hatte Mühe, ihr Entsetzen zu verbergen. Sie war seit ihrem Auszug nicht mehr hier gewesen, und es schmerzte sie, das Anwesen so zu sehen.

»Es tut mir leid«, hauchte Bettina wieder. »Es war niemand da für die Blumenbeete und auch niemand, der einen Fensterladen reparieren konnte. Ich hätte es ja selbst versucht, aber ich musste doch kochen und waschen und dann noch die Kinder ...«

»Du musst dich nicht entschuldigen, Bettina. Wovon hast du eigentlich die letzte Woche gelebt?«, wollte Aenne wissen.

»Ich ... ich habe meine goldene Kette verkauft. Die, die Tante Oda mir zu Paulines Geburt geschenkt hat. Ich habe sie nach Naumburg zur Pfandleihe gebracht. Aber viel habe ich nicht dafür bekommen, viel weniger sogar, als sie wert ist.«

Aenne seufzte. Sie wusste nicht, was sie sagen sollte, denn Bettinas Elend verschlug ihr die Sprache.

Also betraten sie das Haus. Die Eingangshalle war nicht gesäubert, auf dem Tisch lag ein großer Stapel ungeöffneter Post, die Blumen in der Vase waren lange verwelkt. Es roch nicht nach Bienenwachs, sondern nach dem fauligen Wasser aus der Vase.

Aenne deutete auf die vielen Briefumschläge. »Du hast sie nicht geöffnet. Das werden wir nachher tun. Aber zuerst gehen wir in Oskars Arbeitszimmer.«

Bettina zögerte ein wenig, aber Aenne legte ihr eine Hand auf den Rücken und schob sie voran. »Es hat keinen Sinn, noch länger die Augen zu verschließen. Wir müssen alles wissen.«

Im Arbeitszimmer suchte Aenne sich zuerst den Bankordner heraus, setzte sich damit an den großen Tisch und studierte die Unterlagen Seite für Seite. Als sie damit fertig war, hob sie den Kopf. »Das Gut ist nicht nur finanziell am Ende, es ist sogar hoch verschuldet. Von der Hypothek auf dem Haus hattest du mir ja schon erzählt.«

Bettina schluckte, wollte gerade wieder etwas sagen, aber Aenne schnitt ihr das Wort ab. »Du brauchst nicht in einer Tour um Verzeihung zu bitten. Es ist nicht deine Schuld.«

Dann zog sie eine Schublade des Sekretärs nach der anderen auf, sichtete jedes Blatt Papier, häufte mehrere Stapel auf. Auf einen Stoß legte sie die unbezahlten Rechnungen, auf einen anderen, viel kleineren Stoß die noch nicht ausgeführten Bestellungen, auf einen dritten Stoß alle Schreiben der Bank und auf einen vierten Stapel alles Übrige. Und als sie damit fertig war, schickte sie Bettina in die Küche, um einen Kaffee zu kochen.

Als Bettina mit den beiden dampfenden Tassen zurückkam, hatte Aenne eine Liste vor sich liegen. »Bist du stark genug, um dir anzuhören, wie es steht?«

Bettinas Lippen zitterten ein wenig, doch sie nickte tapfer.

»Also los: Die Hälfte der Weinberge gehört uns nicht mehr, Oskar hat sie verspielt. Zum Glück sind uns aber die Lagen des Saale-Premium erhalten geblieben. Wir werden uns nachher ansehen, wie sie ausschauen. Die Raten für die Hypothek sind in den letzten beiden Monaten nicht bezahlt worden. Ich habe die Post geöffnet. Die Bank schreibt, wenn wir nicht sehr bald zahlen, wird das Schlösschen versteigert. Zudem hat Oskar versäumt, den Wein an die Kunden auszuliefern. Es gibt Nachfragen, Mahnungen, Kündigungen der Geschäftsbeziehungen und ...«

»Hör auf!«, bat Bettina. »Ich will nichts mehr hören.« Und dann begann sie wieder, haltlos zu schluchzen.

Aenne ließ sie weinen. Sie konnte die Schwester nicht trösten, denn am liebsten hätte sie mit ihr geweint.

Nach einer Weile fragte Bettina tränenüberströmt: »Was sollen wir jetzt nur machen?«

Aenne schwieg. Sie hatte sich ein neues Leben aufgebaut. Es ging ihr gut. Sie hatte eine Arbeit, die ihr Freude machte, es fehlte ihr an nichts. Sie hatte sogar wieder zaghaft die Liebe in ihr Leben gelassen. Sie war auf einem guten Weg. Sobald Clemens wieder nach Freyburg kam, wollte sie ihm erzählen, dass Hedda seine Tochter war. Ja, sie hatte sich sogar schon ausgemalt, wie es wäre, mit ihm nach Metz zu ziehen. Der Vorschlag war von Clemens gekommen, und Aenne hatte geglaubt, die Mutter und Tante Oda bei Bettina in guter Obhut zu wissen. Mindestens zweimal pro Jahr hätte sie für einige Wochen nach Freyburg reisen wollen. Es hätte alles so schön sein können.

Und dann dachte sie an Martin. Was würde er sagen? Wie würde er es finden, dass sein Lebenswerk ruiniert war, die Besitztümer, die seit Generationen der Familie gehörten, beinahe gänzlich verloren waren? Sie dachte an Hedda, an Pauline und an Kleinoskar. Wenn sie früher von der Zukunft geträumt hatte, dann hatte sie die Kinder immer auf dem Gut gesehen. Hier gehörten sie her, das war ihr Zuhause.

Sie blätterte noch ein wenig in den Unterlagen, doch an der Situation änderte sich dadurch gar nichts. Schließlich seufzte sie und sagte: »Hör auf zu weinen, Bettina. Tränen nützen jetzt nichts. Wir haben zwei Möglichkeiten. Entweder wir verkaufen noch die Saale-Premium-Lagen und den unbelasteten Teil des Schlosses, oder wir kämpfen. Kämpfen für unsere Kinder, für unsere Zukunft auf dem Gut.«

Bettina blickte auf. An einer Wimper hing noch immer eine Träne. »Lohnt es sich denn zu kämpfen?«, fragte sie mutlos. »Wir sind zwei Frauen. Wie sollen wir das alles schaffen?«

»Wir sind nicht nur zwei Frauen, wir sind vier. Tante Oda und Mutter kannst du ruhig mitzählen, denn ohne sie schaffen wir es nicht.«

In diesem Augenblick wurde so hart gegen die Eingangstür gehämmert, dass die Schwestern erschrocken zusammenzuckten.

»Das sind sie«, flüsterte Bettina, zog die Schultern zusammen und versuchte ängstlich, sich kleiner zu machen.

»Wer?«

»Die Männer, bei denen Oskar Spielschulden hat.« Bettinas Stimme zitterte.

Aenne erhob sich, straffte den Rücken und begab sich zur Haustür. Davor standen zwei Männer, in denen sie die Burschen wiedererkannte, die Oskar damals vor der Spielhölle zusammengeschlagen und getreten hatten.

»Bitte, meine Herren?«, fragte sie.

»Wir wollen unser Geld«, herrschte der Größere sie an. »Und zwar jetzt, hier und heute. Wir haben lange genug gewartet.«

»Ich schulde Ihnen kein Geld«, erklärte Aenne mit fester Stimme und verschränkte die Arme vor der Brust.

»Aber Oskar.«

»Mit dem habe ich nichts zu tun. Holt euch von ihm, was euch zusteht.«

»Er ist weg, deshalb halten wir uns an seine Frau.«

»Seine Frau hat nicht genug, um ihre Kinder zu ernähren.«

»Dann wollen wir das Schlösschen.«

Aenne atmete ganz tief durch. »Das Schlösschen gehört mir. Und ich habe mit euch nichts zu schaffen.«

Der kleinere Mann runzelte die Stirn. »Das Weinschloss gehört Oskar Nimmrod.«

»Falsch. Es gehörte Martin und Oskar Nimmrod zusammen. Auf Oskars Teil liegt eine Hypothek. Martins Teil habe ich geerbt.«

»Es ist uns gleichgültig, von wem wir das Geld bekommen. Wir können auch die Weinberge nehmen. Einen Teil davon haben wir ja schon.«

Aenne lachte auf. »Ihr seid keine Weinbauern. Was wollt ihr mit Weinbergen?« Im Tageslicht erkannte Aenne, wen sie vor sich hatte. Einer der Männer arbeitete als Geselle bei einem Fleischer, von dem anderen hieß es, dass er sein Auskommen mit Diebstählen bestritt.

Und obwohl Aenne keine Angst vor ihnen hatte, wusste sie doch, dass die Spielschulden irgendwie bezahlt werden mussten, wollten sie jemals Ruhe haben.

»Wie viel schuldet er euch?«

»Zwanzigtausend Reichsmark. Dann habt ihr auch alle Weinberge wieder.« Der Größere hielt ihr ein Bündel von Oskar unterschriebene Schuldscheine entgegen.

Das war viel Geld. Sehr viel. Aenne hatte einiges von ihrem Lohn und dem Ertrag des Sektkochbuches gespart. Das Dach von Tante Odas Haus sollte im Frühjahr gedeckt werden.

»So viel Geld haben wir nicht. Entweder ihr gebt euch mit der Hälfte zufrieden, oder ihr bekommt gar nichts. Und wie ihr wisst, ist illegales Glücksspiel verboten. Es wäre für mich wohl nicht weiter schwierig, eure Spielhölle auffliegen zu lassen.«

Sie hatte bestimmt gesprochen und dabei den Männern in die Augen gesehen. Aber innerlich zitterte sie, denn die unterschriebenen Schuldscheine waren gültig, ganz gleich, aus welchem Grund Oskar sie unterschrieben hatte.

Sie wandte sich um, tat, als wollte sie zurück ins Haus. »Überlegt es euch.«

»Halt!«, rief der Größere. »Die Hälfte des Geldes und obendrein noch das, was wir im Haus finden.«

Aenne überlegte kurz. Bettinas Kinder waren bei Ernestine, Hedda war bei Tante Oda, Bettina selbst noch immer in Auflösung. Sie trat einen Schritt zurück, machte die Tür frei: »Nehmt euch, was ihr wollt. Aber nur die Sachen aus dem Westflügel. Der Ostflügel geht euch nichts an.«

Sie begleitete die beiden Männer. Im Esszimmer rissen sie als Erstes die Ölbilder von der Wand. Dann nahmen sie das Meißner Porzellan, das böhmische Kristall, rollten den orientalischen Teppich zusammen, rafften die silbernen Leuchter und sogar das Tafelsilber von Oskar und Martins Großeltern zusammen.

Jetzt kam Bettina aus dem Arbeitszimmer, aufgestört durch den Lärm. Als sie die Männer erblickte, weiteten sich ihre Augen ängstlich. »Was geht hier vor?«, wandte sie sich an Aenne.

»Diese ehrenwerten Herren nehmen sich einen Teil dessen, was ihnen zusteht.«

Bettina eilte zum großen Esstisch, presste eine Meißner Vase an ihre Brust. »Aber das gehört doch alles mir.«

Aenne zuckte mit den Schultern. »Jetzt nicht mehr.«

Sie trat zu Bettina, während die beiden Männer im Rauchzimmer nach Wertgegenständen suchten. »Ich weiß, es ist schlimm für dich. Sie erlassen uns die Hälfte der Spielschulden. Dafür suchen sie sich nun, was sie brauchen. Wir werden sie los sein, bald wirst du keine Angst mehr haben müssen.«

»Aber, aber ... die Teppiche ... das Porzellan ...«

»Du musst dich davon trennen. Das ist nun mal so. Dafür bekommst du die Gelegenheit, noch einmal ganz von vorn anzufangen.«

Aenne ließ Bettina stehen, trat zu den beiden Männern, die sich gerade an der wertvollen Standuhr zu schaffen machten. Auf der Ottomane lagen ein schwerer Spiegel im kunstvoll geschnitzten Rahmen, Oskars Porzellanpfeifen, ein Stapel in Leder gebundene Bücher, ein silbernes Necessaire und das schmale Jagdgewehr, mit dem Oskar manchmal auf Tauben geschossen hatte.

Aenne lehnte sich an den Türrahmen. »Ich glaube, das reicht.«

Die Männer blickten sich noch einmal in aller Ruhe um, dann wies der größere den kleineren Mann an, alles einzupacken. Sie waren mit einer Kutsche gekommen, die ein Stück vom Haus entfernt stand. Sie luden alles ein und sagten dem Kutscher, wohin sie gebracht werden wollten. In der offenen Kutschentür sprach der Größere noch einmal bestimmt zu Aenne: »Wir kommen wieder. Ihr schuldet uns noch das Geld.«

Dann trat der Kleinere einen Schritt zurück, sodass er Aenne gut sehen konnte. »Entschuldigen Sie, dass wir Ihnen Ärger machen. Sie sind eine anständige Frau, und auch Ihr verstorbener Mann war anständig. Oskar aber ist kein Gentleman.«

»Ich kann nicht begreifen, wie man so viel Geld beim Kartenspiel verlieren kann«, sagte Aenne, obwohl sie eigentlich nicht vorhatte, auch nur ein überflüssiges Wort an die beiden Männer zu verlieren. Doch nun stellte sie überrascht fest, dass diese wohl doch eine Art von Gewissen hatten.

»Er hat immer gedacht, er gewinnt eines Tages alles zurück und noch ein paar Scheine obendrauf«, erzählte der Kleinere.

»Er hätte sogar seine Frau verspielt, wenn das gegangen wäre. Er hat immer erst aufgehört, wenn er wirklich nichts mehr hatte.«

Er betrachtete das Haus, den losen Fensterladen, die verwelkten Blumen auf dem Rondell. »Nehmen Sie es uns nicht übel.«

Aenne nickte. Was sollte sie auch sonst tun?

3

Am Abend sank Aenne vor Erschöpfung in einen Sessel und streckte die schmerzenden Beine von sich. In ihrem Kopf dröhnte es, sie massierte sich die Schläfen.

»Wie ist es gelaufen?«, wollte Tante Oda wissen.

Aenne seufzte. »Oskar hat alles verspielt, und die kläglichen Reste hat er mitgenommen. Es gibt kein Bargeld mehr. Weder auf der Bank noch im Schlösschen. Oskar hat Spielschulden. Zwei Männer waren heute da, die sie eintreiben wollten.«

Tante Odas Augen weiteten sich vor Schreck. »Ist es viel Geld?«

Aenne nickte. »Meine Ersparnisse reichen nicht dafür.«

»Und was will Bettina tun?«

»Ich habe keine Ahnung. Sie hat nicht einmal das Geld, um für die Kinder und sich Lebensmittel zu kaufen. Keine Bank wird ihr einen Kredit geben. Sie hat ja keine Sicherheiten.«

Tante Oda blickte in die tanzenden Kaminflammen. »Es tut mir so leid um sie. Sie ist nicht so stark wie du. Ich bin sicher, sie hatte sich ihr Leben ganz anders vorgestellt.«

»Allein kann sie es nicht schaffen. Wir müssen zusammenstehen. Als Familie.«

»Um wie viel Geld handelt es sich?«

»Bettina braucht zehntausend Mark. Und dann hat sie noch immer nicht die Hypothek bezahlt.«

»Oh!« Tante Oda presste vor Schreck eine Hand vor den Mund. Zehntausend Mark. Das war viel Geld, sehr viel Geld.

Ein Blinder bekam 17 Pfennige Armenunterstützung pro Tag, ein Schlosser verdiente bei Akkordarbeit 86 Pfennige, ein Landwirtschaftsarbeiter 1,60 Mark, ein Eisenbahnarbeiter 1,37 Mark, ein Maurer 3,50 Mark pro Tag. Das Jahresgehalt einer Köchin in einem Haushalt lag bei 124 Mark, ein Lehrer bekam zweitausend Mark, und nicht einmal der Bürgermeister von Freyburg verdiente im Jahr zehntausend Mark. Auch Lebensmittel waren nicht billig.

Ein Huhn kostete 1,30 Mark, eine Gans 4 Mark, 1 Liter Milch 20 bis 25 Pfennige, 1 Ei kostete 1 Pfennig, 1 Liter Exportbier 26 Pfennige und 1 Liter deutscher Wein 1,80 Mark.

»Wo will sie das Geld hernehmen?« Tante Odas Augen waren noch immer vor Schreck geweitet.

»Ich verdiene pro Jahr 1.200 Mark. Gespart habe ich dreitausend. Die kann Bettina haben.«

Tante Oda spitzte ein wenig den Mund. »Du willst sie ihr einfach so überlassen?«

Aenne wiegte den Kopf hin und her. »Ich kann ihr das Geld nicht schenken. Ich habe ein Kind, an dessen Zukunft ich denken muss. Aber ich kann es ihr leihen. Zinslos, versteht sich.«

»Du könntest auch ...« Tante Oda brach ab.

»Was könnte ich?«

»Nun, da sind die Weinberge des Saale-Premium. Das Herzstück.«

»Du meinst, ich sollte sie verkaufen?«

»Nein, das nicht. Ihr braucht die Weinberge, wenn ihr wieder auf die Füße kommen wollt. Aber du kannst deiner Schwester ihren Anteil abkaufen. Was will Bettina mit den Weinbergen? Sie hat keine Ahnung davon. Bei dir wären sie in den richtigen Händen. Martin würde mir zustimmen, wenn er könnte.«

Aenne biss sich auf die Lippen. »Sie ist meine Schwester.«

»Natürlich ist sie das. Wir werden alle dazu beitragen, dass sie und ihre Kinder nicht hungern müssen und ein Dach über dem Kopf haben.«

»Trotzdem. Es kommt mir ein wenig pietätlos vor.« Aenne erhob sich, gähnte verstohlen. »Ich bin müde, ich gehe zu Bett.«

»Tu das, mein Kind. Und denke über meine Worte nach.«

Aenne lag lange schlaflos. Wieder einmal hatte sich ihr Leben über Nacht verändert. Die Hälfte des Weinschlösschens gehörte nun wieder ihr. Und die Hälfte der Weinberge. Sie hatte ein Erbe zu tragen, das Erbe des Saale-Premium-Weines. Martin hätte gewollt, dass sie das Gut weiterführte.

Sie starrte an die Decke, und plötzlich fiel ihr die Witwe Clicquot ein.

Sie stand auf, öffnete das Fenster und ließ die kühle

Nachtluft über ihr Gesicht streichen. Was sollte sie tun? Bettina war ihre ältere Schwester. Aber sie war keine Kämpferin. Nicht so wie Aenne. Martin, dachte sie, was soll ich nur tun? Dann dachte sie an Clemens. Sie war bereit gewesen für die Liebe mit ihm, bereit, einen Neuanfang zu wagen. Aber nun war alles anders, und sie wusste nicht, welchen Platz Clemens in ihrem Leben einnehmen würde. Welchen Platz er einnehmen wollte. Und sie konnte nicht mit ihm darüber sprechen, denn er war zurzeit in Süddeutschland unterwegs. Sein letzter Brief war vom Kaiserstuhl gekommen.

Unruhig lief sie in ihrem Zimmer hin und her. Dann setzte sie sich an den Schreibtisch und nahm ein Blatt Papier. Sie hatte die Zahlen des Weinschlösschens im Kopf. Um Oskars Spielschulden zurückzuzahlen, fehlten noch siebentausend Mark. Sie schüttelte den Kopf, als sie die Zahl las. Was hatte sich Oskar dabei gedacht? Wie hatte er Haus und Hof verspielen können? Sie wusste, sie würde es nie verstehen. Die Gedanken in ihrem Kopf tanzten hin und her. Sollte sie wirklich? Sollte sie darüber nachdenken, wie es wäre, das Weingut ganz zu übernehmen und selbstständig zu führen? War sie bereit, ihr jetziges Leben, die Arbeit bei Kloss & Foerster aufzugeben und noch einmal neu anzufangen? Allein würde sie es nicht schaffen. Aber vielleicht mit Bettina zusammen? Wie wäre es, wenn sie gemeinsam im Weinschlösschen leben würden? Aber was wäre dann mit Hedda? Was mit Tante Oda? Und mit der Mutter?

Der Mond schien in ihr Zimmer, malte Schatten auf das weiße Papierblatt.

Und plötzlich kam ihr ein kühner Gedanke.

Sie stand auf, als die Kirchenglocken die Menschen zum Sonntagsgottesdienst riefen. Tante Oda saß bereits in der warmen Küche am gedeckten Tisch und las die Zeitung. Als Aenne die Küche betrat, ließ sie den *Naumburger Kreisanzeiger* sinken.

»Wie hast du geschlafen, mein Liebes?«

»Ich glaube, ich habe gar nicht geschlafen.« Aenne goss sich eine Tasse Kaffee ein, trank in langsamen Schlucken. »Oh, das tut gut. Ich fühle, wie meine Lebensgeister wiedererwachen.«

»Ich bin gespannt, zu welchem Ergebnis du gekommen bist.«

»Was für ein Ergebnis meinst du?«, wollte Aenne wissen.

»Nun, du hast die ganze Nacht gegrübelt. Irgendetwas ist dabei herausgekommen. Das sehe ich dir an.«

»Du hast recht.« Aenne stellte die Kaffeetasse zurück auf den Tisch. »Ich habe mir etwas überlegt, habe einen Plan gemacht. Einen kühnen Plan, der uns allen eine Menge abverlangt.«

Tante Oda lächelte. »Ich bin sehr gespannt.«

»Wie wäre es, wenn wir alle gemeinsam auf dem Weinschlösschen leben würden? Du, Ernestine, Bettina, alle Kinder und ich.«

»Ich höre weiter.«

»Ich könnte das Gut übernehmen, mich um die Reben und den Wein kümmern. Bettina müsste den Haushalt besorgen und sich um den Versand des Weines kümmern, Ernestine könnte die Buchhaltung übernehmen und die Korrespondenz führen.«

»Und ich? Was soll ich tun?«

»Wir stellen ein Kindermädchen ein. Ich werde versuchen, Adele zu einer Rückkehr zu bewegen. Du müsstest Adele mit den Kindern helfen.«

»Und mein Haus?«

Aenne seufzte. »Jetzt kommt der schwierige Teil. Ich wage kaum, es auszusprechen.«

»Dann lass mich das tun. Du willst, dass ich mein Haus verkaufe. Mit dem Erlös willst du einen weiteren Teil der Spielschulden abbezahlen.«

Aenne nickte. Sie schämte sich ein wenig, Tante Oda auf das Schloss verpflanzen zu wollen, weil sie das Geld brauchte. Andererseits ...

»Ich werde immer älter«, unterbrach Oda ihre Gedanken. »Es würde mir gefallen, die letzten Jahre im Kreis der Familie zu verbringen. Und mit Ernestine habe ich mich immer gut verstanden. Ich habe nur eine Bedingung.«

Aenne atmete auf. Tante Oda fand ihren Vorschlag nicht unverschämt? Sie hatte ihre Tante nicht gekränkt? Oh, sie hatte Oda nicht aus ihrem Haus treiben wollen. Sie wünschte Oda ein langes, friedliches Leben an einem Ort, den sie liebte. Aber Bettina war ihre Schwester. Sie konnte sie jetzt nicht im Stich lassen.

»Was für eine Bedingung?«

»Ich nehme an, du wirst wieder im Ostflügel leben. Ich möchte in deiner Nähe sein. Ist dort auch Platz für mich?«

Da brach Aenne in Lachen aus. Es klang ein wenig grell,

doch es kam tief aus ihrem Herzen. »Natürlich. Du kannst dir die schönsten Zimmer aussuchen.«

Dann stand sie auf, umarmte Oda, hielt sie ganz fest und murmelte leise: »Hab Dank für alles, was du für uns je getan hast und noch tust. Ohne dich ...«

» ... würde es auch weitergehen. Und nun lass uns beratschlagen, wie wir am besten vorgehen.«

Sie redeten so lange, bis der Kaffee kalt geworden war, dann zog sich Aenne an, und gemeinsam besuchten sie Ernestine.

Bettina hatte bei ihr übernachtet, denn die Angst vor den Männern saß ihr noch in den Knochen, obschon Aenne ihr versichert hatte, dass ihr keine Gefahr mehr drohte.

Sie fanden Bettina in der Küche. Blass und schmal saß sie am Küchentisch, die Augen vom Weinen rot gerändert und geschwollen, die Mundwinkel eingerissen. Sie stocherte in einer Schüssel Haferbrei herum und wirkte zu Tode erschöpft.

Ernestine war gerade dabei, Pauline das Haar zu bürsten und in Zöpfe zu flechten. Sie ging ganz behutsam vor, erzählte der Kleinen dabei das Märchen von Rapunzel und deren langen Haaren.

»Wir müssen mit euch sprechen«, erklärte Aenne. Der Kamin brannte nicht, die Asche des Vortages lag noch darin. Sie bückte sich, kehrte die Asche zusammen, schüttete sie in einen Eimer und brachte ihn hinaus. Dann schichtete sie Holz auf, griff nach einem Fidibus und entzündete das Feuer.

Endlich saßen die vier Frauen am Esstisch, während

Kleinoskar malte und Pauline mit ihrer Puppe spielte. Hedda saß auf Aennes Schoß.

»Ich habe dreitausend Mark gespart. Bettina, damit würde ich dir gern deinen Anteil an den Saale-Premium-Weinbergen abkaufen.«

Bettina nickte, als wäre ihr alles ganz gleichgültig.

Ernestine verzog ein wenig den Mund. »Die Weinberge sind alles, was sie noch besitzt. Wie soll sie die Kinder und sich ernähren ohne den Ertrag vom Wein?«

»Bettina kann sich nicht um die Reben und den Wein kümmern. Sie versteht nichts davon. Sie müsste sie ohnehin wegen der Spielschulden verkaufen. Verkauft sie die Weinberge an mich, so werde ich dafür sorgen, dass es ihr und den Kindern an nichts fehlt. Allerdings müsstest du, Bettina, deinen Teil dazu beitragen.«

Bettina nickte müde, aber Ernestine legte eine Hand auf ihren Unterarm, und Aenne spürte, dass die Mutter alles tun würde, um ihre ältere Tochter zu behüten. Sie wusste, dass sie dasselbe auch bei ihr tun würde, es schon getan hatte, als Martin gestorben und sie vollkommen mittellos gewesen war.

»Wenn Aenne die Weinberge kauft, so ist auch sicher-gestellt, dass Oskar, sollte er eines Tages wiederkommen, nicht das halbe Gut an sich reißt«, warf Tante Oda ein.

»Sprich weiter«, bat Ernestine.

»Tante Oda ist bereit, ihr Haus zu verkaufen. Sie würde gemeinsam mit mir und Hedda ins Schlösschen ziehen. Mit dem Erlös vom Hausverkauf könnten wir einen weiteren Teil der Schulden tilgen.«

Jetzt blickte Bettina auf. In ihren Augen standen Tränen, ihre Lippen zitterten. »Das würdest du für mich tun?«, fragte sie Tante Oda.

»Das will deine Schwester für dich tun. Ich wollte ihr mein Haus vermachen, denn sie ist nicht nur meine Nichte, sondern auch mein Patenkind. Aber sie fand, dass die Familie jetzt zusammenstehen muss.«

Bettina sah zu Aenne, und in ihrem Blick lag so viel Dankbarkeit, dass es Aenne schmerzte.

»Ihr seid noch nicht fertig«, stellte Ernestine fest. »Was habt ihr euch noch ausgedacht?«

»Was hältst du davon, wenn auch du ins Weinschlösschen ziehst? Platz ist genug. Wir könnten zusammenleben und arbeiten. Bettina im Haus, du übernimmst die Buchführung, Oda hat einen Blick auf die Kinder. Ich würde zunächst weiter bei Kloss & Foerster arbeiten, um für unseren täglichen Unterhalt zu sorgen.«

»Du willst, dass ich mein Häuschen verkaufe?« Ernestine war überrascht.

»Nur so können wir Oskars Spielschulden begleichen, damit beginnen, die Hypothek abzuzahlen, und von vorn anfangen. Wir könnten es schaffen, aber eine Garantie gibt es nicht. Im schlimmsten Falle stehen wir ohne alles da«, erklärte Aenne und wusste dabei genau, was sie ihrer Mutter damit zumutete. Erst hatte Ernestine Hotel und Weinberge verloren, jetzt musste sie ihre älteste Tochter retten.

»Ich tue es, denn ich weiß, dass wir es schaffen. Ich habe großes Vertrauen in uns.«

»Puhhh!« Aenne atmete ganz tief aus.

Bettina aber wurde immer kleiner auf ihrem Stuhl.

»Freust du dich nicht?«, fragte Aenne leise.

Bettina schüttelte den Kopf. »Ich fühle mich so schuldig. Es ist, als würde ich euch eure Häuser rauben.«

Tante Oda tätschelte ihre Hand. »Du kannst nichts dafür, du hast keine Spielschulden gemacht. Sieh es als Chance. Wir beginnen neu.«

Tante Oda lachte. »Ich hätte nie gedacht, dass ich mit über sechzig Jahren noch einmal mein ganzes Leben umkrempeln werde. Aber ich freue mich auf die Herausforderung.«

4

Und dann kam Clemens von seiner Verkaufsreise wieder. Tante Oda war zu Besuch bei einer Freundin, und so empfing Aenne ihn bei sich zu Hause in Tante Odas Häuschen. Überall standen schon gepackte Kisten herum, die Bilder waren von den Wänden genommen, die Teppiche eingerollt. Bald würden sie gemeinsam ins Weinschlösschen ziehen.

Sie hatte sich hübsch gemacht für ihn, hatte das lange Haar frisch gewaschen und trug ein schlichtes sonnengelbes Kleid, das sie in Leipzig hatte fertigen lassen.

Als es an der Tür klopfte, begann ihr Herz, einen schnelleren Takt zu schlagen. Sie hatte ihn so lange nicht gesehen. Und so viel war passiert in dieser Zeit.

Sie hatte kaum die Tür geöffnet, da hatte er sie schon in seine Arme gezogen. Tief sog sie seinen Duft ein, schmiegte ihr Gesicht an seine Brust, spürte seinen Atem in ihrem Haar. Dann nahm er ihr Gesicht in beide Hände und betrachtete sie so intensiv, als müsste er prüfen, ob sie noch dieselbe war. Sein Kuss war atemberaubend, und Aenne spürte, wie ihre Knie weich wurden. Oh, sie hatte sich so nach ihm gesehnt.

Sie wusste kaum, wie sie in ihr Schlafzimmer gekommen waren, aber als sie Clemens' nackte Haut auf ihrer spürte, vergaß sie alle Sorgen. Seine Hände glitten sanft über ihren Leib und jagten ihr einen Schauer über den Rücken.

Später saßen sie im Wohnzimmer vor dem Kamin, und Clemens erzählte von seiner Reise. Aber Aenne konnte über seine witzigen Anekdoten nicht lachen. Ihr Herz war schwer vor Kummer. Sie musste mit Clemens reden, aber sie hatte keine Ahnung, wie sie das anstellen sollte. Seine flussgrünen Augen brachten sie zum Träumen, aber das durfte nicht sein.

»Wir können uns nicht mehr sehen«, unterbrach sie ihn mitten im Satz.

»Wie bitte? Was? Wir können uns nicht mehr sehen? Ist es wegen deiner Tante? Du möchtest ihre Gefühle nicht verletzen.« Er lächelte sie an, und in Aennes Mund verdorrten die Worte.

»Ich weiß ein Mittel dagegen«, sprach Clemens weiter. Er stöberte in der Tasche seines Jacketts und sank schließlich vor Aenne auf die Knie. »Aenne Nimmrod, möchtest du meine Frau werden?«

Aenne schluckte, versuchte, die Tränen hinunterzuschlucken, aber es gelang nicht.

Clemens klappte ein kleines Kästchen auf, in dem ein schmaler Goldreif mit einem Diamanten steckte.

Sie schüttelte den Kopf, schlug die Hände vors Gesicht und schluchzte wie noch nie in ihrem Leben.

Sofort war Clemens bei ihr, hielt sie in den Armen, ließ es zu, dass sie seine Brust nass weinte. Sie hatte so lange nicht mehr geweint, hatte sich die Tränen verkniffen, weil sie stark sein musste. Doch jetzt wurde sie gehalten, und alle Tränen in ihrem Inneren lösten sich und strömten über ihre Wangen.

Es dauerte, bis sie sich so weit wieder beruhigt hatte, dass sie sprechen konnte. Sie nahm seine Hände: »Ich liebe dich, Clemens. Ich habe dich immer geliebt, und ich werde dich immer lieben. Bis zum letzten Tag meines Lebens. Aber ich kann nicht deine Frau werden.«

»Wieso? Dein Vater, er kann nicht mehr …«

»Es geht nicht. Das Leben ändert sich rascher, als ich je für möglich gehalten habe. Ich werde die Herrin des Weinschlosses sein, werde die Verantwortung tragen für den Saale-Premium und dazu für meine Schwester, deren Kinder, Hedda, meine Mutter und meine Tante Oda. Es ist kein Platz für die Liebe in meinem Leben.«

Clemens starrte sie mit aufgerissenen Augen an. »Dann schaffen wir einen Platz für die Liebe. Bitte, Aenne, du weißt genau, wie ich mich nach dir sehne, wie sehr ich mir wünsche, dass wir ein Paar sind.«

Aenne schloss kurz die Augen, dachte an die Witwe Barbe-Nicole Clicquot und wusste, dass sie alle Aufgaben, die vor ihr lagen, nur schaffen konnte, wenn sie durch nichts abgelenkt wurde. Nein, es war kein Platz für die Liebe in ihrem Leben.

»Lass mich dir helfen«, bat Clemens. »Lass uns deine Last zusammen tragen.«

Aennes Herz zog sich schmerzhaft zusammen, doch sie biss die Lippen aufeinander und schüttelte den Kopf. »Es geht nicht, Clemens. Ich trage die Verantwortung für meine Familie. Ich arbeite in der Sektkellerei, und am Abend und an den Sonntagen muss ich mich um die Weinberge kümmern. Ich bin nicht die Herrin über mein Leben.«

Und als sie diese Worte aussprach, da hatte sie das Gefühl, dass etwas in ihrem Inneren zerriss. Sie hatte immer die Herrin über ihr Leben sein wollen. Sie hatte so viel dafür in Kauf genommen, hatte gekämpft um ihre Unabhängigkeit. Aber dieser Kampf war nun verloren. Sie war die Herrin des Weinschlösschens, und etwas anderes durfte es in ihrem Leben nicht geben.

Sie schüttelte den Kopf, verschloss ihre Ohren vor Clemens' Bitten. Und sie verschloss ihr Herz, damit es nicht auseinanderbrach. Als Clemens das Haus verließ, glaubte sie, die Welt verdunkelte sich.

Die erste Lese ohne Martin und ohne den Vater begann. Aenne hatte zwei Arbeiter eingestellt, Luzie und Fritz waren außerdem gekommen, und Aenne selbst hatte sich ein paar Tage freigenommen. Sie war aufgeregt, denn zum ersten Mal war sie es, die für die Qualität des neuen Weines verantwortlich war.

Sie schnitt Traube für Traube von den Reben, legte sie behutsam in den Weidenkorb, neben ihr arbeitete Ernestine, in der Rebzeile links klapperte Bettina mit der Schere. Viele Tage arbeiteten sie so, und allmählich verlor sich Aennes Angst. Sie war in den Weinbergen, und sie hatte das Gefühl, dass Martin bei ihr war. Die Ernte fiel gut aus, und sie würde sich die größte Mühe mit dem Wein geben.

Waren die Körbe voll, wurden die Trauben vorsichtig auf ein Fuhrwerk geschüttet, und am Abend, wenn die Rebstöcke im Dunklen lagen, verteilten Aenne und Bettina die Trauben behutsam auf dem Boden der Weinpresse, die sie im Hof des Weinschlösschens aufgebaut hatten. Und nun kam die erste Pressung, die wichtigste, denn diese erste Pressung war für die Cuvée bestimmt. Behutsam drehte Aenne an der Maschine, hielt dabei die Luft an. Ernestine und Bettina standen neben ihr. Sie wussten genau, dass dieser erste Most entscheidend war für die Qualität des gesamten Jahrganges. Der Pressboden ruhte nur leicht auf den Trauben, gerade so viel, dass die Früchte aufbrachen und der erste Most in den Behälter floss. Aenne tauchte ein winziges Glas in die Flüssigkeit, kostete davon. Er schmeckte köstlich!

Nun kamen die nächsten Pressungen. Nur die ersten drei wurden für den Saale-Premium verwendet, alle übrigen ergaben preisgünstige Tafelweine.

Jetzt musste der Wein gären. Für diese erste Gärung füllte Aenne den Most in große Fässer um, sodass sich die letzten Traubenschalen noch absetzen konnten. Sie war Martin und zuvor dem Vater oft genug zur Hand gegangen, um zu wissen, was als Nächstes getan werden musste. Die Fässer für die zweite Gärung mussten ausgeräuchert werden, damit der Wein eine helle und klare Färbung bekam.

Bettina tränkte die Lappen in Schwefel, der so entsetzlich stank, dass die Schwestern davon Kopfschmerzen bekamen. Dann entzündeten sie die getränkten Lappen, und Aenne schwenkte mit den brennenden Lappen die Fässer aus. Anschließend wurde der Wein in die Fässer gefüllt, wo er die nächsten drei Monate in Ruhe gären konnte.

Das erste Weihnachten der vier Frauen im Weinschlösschen war karger als alle vorherigen Feste, aber sie machten das Beste daraus. Aenne hatte sich von Fritz einen großen Baum bringen und in der Eingangshalle aufstellen lassen. Bettina hatte ihn gemeinsam mit den Kindern geschmückt. Rote Bänder, Strohsterne und lackierte Holzäpfel zierten ihn. Dazu ein paar Kerzen. Um das Treppengeländer hatten sie Stechpalmenzweige gewunden, und in der Küche schmorte ein kleiner Rehbraten.

»Mama, heute kommt der Weihnachtsmann«, plapperte Hedda aufgeregt, und Aenne strich ihr über das Haar. »Ja, mein Schatz. So ist es.«

»Bringt der Weihnachtsmann auch Wein mit?«, fragte sie weiter, und Aenne und Bettina lachten. »Sie ist ein Weinkind, die kleine Hedda«, erklärte Bettina. »Paulinchen und Kleinoskar haben dafür nichts übrig.«

Aenne küsste Hedda auf die Stirn, dann machte sie sich von ihrer Tochter los und setzte sich kurz in ihr Arbeitszimmer. Sie hatte noch so viel zu erledigen. Doch zuvor musste sie mit Ernestine sprechen. Sie fand sie im Westflügel an dem Sekretär, an dem früher Oskar gearbeitet hatte.

»Hast du dir die Zahlen angesehen?«, fragte Aenne.

Ernestine nickte, nahm einen Zettel, setzte sich ihr Lorgnon auf und legte die Zahlen vor Aenne auf den Tisch. »Da siehst du es. Wir haben noch immer mehr Kosten als Einnahmen. Die Schäden am Haus haben einiges an Geld verschlungen. Dazu die beiden Arbeiter für den Weinberg und die Raten für die Hypothek.«

Nach der Lese war der Boden stark zertreten gewesen, musste noch ein letztes Mal umgepflügt, das Laub verbrannt werden.

»Der Ertrag war gut, wir haben auch gut verkauft, aber wir brauchten neue Flaschen und neue Korken.«

»Ich will froh sein, wenn wir in einem Jahr nicht mehr im Minus stehen«, erklärte Aenne. »Mehr kann man wohl nicht verlangen.«

Ernestine betrachtete ihre Tochter. »Du bist blass. Und ich höre, wie du in der Nacht hustest. Du bist erschöpft. Denke nicht, dass wir das nicht sehen. Auf deinen Schultern liegt der größte Teil der Arbeit.«

»Ach, es geht schon«, erwiderte Aenne. »Auch ihr habt alle Hände voll zu tun. Bettina hat sämtliche Äpfel aus dem Garten verarbeitet. Wir werden das ganze Jahr über Apfelmus haben. Sie hat Nüsse gesammelt und Birnen als Kompott eingekocht. Und du hast mit der Korrespondenz zu tun. Du ahnst gar nicht, wie froh ich bin, dass ich dir diese Arbeiten überlassen kann. Und Oda kümmert sich zusammen mit Adele um die Kinder. Paulinchen und Kleinoskar können mittlerweile schon die ersten Melodien auf dem Klavier spielen, und nach Weihnachten soll auch Hedda mit dem Unterricht beginnen.«

»Ja, es ist keine leichte Zeit. Aber du arbeitest mehr als wir anderen. Ich möchte, dass du dich ausruhst«, bat die Mutter. »Die Weihnachtsvorbereitungen laufen auch ohne dich. Bettina hat den Haushalt gut im Griff. Und ich mache den Jahresabschluss. Wir haben viel erreicht, Liebes. Wir haben sämtliche Spielschulden bezahlt, wir haben das Geschäft am Laufen gehalten. Du hast es am Laufen gehalten. Also gönne dir jetzt eine wohlverdiente Ruhe.«

Aenne seufzte. Sie hatte sich in den letzten Wochen nicht erlaubt auszuruhen, weil sie sonst beständig an Clemens hätte denken müssen. Sie vermisste ihn so, sie sehnte sich nach ihm. Und die Arbeit half ihr, sich abzulenken. Sie hatte die Liebe ihres Lebens verloren, hatte sie aufgegeben für die Familie. Sie war sich sicher, dass sie Clemens in dieser Situation niemals die Frau hätte sein können, die er sich wünschte. Sie hatte mit niemandem darüber gesprochen. Er war zurück nach Metz gefahren, und sie war gottfroh, ihn nicht sehen zu müssen. Denn alles in ihr trieb sie zu Clemens. Am liebsten hätte sie sich in seine Arme geworfen, aber das konnte sie nicht. Sie war Aenne Nimmrod, die Herrin des Weinschlösschens. Sie versuchte, sich damit zu trösten, dass es Wichtigeres gab als die Liebe. Und doch vermisste sie Clemens mit jeder Faser ihres Herzens.

Am Heiligen Abend entzündete Tante Oda die Bienenwachslichter in den Leuchtern. Sie hatten die ganze Zeit jeden Pfennig zweimal umgedreht, aber heute war Weihnachten, heute blieben die rußigen Talglichter aus, die Petroleumlampen unbenutzt, heute wurde ein wenig gefeiert.

Sie standen alle um den Weihnachtsbaum herum und sangen »Stille Nacht, heilige Nacht«.

Aenne war tatsächlich richtig feierlich zumute. Sie ließ ihren Blick über die Anwesenden schweifen. Da war ihre

Mutter, die sicher nicht gern aus ihrem eigenen kleinen Haus an der Unstrut ausgezogen war. Neben ihr sang Tante Oda. Auch sie hatte sich ihren Lebensabend anders vorgestellt. Doch sie war zur Stelle gewesen, als sie gebraucht wurde. Und dann Bettina. Nie hätte Aenne gedacht, dass ihre Schwester so zupackend sein konnte. Sie hatte sich um den Garten gekümmert, hatte Äpfel und Birnen, Pflaumen und Quitten eingeweckt, Marmelade daraus gekocht. Sie hatte die gesamte Wäsche gewaschen und jeden Tag gekocht. Sie führte jetzt ein Leben, das sie nie hatte führen wollen, aber Aenne kam sie zufriedener vor als je zuvor.

Selbst die Kinder hatten ihren Beitrag geleistet. Kleinoskar und Pauline hatten mit Hedda gespielt. Pauline hatte ihre Puppen mit der kleinen Cousine geteilt, Kleinoskar seine Bücher. Sie waren zusammengewachsen, hatten zusammengehalten. Sie waren eine Familie. Sie hatten Grund zum Feiern. Und Aenne wünschte sich von ganzem Herzen, dass sie in einem Jahr wieder so hier stehen würden. Vielleicht nicht sorgenfrei, aber sich der Sicherheit und Geborgenheit in der Familie bewusst.

5

Und dann kam der Januar. Der erste neue Wein vom Vorjahr wurde in größere Fässer umgefüllt.

Sie stand im Weinkeller, den Weinheber in der Hand. Ihr Herz klopfte. Heute würde sie das Ergebnis der letzten Ernte erfahren. Heute würde sie wissen, wie der Wein geworden war.

Es war das erste Mal, dass sie verantwortlich war. Hatte sie die richtige Menge Zucker zugesetzt? Aenne hatte dem Vater so oft zugesehen, und sie hatte sogar Adam Feldmann, den Kellermeister von Kloss & Foerster, um Rat gebeten, aber gemacht hatte sie alles allein. Bettina und Ernestine standen neben ihr, als Aenne den ersten Schluck kostete. Sie verzog den Mund, doch dann schmeckte sie die Aromen. Pfirsich, Kalk und sogar ein wenig Vanille. Sie ließ den Jungwein im Mund kreisen, dann schluckte sie und nickte. »Er ist nicht schlecht. Spritzig und frisch. Aber auch nicht so gut, wie der Saale-Premium sonst war.«

Ernestine kostete ebenfalls, dann tat Bettina es ihr nach. »Zu wenig Zucker?«, fragte Ernestine nach dem Kosten.

Aenne zuckte mit den Schultern. »Ich weiß es nicht. Ich

habe in Martins Unterlagen nachgesehen und alles so gemacht, wie er es aufgeschrieben hat.«

»Das letzte Jahr war weniger sonnig als gewöhnlich. Die Trauben waren dadurch weniger süß.«

Enttäuscht ließ Aenne die Arme sinken. »Ich bin eben keine Kellermeisterin.« Sie schaute auf das Glas, in dem der Wein nicht so klar und hell war, wie er sein sollte.

Ernestine lachte auf. »Liebes, das wirst du noch werden. Ich kenne keine einzige Frau, die so viel vom Wein versteht wie du. Er ist ein wenig trockener, aber ansonsten ganz vorzüglich. Die Leute, die den Wein von der Saale und der Unstrut schätzen, wissen, dass er trockener ist als die Weine aus Süddeutschland. Er wird sich gut verkaufen, da bin ich mir ganz sicher. Die ersten Bestellungen dafür haben wir schon.«

Aenne beruhigte sich etwas, aber sie wusste bereits, dass dieser Wein nicht die gewohnte Qualität haben würde.

In den nächsten Wochen las sie ein Weinbuch nach dem anderen. Sie studierte Martins Unterlagen und staunte darüber, wie viel es für sie noch zu lernen gab.

Ernestine, Oda und Bettina hatten ihre alte Gewohnheit wieder aufgenommen, die Matineen im Künstlerkeller zu besuchen.

»Komm auch mit, Aenne«, drängte die Mutter. »Du musst einmal raus hier, etwas anderes sehen.«

Aenne hatte nicht das Bedürfnis. Sie fand, sie sah bei der Arbeit in der Sektkellerei und auf dem Weinschlösschen genug, aber auch Bettina und Oda drängten.

Eine junge Pianistin aus Naumburg begleitete die

Opernsängerin, die Aenne aus Emmas Salon kannte, zu ein paar Arien aus den Opern der letzten Jahrzehnte.

Aenne saß ganz hinten in der letzten Reihe und betrachtete das Publikum. Sie mochte keine Opern und Opernarien schon gar nicht. Man verstand nicht, was die Sänger sangen, und sie wusste auch nicht, warum jede Zeile noch etliche Male wiederholt werden musste.

Ihre Gedanken schweiften ab, doch plötzlich entdeckte sie Clemens. Er stand an der Seite, hielt ein Glas Wein in der Hand und unterhielt sich mit einer jungen Frau, die Aenne sogleich erkannte. Es war die jüngere Schwester von Klärchen Stippak, Gertrud. Ein scharfer Schmerz durchzuckte Aenne. Jetzt lachte Gertrud und legte kurz eine Hand auf Clemens' Ärmel. Am liebsten wäre Aenne aufgesprungen und hätte sich neben Clemens gestellt, doch sie blieb sitzen und sah weiter zu, wie Gertrud lachte und ihm Blicke zuwarf, die mehr sagten als Worte.

Die Opernsängerin hatte gerade ihren Vortrag beendet, da erhob sich Aenne.

»Wo willst du hin?«, fragte Ernestine.

»Ich muss raus an die Luft, ich habe rasende Kopfschmerzen.«

»Geh und bewege dich ein bisschen, das wird dir guttun.«

»Ich denke, es ist am besten, wenn ich nach Hause gehe.«

»Die ganze Strecke?«

»Du hast doch selbst gesagt, dass Bewegung mir guttun würde.«

Aenne nahm ihren Mantel. Zu gern hätte sie noch einmal zu Clemens geschaut, doch dass er seine Blicke einer anderen schenkte, schmerzte mehr, als sie geglaubt hatte.

Sie lief langsam den Hügel hinauf. Die ersten Schneeglöckchen steckten ihre zarten Köpfe aus dem schweren winternassen Erdreich. Es war kalt, nicht eisig. Die Januarsonne malte scharfe Schatten, aber sie wärmte noch nicht. Über ihrem Kopf kreiste eine Krähe und stieß ihre schauerlichen Laute aus.

Aenne fühlte sich einsam. So sehr, dass es wehtat. Sie hatte ihre Familie, aber sie sehnte sich auch nach einer Schulter, an die sie sich anlehnen konnte, an eine Umarmung im Schlafzimmer, danach, eine Frau sein zu dürfen.

Der Frühling kam und ging, der Sommer schickte heiße Tage, der Herbst wehte die Blätter von den Bäumen und ließ die Trauben reifen.

Bei Kloss & Foerster hatte Aenne alle Hände voll zu tun. Der Hof der Sektkellerei wurde von einem freitragenden Dach überdeckt, das von Glasbändern durchzogen war und so dafür sorgte, dass ein Lichthof entstand. Nun konnten die Fuhrwerke von der Witterung geschützt be- und entladen werden, Kisten zur Ablieferung gestapelt und neue Ladungen vorbereitet werden. Außerdem sorgte der Schatten des Daches dafür, dass die Keller unter dem Hof an heißen Tagen kühler gehalten werden konnten. Schon wenige Grade Temperaturunterschied wirkten sich auf die Qualität des Weines aus. An der Giebelwand waren drei kreisförmige Ornamente unter dem hoch gewölbten Dach zu sehen.

Aenne bekam die Aufgabe, den neuen Lichthof in die Werbung einzubauen. Es war von Anfang an geplant gewesen, dass dieser Lichthof auch für Veranstaltungen und Feiern genutzt werden sollte. Wenn das Städtchen Freyburg einen so schönen Festsaal hatte, dann musste der auch genutzt werden.

Ewald Kloss, der seine Ausbildung beendet hatte und nun ebenfalls der Geschäftsführung angehörte, und Rudolph Foerster erklärten Aenne, was sie vorhatten. Der Lichthof sollte ein Zentrum für gesellschaftliche Ereignisse werden. Die Veranstaltungen würden für den Sekt werben und das kulturelle Leben der kleinen Stadt bereichern.

»An welche Veranstaltungen haben Sie dabei gedacht?«, wollte Aenne wissen. »Kann jeder den Hof für sich mieten oder denken Sie an die Feste der zahlreichen Vereine der Stadt?«

»Nicht in erster Linie. Der Lichthof fasst mehr Menschen, als die Vereine Mitglieder haben. Wir dachten eher an überregionale Veranstaltungen«, erklärte Rudolph Foerster. »Dass bei diesen unser Sekt ausgeschenkt werden wird, versteht sich von selbst. Das brauche ich einer Reklamefrau wie Ihnen ja nicht zu sagen.«

Aennes Verbindung zu Julius Kloss und Carl Foerster war eine ganz andere gewesen war als nun zur jüngeren Generation. Vielleicht war sie durch die Verantwortung im Schlösschen gewachsen, aber sie fühlte sich mehr und mehr als Winzerin und nicht mehr als Reklamefachfrau.

Auf dem Heimweg beeilte sie sich. Die Lese stand kurz bevor, und Aenne wollte heute unbedingt noch einmal in die

Weinberge. Am Wochenende würden sie ernten, aber das Geld war noch immer knapp, sodass sie sich wieder nur wenige zusätzliche Arbeiter leisten konnten.

Sie schlenderte durch die Weinberge, kostete da eine Traube, strich dort sanft über einen Rebast. Die Trauben waren süß. Süßer als im Vorjahr, und Aenne hatte ein gutes Gefühl, was den Wein betraf. Gleichzeitig dachte sie über Rudolph Foersters Idee nach. Wie sollte sie eine Veranstaltung anbahnen, die den Lichthof füllte? Der Gesangsverein richtete jedes Mal eine Weihnachtsfeier aus, aber die wurde traditionell im Künstlerkeller abgehalten. Die Schützengilde veranstaltete jedes Jahr einen Ball. Früher hatte dieser Ball im Hotel Strauß stattgefunden, aber mittlerweile hatte man ein neues Hotel gefunden.

Der Sekt sollte dadurch bekannter gemacht werden, hatte Rudolph Foerster gesagt. In Freyburg kannten alle den Sekt. Und in Naumburg ebenfalls. Sie war so in Gedanken versunken, dass sie Ernestine nicht bemerkte, die ebenfalls die Trauben prüfte.

»Und? Was sagst du? Sollen wir am Wochenende loslegen? Fritz und Luzie wollen uns helfen.«

Aenne blieb stehen, steckte eine letzte Traube in den Mund, zerbiss die Schale. »Ich denke, es ist so weit.« Sie blickte zum Himmel, der sich rasch verdunkelte. »Ob es wohl Regen gibt?«

Ernestine winkte ab. »Vor Regen fürchte ich mich nicht. Aber vor den Herbststürmen. Fritz hat gemeint, der Sturm käme schon heute Abend. Dann wäre die ganze Ernte in Gefahr.«

Kaum hatte Ernestine diese Worte ausgesprochen, kam Wind auf, riss an den Blättern, ließ die Trauben schaukeln.

»Hat er gesagt, wie stark der Sturm wird?«

Ernestine schüttelte den Kopf und blickte nach oben. Im selben Augenblick setzte der Regen ein. Ernestine und Aenne flüchteten in das kleine Weinbergshäuschen, in dem die Gerätschaften lagen und sich die Weidenkörbe stapelten.

Angstvoll blickte Aenne hinaus. »Was machen wir, wenn es hagelt? Der Hagel wird die Trauben verletzen und sie braun färben. Verletzte Trauben können wir nicht keltern.«

Ernestine blickte hinaus in den Sturm, der ganze Rebzeilen beutelte. »Wir müssen jetzt ernten. Müssen retten, was noch zu retten ist. Ich hole die anderen.«

Aenne nickte. Sie nahm sich einen Hut vom Haken, band ihn unter dem Kinn fest, dann schnappte sie sich einen Korb und eilte hinaus. Der Wind riss an ihrem Kleid und heulte ihr in den Ohren, der Regen peitschte ihr ins Gesicht, doch Aenne spürte nichts von alldem. Sie schnitt behutsam ein Traubenbüschel nach dem anderen ab, schichtete sie in den Weidenkorb. Sie füllte einen Korb und noch einen. Als sie gerade mit der zweiten Rebzeile beginnen wollte, hörte sie Stimmen. Bettina, Fritz und Luzie begleiteten Ernestine. Sie waren alle wetterfest angezogen und trugen Laternen in der Hand.

»Eine Weinlese im Halbdunkeln.« Fritz schüttelte den Kopf. »Das habe ich auch noch nicht erlebt. Aber einmal ist eben immer das erste Mal.« Er lachte, rückte seine Mütze zurecht und begann mit der Arbeit.

Es wurde nun rasch dunkel, Korb um Korb füllte sich. Der Wind wurde immer stärker, hatte Aenne längst schon den Hut vom Kopf gerissen, aber sie erlaubte sich keine Pause. Der Regen lief aus ihren Haaren, netzte das Gesicht, rann in einem Bächlein ihren Rücken hinab. Sie blickte zu Bettina, die mit einem Rebstock kämpfte, aber eine entschlossene Miene zeigte. Ernestine brachte gerade zwei Körbe zum Weinbergshäuschen, als sie zurückkam, wurde sie beinahe von einer Sturmbö umgerissen. Der Sturm hatte die ersten Trauben von den Stöcken gerissen. Aufgeplatzt lagen sie zu Aennes Füßen.

»Schneller«, rief sie. »Wir müssen uns beeilen.«

Sie sah, dass Luzie den Rücken kaum mehr strecken konnte. Sie sah auch, dass Bettina sich an einem Ast die Haut aufgerissen hatte. Eine blutige Schramme zog sich über ihre Wange. Fritz arbeitete am schnellsten, doch immer wieder musste er innehalten, um sich die Nässe vom Gesicht zu wischen. Es war nicht möglich, sich zu unterhalten. Der Sturm riss Aenne die Worte vom Mund. Sie duckte sich zwischen zwei Rebzeilen, kroch beinahe auf den Knien und pflückte Traube um Traube.

Plötzlich verstärkte sich der Regen. Die Tropfen wurden größer und härter, das Wasser gefror zu Eis.

»Es hagelt!«, schrie Fritz und erntete noch schneller. Seine Finger rasten schier an den Rebstöcken hin und her.

Bettina duckte sich in ihren Regenmantel, kauerte sich zwischen die Stöcke und pflückte, so schnell sie konnte.

Aennes Rücken schmerzte. Die Hände taten weh, sie konnte kaum noch die klammen Finger krümmen. Ernestine brachte wieder zwei volle Körbe in das Weinbergshäuschen, aber noch immer war nicht einmal ein Viertel des Saale-Premium-Weines geerntet, von den anderen Rebstöcken ganz zu schweigen.

Bettina schluchzte auf. Sie kämpfte gegen den Sturm, Tränen liefen über ihre Wangen. Aenne stemmte sich gegen den Wind, duckte sich unter den Hagelkörnern.

»Geh nach Hause«, rief sie ihrer Schwester zu. »Geh und sorge dafür, dass wir nachher alle ein heißes Getränk bekommen.«

Bettina blickte sie mit großen Augen an und schüttelte den Kopf. »Ich bleibe.«

Und dann arbeiteten sie schweigend weiter, hörten, wie der Hagel auf die Trauben traf und sie platzen ließ, hörten den Sturm heulen. Irgendwann spürte Aenne weder ihren Rücken noch ihre Hände. Sie pflückte und pflückte und pflückte, und der Regen lief ihr den Rücken hinab, färbte ihr Kleid dunkel.

Als die Morgendämmerung hinter den Hügeln hervorkroch, hatten sie die Hälfte aller Trauben geerntet. Zwölf Stunden am Stück hatten sie geschuftet, hatten sich keine Pause gegönnt.

Aenne hatte keinen trockenen Faden mehr am Leib, und den anderen ging es ebenso. Schweigend schleppten sie sich zurück zum Weinschlösschen.

Tante Oda hatte auf sie gewartet und in der Küche heißen Kaffee bereitet. Vor Müdigkeit und Erschöpfung stumm, saßen sie in der Küche, tranken den heißen Kaffee, bissen in die Wurstbrote, aber eigentlich waren sie zu müde zum Essen und sehnten sich nach ihren Betten. Die Standuhr in der Eingangshalle schlug die sechste Stunde. Aenne erhob sich, streckte stöhnend den Rücken. »Ich muss mich umziehen, und dann muss ich zur Arbeit.«

Ernestine, ganz blass vor Erschöpfung, hielt sie am Arm fest. »Willst du jetzt wirklich gehen?«

»Ich muss«, erwiderte sie.

Zwei Stunden später saß sie hinter ihrem Schreibtisch. Die Müdigkeit ließ sie immer wieder blinzeln. Sie überlegte und dachte nach, aber zu den Veranstaltungen wollte ihr einfach nichts einfallen.

Ewald Kloss betrat ihr Büro, ohne anzuklopfen.

»Was hast du dir überlegt?«, wollte er wissen.

Aenne zuckte mit den Schultern. »Nichts.« Sie kannte Ewald seit Kindertagen. Sie hatten manches Mal zusammen gespielt, waren gleichaltrig. Man konnte sie nicht direkt Freunde nennen, aber sie waren einander doch vertraut.

Ewald zog sich einen Stuhl heran, setzte sich neben sie. »Nun, uns muss aber etwas einfallen. Rudolph wartet. Und du weißt, dass er es hasst zu warten. Heute Nachmittag sollen wir ihm die Ergebnisse präsentieren.«

Aenne seufzte. Ihr Körper fühlte sich so zerschlagen an, dass sie keinen klaren Gedanken fassen konnte.

»Wer trinkt Sekt, und wer soll ihn trinken?«, begann sie.

»Das ist einfach. Fast alle trinken unseren Sekt. Er wird in den Offizierscasinos ausgeschenkt.«

»Und wer trinkt ihn noch nicht?«

Ewald zog die Schultern hoch. »Woher soll ich das wissen?«

Aenne blickte aus dem Fenster. Sie sah einen grauen Himmel, an den Fensterschreiben rannen die Tropfen herab. Es hatte seit gestern Abend nicht aufgehört zu regnen, und Aenne wusste, dass sie heute nach Feierabend wieder in den Weinbergen stehen würde, um weitere Trauben zu ernten. Sie hatte Ernestine gebeten, zwei zusätzliche Weinbergarbeiter anzuheuern. Eigentlich konnten sie sich das nicht leisten, aber noch weniger leisten konnten sie sich eine schlechte Ernte. Und sie konnte Ernestine, Luzie und Fritz nicht noch eine Nacht in den Weinbergen zumuten.

Heute Morgen hatten in der Sektkellerei alle über den gestrigen Hagel gesprochen. Ein großer Teil der kommenden Ernte war vernichtet worden. Wie es schien, gehörte das Weingut Saale-Premium zu den wenigen, die noch etwas hatten retten können. Die Geschäftsleitung hatte sich zu einer außerordentlichen Sitzung zusammengefunden, denn es war absehbar, dass ihre Weineinkäufe aus dem Saale-Unstrut-Gebiet in diesem Jahr sehr viel spärlicher ausfallen würden. Es mussten neue Weine zugekauft werden, und im Augenblick ging es auch darum, diese neuen Weine zu finden.

»Also?«, drängte Ewald.

»Es gibt so viele Vereine. Nicht nur in Freyburg und Naumburg. Es gibt überall Schützengilden, Turnvereine nach Friedrich Ludwig Jahn. Wenn wir die dazu bringen würden, bei uns ihre Tagungen abzuhalten, hätten wir das Problem gelöst.«

Ewald schüttelte unzufrieden den Kopf. »Turner, ja? Denkst du, dass sie Sekt trinken? Es sind Sportler.«

»Sport macht durstig.«

Ewald stand auf. »Denk weiter nach. Und denk über den eigenen Tellerrand hinaus. Wir liefern Sekt in die halbe Welt. Bis nach China und Amerika. Ich komme heute Nachmittag wieder, vielleicht hast du dann eine zündende Idee.«

Er ging, und Aenne saß da, die Ellbogen auf den Schreibtisch gestützt, den Kopf in den Händen. Aber es wollte und wollte ihr einfach nichts einfallen. Ach, wenn wir doch alle vom Saale-Premium-Wein leben könnten, überlegte sie. Denn sosehr sie ihre Arbeit in der Kellerei liebte, so fehlte ihr die Zeit für das eigene Gut vorn und hinten. Sie dachte darüber nach, wann sie wohl das letzte Gedicht geschrieben hatte, die letzte Kurzgeschichte, wann sie das letzte Mal Hedda ein Buch vorgelesen hatte, doch es wollte ihr einfach nicht einfallen.

Am Nachmittag kam Ewald wieder, und Aenne hatte nichts. »Wir... wir könnten vielleicht den Winzerverband ...«

»Die Winzer kennen unseren Sekt. Schließlich liefern sie den Grundwein.«

»Und die Hotelvereinigung?«

»Aenne, das ist nicht dein Ernst, oder? Wir beliefern die größten Hotels im ganzen Land.«

»Dann weiß ich es auch nicht.«

»Du musst, Aenne. Es ist deine Aufgabe.« Ewald stapfte zur Tür, und Aenne packte ihre Sachen zusammen und machte sich auf den Heimweg.

Dann stand sie wieder im Weinberg, pflückte Traube für Traube von der Rebe und dachte dabei über den Lichthof nach.

Am nächsten Tag wusste sie noch immer nicht, was sie Ewald sagen sollte. Sie begab sich in den Lichthof, hoffte dort auf eine Eingebung. Plötzlich stand Clemens vor ihr, und bei seinem Anblick begann ihr Herz, einen Takt schneller zu schlagen.

»Wie geht es dir?«, wollte er wissen und streichelte mit seinen Blicken ihr Gesicht. Seine Augen ähnelten denen von Hedda so sehr, dass Aenne schlucken musste.

»Es geht. Wir haben einen guten Teil der Ernte retten können«, sagte sie und wich seinem Blick aus. Sein Duft drang in ihre Nase, und am liebsten hätte Aenne seine Hand genommen und wäre mit ihm fortgegangen. Irgendwohin, wo es ruhig und warm war.

»Das ist gut. Dann werdet ihr sicher einen hohen Preis erzielen. Nehmt ihr wieder an der Gewerbeausstellung in Weimar teil?«

»Weimar? Das ist es!« Aenne strahlte Clemens an. »Danke. Du hast mich auf eine Idee gebracht!«

»Äh. Gern geschehen. Was für eine Idee meinst du?«

»Oh, wie man den Lichthof nutzen könnte.« Sie war so erleichtert, dass sie Clemens noch immer anstrahlte. Er fasste nach ihrer Hand, aber Aenne machte sich schnell wieder los.

»Wie geht es dir?«, fragte sie endlich.

Clemens seufzte. »Wie soll es mir schon gehen. Ich werde in Zukunft noch seltener nach Freyburg kommen.«

Aenne nickte und fragte nicht nach dem Grund, denn sie ahnte, dass sie daran schuld war.

»Ich werde in Metz bleiben und von dort aus als Handlungsreisender für Kloss & Foerster tätig sein. Es sei denn, ...«

»Es sei denn?«

»Es sei denn, du bittest mich hierzubleiben. Als dein Mann.«

Aenne hob die Hand. »Bitte sag nichts. Du weißt, dass das nicht möglich ist. Ich kann dir nicht die Ehefrau sein, die du dir wünschst.«

Als Frau, als Winzerin auf die Gewerbeausstellung? Warum eigentlich nicht? Clemens hatte Aenne auf eine Idee gebracht. Sie würde sich bewerben. Mit dem Saale-Premium. Doch das hatte Zeit, konnte warten. Jetzt hatte Ewald sie zu sich in sein Büro bestellt.

»Und? Ist dir etwas eingefallen?«

»Ja. Wir lassen Broschüren drucken, die den Lichthof in all seiner Schönheit beschreiben. Die verteilen wir auf jeder Gewerbeausstellung. Nicht nur auf der in Weimar, auch auf der Preußischen Ausstellung in Berlin. Dort sind große Firmen vertreten. Sie können den Lichthof mieten. Und wir sorgen für Speisen und Getränke.«

Ewald nickte langsam. »Das klingt nicht schlecht. Wir versuchen es. Schreib die Texte für die Broschüre. Ich kümmere mich um die Bilder.«

1894 wurde der Saale-Premium auf der Thüringer Gewerbeausstellung in Weimar präsentiert. Aenne hatte so gehofft, dass sie einen Preis bekommen würden, denn der Wein war gut gelungen. Kräftig und zugleich frisch. Ein wirklich guter Jahrgang, der beinahe an die Qualität von Martins Weinen heranreichte. Aber sie gewann keinen Preis und war enttäuscht.

»Warum?«, fragte sie ihre Mutter. »Unser Wein war besser als all die anderen. Warum hat man uns übergangen? Ich habe doch gesehen, wie gut er der Jury geschmeckt hat. Ganz deutlich habe ich es gesehen. Sie haben getrunken und anerkennend genickt. Wir haben den besten Wein im ganzen Gebiet, weil wir zu den wenigen gehört haben, denen der Sturm und der Hagel nicht die ganze Ernte zerstört haben. Unser Wein ist ausgezeichnet. Rudolph Foerster hat ihn getrunken und gelobt. Er hätte uns am liebsten alles für seinen Sekt abgekauft. Martin wäre stolz auf uns gewesen.«

»Du weißt es doch selbst, Aenne.« Ernestine seufzte und strich ihrer Tochter über den Arm.

»Weil ich eine Frau bin. Weil das Weingut von vier Frauen geführt wird.«

»Ja.«

»Aber Barbe-Nicole Clicquot …«

»Wir sind hier nicht in Frankreich, Aenne.«

»Das hat mit Frankreich nichts zu tun. Auch Emma Kloss ist Anteilseignerin bei Kloss & Foerster. Sie und die anderen beiden Witwen.«

»Hast du sie je in der Kellerei gesehen? Arbeiten sie dort? Reisen sie in Sachen Sekt? Präsentieren sie auf Ausstellungen?«

»Nein. Sie sind unsichtbar.«

»Tja, und genau das wünschen sich die meisten Männer im Berufsleben von den Frauen.«

»Dann haben wir also keine Chance. Nicht im nächsten Jahr und auch nicht im übernächsten?«

»Es gibt außer uns keine Frauen, die Weingüter leiten. Natürlich sterben Winzer, aber deren Frauen heiraten wieder oder verpachten ihre Güter. Und selbst, wenn sie ihre Weinberge selbst bewirtschaften, so verkaufen sie ihren Wein in aller Stille und stellen niemals auf der Gewerbeausstellung aus.«

Ernestine betrachtete ihre Tochter. »Du willst zu viel, Aenne. Du hast immer zu viel gewollt. Die Männer dulden es nicht, dass sich die Frauen in ihre Angelegenheiten mischen. Und der Wein ist nun einmal Männersache. Sie müssen es nicht einmal aussprechen.«

Da wurde Aenne wütend. »Ich arbeite ebenso viel wie ein Mann. Ich habe dasselbe Wissen. Ich werde es beweisen«, verkündete sie. »Ich werde im nächsten Jahr beweisen, dass Frauen ebenso guten Wein herstellen können wie Männer. Was die Witwe Clicquot in Frankreich geschafft hat, das muss doch auch in Deutschland möglich sein.«

Entschlossen schaute sie ihre Mutter an. Als sie ein paar Tage später die wohlhabende Handelsstadt Weimar verließen, war in Aenne bereits ein Plan gereift, der ihre nächsten Jahre bestimmen würde.

6

Die Sekte aus dem Hause Kloss & Foerster verkauften sich auch in den nächsten Jahren bis in die höchsten Kreise. Der junge Kaiser Wilhelm II. war der prominenteste Genießer der prickelnden Tropfen aus dem Saale-Unstrut-Gebiet. Er ließ keine Gelegenheit aus, den Sekt zu protegieren. Eine bessere Werbung war nicht möglich. Seine Lieblingssorte war der »Monopol«, das Zugpferd der Kellerei, der obendrein noch preiswerter war als die Schaumweine aus der Champagne. Und dann kam am 12. Mai 1894 das Gesetz zum Schutz der Warenzeichen heraus, und das französische Champagnerhaus Walbaum-Heidsieck ging vor Gericht, um sein Zugpferd »Monopole« zu schützen.

»Es ist entschieden«, erklärte Ewald Kloss und wedelte mit einem Papier vor Aennes Nase herum. »Wir haben verloren. Ab sofort darf unser Sekt nicht mehr Monopol heißen. Oh, wir sind alle so ärgerlich! Warum hat Heidsieck gewonnen und nicht wir? Es ist so ungerecht. Und die Heidsiecker lachen sich jetzt ins Fäustchen.«

»Was heißt das genau?«, wollte Aenne wissen.

»Das heißt, dass wir einen neuen Namen brauchen. Du

kannst dir schon mal Gedanken darüber machen. Rudolph erwartet eine Liste mit Vorschlägen.« Er blickte nachdenklich aus dem Fenster. Saale-Premium wäre nicht schlecht. Würdest du uns den Namen verkaufen?«

»Auf gar keinen Fall.« Aenne hatte spontan geantwortet, aber Ewald schien von seinem Einfall begeistert.

»Wir würden gut zahlen, Aenne. Sehr gut.«

Er nannte ihr eine Zahl, bei der Aenne ein wenig schwindelig wurde. Mit dem Geld hätten sie alle für ein paar Jahre ausgesorgt. Keine Missernte würde ihnen schlaflose Nächte bereiten. Sie könnten sogar neue Weinberge dazukaufen, könnten die teuren amerikanischen Reben, die gegen die Reblaus immun waren, anschaffen.

Und sie könnte auf die Arbeit bei Kloss & Foerster verzichten, müsste nicht mehr jeden Tag die sechs Kilometer in aller Herrgottsfrühe nach Freyburg laufen. Sie hätte mehr Zeit für Hedda und vielleicht sogar für … für? Nein. Darüber brauchte sie gar nicht erst nachzudenken. Clemens war fort, war in Frankreich auf seinem Gut bei Metz. Oder er reiste in der Weltgeschichte herum. Seit einem Jahr hatte sie ihn nun nicht mehr gesehen, aber er war ihr nicht aus dem Kopf gegangen. Und dann fiel ihr Martin ein. Martin, für den der Saale-Premium teuer wie ein Kind gewesen war.

»Ich werde dir eine Liste erstellen«, erklärte sie Ewald.

»Was ist nun mit eurem Namen? Gibst du den her?«

»Ich muss darüber nachdenken, muss mit meiner Familie darüber sprechen.«

»Lass dir nicht zu lange Zeit«, mahnte Ewald, dann fiel die Tür hinter ihm ins Schloss.

Ein Name für die Standardmarke von Kloss & Foerster. Unstrut-Premium? Nein, das klang sperrig. Sonne von Freyburg? Nein. Das war Kitsch. Wie wäre es mit Passion? Freyburger Passion? Das klang nicht schlecht, fand sie und notierte den Vorschlag auf einem Zettel.

Den Rest des Tages dachte sie aber darüber nach, den Namen Saale-Premium zu verkaufen. Und beim Abendbrot erklärte sie der Mutter, Tante Oda und Bettina, was Ewald ihr vorgeschlagen hatte.

»Warum nicht?«, fragte die Mutter. »Wir wären einige Sorgen los. Saale-Premium war immer mit Martin und Oskar Nimmrod verknüpft. Nun sitzen wir hier, allein, wir haben beide verloren. Wir haben einen Neuanfang gemacht, wir haben viel verändert. Warum nicht auch mit einem neuen Namen?«

Bettina schüttelte den Kopf. »Der Name ist bekannt und hat einen ausgezeichneten Ruf. Auch wenn wir auf der Gewerbeausstellung keinen Preis bekommen haben. Die Käufer wissen, was sie von uns erwarten können.«

Aenne blickte zu Tante Oda. »Was sagst du?«

Tante Oda wiegte den Kopf. »Du hast ihn geliebt. Du hast Martin geliebt. Der Saale-Premium ist sein Erbe und deine Verpflichtung.«

Aenne legte die flache Hand auf den Tisch und nickte nachdenklich. »Tante Oda hat recht. Wir verkaufen den Namen nicht.«

Ernestine schluckte. »Aber denk doch nur an das viele Geld, das wir dafür bekommen würden.«

Aber Aenne dachte an Martin. Er würde nicht wollen,

dass der Name das Haus verließ. Saale-Premium. Das war Martin. Das war, was ihr von ihm geblieben war.

Eine Woche später legte sie Ewald eine Liste mit fünf Namen vor: Freyburger Passion, Fleur Blanc, Amour de Freyburg, Danse de raisins, auf Deutsch Tanz der Trauben, und Le bal du soleil, der Ball der Sonne.

Ewald las die Liste, runzelte die Stirn. »Le bal du soleil?«

»Ja. Schließlich haben wir hier bei uns genauso viel Sonne wie der Wein an der Mosel. Wir könnten aber auch Danse du soleil nehmen, Tanz der Sonne.« Ewald schüttelte den Kopf.

»Nein, das gefällt mir nicht. Es klingt zu ... zu weiblich irgendwie. Kein Offizier würde jemals einen Sekt trinken, der Tanz der Sonne heißt. Und französische Namen sind nicht mehr unbedingt in Mode. Wir wollen einen deutschen Namen, wollen zeigen, dass unser Sekt locker mit jedem Champagner mithalten kann.«

Das sah Aenne ein, obgleich sie ihre Vorschläge wunderschön fand.

»Es muss ein Markenzeichen sein. Ein Name, den niemand so schnell wieder vergisst.«

Sie sahen sich an, spielten mit Ideen hin und her, blätterten in Aennes Chronik und öffneten schließlich eine Flasche Sekt.

»Wie wäre es denn mit ... mit Rotkäppchen?«

»Rotkäppchen wie das Märchen?«

»Nein. Wie die rote Kappe, die seit jeher auf unseren Sektflaschen ist.« Aenne wusste selbst nicht, woher dieser

Einfall auf einmal kam, aber als sie ihn ausgesprochen hatte, wusste sie, dass es keinen besseren Namen gab.

Ewald schaute sie an, als hätte er sie noch nie gesehen, dann nickte er ganz langsam, deutete mit dem Finger auf Aenne. »Das ist nicht schlecht. Das ist wirklich nicht schlecht.«

»Eine Marke von Heidsieck heißt übrigens Red Top.«

»Red Top?«

»Ja. Ich habe davon gekostet, als wir vor Jahren in der Champagne waren. Unser Sekt ist besser. Und ich denke, Heidsieck wäre der Name Rotkäppchen gar nicht recht.«

Ewald lachte. »Du hast es faustdick hinter den Ohren, Aenne. Das habe ich schon immer gewusst. Und wenn Heidsieck sich über Rotkäppchen ärgert, so wäre ich nicht traurig darüber.«

Eine Woche später stimmte die Geschäftsleitung dem neuen Namen Rotkäppchen zu. In Windeseile wurden neue Etiketten gedruckt und auf die Flaschen geklebt. Dazu gab es eine große Reklamekampagne, die Aenne sich gemeinsam mit Ewald ausgedacht hatte: *Aus Monopol wird Rotkäppchen.* Sie warben damit, dass ein deutscher Sekt sich nicht länger hinter einem französischen Namen verstecken musste. Rotkäppchen, der Champagner des Nordens.

Die Kellerei Kloss & Foerster wuchs unaufhörlich weiter und musste immer größere Mengen Grundwein auf Vorrat einlagern. Ausfälle durch Missernten oder Rebenbefall konnte sich die Kellerei nicht leisten. Die Fässer reichten nicht mehr aus. Also beschloss man, ein riesiges Fass zu bauen.

»Das größte Fass Deutschlands. Und drum herum ein Weinkeller«, erklärte Ewald Kloss. »Das muss publik gemacht werden. Alle sollen wissen, dass wir liefern können und werden, was immer auch geschieht.«

Der Sohn des Kellermeisters Adam Feldmann sollte das Riesenfass bauen. Aenne ging zu ihm. Georg stand in der hauseigenen Küferei und überwachte gerade die Anlieferung von prächtigen Eichen aus den Freyburger Wäldern. Aenne stand staunend neben den riesigen Stämmen. »So viel Holz. Man könnte meinen, ein ganz neuer Fassbestand wird daraus gemacht.«

»Hundertzwanzigtausend Liter werden in das fertige Fass gehen«, erklärte Georg. »Dafür brauche ich fünfundzwanzig Eichen.«

»Das sind hundertsechzigtausend Flaschen Sekt«, rechnete Aenne aus.

Die Einweihung des Fasses wurde groß gefeiert. Anfang Februar gab es ein rauschendes Fest, zu dem auch Aenne und Bettina eingeladen waren, denn mittlerweile lieferte das Gut den Teil seines Weines an Kloss & Foerster, der nicht für den Saale-Premium gebraucht wurde.

Gefeiert wurde im Lichthof. Unzählige Gefäße mit extra dafür gezogenen Hyazinthen verströmten einen zarten Duft. Kerzenlicht ließ die Sektgläser funkeln, ein kleines Kammerorchester spielte, übertönt vom aufgeregten Summen und Murmeln der Besucher. Die Damen hatten ihre schönsten Kleider angezogen, die Herren trugen Frack.

Aenne war schon so lange nicht mehr auf einem Fest

gewesen. Seit Martins Tod nicht mehr. Sie fühlte sich ein wenig befangen und zupfte an ihrem silbergrauen Kleid herum. Bettina stand neben ihr, das Gesicht ein einziges Leuchten. Sie hatte ein neues Kleid für das Fest haben wollen, und Aenne hatte ihr diesen Wunsch nicht abschlagen können. Sie hatte so viel gearbeitet in den letzten Jahren, hatte sich geschunden und nie ein Wort der Klage hören lassen. Sollte das Fest auch ein Fest der Freude für sie werden.

Aenne ließ langsam den Blick über die Festgesellschaft schweifen. Sie wollte es sich selbst nicht eingestehen, aber sie suchte nach Clemens. Sie hatte gehört, er würde kommen. Drei Jahre hatte sie ihn nicht mehr gesehen und doch jeden Tag an ihn gedacht.

Das Weingut lief ganz ordentlich. Sie hatten keine Schulden mehr, hatten sogar eine kleine Rücklage bilden können. Dafür wollten sie neue Rebstöcke kaufen. Das Leben lief in ruhigen Bahnen. Jede Bewohnerin des Weinschlösschens hatte ihre Aufgabe. Ernestine das Geschäftliche, Bettina das Haus und Aenne die Weinberge. Nur Tante Oda machte ihr ein wenig Sorgen. Die alte Dame klagte oft über Rückenschmerzen und schlief in einer Gipsschale, wenn die Schmerzen unerträglich wurden. An manchen Tagen schaffte sie es nicht einmal aus dem Bett. Dr. Wangemut hatte nach ihr gesehen, aber helfen konnte er ihr auch nicht. »Es sind die Knochen. Sie sind abgenutzt. Macht ihr eine heiße Wärmflasche, und seht zu, dass sie sich nicht verkühlt«, war alles, was er gesagt hatte.

Ernestine rieb Tante Oda jeden Abend mit einer Kampfersalbe ein, aber die Schmerzen blieben.

Bettina stieß Aenne leicht mit dem Ellbogen in die Seite. »Sieh nur!«, flüsterte sie. »Da drüben. Neben Ewald Kloss. Kennst du diesen Mann?«

Aenne musterte ihn, betrachtete sein dunkles Haar, in dem schon ein wenig Grau schimmerte, das kantige Kinn, die lebhaften Augen, die schlanke und doch muskulöse Gestalt. »Nein, ich weiß nicht, wer das ist. Aus Freyburg ist er sicher nicht.«

Wieder ließ sie ihren Blick über die Gesellschaft schweifen, und endlich entdeckte sie ihn. Clemens. Er stand bei Emma Kloss, die – wie Ernestine auch – älter geworden war und das graue Haar aufgesteckt trug.

Sollte sie zu ihm gehen? Und dann? Was sollte sie sagen? Was sollte sie fragen? Sie spürte ein schmerzhaftes Ziehen in ihrer Brust, und ihr wurde klar, dass sie ihn noch immer liebte. Sie seufzte und überlegte kurz, ob sie das Fest verlassen sollte. Es tat ihr weh, Clemens zu sehen. Und es würde noch viel weher tun, wenn sie ihn mit einer anderen Frau sah. Das Essen war vorüber, gleich würde der Tanz beginnen. Ein Kellner mit einem Sekttablett kam vorbei, bot Aenne ein Glas an. Für einen kurzen Augenblick verdeckte er die Sicht auf Clemens. Und als der Kellner weitergegangen war, da war Clemens fort.

Aenne seufzte, dann entdeckte sie Klärchen Stippak, Bettinas Freundin, die mittlerweile Papst hieß und drei Kinder hatte. Hermann Papst war Pfarrer in Freyburg und hatte das mit prächtigen Schnitzereien verzierte Fass geweiht.

Langsam trat sie zu Klärchen. »Wie schön, dich zu sehen«, sagte sie.

»Ja, die viele Arbeit mit den Kindern. Man verliert sich leicht aus den Augen.«

»Wie geht es dir?«

Klärchen zuckte mit den molligen Schultern. »Du weißt ja, wie das ist. Den ganzen Tag will irgendwer was von dir. Ich komme kaum dazu durchzuatmen.«

Aenne nickte, aber insgeheim fragte sie sich doch, was Klärchen so sehr in Anspruch nahm. Sie hatte Hedda, dazu die Weinberge und ihre Arbeit bei Kloss & Foerster. Aber was wusste sie schon vom Leben einer Pfarrersfrau.

»Du, da kommt jemand. Ich glaube, er will zu dir.« Klärchen lachte albern. Aenne drehte sich um und blickte direkt in die flussgrünen Augen von Clemens.

»Aenne«, sagte er leise und blickte ihr direkt in die Augen. »Wie schön, dich zu sehen.«

Aenne schluckte. Sie wusste nicht, was sie sagen sollte. Ihr Herz begann zu rasen, und eine angenehme Wärme breitete sich in ihr aus. Ihr Kopf war voller Worte, die sie ihm sagen wollte, aber keines schaffte es bis zu ihrer Zunge.

Schließlich räusperte sie sich und fragte: »Du bist nicht mehr in Frankreich?«

»Nein. Im Augenblick bin ich hier.«

»Was tust du hier?«

Clemens lachte leise. »Ich arbeite noch immer für Kloss & Foerster. Sie haben mich zu dieser Feier eingeladen. So wie auch dich. Außerdem komme ich regelmäßig hierher, um an den hauseigenen Versammlungen der Handlungsreisenden teilzunehmen.«

Aenne ärgerte sich über ihre albernen Fragen. Natürlich

war er manchmal in Freyburg. Im letzten Jahr hatte Ewald Kloss ihr von seinem Besuch berichtet.

»Wie geht es dir, Aenne?«, fragte er, und Aenne hörte die Frage nicht, sondern blickte nur auf seinen Mund, der so herrlich weich war und der so gut küssen konnte.

Er griff nach ihrer Hand, drückte sie leicht, und diese einfache Berührung ließ Aenne erschauern.

»Es ... es geht mir gut.«

Sie sah nur ihn. Alle Geräusche um sie herum schienen verstummt, alle Lichter gelöscht. Sie sah nur seine Augen und hörte seine warme Stimme.

Am liebsten wäre sie mit ihm weggegangen. Ganz gleich, wohin. Sie wollte nur allein sein mit ihm, wollte ihn berühren, sich von den weichen Lippen liebkosen lassen.

Musik erklang. Clemens verbeugte sich ein wenig. »Darf ich um diesen Tanz bitten?«

Aenne nickte, und schon hatte er eine Hand auf ihren Rücken gelegt, mit der anderen ihre Hand umfasst und bewegte sich leicht mit ihr im Walzerschritt. Aenne tanzte, ließ sich führen. Sie spürte seine Hand auf ihrem Rücken mit jeder Faser. Er zog sie ganz dicht zu sich heran, flüsterte in ihr Haar: »Es ist so schön, dich zu sehen. Nur deinetwegen bin ich gekommen.«

Und Aenne tanzte, lächelte, drehte sich, schmiegte sich in seine Arme. Sie ließen keinen Tanz aus. Sie konnten nicht voneinander lassen, mussten sich berühren. Sie tanzten, bis sie erschöpft waren. Doch die kurze Pause, in der Clemens ein Getränk für sie holte, wurde für Aenne schier zur Qual. Sie wollte seine Nähe spüren. In jeder Sekunde.

Sie bemerkte nicht, wie die Zeit verstrich. Plötzlich hörte die Musik auf zu spielen. Plötzlich stand Bettina neben ihr. Aenne glaubte, aus einem Traum zu erwachen.

»Wir müssen gehen. Die Kutsche wartet«, sagte die Schwester. Und Aenne bemerkte deren rote Wangen, ihr glückliches Lächeln, aber sie fragte nicht, was Bettina so glücklich gemacht hatte.

Clemens half ihr in die Kutsche. »Schlaf gut«, sagte er, und das war alles. Sie hatten kaum gesprochen in dieser wunderbaren Nacht, sie hatten alle Sinne gebraucht, um das Wiedersehen zu feiern, das vielleicht gar kein Wiedersehen war.

Auf dem Rückweg plapperte Bettina ununterbrochen, aber Aenne hörte nicht hin. Sie dachte dem Fest nach, spürte am Gaumen das Prickeln des Sektes, Clemens' Hand auf ihrem Rücken.

Am nächsten Morgen erwachte sie so erfrischt wie nach einer Erholungsreise, doch sie hatte kaum geschlafen. Sie fühlte sich voller Energie und Tatendrang. Nach dem Frühstück zog sie sich an und ging in die Weinberge. Hedda begleitete sie, wie so oft in letzter Zeit. Aenne hatte sich für die nächsten Tage den Winterschnitt vorgenommen. Sie war ein wenig spät dran, auf anderen Weingütern war man bereits damit fertig, aber sie hatte so viel zu tun gehabt. Jetzt aber stand sie im Weinberg und wollte von ihrer neunjährigen Tochter wissen, was sie über den Winterschnitt gelernt hatte.

Hedda runzelte ein wenig die Stirn, dann begann sie:

»Das alte Holz wird von den Rebstöcken entfernt. Nur eine Fruchtrute bleibt stehen.«

»Gut, Hedda. Und warum entfernen wir das alte Holz?«

»Damit unser Wein sehr gut wird. Wenn zu viele Trauben an dem Stock hängen, wird der Wein wässrig. Qualität statt Quantität.«

Aenne musste bei diesen Worten lächeln. Qualität statt Quantität, das hatte Martin immer gepredigt und lieber einen Hauch zu viel als zu wenig verschnitten.

»Und was geschieht mit den abgeschnittenen Ruten?«, fragte Aenne weiter.

»Die werden normalerweise aufgeschichtet und verbrannt. Aber nicht bei uns, nicht die Ruten vom Saale-Premium. Die kompostiert Fritz und düngt damit die Weinberge.«

Sie liefen hintereinander. Vorn Aenne, die den Winterschnitt ausführte, und Hedda hinter ihr, die genau aufpasste, was ihre Mutter tat. Manchmal strich sie über die einzelnen Rebäste. Hin und wieder nahm sie die Rebschere und blickte ihre Mutter fragend an. Und wenn Aenne nickte, dann kürzte Hedda da einen Trieb, band dort einen anderen mit Draht fest. Aenne beobachtete sie. Hedda schien ganz in ihrer Arbeit aufzugehen. Konzentriert betrachtete sie jeden einzelnen Rebstock und warf nur gelegentlich einen Blick zu ihrer Mutter. Sie ist wie ich, dachte Aenne, und wusste nicht, ob sie sich darüber freuen oder besorgt sein sollte.

Es war kalt, ihr Atem wehte wie eine kleine weiße Fahne vor ihrem Mund, aber Aenne fror nicht. Sie dachte auch nichts, sie ließ die Gedanken wie Sommerwölkchen wehen.

Und sie hoffte auch nicht. Sie war noch immer ganz gefangen im Zauber der letzten Nacht und wollte um nichts in der Welt aus diesem Traum erwachen.

Beim Mittagessen fragte Ernestine: »Und, wie war das Fest? Habt ihr euch amüsiert?«

Aenne nickte und lächelte versonnen, aber Bettina erzählte: »Ich habe einen Mann getroffen. Er will mich wiedersehen. Er weiß, dass ich Witwe bin mit zwei Kindern und eine der Herrinnen vom Weinschloss.«

Ernestine zog die Augenbrauen nach oben. »Bettina, du bist keine Witwe. Dein Mann ist davongelaufen, aber er ist nicht tot.«

Bettina verzog das Gesicht. »Heißt das, dass ich für den Rest meines Lebens an Oskar gekettet bin, auch wenn er mich verlassen hat?«

»Nun, ich weiß nicht, wie in einem solchen Fall vorzugehen ist, aber ihm gehört noch immer ein Teil des Schlösschens.«

»Nein«, fuhr Aenne dazwischen. »Das Schlösschen gehört uns. Wir haben Oskars Schulden bezahlt, haben im letzten Jahr sogar die Hypothek getilgt. Wir haben uns abgerackert, uns geschunden. Nichts hier gehört noch ihm.«

Bettina nickte dazu. »Und ich will endlich wieder ein bisschen Glück haben.«

Ernestines Miene war besorgt. »Du willst den Mann wiedersehen? Wer ist es überhaupt?«

»Er ist Rechtsanwalt und Notar in Naumburg. Ein entfernter Vetter von Klärchen.«

»Unverheiratet?«

»Seine Frau ist im Kindbett gestorben. Zusammen mit dem Baby.«

Ernestine seufzte ein wenig. »Pass gut auf!«, ermahnte sie Bettina. »Achte auf seinen Charakter. Alles andere ist uns gleichgültig.«

»Er hat ein großes Haus mit Dienstboten«, fuhr Bettina träumerisch fort. Da fasste Ernestine fest nach der Hand ihrer ältesten Tochter. »Bettina, hast du noch immer nicht gelernt, dass dem äußeren Schein nicht zu trauen ist?«

»Doch. Diese Lektion habe ich besser gelernt, als du glaubst. Aber wäre es nicht dennoch schön, neben der Liebe ein wenig Geld zu haben?«

Ernestine seufzte erneut, dann wandte sie sich an Aenne.

»Und du? Hast du dich auch amüsiert?«

Aenne lächelte zurückhaltend und nickte.

»Sie hat den ganzen Abend mit Clemens Volk getanzt. Mit keinem anderen, nur mit ihm«, erklärte Bettina.

»Ist das so, Aenne?«

»Ja.«

»Nun, das freut mich für dich. Ihr beide habt ein wenig Abwechslung und Herzklopfen verdient.«

Am Nachmittag klopfte es an der Haustür. Aenne saß mit Ernestine über den Büchern, während Bettina gerade einen frisch gebackenen Kuchen aus dem Ofen holte. Eigentlich hätte sie noch mit dem Winterschnitt zu tun gehabt, aber Schneeregen überzog das Land. Es war wieder ein wenig kälter geworden, und Aenne befürchtete, dass die Wege zwischen den Weinstöcken vereist sein könnten.

»Wer kann das sein?«, wollte Ernestine wissen. »Es ist Sonntag. Und niemand hat seinen Besuch angemeldet, oder?«

»Ich habe keine Ahnung«, erwiderte Aenne und erhob sich.

Vor der Tür stand Clemens. Er hielt einen winzigen Strauß Schneeglöckchen in der Hand. »Darf ich reinkommen?«

Aenne trat einen Schritt zur Seite, wies ihm den Weg zum Salon im Ostflügel. Bettina kam aus der Küche, aber als sie Clemens erblickte, lächelte sie. »Soll ich für Kaffee und Kuchen im Salon eindecken?«, fragte sie. »Herr Volk, Sie bleiben doch sicher zur Vesper.«

Im Salon räumte Aenne ein paar Zeitungen zur Seite, rückte die Blumenvase auf dem Klavier zurecht, strich über ein Kissen.

»Aenne, setz dich. Ich möchte mit dir reden.«

Aenne gehorchte, saß Clemens gegenüber und wollte nichts als ihn ansehen. Sie wollte nicht reden. Wollte nicht hören, dass er zurück nach Metz ging und nur gekommen war, um sich von ihr zu verabschieden. Sie wollte nur diesen Augenblick festhalten.

Clemens beugte sich nach vorn, nahm ihre rechte Hand zwischen seine beiden Hände. »Aenne, ich habe dich schon zweimal vergeblich um deine Hand gebeten. Heute frage ich dich zum dritten und letzten Mal, ob du mich heiraten willst. Wenn du mich wieder zurückweist, wirst du mich nicht wiedersehen. Ich kann es nicht länger ertragen, dich zu sehen und doch nicht zu besitzen.«

Aenne erstarrte. Alles in ihr drängte zu Clemens. Keine Sekunde ihres Lebens wollte sie von ihm getrennt sein. Aber ging es denn darum, was sie wollte? Sie hatte Verantwortung. Das Weingut, Ernestine, Tante Oda, Bettina, die Kinder. Sie wollte Ja sagen, wollte es herausschreien, aber es ging nicht.

»Du antwortest mir nicht«, stellte Clemens fest, und sein Gesicht verdunkelte sich, die schönen Augen wurden braun wie die Unstrut nach einem Regen.

»Ich habe Verantwortung. Ich bin nicht frei«, stammelte Aenne leise.

»Dann lass mich die Verantwortung mit dir tragen. Ich hatte dich schon einmal darum gebeten.«

Aenne hatte nicht gewusst, dass ein Herz mehrmals brechen konnte. Sie fühlte sich so traurig wie nie zuvor in ihrem Leben. Nicht einmal nach Martins Tod war sie so verzweifelt gewesen. Zu lieben und diese Liebe nicht leben zu können, das war mehr, als sie ertragen konnte. Mit einem Schluchzen sprang sie auf und rannte aus dem Zimmer. Sie verkroch sich in ihrem Bett und weinte wie nie zuvor in ihrem Leben.

Sie bemerkte nicht einmal, dass Ernestine in ihr Zimmer gekommen war, sich zu ihr aufs Bett gesetzt hatte.

Sie spürte die Hand ihrer Mutter auf ihrem Haar. Da richtete sie sich auf, stürzte in Ernestines Arme und weinte hemmungslos.

»Du hast ihn fortgeschickt?«, fragte Ernestine nach einer Weile.

»Ja. Es ging nicht anders.«

»Aber du liebst ihn?«

»Schon mein ganzes Leben lang.«

»Warum willst du ihn dann nicht zum Mann haben?«

Aenne war über die Frage ihrer Mutter so verblüfft, dass sie aufhörte zu weinen. »Ich habe das Weingut, ich habe euch. In meinem Leben ist kein Platz ...«

»Doch, Aenne. Du kannst dir einen Platz für die Liebe schaffen.«

»Aber das Weingut ...«

»Steht ganz gut da. Du bist noch nicht alt, Aenne. Du hast dir dein Glück schwer verdient.«

»Aber ... ach, es geht nicht.«

Ernestine packte Aenne bei den Schultern, zwang sie, ihr ins Gesicht zu blicken. »Wovor hast du nur solche Angst?«

In dem Augenblick, als Ernestine das sagte, wusste Aenne, dass die Mutter recht hatte. »Ich habe Angst, dass es nicht so wird, wie ich es mir wünsche. Oskar ...«

»Clemens ist nicht Oskar. Und er ist auch nicht Martin. Aber er wird dich nicht im Stich lassen. Du musst ihm vertrauen. Kannst du das nicht?«

»Ich habe Angst. Ich könnte es nicht ertragen, ihn zu verlieren.«

»Und deshalb willst du ihn erst gar nicht haben?«

Ernestine zog ihre Tochter an sich. »Sei nicht dumm, Liebes. Du bist eine tapfere Frau. Hab keine Angst vor der Liebe.«

Aenne schmiegte sich an ihre Mutter. »Er ist gegangen?«

Ernestine lachte leise. »Was sollte er denn sonst tun?«

»Hast du mit ihm gesprochen?«

»Ja. Das habe ich.«

»Was hat er gesagt?«

»Dass er dich liebt. Dass er bereit ist, nach Deutschland zurückzukehren. Dass er immer nur dich gewollt hat. Aber wenn du ihn nicht willst, dann wird er gehen. Zurück nach Metz. Und er wird nicht wiederkommen.«

Aenne durchfuhr diese Nachricht wie Eiswasser. »Er geht und kommt nie zurück?«

»Das musst du verstehen, Aenne. Er wünscht sich eine Frau, eine Familie. Du kannst nicht verlangen, dass er sich den Rest seines Lebens nach dir verzehrt.«

Aenne richtete sich auf, wischte über ihr Gesicht. »Wo ist er jetzt?«

»Warum willst du das wissen?«

»Weil ich zu ihm muss.«

Ernestine erhob sich. »Was willst du ihm sagen?«

Aenne holte ganz tief Luft. »Ich will ihm sagen, dass ich seine Frau werden will.«

»Dann musst du dich beeilen. Sein Zug geht in einer Stunde.«

7

Sie rannte den Hügel hinab. Sie rannte ohne Mütze und Handschuhe. Sie hatte den Mantel nicht zugeknöpft, und er flatterte hinter ihr her wie Krähenflügel. Sie rutschte aus, fing sich ab und rannte noch schneller. Aenne spürte weder die Kälte noch den langsam gefrierenden Boden unter ihren Füßen. Sie rannte wie noch nie in ihrem ganzen Leben.

Als sie das Hotel vor sich sah, sah sie auch die Kutsche, die davorstand. Eben schnalzte der Kutscher mit der Zunge, die Pferde setzten sich in Bewegung.

»Halt! Halt!«, schrie Aenne, so laut sie nur konnte. »Halt! Halt!«

Sie winkte mit beiden Armen, der offene Mantel rutschte ihr von den Schultern, und sie schrie, als gelte es ihr Leben. Aber war es denn nicht auch so? Wenn der Kutscher nicht anhielt, das wusste sie mit plötzlicher Klarheit, wenn der Kutscher nicht anhielt, dann würde ihr Leben für immer ohne Liebe sein.

»Halt!«, rief sie. »Bitte halten Sie an!«

Endlich stoppte die Kutsche. Die Tür schwang auf, und Clemens sprang heraus. Er lief auf sie zu, und sie begann wieder zu rennen, fiel in seine Arme, hielt ihn so fest, sie nur konnte.

Der Kutscher, der begriffen hatte, dass man seine Dienste nicht mehr brauchte, räumte wortlos das Gepäck aus und übergab es dem Hotelpagen. Clemens und Aenne aber hielten sich fest, brachten es einfach nicht über sich, voneinander zu lassen.

Aenne ging mit Clemens in das Hotel. Sie sah nicht die hochgezogenen Augenbrauen des Hoteliers hinter der Rezeption, als Clemens seinen Zimmerschlüssel forderte und mit Aenne an der Hand die Treppen nach oben stieg. Sie sah auch nicht die missbilligenden Blicke der Leute im Hotelfoyer, die ihr zerzaustes Haar, den offenen Mantel, die geröteten Wangen musterten. Und selbst, wenn sie es gesehen hätte, es wäre ihr gleichgültig gewesen. Jetzt zählte nur Clemens. Seine Worte, seine Hände, seine Küsse.

Aenne kam erst am nächsten Morgen auf das Weinschlösschen zurück. Hand in Hand war sie mit Clemens den langen Weg den Hügel hinaufgegangen. Ihre Lippen leuchteten rot von den vielen Küssen. Clemens' Bart hatte auch ihre Wangen gerötet, aber Aenne fühlte sich so leicht und froh wie nie zuvor in ihrem Leben. Das Lächeln wollte nicht von ihrem Gesicht weichen, und immer wieder schmiegte sie sich an den Mann, den sie schon so lange liebte.

Als sie die Hälfte der Strecke zurückgelegt hatten, blieb Aenne plötzlich stehen. »Clemens, ich muss dir etwas sagen.«

»Nein, nicht schon wieder. Du hast es dir anders überlegt und willst mich jetzt doch nicht heiraten?« Das Lächeln auf seinem Gesicht erstarb.

Aenne lächelte und küsste Clemens leicht auf die Wange. »Nein, Lieber, ich habe es mir nicht anders überlegt. Es gibt nichts auf der Welt, was ich lieber tun würde, als dich zu heiraten. Aber ich habe ein Kind, eine Tochter. Hedda. Sie ist inzwischen neun Jahre alt.«

»Ich weiß, dass du ein Kind hast. Und ich werde es so lieben, als wäre es mein eigenes.« Er blickte über sie hinweg. »Hedda. Ein schöner Name. Martin wäre sicher sehr stolz auf sie.«

»Sie hat flussgrüne Augen.«

»Sie ist bestimmt sehr hübsch.«

»Und sie liebt es, mit mir in die Weinberge zu gehen.«

»Ich freue mich darauf, sie kennenzulernen.«

»Clemens, verstehst du nicht? Sie ist deine Tochter! Als Martin um meine Hand angehalten hat, war ich schon schwanger von dir!«

Clemens riss vor Überraschung die Augen auf. »Sie ist … sie ist …?«

»Ja, sie ist deine Tochter. Und sie sieht dir ähnlich. Sie hat deine Augen, dein Haar, dein Gefühl für Weinreben.«

»Aber das ist ja wunderbar!«, rief Clemens aus. Er packte Aenne bei den Hüften und schwenkte sie rundherum. »Ich habe eine Tochter«, rief er dabei aus. »Ich bin Vater!«

Als er Aenne zurück auf den Boden stellte, hatte sich sein Gesicht verdunkelt. »Warum hast du es mir nie gesagt? Warum hast du mir Hedda verschwiegen? Ich habe mir immer ein Kind gewünscht.«

»Da war Martin. Er kannte die Wahrheit, doch er hat sie sehr geliebt. Er war ihr ein guter Vater.«

»Aber nach Martins Tod hättest du mit mir sprechen müssen!«

»Ich konnte nicht. Wenn ich es dir gesagt hätte, dann hättest du mich nie gehen lassen. Du hättest mich unbedingt heiraten wollen. Aber ich konnte doch meine Familie nicht im Stich lassen.«

Sie blickte in sein Gesicht, sah die widerstrebenden Gefühle, die sich darauf abzeichneten. Sie sah Glück in seinen Augen, aber sie sah auch die Enttäuschung.

»Es tut mir leid«, flüsterte sie.

Clemens wandte sich ab, sah nach oben in eine kahle Birke. Ein paar Minuten stand er so da, und Aenne bangte. Ob er ihr vergeben würde? Ob sie das Glück der letzten Nacht trotz allem festhalten konnten?

»Clemens!«, bat sie leise. »Es tut mir leid.«

Endlich drehte er sich zu ihr. »Du hättest es mir sagen müssen.«

»Heute weiß ich das.«

Clemens griff nach ihrer Hand. »Weiß sie es?«

Aenne schüttelte den Kopf. »Nein. Aber ich denke, sie ist alt genug, um es zu erfahren.«

Und dann liefen sie weiter. Hand in Hand. Und Aenne wusste, dass sie Clemens' Vertrauen nicht verloren hatte.

Als sie am Schlösschen ankamen, wurden sie herzlich empfangen, als hätte schon festgestanden, dass Aenne nicht allein zurückkommen würde.

Ernestine breitete die Arme aus, schloss Clemens darin

ein. »Es ist schön, dich in unserer Familie zu haben«, sagte sie warm. »Wir haben lange genug darauf gewartet.«

Und Hedda kam neugierig hinzu, hielt ein Buch in der Hand. Es war der *Struwwelpeter*. Und obschon sie selbst gut lesen konnte, drückte sie es am Abend Clemens in die Hand. »Liest du mir vor?«, fragte sie. Und Clemens machte ihr Platz auf der Chaiselongue, und dann las er ihr vor.

Schon einen Monat später, im März, fand die Hochzeit statt.

Aenne hatte gern im kleinen Kreis feiern wollen, doch Clemens war dagegen gewesen. »Ich habe so lange auf dich gewartet«, erklärte er. »Jetzt will ich, dass alle sehen, wie glücklich wir sind.«

Und dann hatte er sich auf der Stelle mit Ernestine zusammen an einen Tisch gesetzt, um die Einladungen zu erstellen.

Nach Stunden erst kam Ernestine auf die Idee, Aenne zu fragen, wen sie einladen möchte. »Ruth und Simon Hirsch«, antwortete sie.

»Und sonst?«

»Ich habe sonst keine weiteren Freunde.«

Als sie diese Worte aussprach, verspürte sie ein wenig Traurigkeit.

»Oh, da irrst du dich aber gewaltig«, stellte Clemens fest. »Mir fallen sofort eine Handvoll Leute ein, die sich dir freundschaftlich verbunden fühlen.«

Aenne runzelte die Stirn. »Wer denn?«

»Nun, da ist das alte Fräulein Habermehl. Sie hält große Stücke auf dich. Und dann ist da noch Hansi. Ich glaube, er ist sogar ein wenig verliebt in dich. Und Adam Feldmann und sein Sohn Georg.«

Aenne zog überrascht die Augenbrauen nach oben. Ja, sie mochte die Aufgezählten allesamt gern, aber sie hatte nie gedacht, dass sie auch von ihnen gemocht wurde.

»Gut. Dann setz alle auf die Liste.«

»Und natürlich Emma Kloss, die uns miteinander bekannt gemacht hat.«

Einen Tag später fuhren Aenne und Bettina nach Leipzig, um sich Kleider für die Feier zu kaufen.

»Du solltest Weiß tragen«, schlug Bettina vor.

»Nein, auf gar keinen Fall. Es ist meine zweite Hochzeit, und meine eigene Tochter wird die Blumen streuen. Ich werde ein cremefarbenes Kleid nehmen.«

Noch nie zuvor hatte es Aenne so viel Freude gemacht, ein Kleid zu kaufen. Bettina entschied sich für ein himmelblaues Kleid mit weißem Spitzeneinsatz. Sie wollte besonders hübsch aussehen, hatte sie doch dafür gesorgt, dass ein ganz bestimmter Jemand eingeladen wurde, der in der Öffentlichkeit noch nicht als ihr Verehrer bekannt war.

Und dann war es so weit. Das Weinschlösschen war über und über mit Blumen geschmückt. Dicke Sträuße mit Osterglocken und Narzissen waren überall im Haus verteilt, auf den Fensterbrettern standen Hyazinthen. Sie hatten das große Esszimmer ausgeräumt und zum Tanzsaal erklärt. Ernestine wollte ein kleines Orchester engagieren, aber Clemens brachte eine ganz neue Erfindung herbei: ein Grammofon. Hansi bekam die Aufgabe, die Kurbel zu drehen und die Schallplatten zu wechseln.

Das Büfett war in der Halle aufgebaut worden, dazu gab es natürlich den Wein vom eigenen Gut. Kloss & Foerster hatte für das Fest ein Dutzend Kisten Sekt spendiert.

Das Haus wimmelte von gut gelaunten Leuten. Immer wieder wurde Aenne umarmt, jeder wünschte ihr Glück. Hedda trug ein dunkelblaues Kleid mit Matrosenkragen und hing an Clemens' Hand, sie wollte ihn überhaupt nicht mehr loslassen. »Er ist mein Vater«, erzählte sie allen, die es wissen wollten. Nur Aenne war überrascht, wie vielen Leuten diese Tatsache bereits bekannt war.

In die Flitterwochen fuhren sie allein. Hedda blieb bei Ernestine. Es ging in die Nähe von Dresden, in die Sächsische Schweiz. Allerdings bekamen weder Aenne noch Clemens viel von der Schönheit der Landschaft mit, denn sie hatten nur Augen füreinander.

»Wir müssen so viel nachholen«, erklärte Clemens, hob Aenne hoch, um sie gleich darauf behutsam auf dem Bett abzulegen. »Und ich werde nichts mehr versäumen, das kannst du mir glauben.«

Und dann kehrten sie zurück nach Freyburg, und der Alltag nahm seinen Lauf. Aenne kündigte bei Kloss & Foerster, endlich wollte sie sich nur noch um ihr eigenes Gut kümmern und alle Kraft in die Saale-Premium-Weine stecken. Der Abschied fiel ihr schwerer, als sie gedacht hatte. Aber nach so vielen Jahren war es an der Zeit, ihre eigenen Bedürfnisse nach vorne zu stellen. Clemens fügte sich so natürlich in die Abläufe des Weinschlosses ein, als wäre er schon immer da gewesen. Und eines Abends sagte Aenne zu ihm: »Ich bin so glücklich wie noch nie in meinem ganzen Leben.«

Teil 4

1898

Freyburger Winzersuppe

4 Zwiebeln

100 g Weißkohl

1 Scheibe Weißbrot ohne Rinde

2 Kartoffeln

100 g Kürbis

350 ml Rindsbrühe

2 EL Butter

3 EL saure Sahne

2 EL Schlagsahne

100 ml trockener Sekt

Salz, Pfeffer, Schnittlauch

Zwiebeln, Weißkohl und Brot in Butter anbraten, mit Sekt ablöschen. Kartoffeln und Kürbis würfeln und zugeben, mit Rinderbrühe aufgießen, 10 Minuten leicht köcheln lassen, pürieren, saure Sahne unterziehen, zum Schluss geschlagene Sahne einrühren, würzen und mit Schnittlauch garnieren.

1

Aenne war sechsunddreißig, als Hedda ihren zwölften Geburtstag feierte. Sie war zu einem schönen jungen Mädchen mit flussgrünen Augen herangewachsen. Hedda war klug und keineswegs denkfaul. Wie oft diskutierte sie mit Aenne über alle möglichen Themen. Am liebsten über den Weinbau. Hedda wollte alles ausprobieren, alles, was sich aus Wein machen ließ. Sie kochte Weingelee nach dem Rezept der alten Hotelköchin Meta, sie stellte Champagnertrüffel nach Metzer Rezept her, sie wollte unbedingt Eiswein keltern und hatte sogar schon probiert, Essig aus dem Wein der letzten Pressung zu machen.

»Du darfst das nicht dulden«, erklärte Ernestine immer wieder, an Aenne gewandt. »Männer mögen keine Frauen, die denken und ihre Meinung vertreten. Du hast es am eigenen Leib erfahren.«

Da sah Aenne ihre Mutter an. »Eben deshalb. Ich bin so, du bist so, warum sollte Hedda anders sein? Sie ist nicht vorlaut, sie spricht nicht über Dinge, von denen sie nichts versteht. Ich möchte eine unabhängige, selbstständige Frau aus ihr machen. Eine, die weiß, was sie kann und was sie will.«

»Da bist du ja auf dem besten Wege«, erwiderte Ernestine. »Aber ich glaube nicht, dass ihr das im Leben einmal nützlich sein wird. Und zu neugierig ist sie außerdem.«

Das stimmte. Hedda interessierte sich für alles, wollte immer wissen, wie etwas funktionierte, warum man etwas so machte, wie man es machte. Schon als sie als kleines Mädchen mit Aenne in den Weinbergen unterwegs gewesen war, hatte sie Fragen gestellt. »Warum werden die Reben gefesselt? Warum werden sie erzogen? Sie sind doch keine Kinder?«

Warum? Warum? Warum? Manchmal hatte Aenne das wahnsinnig gemacht, aber auch stolz. »Wer sich interessiert, ist interessant.« So lautete Tante Odas Motto, und Aenne hatte die Erfahrung gemacht, dass dies stimmte. Hedda hatte viel von Tante Oda, auch wenn ihr das Künstlerische nicht so lag. Sie las viel, sie bewegte sich viel, aber ihre geheimsten Gedanken behielt Hedda für sich. Über alles sprach sie, alles untersuchte sie, jede zweite Meinung hinterfragte sie, aber was sich in ihrem Herzen abspielte, blieb ihr Geheimnis. Einzig Tante Oda wusste, was in Hedda vorging.

Eines Morgens beim Frühstück, das sie später einnahmen als gewöhnlich, fragte Aenne unruhig: »Wo ist Tante Oda?«

Ernestine goss sich Milch in ihren Kaffee. »Sie hat sich gestern Abend nicht besonders wohlgefühlt. Wahrscheinlich wird sie noch schlafen. Am besten lassen wir sie in Ruhe.«

Eine Stunde später brachte Aenne ein Tablett mit einer

Kaffeekanne, einer Tasse und ein paar Keksen nach oben. Sie klopfte an Odas Schlafzimmer, aber nichts rührte sich dahinter.

Sie musste schlucken, musste die Angst wegschlucken, bevor sie auf die Türklinge drücken konnte.

Und dann sah sie Oda. Sie lag im Bett, die Augen geschlossen, auf den Lippen ein entspanntes Lächeln. Aenne begriff sofort, dass die bewunderte Patentante tot war. Sie stellte das Tablett auf dem kleinen Tischchen ab, dann setzte sie sich zu Oda ans Bett und nahm ihre Hand, die schon kalt war.

»Ich danke dir, meine geliebte Oda, für alles, was du für mich getan hast. Du hast mich immer verstanden, wusstest immer, wie viel wert die eigene Unabhängigkeit ist. Du wirst mir schrecklich, schrecklich fehlen.« Dann küsste sie die Tante auf die Stirn, blieb aber weiter an ihrem Bett sitzen, betrachtete das liebe, vertraute Gesicht. Erst als Ernestine nach oben kam, um nach ihr zu schauen, ließ sie Odas Hand los. »Sie ist gestorben«, sagte sie leise, und Ernestine betrachtete das Gesicht der Toten. »Es sieht aus, als wäre sie glücklich gestorben.«

Später kam der Arzt und noch später der Tischler, um die Maße für den Sarg zu nehmen. »Sie müssen das Fenster im Todeszimmer öffnen«, sagte er. »Haben Sie das etwa noch nicht gemacht?«

Aenne schüttelte den Kopf. »Ich … ich wollte nicht, dass sie friert«, erklärte sie, hörte dabei selbst, wie lächerlich das klang, und doch empfand sie es so. Sie hatte Oda sogar die Bettdecke bis hoch ans Kinn gezogen.

»Öffnen Sie das Fenster, damit ihre Seele wegfliegen kann«, sagte der Sargtischler. Aenne trat zum Fenster, das Herz schwer von Schmerz und Traurigkeit. Und dann machte sie das Fenster auf und stellte sich vor, wie Odas Seele hinauf zum Himmel flog. Nein, sie glaubte nicht wirklich daran, aber die Vorstellung war tröstlich. Auch Hedda glaubte nicht daran.

»Es gibt keinen Gott, es gibt keine Seele, die wandert«, murmelte sie unter Tränen.

Alle nahmen Abschied von Tante Oda. Die Mutter saß den ganzen Tag neben ihrer Schwägerin, und Bettina hatte Kerzen angezündet. Fritz und Luzie kamen, und Luzie weinte herzzerreißend. Dann kam das alte Küchenmädchen Netti aus der Stadt nach oben, die Weinbergarbeiter, Ruth Hirsch mit Mann und Kind. Hedda stand die ganze Zeit im Zimmer dabei. Nur hin und wieder trat sie zu dem Leichnam, streichelte über ihre Wange und schluchzte. Am nächsten Tag brachte der Tischler den Sarg, und zwei Tage später wurde Oda begraben.

Danach räumte Hedda Odas Bücher in ihr Zimmer, auf die niemand sonst Anspruch erhob. »Dann ist immer ein Stück von ihr bei mir«, erklärte sie.

Am selben Abend saß Aenne, erschöpft von der Trauer, neben Clemens vor dem Kamin. Sie war den ganzen Tag auf den Beinen gewesen, hatte für den Leichenschmaus gesorgt und fühlte sich unendlich müde. Es war nicht die übliche Müdigkeit, die sie schon kannte, sondern eine, die sie schon einmal gefühlt hatte.

»Was ist mit dir, Liebes?«, wollte Clemens wissen. »Du

bist blass. Irgendetwas bewegt dich. Irgendetwas, was nicht mit Odas Tod zu tun hat. Willst du es mir nicht sagen?«

»Clemens, ich glaube, ich bin schwanger«, sagte sie leise. »Und es kommt mir ungehörig vor, mich darüber zu freuen. Jetzt, wo Tante Oda nicht mehr bei uns ist.«

Clemens sprang auf, zog sie in seine Arme. »Das ist eine wunderbare Neuigkeit. Ich freue mich, Aenne, und du solltest dich auch darüber freuen. So, wie sich Tante Oda gefreut hätte.«

Er streichelte über ihren Rücken, raunte in ihr Haar: »Geburt und Tod. Der Kreislauf des Lebens. Ein Mensch geht, ein anderer kommt.«

»Wenn es ein Mädchen wird, möchte ich sie Oda nennen«, erklärte Aenne.

»Das werden wir. Aenne, ich freue mich so, ein weiteres Kind, und diesmal sind wir eine richtige Familie.«

Clemens' Freude über die Schwangerschaft ließ es Aenne leichter ums Herz werden.

Drei Wochen später verlor Aenne das Kind. Sie weinte, sie trauerte, und sie fragte sich, ob sie wohl noch einmal Mutter werden würde. Doch das Leben ging weiter, einfach weiter, als ob nichts geschehen wäre, und Aenne konnte die Trauer ertragen, weil Clemens für sie da war. In seinen Armen fand sie Trost und Sicherheit.

Clemens arbeitete wieder bei Kloss & Foerster als Leiter der Reklameabteilung. Er war so viele Jahre für die Kellerei gereist. Nun aber wollte er bei seiner Familie sein. Er hätte auch auf dem Weingut arbeiten können, doch er wusste genau, dass Aenne sehr viel mehr Ahnung vom Weinanbau hatte als er. Es war ihr Gut, ihr Leben. Und er wollte ihr nichts wegnehmen. Er war Reklame- und Verkaufsspezialist, er liebte, was er tat. In das Gut musste er langsam hineinwachsen.

Jeden Morgen erwachte Aenne mit einem Glücksgefühl, das immer weniger von Trauer überschattet war. Sie tastete neben sich, ertastete Clemens' Schulter und wusste nicht mehr, wie sie ohne ihn gelebt hatte.

Er drehte sich schlaftrunken zu ihr, streckte einen Arm nach ihr aus, und sie kuschelte sich an seine Brust, schloss die Augen und genoss ihr Glück. Alles ging ihr leichter von der Hand. Wenn sie mit der Rebschere in den Weinbergen war, sang sie. War sie im Weinkeller, summte sie. In der Küche trällerte sie, und am Abend, zusammen mit der ganzen Familie am Abendbrottisch, da strahlte sie. Jeden Abend zündete sie zwei Kerzen an. Eine für Tante Oda und eine für das ungeborene Baby.

Zusammen mit Clemens hatte sie überlegt, wie sie den Saale-Premium noch besser vermarkten konnten. Sie würden wieder an der Gewerbeausstellung in Weimar teilnehmen, und dieses Mal würde niemand es wagen, den Wein zu ignorieren, weil er von Frauen hergestellt worden war.

Um Bettina machte Aenne sich Sorgen. Die Schwester wirkte unzufrieden, fahrig, fuhr schnell aus der Haut und herrschte die Kinder an. Kleinoskar war mittlerweile vierzehn Jahre alt und überragte seine Mutter um einen halben Kopf. Clemens hatte angeboten, ihn als Lehrjungen in der Sektkellerei unterzubringen, aber Oskar interessierte sich nicht für Wein. Er wollte Kaufmann werden, in der Welt herumreisen, reich werden. Also besuchte er die Handelsschule in Naumburg.

»Du bist wie dein Vater«, hatte Ernestine ihm gesagt, und in ihrer Stimme hatte kein Lob mitgeklungen.

Die fünfzehnjährige Pauline war so schön wie ihre Mutter, und sie verfügte über eine ebensolche Willenskraft. Bettina hatte sich gewünscht, ihre Tochter auf die Höhere Töchterschule nach Naumburg zu schicken, und Aenne hatte dem zugestimmt und die Kosten dafür übernommen, ebenso wie die Kosten für Kleinoskars Handelsschule.

»Bettina ist unzufrieden«, sprach Aenne eines Tages die Mutter an.

»Ich habe es bemerkt. Weißt du, was sie hat?«

Aenne schüttelte den Kopf.

»Nun, ich könnte mir denken, dass sie es leid ist, von dir abhängig zu sein. Ihr gehört hier nichts, kein einziger Rebstock, und die eine Hälfte des Schlosses befindet sich noch immer in Oskars Besitz. Du hast Bettina und ihre Kinder vor dem Ruin gerettet, und ich glaube, dass Bettina sich nach einem eigenen Leben sehnt. Nach einem Leben, wie sie es früher, zu Oskars Zeiten, geführt hat. Sie liebt das elegante Leben und hasst es, für den Haushalt verantwortlich zu sein.«

Aenne lehnte sich in ihrem Sessel zurück. »Ich kann ihr nicht helfen. Wo will sie denn hin? Wer soll ihr denn ein solches Leben bezahlen?«

»Sie hat jemanden kennengelernt.«

»Den Anwalt, der auf dem Fest vor drei Jahren mit ihr getanzt hat?«

»Nein, der hat ihr nur deutlich gemacht, was sie in all den Jahren seit Oskars Verschwinden vermisst hat: schöne Kleider, rauschende Feste, kostbaren Schmuck, die Aufmerksamkeit der Männer.«

»Davon kann sie sich nichts kaufen.«

»Aenne, sei nicht so streng mit ihr. Sie ist anders als du. Sie braucht die Anerkennung eines Mannes, um sich wohlzufühlen.«

»Sie hat jemanden kennengelernt? Wo?«

»Auf der Sonntagsmatinee im Künstlerkeller. Du warst dabei. Aber du hast ja nur Augen für Clemens.« Ernestine lachte leise. »Ich bin so froh, dass ihr euch endlich gefunden habt. Deine Schwester sieht euer Glück. Und sie möchte ebenfalls geliebt werden.«

»Wer ist der Mann?«

»Ihm gehört eine Küferei und reichlich Wald um Freyburg herum. Du müsstest ihn kennen, auch wenn er in Naumburg lebt. Wieland Fritsch.«

»Wieland Fritsch? Der Fritsch, der das Holz für das Riesenfass an Kloss & Foerster verkauft hat?«

»Genau der. An der Sektkellerei kommt niemand hier aus der Gegend vorbei.«

»Und er interessiert sich auch für Bettina?«

Ernestine nickte. »Ja. Seine Frau ist verstorben, die beiden Töchter sind aus dem Haus.«

»Bettina ist nicht frei. Weißt du, was Fritsch haben will?« Aenne beugte sich vor, goss sich aus einer Karaffe ein Glas Wasser ein.

Ernestine verzog den Mund. »Auf was für Gedanken du

kommst! Ich hatte gehofft, die Liebe würde dich ein wenig weicher machen.«

»Ich bin weich. Ich gönne meiner Schwester ihr Glück von ganzem Herzen. Aber ich habe lange genug das Weingut geführt und habe dabei gelernt, dass nur der Tod umsonst ist.«

»Nun, er will einen Anteil am Saale-Premium. Nicht viel, nur zehn Prozent.«

Aenne schnappte nach Luft. »Der Saale-Premium gehört mir. Ich habe Bettina ihren Anteil abgekauft.«

»Nun, ich habe mein kleines Haus an der Unstrut hergegeben, um Oskars Schulden zu bezahlen. Ich denke, Bettina sollte nicht ganz so mittellos dastehen.«

»Als ob es ums Geld ginge! Wir haben in den letzten Jahren alle schwer gearbeitet. Bettina ist nicht mittellos. Sie ist noch immer Oskars Frau. Und das ist der Punkt. Wie soll sie heiraten, wenn sie noch verheiratet ist?«

»Das heißt also, wir müssen versuchen, Oskar zu finden?«

»Ja, das müssen wir wohl.«

»Wo kann er hingegangen sein?«, wollte Ernestine wissen. »Was meinst du?«

Aenne musste nicht lange überlegen. »Ich denke, er ist in Berlin.«

»Berlin? Wie kommst du darauf?«

»Erinnerst du dich an das große Radfahrertreffen im Lichthof? Über tausend Radler aus ganz Deutschland, Österreich und der Schweiz waren da. Ich hatte das Treffen organisiert, auf Ewald Klosses Wunsch hin.«

»Was haben die Radfahrer mit Oskar zu tun?« Ernestine blickte Aenne fragend an.

»Ein Mann sprach mich auf der Veranstaltung an. Er hatte meinen Namen gehört. Nimmrod. Und dann fragte er, ob ich Verwandtschaft in Berlin habe. Ich verneinte, und da erzählte er mir, dass er einen Oskar Nimmrod kennt. Er hätte unweit der Friedrichstraße eine kleine Weinhandlung, aber die Geschäfte liefen nicht so besonders, weil er sein bester Kunde wäre.«

»Das klingt ganz nach Oskar. Warum hast du uns nichts davon gesagt?«

Aenne zuckte mit den Schultern. »Ich weiß es nicht. Es schien mir nicht wichtig. Oskar war aus unserem Leben verschwunden, und ich wollte, dass es so bleibt.«

In diesem Augenblick kam Bettina in den Salon. Sie seufzte, strich sich das Haar glatt und ließ sich in einen Sessel sinken. »Ich bin seit heute Morgen um sechs auf den Beinen und habe Weingelee gekocht. Danach habe ich die Wäsche eingeweicht und das Haus geputzt. Mir tun die Füße weh.« Sie seufzte noch einmal tief auf, und Aenne sah, dass sich eine tiefe Falte von den Nasenflügeln bis zu den Mundwinkeln zog.

»Du hast jemanden kennengelernt?«, fragte Aenne.

Bettinas Züge entspannten sich. »Ja.«

»Liebst du ihn?«

Bettina zuckte mit den Achseln. »Ich weiß es nicht. Ich habe Gefühle für ihn. Aber ob das Liebe ist?« Sie blickte ihre Schwester an. »Es ist nicht so wie bei dir und Clemens. Und auch nicht so, wie es zwischen dir und Martin war.« Sie seufzte wieder. »Kann es möglich sein, dass ich noch nie geliebt habe?«

Aenne räusperte sich. Sie wusste nicht, was sie antworten sollte. »Du solltest nach Berlin fahren. Du musst Oskar aufsuchen, dich scheiden lassen, bevor du wieder heiraten kannst.«

Bettina brach in Tränen aus. »Ich hatte so gehofft, dass er tot ist«, schluchzte sie. »Ich kann mich unmöglich scheiden lassen. Das wäre ein Skandal, eine Katastrophe. Ich würde geächtet werden.«

»Jetzt beruhige dich«, forderte Ernestine. »Ein Skandal war es, dass Oskar dich einfach im Stich gelassen hat, dass er euer Hab und Gut verspielt hat.«

»Geschiedene sind Außenseiter. Niemand wird mehr mit mir reden.«

»Unsinn«, sagte nun auch Aenne. »Jeder in Freyburg kannte Oskar. Jeder hat mitbekommen, dass er dich ruiniert hat. Niemand würde schlecht über dich sprechen. Und Wieland Fritsch weiß über Oskar so gut Bescheid wie jeder andere in Freyburg.«

»Aber er denkt, Oskar wäre tot.«

»Hast du ihm das erzählt, Bettina?« Aennes Stimme klang strenger, als sie beabsichtigt hatte.

Bettina nickte und begann zu weinen.

»Warum?«, wollte Aenne wissen, aber Ernestine strich ihrer älteren Tochter über den Rücken.

»Lass sie, sie muss sich erst beruhigen.«

Aenne wartete, bis Bettina endlich wieder sprechen konnte. »Weil ich weiß, was mit geschiedenen Frauen passiert. Rüttgers Evelyn ist geschieden. Die Eierfrau hat auf dem Markt vor ihr ausgespuckt und ihr nichts verkauft. Die Straßenjungen haben sie mit Pferdeäpfeln beworfen, und sie hat so oft das Wort ›Hure‹ gehört, dass sie es gar nicht mehr zählen kann. Ihr Sohn wird jeden Tag in der Schule verprügelt, und kein Lehrer greift ein. Geschieden zu sein, das ist die Hölle. Und Wieland Fritsch will sicher keine Geschiedene. Außerdem muss ich an Pauline und Kleinoskar denken. Ich will nicht, dass sie leiden müssen oder verspottet werden. Ich will ein ganz normales Leben mit einem ganz gewöhnlichen Ehemann. Ist das denn zu viel verlangt?«

»Nein, das ist es nicht.« Aenne lächelte ihre Schwester an. »Aber vorher musst du dich von Oskar scheiden lassen.«

Da brach Bettina erneut in Tränen aus. »Ich kann das nicht«, schluchzte sie. »Ich kann nicht. Können wir nicht einfach so tun, als wäre er tot? Schließlich haben wir seit Jahren nichts mehr von ihm gehört.«

»Und was machst du, wenn er eines Tages wieder vor deiner Tür steht? Du kannst das nicht ausschließen.«

Bettina wurde bleich und schlug sich die Hand vor den Mund. »O Gott«, stöhnte sie. »Nur das nicht.«

»Wovor hast du solche Angst?«, wollte Aenne wissen.

Bettina blickte mit nassen Wangen auf. »Ich weiß, dass du Oskar nie über den Weg getraut hast, doch er hat auch gute Seiten. Und er ist der Vater meiner Kinder. Aber ich habe Angst vor ihm.«

Da schwieg Aenne, und einen Monat später reiste sie mit Clemens nach Berlin. Wenn Bettina es nicht vermochte, mit Oskar zu reden, nun, dann würde sie das eben tun. Sie hatte das Gefühl, es Bettina schuldig zu sein. Weil sie Clemens hatte, weil sie glücklich war mit ihm und Bettina sich so allein, einsam und verlassen fühlte. Sie trat die Reise vor allem an, weil sie um jeden Preis verhindern wollte, dass Oskar eines Tages nach Freyburg zurückkehrte. Dass er Forderungen stellte, dass er alles an sich riss, was sie in den letzten Jahren aufgebaut hatte.

Zunächst besuchten Aenne und Clemens die Gewerbeausstellung in Weimar, wo der Saale-Premium verdient mit der Bronzemedaille ausgezeichnet wurde. Clemens hatte den Wein geschickt vorgestellt und war von allen Seiten für die Qualität und den ausgezeichneten Geschmack gelobt worden.

Aenne hatte sich zwar darüber geärgert, dass er als Mann einen ganz anderen Stand dort hatte als sie in den Jahren zuvor, aber gefreut hatte sie sich trotzdem. Martin hatte dem Saale-Premium zum ersten Erfolg verholfen, Clemens hat ihn mit groß gemacht. Aber die Bronzemedaille hatte sie errungen. Sie hatte die Reben gepflegt, den Boden gedüngt, hatte geschnitten und gelesen. Und obendrein hatte sie die Cuvée gemischt. So wie es die Kellermeister taten. So wie es auch Barbe-Nicole Clicquot getan hatte. Aenne hatte es geschafft. Der Wein war besser als gut, und sie hatte allen Grund, stolz auf sich zu sein.

Voller Freude über die Auszeichnungen reisten Aenne und Clemens nach Berlin. Clemens hatte für Kloss & Foerster im Deutschen Sekthaus zu tun, das einst Franz Ferdinand Knabe gegründet hatte, und Aenne begleitete ihn nicht nur, um Oskar aufzusuchen. Sie wollte die Weinhandlungen der Stadt kennenlernen und ihren Saale-Premium vorstellen. Es wäre doch wunderbar, wenn es ihren Wein in der Hauptstadt geben würde. Einen Handlungsreisenden konnten sie sich noch nicht leisten, aber Aenne hoffte, dass die Berliner einer Witwe und Winzerin gegenüber aufgeschlossen waren.

»Was wirst du tun, während ich noch arbeite und du die Weinhandlungen alle besucht hast?«, fragte Clemens, als sie im Zug saßen und durch die anhaltinischen Landschaften fuhren.

Aenne hatte Clemens nichts von Oskar Nimmrod erzählt, weil sie sich sicher war, dass er sie zu ihm begleitet hätte. Aber Aenne wollte allein mit ihm sprechen.

»Ich werde mir ein paar schicke Kleider kaufen«, erzählte sie freudig. »Und Bücher. Ich habe gehört, von Rainer Maria Rilke ist eine neue Erzählung erschienen, *Ewald Tragy*. Ich bin sehr gespannt darauf. Und für Hedda möchte ich *Romeo und Julia* sowie den *Sommernachtstraum* von Shakespeare kaufen. Sie ist jetzt in diesem Alter.«

Clemens hatte für Aenne und sich Zimmer im Hotel Metropol gebucht. Ein Zimmer mit elektrischem Strom! Man drehte einen Schalter, und schon wurde es hell im Zimmer. Keine Öl- oder Petroleumlampen, keine tropfenden Kerzen. Und erst das Badezimmer. Mit einer Badewanne aus Gusseisen und mit Löwenfüßen! Im Weinschlösschen wusch man sich am Morgen mit heißem Wasser in einem Waschgeschirr mit Kanne und Schüssel. Hier kam das heiße Wasser direkt aus dem Hahn! Auf der Stelle ließ sich Aenne ein Bad ein. Sie fühlte sich nach der langen Reise ein wenig verschwitzt. Das Bad würde sie erfrischen. Und frisch musste sie sein, wenn sie es mit Oskar Nimmrod aufnehmen wollte.

Am Nachmittag besuchte sie das Sekthaus, in dem ausschließlich Produkte von Kloss & Foerster angeboten wurden. Sie ließ sich ein Adressbuch von Berlin geben, blätterte durch die Seiten. Clemens kam zu ihr und fragte: »Was suchst du da?«

Aenne lächelte ihn an. »Ich suche nach Buchläden und Weinhandlungen. Du weißt doch, dass ich unseren Saale-Premium in Berlin vorstellen möchte.«

Clemens lächelte sie an. Dann deutete er auf ein Plakat, das an der Eingangstür des Sekthauses hing. »Lies mal!«

»Heute Abend große Weinverkostung«, las Aenne. »Das Weingut Saale-Premium lädt ein, die prämierten Weine des Gutes zu kosten.«

Aenne blieb der Mund offen stehen. »Wie … wie … wie?«

Clemens nahm ihre Hand und küsste sie. »Ich habe mir erlaubt, diese Veranstaltung für dich zu organisieren. Schließlich bin ich ja für die Reklame zuständig.«

»Aber … Kloss & Foerster.«

»Rudolph und Ewald haben nichts dagegen. Ja, sie haben mir sogar gestattet, ihren Verteiler der Berliner Weinkunden zu benutzen.«

Aenne strahlte ihren Mann an, und dann fiel ihr Oskar ein. Was, wenn er heute Abend auch käme? Was, wenn er erklären würde, dass das Weingut eigentlich ihm gehörte? Was, wenn es zu einem Skandal kam? Am Ende würde er sie noch als Betrügerin hinstellen. Sie würde in Berlin keine

Kunden finden. Oh, und was sollten Rudolph und Ewald dann denken? Würde sie nicht auch deren Ruf schaden?

Sie fühlte einen eiskalten Schauer über ihren Rücken rinnen.

»Was ist mit dir?«, fragte Clemens. »Du bist plötzlich ganz blass.«

Aenne schluckte. »Es ist nur die Freude. Ich glaube, ich brauche ein wenig frische Luft.«

Ohne seine Antwort abzuwarten, eilte sie hinaus.

Unter den Linden setzte sie sich auf eine Bank und holte ganz tief Luft. Sie musste Oskar finden, bevor die Weinprobe im Sekthaus stattfand. Sie musste verhindern, dass er kam. Sie stand auf, strich ihren Rock glatt. Am liebsten hätte sie Clemens nun doch die Wahrheit gesagt und ihn gebeten mitzukommen. Aber Clemens hatte seine Gespräche mit möglichen Kunden. Also würde sie sich allein Oskar stellen. Für das Weingut und für ihre Schwester.

2

»Ich möchte nicht, Liebes, dass du allein durch Berlin schlenderst«, sagte Clemens nach dem Mittagessen, das sie im Grand Hotel Esplanade eingenommen hatten. »Ich habe einen Ladenjungen aus dem Sekthaus gebeten, dich zu begleiten.«

Aenne lächelte mühsam. »Du musst dir keine Sorgen machen. Berlin ist die Stadt der Flaneure.«

»Stadt der Flaneure?«

»Ja, das habe ich gelesen. Ganz Berlin geht spazieren. Frauen allein sind kein ungewohntes Bild.«

»Trotzdem. Der junge Peter kann dir deine Einkäufe tragen, er kann eine Kutsche für dich besorgen. Mir ist es einfach lieber, dich nicht allein zu wissen.«

Vielleicht, dachte Aenne, ist es gar nicht so schlecht, einen jungen kräftigen Mann an meiner Seite zu haben. Wer weiß, wie Oskar auf meinen Besuch reagieren wird.

Die Friedrichstraße wimmelte von Menschen. Junge Männer schwangen ihre Spazierstöcke, Dienstmädchen standen schwatzend an den Ecken, Kutschen rumpelten vorüber, Offiziere in schnittigen Uniformen drängelten sich auf dem schmalen Gehsteig oder ritten mit hochgerecktem Kinn die Prachtstraße ab.

Aenne schaute und staunte. Da schlenderten zwei Frauen vor ihr die Straße entlang, deren Kleider prall über den Hüften saßen. Auf dem Kopf trugen sie kleine Hüte, die mit Blumen und Zierobst besetzt waren. Eine andere junge Frau trug einen glitzernden Gürtel und dazu die schönsten Stiefeletten, die Aenne je gesehen hatte.

Aenne beschloss, sich selbst ein Paar solcher Stiefelchen zu kaufen und für Bettina ebenso. Sie schlenderten an Cafés und Restaurants vorbei, und Aenne genoss den Trubel, den Lärm und die vielen Gerüche. Sie trug ein neues Kleid, das in Freyburg der letzte Schrei gewesen war, aber hier in Berlin ein wenig provinziell anmutete. Und auch ihr Hut kam ihr nun spießig vor. Zeitungsjungen priesen die neuesten Nachrichten an, und ein junger Mann, der vor einem Lokal stand, drückte ihr einen Werbezettel in die Hand: »Nur bei uns. Fräulein Franka spricht mit den Toten. Kommen Sie und sehen Sie.«

Ein Stück weiter wurde ihr schon der nächste Werbezettel gereicht: »Die beste Bauchtänzerin der Welt: Erleben Sie die schwarze Bijou. Eintritt frei.«

Aenne schwirrte der Kopf. Trotzdem genoss sie die Atmosphäre. Sie blieb immer wieder stehen, um die Schaufenster der Geschäfte zu betrachten, aber sie behielt ihr Ziel im Auge.

Sie bog in die Mohrenstraße ein, die weniger belebt war, in der es aber noch immer von Menschen wimmelte. Sie suchte nach der Nummer 44, und als sie sie gefunden hatte, ging sie auf die andere Straßenseite und betrachtete die kleine Weinhandlung.

Die Schaufenster waren lange nicht geputzt worden, und auch die Auslage wirkte schmuddelig. Auf den grünen Weinflaschen lag Staub, die Preisschilder waren vergilbt.

»Suchen Sie etwas Bestimmtes hier, gnädige Frau?«, fragte Peter.

»Ja. Und ich glaube, ich habe es gefunden.«

Aenne holte noch einmal tief Luft, strich sich das Kleid glatt, richtete ihren Hut. »Bleib hier stehen, und beobachte den Laden«, trug sie dem jungen Mann auf. »Aber wenn du mich rufen hörst, dann kommst du, so schnell du kannst.«

»Könnte es gefährlich werden?«, fragte der junge Mann eifrig, aber Aenne schüttelte den Kopf.

Sie ließ ein Fuhrwerk vorüber, wich einem berittenen Polizisten aus und überquerte die Straße. Eine Glocke schellte, als sie die Tür aufstieß.

Im Laden herrschte Halbdunkel, und Aenne brauchte einen Augenblick, um sich zu orientieren. Die Wände waren mit hölzernen Regalen bestückt, in denen die Weinflaschen kreuz und quer lagen. Der Boden war nicht gescheuert, und es roch nach dem Rauch billiger Zigarren. Am Ende des Raumes befand sich ein großer Schreibtisch, und dahinter saß Oskar und goss sich gerade ein Glas Wein ein.

»Kommen Sie näher, junge Frau. So vorzügliche Weine wie bei mir bekommen Sie sonst nirgends in der Stadt.«

Sie betrachtete Oskar. Sein Gesicht war aufgeschwemmt, die Nase rot. Sein Haar war dünner geworden, und er trug einen Anzug, der dringend gereinigt werden musste.

Langsam trat sie näher, blieb vor dem Schreibtisch stehen, denn Oskar hielt es nicht für nötig, sich zu erheben.

»Hier bist du also«, sagte Aenne und sah sich demonstrativ um. »Nach Aufstieg sieht es allerdings nicht aus.«

Jetzt erhob sich Oskar doch. »Aenne. Meine Schwägerin Aenne.« Er lachte meckernd, aber es klang nicht erfreut. »Du hast lange gebraucht, um mich zu finden.«

»Niemand hat dich gesucht, du wurdest nicht vermisst«, erklärte sie kühl.

»Wie geht es ihr denn, meiner kleinen Bettina?«

»Es geht ihr gut. Und deinen Kindern ebenfalls. Aber ich bin nicht gekommen, um dir von deiner Familie zu erzählen. Schließlich hast du sie verlassen.«

Oskar musterte Aenne von oben bis unten. »Na ja, dir scheint es jedenfalls gut zu gehen. Aber du hast ja schon immer gewusst, dass das Brot stets auf die gebutterte Seite fällt. Hübsch siehst du aus. So schön frisch und rosig.«

»Ich bin gekommen, um mit dir zu reden.«

»Reden willst du? Worüber? Über meinen Besitz? Ich wette, du hast dir mein Weingut unter den Nagel gerissen.« Er grinste und kam einen Schritt näher, sodass sie seinen weinsauren Atem riechen konnte. Aenne wich zurück. »Bettina will die Scheidung.«

»So, eine Scheidung will sie. Ich kann nicht sagen, dass ich mich in den letzten Jahren nach ihr verzehrt hätte, aber wenn sie die Scheidung will, so muss sie natürlich aus dem Weinschlösschen ausziehen. Ich will es nämlich verkaufen.«

»Es gehört dir nicht mehr«, erwiderte Aenne. »Wir haben deine Spielschulden beglichen, haben mehr gezahlt, als deine Hälfte des Schlösschens wert war. Wir haben deine Schuldscheine gut aufgehoben. Und die Hypothek haben wir auch getilgt.«

Erstaunt zog Oskar die Augenbrauen in die Höhe. »Spielschulden?«

»Nun, deshalb hast du ja Freyburg verlassen. Spielschulden sind Ehrenschulden, aber deine Ehre war dir ja immer schon gleichgültig.«

»Vielleicht will ich mich aber doch nicht scheiden lassen«, überlegte Oskar laut. »Weißt du, meine liebe Aenne, ich habe das Leben in Berlin genossen. Freyburg ist ein Dorf. Nichts los. Langweilige, stumpfe Leute. Aber nun habe ich überlegt, ob ich nicht wieder nach Hause zurückkehren sollte. In den Schoß meiner Familie sozusagen. In den letzten Jahren lief das Geschäft nicht mehr so gut. Und schließlich werden wir alle älter.«

»Nun, wie dein Geschäft läuft, das sieht man. Aber in Freyburg ist kein Platz mehr für dich.«

Oskar lachte böse auf. »Kein Platz mehr für mich, ja? Das hättest du gern, wie? Aber ich kenne deine Schwester besser als jeder andere Mensch. Besser als du. Sie braucht einen Mann an ihrer Seite. Hat sie immer gebraucht. Männer sind Spiegel für sie. Sie will so unbedingt gefallen, die arme Bettina. Und weißt du was? Sie würde mich mit Freuden zurücknehmen.«

Er hat recht, dachte Aenne. Bettina will gefallen, will den Männern gefallen. Mein Lob zählt ihr wenig.

»Ich wette, sie freut sich, die kleine Bettina, wenn ich zurückkomme.«

Für einen Augenblick glaubte Aenne das auch. Wenn er es geschickt anstellte, würde sie ihn wieder in ihr Leben lassen. Aber sie sagte: »Sie hat sich verändert. Sie will die Scheidung.«

»Oh, dann hat sie einen anderen Mann kennengelernt, der bereit ist, mit ihr zu leben. Das wundert mich nicht. Aber so einfach ist die Scheidung von mir nicht zu bekommen.«

»Was willst du?«, fragte Aenne.

»Das, was mir zusteht. Die Hälfte des Weingutes und die Hälfte des Schlösschens.«

»Niemals.« Aenne schüttelte energisch den Kopf. »Schließlich warst du es, der sie verlassen hat.«

Oskar zuckte gleichmütig mit den Achseln. Dann besah er seine Schwägerin aufs Neue. »Du hast jemanden, nicht wahr? Du siehst so rosig und appetitlich aus. Da ist jemand, der dir das Bett anheizt.«

Aenne wich vor den vulgären Worten zurück. »Das geht dich nichts an.«

»Noch immer so hochmütig. Nun, ich werde ihn ja heute Abend kennenlernen, deinen Mann. Ich bin eingeladen ins Sekthaus, die eigenen Weine zu kosten.« Er lachte scheppernd. »Ist das nicht komisch?«

Aenne schwieg.

»Dir wäre es lieber, ich käme nicht. Habe ich recht? Oh, du brauchst mir nicht zu antworten, ich sehe es deinem Gesicht an.«

Aenne schwieg noch immer, und Oskar umrundete sie, als wäre sie eine Litfaßsäule. »Ich stelle mir vor, wie die verehrten Damen und Herren gucken werden, wenn ich mich als der wahre Herr des Saale-Premium präsentiere. Ein großes Aufsehen wäre dir sicher.« Er lachte.

»Das wird nicht geschehen«, erwiderte Aenne. Sie hatte zu zittern begonnen bei der Vorstellung. Sie sah die Szene vor sich. Der schmuddelige, halb betrunkene Oskar Nimmrod, der damit prahlte, dass ihm das Weingut gehörte, dass sie sich mit fremden Federn schmückte. Nein, das durfte nicht sein. Ihr Lebenswerk wäre ruiniert. Alles, wofür sie jahrelang so hart geschuftet hatte.

»Was willst du dagegen tun? Ich habe eine Einladung.« Er ging zurück zum Schreibtisch, nahm das bedruckte Kartonstück und wedelte damit vor Aennes Nase herum. »Es laden ein: Aenne und Clemens Volk. Clemens Volk? Der Name kommt mir bekannt vor. Ah, jetzt fällt es mir ein. Das war doch der Werbeheini von der Sektkellerei. Hieß es nicht, du hättest was mit ihm gehabt? Und dann hast du Martin geheiratet. Und den Braten, den du da in der Röhre gehabt hast, den hat Martin dir gewiss nicht reingeschoben.«

Aenne schloss die Augen. Jedes seiner Worte traf sie wie ein Messerstich. Sie hatte Martin geliebt.

»Du willst also nicht, dass ich komme und die Wahrheit erzähle? Was ist dir mein Fernbleiben wert?«

»Du hast mich um mein Erbe gebracht«, zischte sie. »Du hast Martins Testament gestohlen.«

»Was sollte ich machen? Zusehen, dass dein Bastard eines Tages erbt? Ich wusste doch, dass du dir irgendwie zu helfen weißt. Das hast du immer gekonnt. Und heute Abend werden alle anderen Weinhändler Berlins wissen, wer der wahre Herr des Saale-Premium ist.«

»Was willst du haben für dein Fernbleiben?«, wiederholte Aenne. Sie zitterte mittlerweile am ganzen Körper. Sie war so voller Abscheu, dass sie sich am liebsten übergeben hätte. Sie hatte Oskar noch nie gemocht, aber jetzt hasste sie ihn mit jeder Faser ihres Körpers. Oskar war im Grundbuch noch immer als einer der Eigentümer aufgeführt. Als das wieder aufgetauchte neue Testament eröffnet worden war, hatte Dr. Pichel Aenne als neue Miteigentümerin eingetragen, aber Oskar konnte nicht aus dem Grundbuch entfernt werden, weil er verschwunden war. Dr. Pichel hatte ihr damals empfohlen, Oskar suchen zu lassen und ihn vor Gericht zu stellen. Aber nun?

Aenne konnte nachweisen, dass sie Oskar Nimmrods Schulden getilgt hatte, aber würde das ausreichen? Jetzt bedauerte sie es, dass sie keinen Anwalt beauftragt hatte. Oh, dieser Mann hatte so viel Leid über ihre Familie gebracht! Sie würde nicht zulassen, dass er es noch einmal tat.

»Einen Kuss will ich.«

Sie glaubte, sich verhört zu haben. »Einen Kuss?«

»Du hast mich zurückgewiesen. Ich war dir nicht gut genug. Erinnerst du dich? Jetzt sitze ich am längeren Hebel, und du kannst froh sein, dass ich nur einen Kuss will.«

Aenne wandte das Gesicht ab. Der Gedanke, dass seine feuchten Lippen ihren Mund berührten, ließ sie vor Widerwillen erschauern.

Oskar war jetzt ganz dicht an sie herangetreten, und sie

roch die Ausdünstungen seines Körpers. Er legte seine Hände auf ihre Schultern. »Na, meine Schöne. Willst du mich nicht ansehen?«

Aenne schluckte. Sie wusste nicht, was sie machen sollte. Am liebsten wäre sie davongelaufen, aber dann würde Oskar heute Abend seinen Auftritt hinlegen. Also wandte sie sich ihm zu. Und schon lagen seine feuchten Lippen auf ihrem Mund, seine Zunge drängte sich zwischen ihre Lippen. Aenne wurde ganz starr. Sie hätte am liebsten geschrien, doch sie stieß Oskar nur mit beiden Armen von sich. »Du bist widerlich«, zischte sie.

Oskar lachte. »Aber du hast mich geküsst. Mal sehen, was dein Mann heute Abend dazu sagen wird.«

»Ich habe mich küssen lassen, damit du nicht kommst.«

»Ich habe es mir anders überlegt.« Oskar zuckte mit den Schultern. »Wenn ich bedenke, was du mir alles angetan hast, dann werde ich die Gelegenheit heute Abend wohl doch nutzen. Außerdem sehne ich mich danach, mal wieder meinen eigenen Wein zu trinken.«

Aenne war fassungslos. Sie wäre am liebsten in Tränen ausgebrochen, sie musste dringend raus hier.

Sie drehte sich um, stürzte schier aus dem Laden.

Peter eilte zu ihr. »Gnädige Frau, Sie sind ja bleich wie ein Leichentuch.«

»Mir ist ein wenig übel«, murmelte Aenne. »Ich glaube, ich muss mich in einem Café stärken.«

Der junge Mann stützte sie bis zur Friedrichstraße. Aennes Atem kam stockend, sie fühlte sich beschmutzt vom Kopf bis zu den Füßen.

Im Café suchte sie zuallererst die Waschräume auf und wusch sich die Hände und spülte sich den Mund aus. Trotzdem fühlte sie sich noch immer beschmutzt.

Sie bestellte für sich und Peter einen türkischen Mokka, und langsam kam sie wieder zu sich.

»Geht es Ihnen besser?«, wollte Peter wissen. »Soll ich Ihren Mann holen?«

Das hatte sich Aenne auch schon gefragt. Aber wie würde Clemens ihr helfen können? Er könnte vielleicht dafür sorgen, dass Oskar heute Abend keinen Einlass fand, aber wie sie den Schwager kannte, würde er dann draußen vor der Tür randalieren. Nein. Sie musste eine andere Lösung finden. Oskar war geldgierig. Also würde sie ihm Geld anbieten.

Sie hatte genügend Geld eingesteckt, um großzügig einkaufen zu gehen. Aber das würde nicht reichen. Sie musste ihm mehr bieten. Viel mehr sogar, damit er in die Scheidung einwilligte. Sie musste Schritt für Schritt vorgehen, ein Problem nach dem anderen lösen. Zuerst die Weinprobe im Sekthaus, dann die Scheidung.

Sie trank ihren Mokka aus. »Ich muss noch einmal zurück zu dieser Weinhandlung«, erklärte sie Peter.

»Haben Sie etwas vergessen, gnädige Frau? Soll ich es für Sie holen?«

»Nein danke. Das muss ich selbst erledigen.«

»Ich begleite Sie.«

»Es wäre mir lieber, du gingst zurück zum Sekthaus.«

Peter schüttelte den Kopf. »Ich habe Ihrem Mann versprochen, bei Ihnen zu bleiben.«

»Na gut«, seufzte Aenne, erhob sich und ging den Weg zurück in die Mohrenstraße. Dieses Mal öffnete sie die Tür mit einem energischen Ruck. Sie blickte sich nicht um, sondern baute sich direkt vor Oskars Schreibtisch auf. »Reichen zweihundert Mark, damit du heute Abend nicht kommst? Es sieht hier aus, als könntest du auf keine Mark verzichten.«

»Fünfhundert Mark«, antwortete Oskar. »Dein guter Ruf sollte dir das schon wert sein.«

Aenne holte ihren Geldbeutel hervor, legte zweihundert Mark auf den Tisch. »Dies hier jetzt, und morgen noch einmal zweihundert, wenn du dich an dein Versprechen hältst.«

Mit diesen Worten wandte sie sich um und verließ den Laden, noch ehe Oskar etwas erwidern konnte.

Sie eilte den Weg zurück, ohne auf Peter zu warten. Als sie wieder auf der Friedrichstraße waren, atmete sie auf.

»Wohin möchten Sie jetzt?«, fragte Peter, der sie eingeholt hatte. »Ich empfehle die wunderschönen Geschäfte am Potsdamer Platz.«

»Nein«, sagte Aenne. »Ich möchte zur nächsten Bankfiliale und danach zurück ins Hotel. Es wäre schön, wenn du meinem Mann ausrichten würdest, dass ich am Abend direkt ins Sekthaus komme. Ich nehme eine Kutsche, sodass er sich nicht bemühen muss. Aber ich habe schreckliche Kopfschmerzen und möchte mich nach dem Bankbesuch gern hinlegen.«

Sie fühlte sich erschöpft, aber noch stärker als die Erschöpfung war ihr Bedürfnis, ein langes, heißes Bad zu nehmen, sich Oskar von der Haut zu schrubben.

3

Nach dem Bad fühlte sich Aenne besser, aber konnte sie wirklich sicher sein, dass Oskar sich an die Abmachung hielt? Sie hatte ihm für morgen noch einmal zweihundert Mark versprochen und konnte nur hoffen, dass er das Geld so dringend brauchte, dass er blieb, wo er war.

Aber wie sollte sie ihm die Scheidung abringen? Es ging ihm schlecht, das konnte jeder sehen. Aber ging es ihm schlecht genug?

Es klopfte an der Tür, und Aenne ging öffnen. Ein Page hielt ihr einen Brief entgegen. »Das ist für Sie abgegeben worden«, sagte er.

»Danke.« Aenne nahm das Schreiben, öffnete es, und als sie die Unterschrift sah, seufzte sie tief auf.

Aenne,

Du musst Dir keine Sorgen machen, ich komme heute Abend nicht. Sagen wir, es ist mir etwas dazwischengekommen. Dein Besuch hat mir allerdings Heimweh gebracht. Und ich denke, ich werde demnächst einmal nach

Freyburg reisen. Deinen Worten habe ich entnommen, dass Bettina, die Kinder und Du mit Deiner Familie noch im Schlösschen lebt. Nun, ich weiß, wie viel Platz dieses Haus hat. Platz auch für den rechtmäßigen Eigentümer.

Es freut sich auf ein Wiedersehen
Dein Oskar

Sie musste sich schütteln, als sie das las. Dann ließ sie sich seufzend auf dem Schreibtischstuhl nieder. Oskar wollte zurück nach Freyburg. Was sollte sie nur tun? Sie musste mit Clemens sprechen. Aber nicht heute. Morgen war auch noch ein Tag.

Sie blickte auf die kleine Uhr, die auf dem Schreibtisch stand. Es wurde langsam Zeit, sich für den wichtigen Abend umzuziehen. Dann ließ sie sich eine Droschke rufen und fuhr zur Weinverkostung.

»Da bist du ja endlich!«, rief Clemens aus, als sie das Sekthaus betrat, und eilte zu ihr. Er gab ihr einen Kuss, nahm ihre beiden Hände und sah sie an. Aenne hatte sich Mühe gegeben mit ihrem Aussehen. Sie trug ein Kleid aus pfirsichfarbener Seide, das ihre Schultern unbedeckt ließ. An ihrem Hals funkelte eine Diamantkette, die Clemens ihr zur Hochzeit geschenkt hatte. Obgleich sich schon erste graue Haare auf ihrem Kopf zeigten, trug sie doch das Haar offen und hatte nur zwei Seitensträhnen am Hinterkopf mit einem Kämmchen zusammengefasst. Sie war noch immer schlank und hielt sich kerzengerade.

»Du bist so schön wie damals, als ich dich kennengelernt

habe.« Sein Blick lag voller Bewunderung auf ihr. Doch dann wurde seine Miene ernst. »Du bist blass. Ist etwas passiert?«

Aenne schüttelte den Kopf. »Nein, ich habe nur ein wenig Kopfschmerzen.« Sie würde ihm von Oskar Nimmrod berichten müssen, wie sollte sie nur beginnen? Und was konnten sie tun? Aber schon betraten die ersten Gäste das Sekthaus.

Bewundernd blieben sie im Eingangsbereich stehen, ließen die Blicke über die Tische schweifen, auf denen weiße Kerzen brannten und Kristallgläser funkelten. Frisch gebackenes duftendes Brot stand in Körben bereit, daneben riesige Holzteller mit Thüringer Wurst.

Clemens machte sich von Aenne los, eilte zu den Ankommenden, begrüßte sie mit Handschlag, rief nach Aenne, die ebenfalls auf die Gäste zuging.

Es wurde ein unvergesslicher Abend. Aenne hatte Clemens selten in so großer Runde erlebt, und er erwies sich als wunderbarer Gastgeber. Er erzählte so lebhaft über das Weingut Saale-Premium, dass Aenne die Rebstöcke direkt vor sich sah. Er berichtete von den Anfängen des Weins, erwähnte Martins Rebzucht, die den wunderbaren Wein hervorgebracht hatte, er schilderte, wie die vier Frauen allein das Weingut betrieben.

Die Blicke der Anwesenden richteten sich nun alle auf Aenne.

»Frauen, die ein Weingut leiten, das ist ungewöhnlich«, erklärte ein Herr. »Erzählen Sie uns, wer Sie dazu inspiriert hat.«

Ein knurrender Magen, dachte Aenne, aber sie erzählte

von ihrem Besuch in der Champagne und von der Witwe Barbe-Nicole Clicquot. Anschaulich erklärte sie, wie sie eine Cuvée herstellte, wie sich die jungen Reben anfühlten, wie die Trauben schmeckten. Und das alles tat sie mit einer Begeisterung, die die Gäste ansteckte. Am Ende des Abends hatte sie so viele Bestellungen, dass sie gar nicht wusste, woher sie so viel Wein nehmen sollte. Aenne hatte vor drei Jahren amerikanische Reben gekauft, die gegen Schädlinge immun waren und bestens gediehen. Aber noch war nicht sicher, ob sie zur Lese auch genügend Früchte tragen würden.

Es war beinahe Mitternacht, als die letzten Gäste gegangen waren. Zu Beginn des Abends hatte Aenne die Eingangstür kaum aus den Augen gelassen, immer in der Angst, Oskar käme entgegen seinen Beteuerungen. Doch je später es wurde, umso sicherer war sie, dass er in seiner schmuddeligen Weinhandlung bleiben würde.

Sie setzte sich erschöpft auf einen Stuhl und spürte, dass sie den größten Teil des Abends stehend verbracht hatte. Clemens setzte sich zu ihr, während das Personal die leeren Gläser und Brotkörbe wegräumte.

»Wie geht es dir?«, fragte Clemens.

»Ich fühle mich prächtig. Danke, dass du diesen Abend möglich gemacht hast.«

»Du warst wunderbar. Die Leute waren hingerissen von dir und deinen Schilderungen. Soll ich eine Kutsche rufen?«

Als Aenne am nächsten Morgen erwachte, verspürte sie noch immer ein Hochgefühl, doch gleich darauf fiel ihr Oskar ein.

Sie musste zu ihm, musste ihm die zweihundert Mark geben, die sie gestern noch von der Bank geholt hatte, und ihn dazu bringen, in die Scheidung einzuwilligen. Vor allem aber musste sie dafür sorgen, dass er nicht nach Freyburg kam. Sie hatte keine Ahnung, wie sie das anstellen sollte.

Aenne drehte sich zur Seite und betrachtete Clemens, der noch neben ihr schlief. Sein braunes Haar war verwuschelt, und seine Lider zitterten ein wenig. Voller Liebe betrachtete Aenne ihren Mann und dachte darüber nach, ob sie sich ihm anvertrauen sollte. »Einer trage des anderen Last«, hatte Clemens ihr immer gesagt. »Du hast in den letzten Jahren kaum eine Stütze gehabt. Jetzt kannst du dich auf mich stützen.«

Aber Aenne war es nicht gewohnt, um Hilfe zu bitten. Sie hatte immer alles allein gestemmt. Noch immer betrachtete sie ihren schlafenden Ehemann, und plötzlich, nach vielen Jahren, fiel ihr wieder eine Gedichtzeile ein:

Liebst du mich auch, wenn du schläfst?
Wo bist du, wenn du träumst?
Dich trage ich in meinem Herzen,
in jeder Faser meines Körpers,
in jedem Gedanken.
Ich träume dich.

Clemens schlug die Augen auf und lächelte sie an. Seine Hand strich über ihre Wange. »Hast du gut geschlafen?«

Aenne nickte. Sie schlief immer gut, wenn er neben ihr lag. »Und du?«

»Ich auch. Es war schön gestern Abend.«

»Ja, das war es.« Aenne reckte sich. »Ich habe heute viel zu tun«, sagte sie und schlug die Bettdecke zurück.

Doch Clemens griff nach ihr, seine warmen Hände umschlangen ihren Leib und zogen ihn ins Bett zurück.

Später beim Frühstück fragte Clemens: »Was hast du heute vor?«

»Oh, ich habe ein paar reizende Stiefeletten gesehen. Ich denke, ich werde für Bettina ein Paar kaufen. Und für Hedda vielleicht ein neues Kleid. Ist dir aufgefallen, wie sehr sie in den letzten Monaten gewachsen ist? Ich glaube, es ist an der Zeit, die Kinderkleidung auszuräumen. Sie wird dreizehn Jahre alt, sie ist kein Kind mehr.«

Clemens runzelte die Stirn. »Aber sie ist auch noch keine junge Frau.«

Aenne lächelte und dachte kurz an die erste Begegnung der beiden. Er hatte über das ganze Gesicht gestrahlt, als er sie gesehen hatte. Und dann hatte er mit ihr gesprochen, wie man mit einer Erwachsenen spricht. Hedda war hingerissen gewesen, und obschon sie sich kaum an Martin erinnern konnte, erzählte sie gerne, dass sie zwei Väter hätte.

»Ein Alltagskleid. Nichts Besonderes. Gut geschnitten und ohne Schleifen und Rüschen.«

Jetzt wäre der Moment, sich Clemens anzuvertrauen. Mit ihm wäre vielleicht alles leichter. Andererseits hatte er eine gehörige Wut auf Oskar, weil er sie um ihr Erbe betrogen hatte. Die Worte wollten ihr nicht über die Lippen kommen.

»Was machst du heute? Wie sieht dein Tag aus?«, fragte sie stattdessen.

»Ich habe heute Vormittag ein Gespräch mit dem Sommelier des Grand Hotel Esplanade. Danach wollte ich mir die Getränkekarte im Hotel Adlon ansehen. Ich möchte gern wissen, ob sie unseren Sekt dort gezielt anbieten. Und am späten Nachmittag habe ich einen Termin mit Erich Dagobert von Drygalski, dem Leiter einer geplanten Südpolarexpedition. Ich möchte, dass er Rotkäppchen-Sekt mit auf seine Reise nimmt. Wenn es gelingt, ihn zu überzeugen, dann wird das Wellen schlagen. Eine bessere Reklame kann man sich nicht erhoffen.«

»Ein voller Tag. Ich wünsche dir viel Erfolg dabei.«

Clemens griff nach ihrer Hand. »Glaub mir, Liebste, ich würde den Tag lieber mit dir verbringen. Wir könnten durch die Geschäfte schlendern, Unter den Linden in einem Café sitzen, aber es geht nicht. Heute Abend aber lade ich dich in den Wintergarten ein.«

»In den Wintergarten? In das berühmte Varieté? Oh, darauf freue ich mich.«

Aenne versuchte, begeistert auszusehen, aber insgeheim dachte sie nur an Oskar und an das, was ihr heute noch bevorstand.

»Dann treffen wir uns um sieben Uhr wieder hier im Hotel?«

»Sehr gern, ich freue mich darauf.«

Die Standuhr im Speiseraum des Hotels schlug die neunte Stunde. Clemens sprang auf. »Oh, so spät schon. Ich muss mich beeilen.«

»Würdest du mir heute noch einmal den jungen Peter aus dem Sekthaus ausleihen? Ich möchte nicht allein und mit zahlreichen Einkäufen bepackt durch Berlin schlendern müssen.«

Clemens nickte. »Ich sage gleich Bescheid. Er wird in einer halben Stunde hier sein. Ist dir das recht?«

Aenne nickte, und Clemens küsste sie aufs Haar, dann machte er sich auf den Weg.

Aenne seufzte. Es war ein Jammer, dass Clemens so viele Termine hatte, aber sie würde es auch ohne ihn schaffen. Sie hatte ja schon so oft Probleme allein lösen müssen.

Als Peter eintraf, machte Aenne sich fertig und begann sofort mit ihrer Einkaufstour. Sie hatte den Eindruck, sich unbedingt etwas Gutes gönnen zu müssen, bevor sie zu Oskars Weinhandlung und zu dem schwierigen Gespräch ging. Sie erstand je ein Kleid für Hedda und Pauline, sie kaufte Stiefeletten für Bettina und ein warmes Umschlagtuch für Ernestine. Für Kleinoskar besorgte sie ein paar Handschuhe aus feinstem Kalbsleder und für sich ein Kleid nach der neuesten Mode.

Peter schleppte die vielen Pakete zurück ins Hotel. Sie wollte ihn mit einem großzügigen Trinkgeld verabschieden, aber Peter schüttelte stur den Kopf.

»Herr Volk hat mich beauftragt, Ihnen nicht von der Seite zu weichen«, erklärte er mit fester Stimme.

Aenne lachte ein künstliches Lachen. »Aber das ist ganz und gar unnötig. Ich komme allein klar.«

Peter rührte sich nicht von der Stelle.

»Du kannst mich wirklich allein lassen.«

Der junge Mann schüttelte den Kopf und blickte ihr fest in die Augen. »Sie werden wieder zu dieser Weinhandlung in der Mohrenstraße gehen. Herr Volk hat mir aufgetragen, Sie unbedingt dorthin zu begleiten.«

Aenne riss verblüfft die Augen auf. »Woher weiß er von der Mohrenstraße?«

Peter schluckte. »Ich habe es ihm erzählt. Das Geschäft hat mir nicht gefallen. Und der Inhaber auch nicht.«

Aenne nickte. Sie freute sich, dass Clemens sich um sie sorgte, dass Peter so aufmerksam gewesen war.

»Also gut. Aber du wartest draußen.« Sie richtete ihren Hut, dann begaben sie sich in die Mohrenstraße.

Schon von Weitem sah Aenne, dass die Ladentür offen stand. Das verwunderte sie, denn der Tag war kühl, ein kräftiger Wind wehte aus Nordost, und sie hatte mehrmals ihren Hut festhalten müssen. Dazu nieselte es leicht, und der Himmel hing voller grauer dicker Wolken.

Vor dem Geschäft beschied sie Peter noch einmal, auf der Straße zu warten, dann trat sie ein. Der Anblick, der sich ihr bot, war verheerend. Unzählige Flaschen lagen zerbrochen am Boden. Es roch nach Wein und Zigarren, und darüber hing ein metallischer Geruch, den Aenne nicht sofort einordnen konnte. Der Schreibtisch war umgeworfen, der Boden davor mit Papieren übersät. Aenne bekam Angst. Vorsichtig trat sie näher, unter ihren Schuhen knirschte Glas bei jedem Schritt.

»Oskar?«, rief sie leise, doch niemand antwortete ihr.

Sie erreichte den Schreibtisch, und dahinter sah sie Oskar liegen.

»Um Gottes willen«, rief sie aus und presste eine Hand auf den Mund.

Oskar lag in seinem Blut. Die Augen waren zugeschwollen, aus dem Mundwinkel sickerte ein dünner Blutfaden.

Aenne kniete sich neben ihn. »Oskar? Oskar!«

Mühevoll öffnete er ein Auge. »Hol einen Arzt«, flüsterte er rau. »Hol einen Arzt, sonst sterbe ich.«

Und da erst sah sie, dass auf seinem hellen Hemd in der Herzgegend Blut hervorsickerte. Neben ihm lag ein messerscharfer Glassplitter, wohl aus einer Flasche herausgebrochen und mit Blut verkrustet.

»Was ist passiert?«, wollte Aenne wissen, doch Oskar schloss die Augen.

»Schnell«, hauchte er.

Aenne erhob sich. Die Gedanken in ihrem Kopf summten wie Bienen in einem Stock. Oskar war schwer verletzt. Er würde sterben, wenn sie ihm nicht half. Wäre sein Tod nicht das Beste, was ihr passieren konnte? Bettina könnte als Witwe an Wielands Seite ein neues Leben beginnen. Und das Weinschlösschen. Niemand könnte es ihnen noch wegnehmen.

»Hilf mir!«, röchelte Oskar.

Aenne sah, wie der Blutfleck auf Oskars Hemd immer größer wurde. Sie sah, wie Oskars Hände nach irgendetwas fassen wollten, aber ins Leere griffen. Es war, als ob sie sich nicht bewegen konnte. Sie musste etwas tun, sie musste Oskar retten. *Ein Arzt, ein Arzt.* Die Worte hallten in ihrem Kopf, sie sah den jungen Oskar vor sich, mit dem sie unter dem Maibaum getanzt hatte. Sie sah den Mann, der ihr die Heirat angetragen hatte, sah ihn als Partner ihrer Schwester, sah den betrunkenen Spieler auf dem Boden einer Gasse im nächtlichen Freyburg. Sie dachte an die vielen Tränen, die Bettina geweint hatte. Sie dachte auch an die Eintreiber von Oskars Spielschulden, und sie dachte an Pauline und Kleinoskar, die ohne Vater aufgewachsen waren.

»Hilf mir!« Oskars Stimme war leiser geworden, war nur noch ein Hauch, aber noch immer konnte Aenne sich nicht rühren.

»Frau Volk? Ist alles in Ordnung?« Peters Stimme durchschnitt die Stille. Plötzlich stand er neben ihr.

»Was ist passiert?«, fragte er und kniete schon neben Oskar.

Und endlich kam wieder Leben in Aenne. »Lauf, und hole einen Arzt.«

Kaum war Peter verschwunden, hockte sie sich neben Oskar. Seine Hand griff nach ihr, so als wollte er sich an ihr festhalten, damit der Tod ihn nicht in sein Reich ziehen konnte, aber Aenne versagte ihm diesen Trost.

»Ich ... ich ... habe dich immer geliebt«, hauchte Oskar, und Aenne wusste in diesem Augenblick, dass das stimmte. Und sie begriff in aller Deutlichkeit, welches Leben Bettina an seiner Seite hatte leben müssen. Ohne Achtung, ohne Respekt, ohne Liebe. Sie war ihm lästig gewesen. Er hatte sie nur geheiratet, um sich an Aenne zu rächen. Das alles verstand sie, und es tat ihr unendlich leid.

Seine tastende Hand suchte nach der ihren. Und da ergriff sie Oskars Hand, hielt sie fest. Und als Oskar Nimmrod seinen letzten Atemzug getan hatte, da erst ließ sie ihn los.

4

Sie kamen mit dem Totenschein und Oskar in einem Sarg nach Freyburg zurück. Sie hatten in Berlin bleiben müssen, bis alles geklärt war. Oskar hatte auch in Berlin Poker gespielt. Ja, er war sogar bei der Polizei dafür bekannt gewesen, und man vermutete, dass Oskar wieder Spielschulden gehabt hatte, die er nicht zurückzahlen konnte. Die Wunde in seiner Brust stammte von einem großen Glassplitter einer Weinflasche, und es wurde vermutet, dass Oskar sich diese tödliche Verletzung bei einem Sturz während einer Prügelei zugezogen hatte. Tod durch Unfall, hatte die Berliner Polizei festgestellt.

Bettina hatte bittere Tränen vergossen, und Aenne hatte sich gefragt, warum sie weinte: »Er ist immerhin der Vater meiner Kinder«, hatte die Schwester gemurmelt. »Er hatte nicht nur schlechte Seiten.«

Nun stand sie neben ihr am Grab. Bettina hatte für Oskar eine würdige Beerdigung gewünscht, und Aenne war damit einverstanden gewesen.

Der Pfarrer hatte Oskar als talentierten Winzer beschrieben, der Wein im Blut gehabt hatte, und Aenne hatte bei dieser unglücklichen Formulierung nur gedacht, wie recht der Pfarrer doch hatte.

Ein paar Freyburger Winzer, die Oskar noch von früher kannten, hatten den Sarg getragen und ließen ihn nun vorsichtig ins Grab hinab. Bettina schluchzte noch einmal auf, aber schon beim Leichenschmaus lachte sie wieder.

Wieland Fritsch war nicht mit auf dem Friedhof gewesen; es schien ihm unpassend. Aber beim Leichenschmaus saß er neben Bettina, und unter dem Tisch hielt er ihre Hand.

Dann kam der Jahrhundertwechsel. Die alten Frauen in der kleinen Stadt tuschelten an den Straßenecken und zeigten besorgte Mienen. »Der Jahrhundertwechsel. Ein böses Omen. Es heißt, die Welt geht unter.« Liesbeth Adler, deren Vater ein Zigeuner gewesen sein soll, verkaufte an die Ängstlichen Weihrauch, damit sie in den Raunächten das Haus räuchern konnten, um die bösen Geister zu vertreiben. Auch Ernestine hatte ein kleines Beutelchen davon gekauft.

Am Morgen des 31.12.1899 nahm sie die Ascheschippe und entzündete darauf den Weihrauch. Sie ging damit von Zimmer zu Zimmer, schwenkte die Schippe, um den Rauch zu verteilen.

»Was machst du da?«, fragte Aenne ihre Mutter. »Du bist doch sonst nicht abergläubisch.«

»Ein Jahrhundert geht zu Ende, ein neues beginnt. Das ist nicht nur irgendein Silvester. Natürlich glaube ich nicht daran, dass die Welt untergehen wird, aber das bisschen Räuchern kann auch nicht schaden.«

»Hast du Angst?«, fragte Aenne behutsam.

Ernestine zuckte mit den Schultern. »Ich weiß es nicht. Nein, Angst habe ich wohl nicht. Aber ein gewisses Unbehagen kann ich nicht leugnen. Schließlich weiß man ja nicht, was kommt.«

»Es wird sich nichts ändern. Wir werden Wein anbauen und ernten und keltern. Die Kinder werden wachsen, wir werden älter.«

Ernestine nickte, aber Aenne sah ihr an, dass sie sie nicht wirklich beruhigt hatte.

Am Abend fanden sich dann alle im großen Esszimmer ein. Aenne hatte Tannenzweige in Vasen arrangiert, hatte silberne Bänder darumgebunden. Der Tisch war festlich gedeckt. Das Silber des Bestecks funkelte im Kerzenlicht, die Gläser leuchteten. Bettina kam mit ihren Kindern und ihrem Freund, Hedda hatte sich ihr schönstes Kleid angezogen, Aenne trug das Haar zu einem festlichen Knoten aufgesteckt, Ernestine hatte ihre goldene Brosche ans Kleid geheftet, und Clemens hatte sich sogar eine Krawatte umgebunden.

Es gab Karpfen. Silvesterkarpfen. So wie immer. Und danach eine Feuerzangenbowle. Die Köchin hatte zwei Orangen und zwei Zitronen in Scheiben geschnitten und die Scheiben mit einer Stange Zimt, Sternanis und Nelken in einen großen Topf getan. Dazu kamen zwei Liter Rotwein und eine Flasche Rum. Als das Gemisch beinahe kochte, nahm sie es vom Herd und brachte es in das Esszimmer. Aenne holte ein Drahtgitter aus dem Schrank, legte einen Zuckerhut darauf, tränkte diesen mit Rum und zündete ihn an. Beinahe zur selben Zeit begannen die Kirchenglocken vom Naumburger Dom und von der St.-Marien-Kirche in Freyburg zu läuten. Mitternacht. Das neue Jahr war da. Clemens öffnete eine Flasche Sekt, goss die Gläser voll. »Auf ein neues Jahr!«, rief er. »Auf ein gutes, gesundes, erfolgreiches und friedvolles Jahr.«

»Auf das neue Jahrhundert«, rief Ernestine. »Auf dass es uns Frieden und Erfolg bringen werde.«

Ein Jahr später, gleich nach der Trauerzeit, heiratete Bettina in Naumburg ihren Wieland Fritsch und zog mit den Kindern zu ihm in sein großzügiges Haus.

Pauline hatte die Höhere Töchterschule abgeschlossen, und Bettina hatte dafür gesorgt, dass sie nun eine Ausbildung zur Sekretärin machte. »Sie soll immer selbst für sich aufkommen können«, hatte Bettina diese Entscheidung begründet. »Nie soll sie von anderen abhängig sein müssen.«

Hedda war nun fünfzehn Jahre alt, und auch Aenne wünschte sich, dass ihre Tochter niemals von anderen abhängig sein musste.

Aenne wusste, dass in Hedda ein starker Kern steckte. Wenn sich Hedda etwas vorgenommen hatte, dann setzte sie das auch durch. Würde sie wie ihre Großtante Oda das Abenteuer suchen und durch die Welt reisen? Aenne hoffte, ihre Tochter würde sich nach einer gründlichen, guten Ausbildung für das Weinschlösschen entscheiden. Genau wie Aenne hatte Hedda schon von klein auf Interesse am Weinbau gezeigt, und Aenne hatte versucht, ihr all das Wissen zu vermitteln, das sie über die Jahre angehäuft hatte.

»Ich möchte, dass Hedda einen Beruf erlernt. Sie soll eine gute Ausbildung erhalten«, erklärte Aenne ein paar Wochen später ihrem Mann.

»Eine gute Ausbildung. Da bin ich ganz deiner Meinung«, erwiderte Clemens und wandte sich an seine Tochter. »Was würde dir denn Spaß machen?«

Hedda legte ihr Buch zur Seite. »Ich möchte Winzerin werden«, sagte sie selbstbewusst.

Insgeheim freute Aenne sich über diese Antwort. Hedda war eben ein Kind aus dem Saale-Unstrut-Tal. Doch Aenne wusste nur zu gut, was auf Hedda zukommen könnte, wie schwierig der gewählte Weg sein würde. Sie wollte Hedda warnen und erhob Einspruch. »Nein, das kannst du nicht. Eine Winzerin hat es schwer, ihren Wein zu vermarkten und zu verkaufen. Als Frau bist du nicht geschäftsfähig. Du kannst einen Winzer heiraten, du kannst gemeinsam mit deinem Mann ein Weingut betreiben, aber als Frau allein Winzerin zu sein, das geht nicht.«

»Du sprichst wie Oma«, erklärte Hedda. »Und dabei bist du doch selbst Winzerin.«

»Gerade deshalb. Weil ich weiß, wie schwierig es ist, will ich nicht, dass du glaubst, ganz einfach diesen Beruf erlernen zu können und dann eigenständige Winzerin zu sein.«

Hedda sah ihre Mutter entschlossen an. »Was wünschst du dir für mich?«

Aenne hielt inne. »Ich wünsche mir, dass du glücklich wirst. Dass du immer ein Dach über dem Kopf hast und genug zu essen. Ich wünsche mir, dass du liebst und geliebt wirst.«

Hedda lächelte. »Das wünschen alle Eltern ihren Kindern. Aber das meine ich nicht. Was glaubst du, welcher Beruf passt zu mir?«

Aenne warf einen Hilfe suchenden Blick zu Clemens, und der sah seine Tochter ernst an. »Ich wünsche mir ebenso wie deine Mutter, dass du glücklich wirst.«

»Dann bildet mich aus. Macht aus mir eine Winzerin und Kellermeisterin. Denn das ist es, was ich mir mehr wünsche als alles andere.«

»Aber …«

»Du hast mir gezeigt, dass es geht. Du lieferst deine Grundweine an Kloss & Foerster, du verkaufst den Premium-Wein an die vornehmen Leipziger Hotels, sogar an den ›Elephanten‹ in Weimar, bekommst Auszeichnungen für deinen Saale-Premium. Wie du, Mama, möchte ich unsere Weine in ganz Deutschland verkaufen. Nach Berlin, nach Hamburg, an die großen Hotels und Varietés, an die Bars und vornehmen Restaurants. Es wäre zu schön, wenn es gelänge, dass unser Saale-Premium einmal in »Auerbachs Keller« ausgeschenkt werden würde. Die günstigeren Weine der letzten Pressungen würde ich wie gewohnt an Kloss & Foerster abgeben.«

»Ja, aber das alles hätte ich nicht ohne Hilfe geschafft«, erwiderte Aenne.

»Einen anderen Beruf gibt es für mich nicht. Hier ist alles, was ich will. Das Weinschlösschen ist doch meine Heimat.«

Aenne und Clemens blickten sich an, dann lächelte Aenne. »Ich fürchte, auch in ihrem Blut fließt Wein. Dann wirst du die weiterführende Schule besuchen und mir bei den Geschäftsbüchern und allen Aufgaben im Weinberg über die Schulter schauen.«

Das Jahr 1902 begrüßte Aenne ganz still. In den letzten Jahren war die Ernte sehr ergiebig gewesen, und eigentlich wollte sie im Weinschloss ein großes Fest geben. Doch wenige Tage vor Weihnachten starb Ernestine. Sie war ein paar Wochen lang krank gewesen, hatte sich von einer Grippe nicht erholen können. Bei der Testamentseröffnung erfuhren Aenne und Bettina, dass Ernestine ihr ganzes Hab und Gut ihren Enkelinnen Pauline und Hedda vermacht hatte. Ein Brief hatte dem Testament beigelegen.

Meine lieben Enkelinnen,

ich wünsche euch ein langes und glückliches Leben, vor allem wünsche ich euch Unabhängigkeit. Deshalb vermache ich jeder von euch die Hälfte meines Besitzes, der aus dreißig Goldtalern besteht. Ich wünsche euch, dass ihr eure Träume leben könnt, auch wenn es nicht leicht sein wird.

In Liebe, Ernestine

»Woher hat sie so viel Geld?«, fragte Bettina verblüfft nach. Sie hatte ein wenig zugenommen, ihr Gesicht leuchtete. Das Leben mit Wieland machte sie sichtlich glücklich.

»Sie hat natürlich jedes Jahr ihren Anteil am Erlös des verkauften Weines bekommen«, erklärte Aenne. »Genau wie du und ich. Ich nehme an, sie hat dieses Geld gespart und in Gold eingelöst.«

Sie lächelte, als sie an Ernestine dachte. Oh, wie sehr ihr die Mutter schon fehlte, obschon sie eine Frau von Ende dreißig war. »Ich denke, wir sollten dafür sorgen, dass unsere Töchter sorgsam mit ihrem kleinen Schatz umgehen. Es ist ein Notgroschen. Und das Leben hat uns gelehrt, dass jede Frau einen Notgroschen braucht.«

Clemens hatte in der Kellerei sehr viel zu tun. Zu seinem fünfundzwanzigjährigen Dienstjubiläum hatte der Prokurist und Handelsvertreter Emil Russak gemeinsam mit Clemens einen großen Werbecoup gelandet, der auch noch Jahre danach Gesprächsthema war. Russak hatte einen Sonderzug durchs Land rollen lassen. Einen Sonderzug mit fünfundzwanzig Doppelwaggons, die insgesamt fast achtzigtausend Flaschen Sekt transportierten. Jeder sprach davon. Kinder liefen lachend und winkend neben dem Zug her, auf jedem Bahnhof gab es einen Menschenauflauf. Diese Werbekampagne war die teuerste, die es je in Deutschland gegeben hatte. Alle Zeitungen hatten darüber berichtet.

»Unser Sekt ist in aller Munde«, hatte Clemens gesagt, und Aenne hatte gelacht: »Im wahrsten Sinne des Wortes.«

Doch nicht nur die Geschichte mit dem Sonderzug füllte die Spalten der Zeitungen. Die gebildete Öffentlichkeit interessierte sich überdies enorm für wissenschaftliche Expeditionen.

Weltreisende und Forscher, die überall in der Welt nach Neuland suchten, waren die Stars der Presse. Und Clemens hatte alles darangesetzt, die erste deutsche Südpolarexpedition unter der Leitung von Erich Dagobert von Drygalski mit Rotkäppchen-Sekt als Proviant auszustatten. Als Proviant und natürlich, um zu zeigen, dass der Rotkäppchen-Sekt unter allen Bedingungen hielt, was sein Name versprach. Zwei Jahre waren die tapferen Männer unterwegs gewesen, nahmen den Sekt um die halbe Welt mit. Und am Schluss der Expedition schrieb Erich Dagobert von Drygalski einen Brief, den Clemens auf der Stelle in allen großen Zeitungen abdrucken ließ:

Ich bestätige Ihnen gerne, dass die der Deutschen Südpolarexpedition gelieferten Sekte sich vorzüglich gehalten haben und in den Tropen sowie im Polarkreis gleich gut gewesen sind. Wir haben in den zweieinhalb Jahren unserer Abwesenheit keine Abnahme des Geschmacks bemerkt, obgleich wir noch bis zuletzt davon gebraucht haben, und es wird Ihnen auch die wieder zurückgesandte Probekiste zeigen, dass der Sekt nicht gelitten hat.

In vorzüglicher Hochachtung
v. Drygalski

Dann führte der als Sektliebhaber bekannte Kaiser Wilhelm II. 1902 eine Schaumweinsteuer ein, um damit die kaiserliche Flotte zu finanzieren. Bei Kloss & Foerster befürchtete man Umsatzeinbußen, denn jede einzelne Flasche verteuerte sich um 50 Pfennig. Doch alle Befürchtungen waren umsonst. Der Rotkäppchen-Sekt wurde nach wie vor mit

Vorliebe getrunken. Beim nächsten Besuch des Kaisers anlässlich des Kaisermanövers putzte sich das Städtchen Freyburg heraus. Die Sektkellerei verkaufte »Kaisersekt«, dessen Etikett ein Bild Wilhelms II. zierte. Und großmundig ließ der Monarch wissen: »Die Sekte von Kloss & Foerster sind sehr bekömmlich. Ich kann mit vollem Recht behaupten, dass ich es gewesen bin, der sie in vielen Offizierskasinos eingeführt hat.«

Auch im Weinschlösschen waren alle bester Dinge. Die Weinprobe im Deutschen Sekthaus in Berlin hatte Aenne etliche neue Kunden beschert. Sie hatte ihren Riesling und den Grauburgunder bis nach Berlin verkauft. Sogar das Hotel Adlon hatte Interesse angemeldet, aber dann war das Geschäft doch nicht zustande gekommen, weil Aenne nicht die gewünschte Anzahl des Saale-Premium liefern konnte. Die Ernte reichte dafür nicht aus.

Die neue Lese stand bevor, und Aenne hoffte, dass sie ertragreich genug sein würde, um alle Bestellungen abzudecken.

Noch war September, ein goldener September, dessen Sonne so wärmte, dass Aenne draußen im Garten sitzen konnte. Gerade war sie mit Hedda aus den Weinbergen gekommen.

»Was meinst du?«, fragte Aenne. »Wann sollten wir mit der Hauptlese beginnen?«

Hedda hatte ein paar Trauben gepflückt und kostete sie jetzt vorsichtig. Dann sagte sie: »Ich würde noch ein wenig abwarten. Zwei Wochen vielleicht. Wenn wir Glück haben, scheint die Sonne, und die Trauben gewinnen an weiterer Süße. Außerdem möchte ich in diesem Jahr Eiswein keltern.«

»Eiswein?«, fragte Aenne verblüfft. »Du willst die Trauben so lange an den Rebstöcken lassen, bis der erste Frost kommt? Das haben wir noch nie gemacht. Für die Spätlese habe ich bereits ein paar Rebzeilen ausgesucht. Aber Eiswein?«

»Lass es mich probieren, Mama. Was kann schon passieren?«

»Nun, selbst wenn das mit dem Eiswein klappt, können wir die Bestellungen nicht alle bedienen.«

»Das ist doch gut«, stellte Hedda fest.

Aenne runzelte die Stirn. »Du findest es gut, wenn wir Absagen erteilen müssen? Ich hätte schon sehr gern gesehen, dass das berühmte Adlon unseren Wein auf seiner Karte hat.«

»Trotzdem. Es spricht für die Qualität des Saale-Premium. Und die Leute werden unseren Wein noch mehr wollen. Alles, was rar ist, gewinnt an Wert.«

Da musste Aenne lachen. »Du hast das Reklameblut deines Vaters geerbt.«

Hedda lächelte. »Ich habe zwei Väter. Martin und Clemens. Es ist gut, zwei Väter zu haben.«

Und dann kam die Lese. Die Sonne schien und ließ die Weinblätter in allen Farben leuchten. Die Trauben hingen prall und saftig an den Rebstöcken.

Aenne hatte neben Hedda auch Luzie und Fritz und dazu

noch weitere Arbeiter aus Freyburg engagiert. Und auch Bettina war gekommen. Die Luft roch nach frischer Erde und Trauben. Luzie sang bei der Arbeit, und ihre Finger flogen nur so über die Rebstöcke. Korb um Korb füllten sie. Das Fuhrwerk, das die Trauben zum Weinschloss bringen sollte, wurde voll und voller.

Aenne kostete eine Traube, schmeckte ihr nach. »Das wird ein guter Jahrgang«, stellte sie fest. Hedda zerbiss ebenfalls eine Traube. »Sie sind süß und saftig. Ein wirklich guter Jahrgang.«

Mittags setzten sie sich alle an den Rand des Weinberges. Aenne hatte eine Decke auf dem Boden ausgebreitet und öffnete jetzt den Proviantkorb. Es gab dick mit Wurst belegte Brote, dazu Eier und Wasser. Die Stimmung hätte nicht besser sein können, Scherzworte flogen hin und her.

Als alle wieder zurück zu den Reben gegangen waren, blieb Aenne noch einen Augenblick auf der Decke sitzen. Ich bin glücklich, dachte sie. Jetzt ist mein Leben genauso, wie ich es mir immer gewünscht habe. Sie sah zu Hedda, die mit einem der jungen Weinbergarbeiter scherzte. Sie sah Bettina, die sich gerade den Schweiß von der Stirn wischte. Die Ehe hatte sie hübscher gemacht, ihr Haar glänzte golden in der Sonne, ihre Haut leuchtete. Sie sah Luzie und Fritz, die beiden treuen Seelen, die sie schon so viele Jahre lang kannte. Immer hatten sie ihr zur Seite gestanden. In guten und in schlechten Zeiten. Luzie griff sich an den Rücken, richtete sich stöhnend auf. Aenne erhob sich, ging zu ihr: »Geh nach Hause, Luzie. Clemens wird gleich kommen und uns helfen.«

»Aber die Trauben, es sind noch so viele.«

»Geh, Luzie, ich sehe doch, dass dir der Rücken wehtut.«

Aenne strich der alten Frau über die Schulter. »Geh, und mach dir zu Hause eine Wärmflasche.«

Luzie nickte dankbar und packte ihre Sachen zusammen.

Nach und nach wurden die Scherzworte weniger. Es war Nachmittag, und die Arbeit strengte an. Jetzt pflückte jeder schweigend die Trauben vom Stock. Die Finger taten weh, im Rücken zog es, der Nacken wurde steif, die mit den Trauben gefüllten Körbe wurden immer schwerer. Rings um das Fuhrwerk lagen zertretene Früchte auf dem Boden. Immer wieder hielt Aenne Ausschau nach Clemens, und als er endlich kam, seufzte sie vor Erleichterung. Er führte ein Pferd am Zügel, spannte es vor das volle Fuhrwerk und machte sich daran, die Fuhre zum Weinschloss zu bringen.

Plötzlich zerriss ein Schuss die Stille. Vögel flogen kreischend auf, die Arbeiter standen wie erstarrt. Das Pferd aber wieherte laut, warf die Vorderhufe in die Luft und preschte los. Hatte Clemens es nicht richtig eingespannt? Das Fuhrwerk kippte zur Seite und begrub Clemens unter sich.

Aenne schrie auf, sie wusste schon in diesem Moment, dass ihre Welt stehen geblieben war. Wie betäubt eilte sie zu Clemens, während Hedda um Hilfe rief und einer der Arbeiter nach Freyburg rannte, den Arzt zu holen. Aber hier konnte kein Arzt mehr helfen. Das schwere Fuhrwerk hatte Clemens' Brust zerschmettert.

5

Dr. Pichel, der Notar der Familie Volk, räusperte sich. Zwei Tage war die Beerdigung von Clemens erst her, und Aenne war noch in tiefer Trauer. Aber das Testament musste eröffnet werden. Aenne hielt diese Veranstaltung für überflüssig. Hedda und sie würden erben. Sie waren die nächsten Verwandten.

»Ich beginne nun mit der Verlesung«, erklärte Dr. Pichel und ließ seinen Blick von Hedda zu Aenne und wieder zurück schweifen. Dann räusperte er sich noch einmal und las: »Ich, Clemens Volk, vererbe mein Hab und Gut, also das Weingut in Metz, zu gleichen Teilen an meine beiden Töchter Hedda Volk und Juliette Crispin. Das Weingut ist rund hundert Hektar groß und befindet sich direkt an der Mosel, eine Hanglange, an der überwiegend Chardonnay angebaut wird ...« Der Notar sprach weiter, aber Aenne saß wie erstarrt, unfähig, die weiteren Worte aufzunehmen.

Sie starrte den Notar an. »Wie bitte?«, unterbrach sie ihn. »Ich glaube, ich habe die ersten Sätze nicht richtig verstanden.

Dr. Pichel verlas das Testament noch einmal.

Aenne schüttelte den Kopf, dann blickte sie zu Hedda: »Juliette? Hast du je von ihr gehört? Ich verstehe das alles nicht.«

Hedda verneinte.

»Warum hat er mir nie etwas erzählt?«, wollte Aenne wissen. Dann erhob sie sich, verließ das Notariat.

Nein, sie hatte nicht erwartet, dass Clemens ihr die Treue hielt in all den Jahren, in denen sie ihn abgewiesen hatte. Sie hatte geahnt, dass er in Frankreich, auf seinem Weingut, gelebt und auch geliebt hatte. Aber sie hatte nicht damit gerechnet, dass es eine Frau gab, die ihm so am Herzen lag, dass er ihr sein halbes Vermögen vererbte. Warum hatte er ihr nie erzählt, dass er eine Tochter hatte? Warum war er nie zu ihr gefahren? Sie hatte geglaubt, Clemens bis auf den Grund zu kennen, aber nun hatte sie erfahren, dass auch er ein Geheimnis hatte.

Auch die nächsten Tage und Wochen brachten ihr keine Antwort. Nun war sie ganz allein im Weinschloss. Hedda hatte die Trauer im Haus nicht mehr ertragen und war zu einem Weinhändler nach Leipzig gegangen, um dort für einige Zeit zu arbeiten und zu lernen.

Aenne war allein. Und es fühlte sich furchtbar an. Sie war fast Mitte vierzig und unsagbar müde.

Der Verlust von Clemens hatte ihr den Boden unter den Füßen weggezogen. Seit seinem Tod hatte sie keine Kraft mehr und wäre am liebsten gar nicht mehr aus dem Bett aufgestanden. Nach Martins Tod hatten Tante Oda und ihre Mutter ihr beigestanden, jetzt war niemand da.

»Ihr wart so glücklich zusammen«, hatte Hedda überrascht gesagt. Doch ihre Tochter wollte von der tiefen Liebe zu ihrem Vater nicht abrücken. »Wahrscheinlich wollte er euer Glück nicht belasten.«

Und trotzdem! Er hätte mit ihr reden müssen. Vielleicht hatte er auf einen günstigen Augenblick gewartet. Einen Augenblick, der nie gekommen war. Er hatte ja nicht damit gerechnet zu sterben. Im Gegenteil. Er war voller Pläne gewesen. Sie hatten zusammen nach Italien fahren wollen, in das Gebiet, in dem der Chianti wuchs. Ja, Clemens hatte sogar von Kalifornien gesprochen. Nun war er tot, und sie fühlte sich, als hätte er auch einen großen Teil ihres Lebenswillens mit ins Grab genommen.

Aenne hatte den Notar beauftragt, die französische Erbin zu benachrichtigen. Bislang hatte sie sich noch nicht gemeldet, und Aenne fragte sich, wer sie wohl war.

Das Weingut Soleil blanc in Metz. Aenne hatte es nie gesehen, warum war sie an diesem Teil von Clemens' Leben so wenig interessiert gewesen? Sie wusste aber, dass ihr Mann einen Verwalter eingesetzt hatte, der seine Trauben auch an die Sektkellerei verkaufte und einen Teil des Erlöses an Clemens überwies. All das gehörte zur Hälfte Hedda. Was würde damit geschehen? Aenne hatte es vor Hedda nicht eingestanden, aber sie hatte eine schreckliche Angst davor, dass Hedda nach Frankreich gehen würde. Ihr wäre es lieb, würde sie das Gut verkaufen und mit dem Geld dafür in Freyburg neue Weinberge erwerben. Sie wollte ihre Tochter in ihrer Nähe haben.

Aenne erhob sich und trat ans Fenster. Draußen dämmerte es bereits, der Himmel war mit Wolken bedeckt, und sie hatte vorhin Schnee gerochen, als sie im Garten die Wäsche abgenommen hatte. Und tatsächlich schwebten nun die ersten Flocken vom Himmel, und Aenne kuschelte sich tiefer in ihr Umschlagtuch. Sie hatte Angst vor dem Winter. Sie waren in den letzten Jahren ein paarmal eingeschneit gewesen, aber da war ihre Familie um sie herum gewesen. Wenigstens hatte sie nun elektrisches Licht. Ganz Freyburg war an die Elektrizität angeschlossen worden, und Aenne staunte jeden Tag darüber, wie viel einfacher nun ihr Leben war.

Das brennende Holz im Kamin knackte, Funken stoben auf. Aenne stellte ein gusseisernes Kamingitter vor die Flammen, ließ sich in den Ohrensessel sinken, in dem schon Martin gesessen hatte und danach Clemens und der mittlerweile ein wenig fadenscheinig war. Sie würde ihn im Frühling neu beziehen lassen. Wenn sie die Kraft dafür fand.

Sie saß in diesem Sessel und starrte in die Flammen. Sie hätte jetzt im Weinkeller sein müssen. Die Trauben waren auf die Kelter gebracht und danach in Fässer abgefüllt worden. Nun lagerten sie unterirdisch und gärten vor sich hin. Sechs Wochen waren die frischen Trauben nun schon in den großen Fässern, und es wurde Zeit, sie in kleinere Fässer umzufüllen und reifen zu lassen. Fritz hatte nach Clemens' Tod das Kommando über die Lese übernommen. Er hatte die Arbeiter eingeteilt, hatte sich auch um die Spätlese gekümmert. Aenne konnte keine Trauben mehr sehen. Sie hatten Clemens das Leben gekostet. Er hatte den Wein geliebt und war an ihm gestorben. Immer, wenn sie Weintrauben oder Weinfässer sah, sah sie auch Clemens vor sich, der mit zerschmetterter Brust unter dem Fuhrwerk lag.

Sie seufzte. Hedda hatte sich Eiswein gewünscht, und an einigen Rebzeilen hingen noch die Trauben dafür. Sie mussten geerntet werden, es hatte bereits Frost gegeben. Aber Aenne hatte einfach keine Kraft dafür. Am Vormittag war Fritz da gewesen, während Luzie die Wäsche besorgt hatte. »Soll ich veranlassen, dass die Trauben geerntet werden? Soll ich den Eiswein ansetzen?«, hatte er gefragt. Und Aenne wollte keinen Gedanken an Wein verschwenden, deshalb hatte sie nur gesagt: »Mein lieber Fritz, mach einfach, was du für richtig hältst. Hedda würde es sicher freuen.«

Hedda. Sie hatte Sehnsucht nach ihrer Tochter, die in Leipzig war. Sie hätte sie zu gern bei sich gehabt, aber eine trauernde Witwe war schlechte Gesellschaft für ein junges Mädchen. Aenne selbst war es, die sie gedrängt hatte, nach Leipzig zu gehen. Sie sollte leben und lachen und lernen.

Aenne hatte nicht bemerkt, dass sie vor dem Kamin eingeschlafen war, aber plötzlich war vor dem Fenster Lärm zu hören. Eine Kutsche fuhr holpernd um das Rondell vorm Eingang. Sie hörte, wie der Kutscher die Pferde zum Stehen brachte, kurz darauf schellte die Türglocke.

Seufzend stand sie auf. Hoffentlich war es der Notar mit Nachricht von der französischen Erbin.

Als sie die Tür öffnete, erblickte sie tatsächlich Dr. Pichel, und neben ihm stand ein groß gewachsenes junges Mädchen, ein wenig jünger als Hedda, vielleicht vierzehn Jahre alt. Sie trug einen einfachen Tuchmantel und schaute Aenne schweigend an. Hinter ihr stand eine Frau in Aennes

Alter, die sie mit ernster, beinahe forschender Miene anblickte.

»Einen schönen guten Abend, Frau Volk«, unterbrach Dr. Pichel die gegenseitige schweigsame Musterung. »Ich habe Besuch mitgebracht. Würden Sie uns wohl einlassen? Das Wetter ist gar zu ungemütlich.«

Aenne trat einen Schritt zur Seite, bat die Besucher in den Salon. Ohne sich zu ihnen umzudrehen und ohne eine Erfrischung anzubieten, setzte sie sich an den kleinen Tisch und legte die Hände vor sich in den Schoß. Sie sagte nichts und fragte nichts.

»Nun, also«, begann der Notar, dem die Verlegenheit ins Gesicht geschrieben stand. »Dies ist Juliette Crispin, die andere Erbin Ihres Mannes. Und das ist ihre Mutter Claire Crispin.« Er lächelte der Frau, die noch kein Wort gesprochen hatte, aufmunternd zu.

»Eigentlich wollte Mme Crispin nicht ungebeten bei Ihnen vor der Tür stehen. Ihr ist die Situation unangenehm.«

»Ja«, ertönte die zaghafte Stimme von Claire Crispin. »Ich bitte um Entschuldigung für diesen Überfall.« Aenne fiel auf, dass die französische Madame akzentfrei deutsch sprach.

»Aha«, war alles, war sie dazu sagte.

»Juliette ist die Tochter Ihres verstorbenen Mannes, Claire ihre Mutter«, teilte der Notar mit.

Aenne nickte, wusste um des Herrgotts willen nicht, was sie sagen sollte. Also schwieg sie und sah Dr. Pichel dabei zu, wie er mit dem Zeigefinger unter seinen Hemdkragen fuhr, als bekäme er zu wenig Luft.

»Fräulein Crispin hat sich gewünscht, Sie kennenzulernen.«

»Warum?«, wollte Aenne wissen.

»Madame, mein Vater hat so oft von Ihnen gesprochen. Er hat meine Mutter nicht lieben können, weil er stets an Sie gedacht hat.«

Aenne verzog den Mund. Woher wusste das Mädchen so etwas? Sie wollte nicht, dass Juliette über Clemens sprach. Nicht über ihn als Vater und schon gar nicht über ihn als Mann mit Gefühlen.

»Er wird sich Ihnen sicherlich nicht anvertraut haben«, erklärte sie kühl und war kurz davor, die Arme vor der Brust zu verschränken.

»Ich würde mich freuen, Hedda kennenzulernen. Schließlich ist sie meine Schwester.«

»Halten Sie den Mund!«, fuhr Aenne die junge Frau an. »Hedda ist nicht Ihre Schwester. Sie beide wurden zufällig im selben Testament erwähnt. Es besteht keinerlei Verbindung zwischen Ihnen.« Sie erhob sich. »Es ist spät. Sie haben mich kennengelernt. Nun bin ich müde.«

Sie sah, dass Juliette in sich zusammenfiel. Enttäuschung machte sich in ihrem Gesicht breit.

Der Notar versuchte zu vermitteln. »Frau Volk, hören Sie sie doch an.«

»Es gibt nichts zu bereden. Lassen Sie uns alles schriftlich erledigen.«

»Doch.« Juliette war aufgestanden, sah Aenne direkt ins Gesicht, und Aenne erkannte darin dieselbe Entschlossenheit, die sie auch von Hedda kannte. »Ich kann nicht verlangen, dass Sie mich mögen oder anhören. Aber ich kann verlangen, mit Hedda zu sprechen. Es geht um das Weingut, das wir beide gemeinsam geerbt haben. Was soll damit geschehen?«

Aenne wusste, dass Juliette von ihr keine Antwort auf diese Frage erwartete, aber sie fuhr sie trotzdem barsch an: »Sie und Hedda sind beide noch minderjährig. Es werden nicht Sie sein, die hier eine Entscheidung trifft.«

Das Mädchen wich ein wenig zurück. Ihre Lider flatterten, aber sie ließ sich nicht von Aenne einschüchtern. Ihre Mutter war ebenfalls aufgestanden. »Lass es gut sein, Juliette«, sagte sie. »Es ist besser, ein anderes Mal wiederzukommen.« Aber Juliette ließ sich nicht beirren.

»Wann kann ich mit Hedda sprechen?«

Aenne seufzte. Sie wusste, dass dieses Gespräch unumgänglich war. »Kommen Sie am Sonntag vorbei. Aber nicht zu spät, denn Hedda muss zurück nach Leipzig.«

Mit diesen Worten wandte sie sich ab und überließ es den Besuchern, allein hinauszufinden.

Als sie die Haustür klappern hörte und kurz darauf die Hufe der Pferde, atmete sie auf.

Sie rief sich Juliettes Erscheinung vors Auge und war dankbar, dass das Mädchen Clemens wenigstens nicht ähnlich sah. Sie war groß und schlank, hatte dunkleres Haar als Hedda und braune Augen. Es gab nichts in ihrem Gesicht, das Aenne an den Verstorbenen erinnerte. Claire. Sie war keine unattraktive Frau, aber als schön konnte man sie auch nicht bezeichnen. Sie war klein, kleiner als Aenne, und zierlich. Das dunkelbraune Haar hatte sie in einem festen

Knoten getragen. Ihre Kleidung war sehr gepflegt gewesen, wenn auch nicht nach Pariser Chic. Was an ihr hat dir gefallen, Clemens?, fragte sie ihren toten Mann. Was hat sie dir gegeben? Was hat sie von mir unterschieden?

Aenne wollte eigentlich nicht, dass diese Juliette und ihre Mutter noch einmal auf dem Weinschloss auftauchten. Sie wollte es nicht, weil sie die Erinnerung an Clemens mit niemandem teilen wollte. Clemens gehörte ihr und Hedda. Was er in den Jahren in Frankreich gemacht hatte, wollte sie nicht wissen.

Einmal hatte er mit ihr über seine Zeit in Metz sprechen wollen.

»Aenne, es gibt da etwas, das du wissen solltest«, hatte er gesagt.

Aber Aenne hatte den Kopf geschüttelt. »Nein, erzähle mir nichts. Du warst ein erwachsener Mann. Sicher hast du deine Bedürfnisse stillen müssen. Aber ich will nichts davon wissen.«

Clemens hatte genickt, aber weitergesprochen. »Eines Tages müssen wir darüber reden, Aenne. Denn die Zeit in Metz ist ein Teil von mir.«

Da hatte Aenne Angst bekommen. Wie ein kalter Finger war sie über ihre Wirbelsäule gekrochen. Hatte er eine andere Frau geliebt? Er war nie verheiratet gewesen, und trotzdem war Aenne sicher, dass es andere Frauen gegeben hatte. Ach, hätte sie ihm damals nur zugehört!

Die Nacht war hereingebrochen, aber Aenne fand keine Ruhe. Sie lief im Haus hin und her, schließlich öffnete sie den Kleiderschrank, in dem noch immer Clemens' Sachen hingen, und roch daran. Die Sehnsucht nach ihm war so übermächtig, dass sie in Tränen ausbrach.

Hedda kam am Samstagnachmittag, und mit ihr wehte ein frischer Wind ins Haus.

Aenne hatte sich das Haar gewaschen, hatte aufgeräumt und Luzie beim Putzen geholfen. Hedda sollte nicht sehen, wie schlecht es ihr ging, sollte nicht wissen, dass sie vor Trauer kaum den Alltag bewerkstelligte.

»Es ist so wunderbar in Leipzig«, schwärmte Hedda. »All die Geschäfte und die vielen Menschen. Das Theater, das Varieté, die Oper und das Gewandhaus! Es gibt so viel zu erleben. Ich war mit Anton in der Oper, und es war zauberhaft.«

»Anton? Wer ist Anton?«, wollte Aenne wissen.

»Der Sohn des Weinhändlers. Wir sind im selben Alter. Stell dir vor, wir wurden sogar im selben Monat geboren.«

Heddas Augen leuchteten, die Wangen waren leicht gerötet, die Lippen rot wie Kirschen.

»Macht dir die Arbeit beim Weinhändler Freude?«

»Und wie, Mama. Ich lerne Weine aus Frankreich und Italien und Spanien kennen. Sie sind aus Rebsorten gemacht, die wir hier gar nicht anbauen können. Oh, ich liebe den Rioja. Und auch der Chianti ist ganz fabelhaft. Ich habe auch französischen Sekt getrunken, der nicht aus der Champagne kommt. Man nennt ihn Crémant, und er schmeckt weniger herb. Auch der spanische Sekt, der Cava, war eine Offenbarung. Süß und schwer.«

Aenne musste über den Eifer ihrer Tochter lächeln.

»Wenn ich dir so zuhöre, dann glaube ich, dass du den ganzen Tag lang Wein oder Sekt trinkst und es dir gut gehen lässt.«

»Aber nein, so ist es nicht. Ich arbeite viel. Herr Pietsch veranstaltet Weinproben. Ich habe nur winzig kleine Schlucke gekostet, und den Sekt, ohne zu schlucken, wieder ausgespuckt. Wie ein richtiger Weinhändler es macht. Meistens rieche ich nur am Getränk. Ich finde überhaupt, dass man Wein besser riechen als schmecken sollte. In der Nase findet das Bukett zusammen. Der Duft von Brombeeren, Rosen und Marzipan, der Geruch des Bodens, auf dem die Weinreben standen, und auch alles andere muss die Nase erkennen können.«

»Ich muss mit dir reden, Hedda.«

Das junge Mädchen ließ sich auf einen Stuhl fallen. »Worüber?«

»Über deinen Vater. Du weißt ja, dass es in Frankreich noch eine junge Frau gibt, die das Gut in Metz zusammen mit dir geerbt hat.«

»Ja, das weiß ich. Sie ist meine Halbschwester ...«

»Sprich nicht so. Sie ist nicht deine Schwester. Weder halb noch ganz. Sie ist eine Fremde.«

Hedda hob die Augenbrauen. »Sie ist nur fremd, weil wir sie nicht kennen.«

»Sie war hier. Mit ihrer Mutter.«

»Hier? Wann? Wie sieht sie aus? Wie ist sie?«

Aenne seufzte. Sie hätte Heddas Begeisterung gern einen Riegel vorgeschoben, aber ihre Tochter war nun einmal mit Temperament gesegnet.

»Ich weiß nicht, wie sie ist. Eine junge Frau eben.«

»Sehen wir uns ähnlich?«

»Zum Glück nicht. Aber du wirst sie kennenlernen. Sie kommt am Sonntag. Vielleicht wieder in Begleitung von Dr. Pichel. Sie will mit dir über das Weingut in Metz sprechen. Allerdings ist sie noch sehr jung, und ich denke, dass ihre Mutter ebenfalls eine Meinung hat und die Entscheidung treffen wird.«

Da verstummte Hedda. Ihr Gesicht wurde ernst. »Ich möchte es gern sehen, das Weingut«, sagte sie leise. »Immerhin gehört es mir.«

»Ich denke, das ist überflüssig. Du solltest deinen Anteil verkaufen. Das Geld kannst du hier bei uns, in unser Weingut investieren.«

Hedda schüttelte den Kopf. »Nein. Bevor ich irgendetwas entscheide, will ich es sehen.« Sie blickte ihrer Mutter fest in die Augen. »Und danach entscheide ich, was damit passieren soll. Juliette wird auch Vorstellungen haben.«

»Ihr seid doch beide noch Kinder«, seufzte Aenne. »Ihr könnt das nicht allein entscheiden.«

Als am Sonntagvormittag die Türglocke ertönte, sprang Hedda auf und lief zur Tür. Aenne beobachtete die Szene vom Fenster aus. Juliette stieg aus der Kutsche, sah sich unsicher um, aber da kam Hedda schon auf sie zugeeilt und nahm sie in den Arm.

Aenne verzog den Mund. Warum musste Hedda immer so überschwänglich sein? Nun stieg auch Dr. Pichel aus der Kutsche und half Mme Crispin beim Aussteigen.

Aus der Eingangshalle hörte sie Heddas fröhliche Stimme, und gleich darauf kamen die beiden jungen Frauen zu Aenne in den Salon, gefolgt von Juliettes Mutter und dem Notar.

»Stell dir vor«, sagte Hedda. »Juliette hat bis zu seinem Tod nicht gewusst, dass Clemens ihr Vater war.«

»Aha«, sagte Aenne und dachte bei sich: Wer weiß, ob sie wirklich seine Tochter ist. Sie hat ja nicht einmal die flussgrünen Augen. Aber Clemens hatte sie zu seiner Erbin bestimmt, also sah er sie als seine Tochter an. Das allein zählte.

»Setzen Sie sich«, bat Aenne, dann wandte sie sich an Juliette. »Es tut mir leid, dass ich so unwirsch zu Ihnen war, aber Ihr Besuch kam wirklich sehr überraschend.« Juliette war eigentlich noch ein Kind, aber trotzdem brachte Aenne es nicht über sich, sie zu duzen. Sie brauchte das »Sie«, sie brauchte Abstand.

Juliette lächelte zögerlich. »Es war unhöflich von mir, Sie so zu überfallen. Ich hätte mich anmelden müssen. Meine Mutter hatte mich gewarnt.«

Aenne nickte, sah kurz zu Mme Crispin, die ihre gestrigen Entschuldigungen noch einmal wiederholte.

»Nun, jetzt sitzen wir hier und können bereden, was geklärt werden muss. Ich nehme an, Herr Dr. Pichel wird Sie vertreten?«

Juliette nickte. »Meine Mutter hat Herrn Dr. Pichel in dieser Angelegenheit alle Vollmachten gegeben. Sie kennt sich mit der deutschen Gesetzgebung nicht aus.«

»Erzähl mir zuerst vom Weingut. Wohnt ihr dort zusammen mit dem Verwalter?« Hedda hatte ruhig gesprochen, aber an dem Funkeln in ihren Augen erkannte Aenne, dass sie aufgeregt war.

»Unsere Weine sind beliebt. Wir haben keine Preise mit ihnen gewonnen, es sind trotzdem gute Weine. Mein Großvater kümmert sich um das Gut, seit Clemens nicht mehr in Frankreich ist. Er und zwei Arbeiter. Zur Lese kommen Saisonkräfte dazu. Zum Gut gehört ein Haus. Es ist viel kleiner als das Schlösschen hier, es hat insgesamt nur acht Zimmer. Im Erdgeschoss hatte Vater seine Räume. Seit er fort ist, stehen sie leer. Wir haben die Möbel mit weißen Tüchern abgedeckt, und zweimal im Jahr macht meine Mutter dort Großputz. Im ersten Stock wohnen meine Mutter und ich. Sie ist die Haushälterin des Gutes.«

»Die Haushälterin«, wiederholte Aenne. In ihrem Kopf überschlugen sich die Gedanken. » Haben Sie sich überlegt, was Sie mit dem Gut vorhaben?«

Juliette zuckte mit den Schultern. »Es gehört mir nicht allein. Meine Mutter, Sie und Hedda müssen mitentscheiden.«

»Hast du denn irgendwelche Pläne, Juliette?«, wollte Hedda wissen. »Verstehst du etwas vom Wein? Hast du in den Weinbergen mitgearbeitet?«

Juliette schüttelte den Kopf. »Ich habe keinen Weingaumen. Aber zur Lese bin ich gut zu gebrauchen. Ich lebe schon immer auf dem Gut. Es ist mein Zuhause.«

»Ich möchte das Gut zu gern sehen«, sagte Hedda. »Bitte, Mama, fahren wir hin.«

Juliette lächelte erfreut. »Oh, es wird dir gefallen. Und

natürlich kannst du jederzeit kommen. Du kannst in den unteren Räumen wohnen.« Sie wandte sich an Aenne: »Es würde uns auch freuen, Sie als unseren Gast begrüßen zu dürfen.«

»Heddas Zuhause ist hier in Freyburg«, erklärte Aenne kategorisch.

Hedda verzog das Gesicht, und Aenne wusste, dass ihre Tochter tun würde, was sie sich vornahm. Hedda hatte so viele Abenteuergeschichten von Tante Oda gehört, dass sie darauf brannte, selbst etwas zu erleben. Aenne konnte nur beten, dass ihr das Gut bei Metz nicht gefiel.

»Liebe Juliette, liebe Mme Crispin. Ich finde, die Dinge sollten gut bedacht werden«, Aenne versuchte, die Kontrolle über ihre Familie zu behalten. »Schreibt mir, wann wir euch in Metz besuchen können. Und dann besprechen wir, was mit dem Gut geschehen soll. Damit du und deine Familie und Hedda und ihre Familie die Zukunft planen können.«

Es war ihr gar nicht aufgefallen, dass sie Juliette nun duzte. War der Abstand zwischen ihnen kleiner geworden? Hatte Hedda ihn verkleinert?

6

Es wurde Frühjahr, ehe Hedda und Aenne nach Metz aufbrachen. Sie fuhren mit dem Zug, legten die letzten Kilometer
von Metz zum Gut ›Soleil blanc‹ mit der Kutsche zurück.

Juliette kam aus dem Haus gelaufen, als die Kutsche vor
der Eingangstür hielt. Aenne stand auf, reckte sich ein wenig und betrachtete das Haus. Es war klein im Vergleich
zum Weinschlösschen. Nicht einmal halb so groß. Doch es
wirkte gemütlich. Das Haus war weiß gekalkt, das Dach mit
roten Ziegeln belegt und die Haustür rot gestrichen. Ein
schmaler, mit Bruchsteinen gepflasterter Weg führte links
in einen großen Garten, der sehr gepflegt wirkte. Hinter
dem Garten befand sich ein Hühnerstall, und Aenne hörte
einen Hahn krähen. Rechts befand sich eine Wiese, auf der
eine Gruppe von drei Birken stand. Daneben lagen weiße
Laken auf der Wiese zum Bleichen.

Die Fenster des Hauses blinkten vor Sauberkeit, weiße
Vorhänge bauschten sich an den Seiten. Neben der Haustür
stand eine rot gestrichene Holzbank, auf der eine grau geti-
gerte Katze lag.

Nun trat Mme Crispin mit einem Lächeln auf dem Gesicht aus der Haustür. Sie trug ein einfaches Kleid und hatte eine bestickte weiße Schürze darüber gebunden. Sie trat auf Aenne zu, reichte ihr die Hand. »Herzlich willkommen«, sagte sie. »Ich hoffe, ihr werdet euch bei uns wie zu Hause fühlen.«

Aenne betrachtete die Frau ausführlicher, als sie es in Freyburg getan hatte. Claire hatte ein angenehmes Gesicht, rosige Wangen, braune Augen. Sie war jünger als Aenne, vielleicht fünf Jahre, und sie lächelte ohne Arg und Scheu.

»Sie sprechen sehr gut Deutsch«, stellte Aenne fest.

»Wir leben in Lothringen. Und Lothringen gehörte im Laufe der Geschichte immer mal wieder zum Deutschen Reich. Die meisten Lothringer sprechen Deutsch, auch wenn diese Gegend hier zum französischsprachigen Raum gehört und die meisten Bewohner sich zu den Franzosen zählen. Außerdem ist meine Mutter eine Deutsche. Sie stammt aus Baden. Aber bitte kommen Sie doch herein.«

Claire ging voran, und Aenne folgte ihr. Sie versuchte, sich Clemens in dieser Umgebung vorzustellen, doch sie schaffte es nicht. Im Grunde wollte sie es auch gar nicht. Sie hasste das Gefühl, der Geliebten von Clemens gegenüberzustehen. Sie hasste es, ein Haus zu betreten, in dem er mit einer anderen glücklich gewesen war. Und doch plagte sie auf der anderen Seite die Neugier.

Der schmale Flur war dunkel, der Boden gefliest. An einer Garderobe hingen Wetterjacken, darunter standen Gummistiefel. Gegenüber befand sich eine kleine Kommode aus dunkelbraunem Holz und darauf ein Topf mit Primeln.

»Nach links bitte«, sagte Claire. »In die Räume des Herrn Volk.«

Herr Volk, hatte sie gesagt. Das klang fremd, klang, als hätten Clemens und Claire sich nicht besonders nahegestanden. Aber vielleicht, glaubte Aenne, war sie einfach nur höflich.

Sie betraten einen großen lichtdurchfluteten Raum, der Clemens sowohl als Arbeitszimmer, Bibliothek und Salon gedient haben musste. Im hinteren Teil sah Aenne einen Schreibtisch, rechts davon zogen sich Bücherregale entlang. Vor dem Kamin lag ein Kuhfell, darauf standen zwei Sessel und ein kleiner Tisch. Weiter vorn befand sich ein Esstisch für sechs Personen.

»Bitte setzen Sie sich. Was kann ich Ihnen anbieten?«, fragte Claire höflich.

»Ich hätte gern ein Glas Wasser.«

»Möchten Sie sich zuerst ein wenig frisch machen? Dann zeige ich Ihnen Ihr Schlafzimmer.«

Aenne nickte. Claire öffnete eine Tür neben dem Bücherregal und blieb auf der Schwelle stehen, als fürchte sie, den Raum zu betreten. »Bitte, Madame Volk. Es ist das Schlafzimmer von Monsieur.«

Aenne zögerte. Das Schlafzimmer von Monsieur. Hatte er sich mit Claire in den Laken gewälzt? Und da sollte sie schlafen?

»Ich denke, wir nehmen uns ein Hotelzimmer in Metz. Wir haben bereits im Postillon reserviert.«

»Nein, Madame, bitte bleiben Sie hier.« Claire sah Aenne fast flehend an und fügte hinzu, als hätte sie Aennes Gedanken gelesen: »Monsieur Volk hat immer allein hier geschlafen. Es ist ein gutes Zimmer. Ich habe alles so gelassen, denn wir haben immer gehofft, dass Monsieur Volk eines Tages wiederkommt mit seiner Ehefrau.«

Das klang in Aennes Augen merkwürdig. Wer hoffte schon, die Ehefrau des Geliebten kennenzulernen? Aenne schluckte. Sie warf einen Blick in das Zimmer, sah ein großes, breites Bett mit einer bunt gehäkelten Decke darüber. Neben dem Bett stand ein Herrendiener, an dem noch ein brauner Ledergürtel hing. Ebenfalls braune Schuhe standen darunter. Ein großer Schrank und ein Waschtisch vervollständigten die Einrichtung. Auf den Dielen lagen einfache Binsenläufer, doch es roch alles frisch und so, als hätte der Frühling hier drin seinen Anfang genommen.

»Ich kann Ihnen warmes Wasser bringen, Madame«, sagte Claire. »Handtücher und Seife finden Sie im Waschtisch.«

»Ja, bitte.«

Claire verschwand, und Aenne war dankbar dafür. Dass Claire so freundlich und zuvorkommend zu ihr war, beschämte Aenne ein wenig. Claire Crispin benahm sich wie eine Haushälterin und so, als wäre Clemens nicht mehr als ihr Arbeitgeber gewesen. Ich muss sie fragen, dachte Aenne. Ich muss sie fragen, was mit Clemens und ihr war. Ich muss es einfach wissen.

Später saßen sie am Esstisch. Nur Claire und Aenne, während Juliette Hedda das Haus und den Garten zeigte.

»Juliette ist Ihre einzige Tochter?«, fragte Aenne.

»Ja, Madame.«

Claire blickte auf ihre Hände, die sie im Schoß gefaltet hatte.

»Haben Sie ... haben Sie ihn geliebt?« Aennes Herz klopfte bei dieser Frage einen Takt schneller.

»Wir haben uns geliebt«, sagte Claire leise, und Aenne erstarrte. »Wir haben uns eine einzige Nacht lang geliebt. Nicht mehr und nicht weniger.« Claire blickte auf, sah Aenne direkt ins Gesicht. »Die Liebe seines Lebens waren immer nur Sie. Juliette ist in der Nacht entstanden, als Monsieur Volk von Freyburg zurückkam. Er hatte Sie dort gesehen und mit Ihnen gesprochen. Er hat Trost gebraucht. Es war nur eine Nacht.«

Aenne atmete auf. Sie war so unglaublich erleichtert. Clemens hatte immer nur sie geliebt. Claire hatte ihn getröstet. Sie zweifelte nicht an Claires Worten.

»Und Sie?«, fragte sie leise. »Haben Sie ihn geliebt?«

»Ich habe ihn sehr gerngehabt, den Monsieur Volk.«

Aenne nickte. Damit konnte sie leben. Ihr fiel ein Stein vom Herzen. Sie beugte sich zu Claire, fasste nach deren Hand. »Ich danke Ihnen«, sagte sie leise. »Ich danke Ihnen für Ihre Offenheit und für alles, was Sie für meinen Mann getan haben.«

»Ich habe es gern getan.«

Eine halbe Stunde später saß Aenne einem Mann gegenüber, der die sechzig gerade erreicht hatte. Er war schmal, aber sehnig und hatte das wettergegerbte Gesicht eines Mannes, der sich viel im Freien aufhielt.

»Ich würde gern sagen, dass ich mich freue, Sie kennenzulernen«, sagte Monsieur Crispin. »Aber so ist es nicht. Das Weingut ist alles, was meine Enkelin besitzt. Ich kann erst wieder schlafen, wenn ich weiß, wie es damit weitergeht.«

Aenne lächelte ein wenig gezwungen. »Das möchte ich nicht allein entscheiden, meine Tochter Hedda ist die Erbin.« Noch immer wäre es ihr am liebsten gewesen, das Gut in Metz einfach zu verkaufen und den Erlös in Freyburg zu investieren. Sie hatte Angst, Hedda zu verlieren, in Freyburg gänzlich allein zu sein ohne die Wochenendbesuche ihrer Tochter. Was Juliette und Claire wollten, interessierte sie nur in diesem Zusammenhang. Obschon sie zugeben musste, dass die beiden nicht unsympathisch waren. Doch dass sie in Clemens' Leben eine Rolle gespielt hatten, konnte sie ihnen nicht verzeihen.

Der alte Mann nickte, dann schenkte er Aenne ungefragt ein Glas Weißwein ein. »Trinken Sie, und sagen Sie mir, wie er Ihnen schmeckt.«

Aenne schwenkte das Glas mit der hellen Flüssigkeit, beobachtete, wie der Wein langsam an den Glaswänden herabfloss. Dann roch sie. Und schließlich trank sie einen Schluck, ließ den Wein über die Zunge rollen, den Gaumen benetzen. »Es ist ein guter Wein«, sagte sie schließlich und nickte anerkennend. »Ein Riesling, nicht wahr? Sie haben ihn gemacht?«

Der Alte nickte stolz. »Ich habe mein Leben lang auf Weingütern gearbeitet.«

»Hat Monsieur Volk Sie zu seinem Kellermeister gemacht? Sie waren Kellermeister und Verwalter in einer Person?«

Wieder nickte der Alte. »Das geht schon, das Weingut ist nicht groß. Clemens Volk hat gesagt, ich hätte einen Weingaumen. Nun, ich habe es nicht gewusst, aber mir scheint, er hatte recht.«

Aenne lächelte. »Er hatte einen sechsten Sinn für Qualität. Und ein Auge für Schönheit.« Sie sah sich um. Das Wohnzimmer war einfach, aber gemütlich eingerichtet. »Wird Ihnen die Arbeit auf dem Gut nicht zu schwer?«, wollte Aenne wissen.

»Sie fragen, ob ich das Gut weiterführen könnte?«

»Sie sind kein Mann, der drum herumredet. Das gefällt mir. Und ja, genau das möchte ich wissen.«

»Natürlich kann ich das Gut weiterführen. Später gemeinsam mit Juliette oder auch allein. Was ich nicht kann, ist, den Wein zu verkaufen. Es ist ein guter Wein, Sie haben es selbst gesagt. Bislang gibt es ihn nur in dieser Gegend.«

»Sie möchten also über die Grenzen hinaus liefern?« In Aenne stieg ein wenig Ärger auf. Sollte Monsieur Crispin das nicht mit Juliette, Hedda und Aenne besprechen? Er tat gerade so, als gehörte das Gut allein seiner Familie. Und dann fiel ihr ein, dass sie ebenfalls so dachte.

»Ja. Aber vielleicht wäre er es wert, im ganzen Land verkauft zu werden. Doch darum hat sich Monsieur Volk stets gekümmert.«

»Wer hat den Wein verkauft, als Monsieur Volk nicht mehr hier lebte?«

Der Alte zuckte mit den Schultern. »Nun, wir haben einen festen Kundenstamm. Ein paar Lokale, ein paar Geschäfte, zwei Hotels und einige Privatleute. Nichts Besonderes. Der Wein hat sich verkauft, alle waren zufrieden. Dann kamen die Reblausjahre. Wir mussten alle Stöcke verbrennen. Die neuen aus Amerika hat Monsieur Volk eingesetzt. Aber er war nicht mehr da, als sie die ersten Früchte trugen.«

»Das Gut bedeutet Ihnen viel, nicht wahr?«, fragte Aenne. Sie betrachtete Monsieur Crispin und wünschte sich fast, sie hätte ihn unter anderen Umständen kennengelernt. Er sprach die Sprache der Winzer. Und diese Sprache verstand sie nur zu gut.

»Das muss ich Ihnen nicht erklären. Darauf trinken wir.«

Er stieß mit ihr an, und Aenne genoss den weißen Wein, der so ähnlich schmeckte wie der Saale-Premium und doch ganz anders.

Später führte Monsieur Crispin Aenne und Hedda durch die Weinberge. Juliette begleitete sie. Das Gut hatte eine herrliche Lage, es zog sich terrassenförmig bis zum Ufer der Mosel. Wie in Freyburg stand auch hier ungefähr auf der Hälfte der Rebreihen ein Weinbergshäuschen, das weiß getüncht war und mit einer roten Tür glänzte.

Auch hier hatten sie die amerikanischen Reben gesetzt, die immun gegen die Reblaus waren. Die Stöcke waren gesund und hatten den ersten Schnitt bereits hinter sich. Aenne nickte zufrieden. Das Gut hatte eine sehr günstige Lage und war in erstklassigem Zustand.

Gemeinsam besichtigten sie den Weinkeller. Eichenfass stand an Eichenfass. »Sind das Fässer aus amerikanischer Eiche?«, wollte Aenne wissen.

Monsieur Armand Crispin schüttelte den Kopf. »Das

Holz ist aus Kanada. Clemens hat es gekauft, weil man darin die Weine als Barrique ausbauen kann. Der Küfer hat beim Biegen des Holzes die Dauben verkohlt, sodass der Geschmack des Weines eine leichte Holz- und Rauchnote hat.«

Aenne nickte beeindruckt.

Monsieur Crispin blieb vor einem Fass stehen, legte die Hand darauf. »Das ist unser bester Chardonnay. Er heißt wie das Gut. Soleil blanc. Möchten Sie probieren?«

Hedda nickte begeistert, und auch Aenne trank ein kleines Glas des spritzigen Weines.

»Ein guter Wein«, erklärte sie.

»Wir verkaufen ihn als Tischwein. Daneben haben wir noch ein paar Fässer, in denen der Wein länger lagert. Den verkaufen wir sogar an Weinhändler in Paris.«

Aenne blickte sich im Weinkeller um. Der Boden war penibel sauber, die Fässer aus neuem Holz, ein Regal mit Weinflaschen. Das Etikett zeigte die Sonne über den Weinbergen. »Hat Clemens die Etiketten entworfen?«

Juliette nickte. »Ja, das war Herr Volk ... Sie brach ab, blickte zu Boden und dann in Heddas Gesicht. »Ich habe ihn nie als Vater gekannt. Für mich war er Monsieur Volk.«

Hedda legte ihr kurz eine Hand auf die Schulter, ehe sie sagte: »Es ist gut.« Sie konnte so großzügig sein, weil sie – im Gegensatz zu Juliette – gleich zwei Väter gehabt hatte.

Aenne sah, wie Juliette erleichtert aufatmete.

Abends saß Aenne mit Hedda in Clemens' Wohnzimmer. »Und, was meinst du?«, fragte sie. »Hast du dich schon entschieden, was mit dem Gut passieren soll?«

Hedda schüttelte den Kopf. »Ich weiß eigentlich nur, dass ich nicht verkaufen möchte. Und wenn, dann nur an die Crispins, an Juliette. Aber sie haben nicht das Geld, um mich auszuzahlen.«

»Das hat sie dir gesagt?«

»Ja. Sie hat mir viel erzählt.« Hedda strahlte Aenne an. »Ich habe wirklich das Gefühl, eine Schwester bekommen zu haben.«

»Nun, beim Geld hört die Freundschaft auf. Wir sollten uns die Bücher zeigen lassen. Wir müssen wissen, wie das Gut dasteht, was es wirklich wert ist.«

Hedda schwieg, sah eine Weile zum Fenster, vor dem sich die Dunkelheit wie ein schwarzes Tuch legte. Am Himmel blitzten einzelne Sterne, und Hedda erhob sich, um die Vorhänge zuzuziehen.

»Das Haus gehört ebenfalls zum Gut«, warf Aenne ein. »Es wird einiges wert sein. Hast du das bedacht?«

Hedda richtete sich kerzengerade auf. »Das Haus gehört Juliette und ihrer Mutter. Ich habe ihnen bereits gesagt, dass sie das untere Stockwerk ganz nach ihrem Belieben nutzen können. Ich kann im Gästezimmer schlafen, wenn ich hier sein werde.«

Aenne atmete auf. Das klang nicht so, als wollte Hedda hierbleiben. Und doch nagte es an ihr, dass ihre Tochter so selbstständig Entscheidungen traf, dass sie so gar nicht ihren Rat brauchte.

»Die Weinberge sind das eine, das Haus das andere. Es ist ihr Zuhause«, sprach Hedda weiter.

»Clemens hat es gekauft. Dir gehört die Hälfte davon.«

»Mama! Wir haben ein Schloss, und Juliette und ihre Mutter haben so lange hier gelebt. Sie haben sich Eigentumsrechte daran erworben. Zusätzlich zu dem, was ihnen ohnehin zusteht.«

Aenne wollte widersprechen, aber ein Blick in Heddas Gesicht hielt sie davon ab. »Nun, der Großvater hat mir berichtet, dass der Verkauf des Weines besser sein könnte. Wie wäre es, wenn ich mit Kloss & Foerster sprechen würde? Ich bin sicher, sie nehmen auch in Zukunft den Wein in Gänze ab, denn es ist ein guter Weißwein.«

Hedda lächelte Aenne dankbar an. »Das wäre schön. Ich hatte dich ohnehin darum bitten wollen.«

Dann blickte Hedda wieder zum Fenster und sagte nach einer Weile nachdenklich: »Ich möchte nicht, dass das Gut in fremde Hände kommt. Es hat Vater gehört. Ich möchte, dass Juliette eine gute Ausbildung bekommt und es gemeinsam mit ihrem Großvater weiterführen kann.«

»Aber du hast hoffentlich nicht vor, ihnen deinen Anteil zu überlassen?«

»Nein. Ich möchte die Hälfte des Reingewinns. Und wir wüssten das Soleil blanc in guten Händen. Ich könnte einmal im Jahr hierherfahren.«

»Du hast sehr viel Vertrauen in Juliette. Sie ist noch so jung«, stellte Aenne fest.

»Sie wird es schaffen.«

»Hedda, jetzt sei doch vernünftig. Das Mädchen ist erst vierzehn Jahre alt. Monsieur Crispin ist alt; er wird die Arbeit nicht mehr lange verrichten können. Es wäre das Beste, du würdest verkaufen. Und wenn die Crispins nicht so viel Geld haben, gut, dann kauft es eben jemand anderes. Die Crispins gehen ja nicht leer aus. Der Erlös wird reichen, sich etwas aufzubauen. Juliette könnte die Zukunft ganz nach ihren eigenen Wünschen gestalten.«

»Nein«, erklärte Hedda bestimmt. »Ich möchte nicht verkaufen. Alles soll so bleiben, wie es war. So, wie Vater es kannte.«

Heddas Entschlossenheit erinnerte Aenne an ihre eigene Jugend. Sie hatte den Wein geliebt. Sie hatte eine Chance gebraucht. Und es hatte jemanden gegeben, der ihr diese Chance gegeben hatte. Und später, nach Martins Tod, da waren Tante Oda und Ernestine für sie da gewesen. Hedda bekam eine große Chance, und sie war bereit, sie mit einem unbekannten Mädchen zu teilen. Aenne fragte sich, was Clemens wohl gewollt hätte. Und sie hatte die Antwort schnell gefunden. Clemens hätte gewollt, dass sein Weingut von seinen Töchtern weitergeführt würde. So stand es in seinem Testament, Aenne würde sich daran halten, auch wenn sie anderer Meinung war.

Ein paar Tage später fuhr Aenne zurück nach Hause. Hedda hatte sich entschlossen, noch ein wenig in Metz, noch auf dem Gut zu bleiben, wollte die Bücher durchgehen, wollte mit M. Crispin die anstehenden Arbeiten besprechen. Aenne war es recht. Sie hatte solche Angst gehabt vor der Zusammenkunft mit Juliette und Claire, solche Angst, dass Hedda sich für das Erbe in Frankreich entscheiden und sie allein lassen würde. Aber keine ihrer Ängste hatte sich bestätigt. Sie wollte Hedda nicht verlieren. Sie hatte doch niemanden mehr außer ihr. Hedda sollte eines Tages Saale-Premium übernehmen. Sie sollte mit ihrer Familie, mit Mann und Kindern im Weinschlösschen wohnen. Sie würden zusammenleben und arbeiten. Aenne war es gleichgültig, ob Heddas Zukünftiger Geld hatte oder nicht. Sie hatte gelernt, dass die Liebe das Wichtigste im Leben war. Die Liebe und die Kinder.

Aenne saß auf ihrem gewohnten Platz im Weinschlösschen vor dem Kamin. Nach Clemens' Tod hatte sie ebenfalls da gesessen, aber die Welt war ihr dunkel und einsam vorgekommen.

Die Reise nach Metz hatte ihr neuen Mut gegeben. Aenne würde tun, was getan werden musste. Gleich morgen früh würde sie hinüber zum Häuschen von Luzie und Fritz gehen. Sie würde fragen, ob Luzie sich wieder verstärkt um den Haushalt und Fritz um die Arbeiten im Weinberg kümmern könnte. Und wenn Hedda zurückkam, dann würden sie gemeinsam Clemens' Kleider aus den Schränken nehmen und an die verschenken, die sie brauchen konnten. Und dann würde sie Luzie fragen, ob deren Nichten ihr beim großen Frühjahrsputz helfen konnten.

Aenne würde neu anfangen. Aber nun würde sie für Hedda neu anfangen. Sie hatte schon so oft neu angefangen, und sie sah keinen Grund, warum sie es dieses Mal nicht wieder tun sollte. Für Clemens. Und für Hedda.

**Mit Aenne und Hedda geht es weiter
Lesen Sie hier die ersten Seiten
aus dem nächsten Band:**

Paula Seifert

Saale Premium
Die Frauen vom Weinschloss

Aenne hielt die Luft an und ließ die Zeitung mit dem Datum
3. August 1914 sinken. Sie blickte aus dem Fenster. Draußen
strahlte die Sonne, ein leichter Wind bewegte die Gardinen
am offenen Fenster, das Hausmädchen klapperte mit Geschirr.

»Krieg«, murmelte sie vor sich hin.

»Was hast du gesagt?«, wollte ihre Tochter Hedda wissen. Sie saß ihr am Frühstückstisch gegenüber und nahm
sich die Zeitung. »Deutschland hat den Russen den Krieg
erklärt und nun auch den Franzosen. Es wird zur allgemei-
nen Mobilmachung aufgerufen. Alle Männer zwischen 18
und 40 Jahren sollen sich freiwillig melden«, fasste die Ereignisse zusammen. »Das heißt wohl, dass wir die Lese allein schaffen müssen.«

Die Lese! Daran hatte Aenne noch gar nicht gedacht. In
ungefähr sechs Wochen mussten die Trauben von den Weinstöcken des Gutes Saale-Premium geerntet werden.

Plötzlich hielt Aenne nichts mehr zu Hause. Sie musste unter Menschen, musste hören, was jetzt zu tun war, musste
sich vergewissern, dass das Leben weiterging. Aenne setzte
ihren Hut auf, nahm die Handtasche und trat vor die Tür.

Aus der Tür der Waschküche trat Trudi, das Hausmädchen, mit einem vollen Wäschekorb.

»So ein ein strahlender Tag, trotzdem bricht Krieg aus.« Aenne merkte selbst, wie seltsam dieser Satz klang. Als ob es nur bei schlechtem Wetter Krieg gäbe.

»Ein Tag zum Anbeißen«, erwiderte Trudi. Sie war noch nicht lange auf dem Weinschloss. Erst seit zwei Jahren, nachdem die alte Haushälterin Luzie sich zur Ruhe gesetzt hatte. »Gehen Sie in die Stadt hinunter?«, wollte Trudi wissen. »Oh bitte, bringen Sie mir doch bitte eine Tüte Himbeerbonbons mit. Für fünf Pfennige.«

»Ich werde daran denken«, versprach Aenne.

Sie ließ das Auto stehen, denn sie brauchte Bewegung. Also lief sie die sechs Kilometer den Hügel hinunter nach Freyburg. Vor Hirschs Lebensmittelladen standen ein paar Leute zusammen.

»Krieg«, hörte sie die alte Liesbeth Adler sagen. »Harte Zeiten kommen auf uns zu. Blut und Verderben.« Liesbeth stützte sich dabei auf ihren Stock, und Aenne überlegte, wie alt sie jetzt sein mochte. Weit über achtzig, und noch immer rüstig.

»Ach was!«, fiel ihr Klärchen Stippak ins Wort. Sie schüttelte den Kopf, dass die grauen Löckchen flogen. »Weihnachten ist alles vorbei.«

»Ja, das sagt man, aber ich weiß, was ich weiß. Dieser Krieg wird lang und grausam.«

»Was du da redest!« Klärchen Stippak machte eine wegwerfende Handbewegung.

Grete Holzmann verzog das Gesicht, als würde sie gleich

anfangen wollen zu weinen. »Meine vier Jungs wollen sich freiwillig melden.« Ihre Stimme zitterte, als sie das sagte. »Fürs Vaterland und für den Kaiser. Aber ich frage mich, was der Kaiser wohl für mich tun wird, wenn meine Jungs alle tot sind. Was habe ich dann vom Vaterland?«

»Ich weiß, was ich weiß«, wiederholte Liesbeth Alder.

Aenne betrat Hirschs Lebensmittelladen, auch hier wurde debattiert. Der alte Lohring fuchtelte mit der Hand in der Luft herum und rief: »Nieder mit dem Erzfeind Frankreich.« Aenne atmete erleichtert auf, als er den Laden verließ.

»Die ganze Stadt ist seit heute Morgen wie im Fieber«, erzählte Ruth Hirsch, die mit Aenne seit Kindertagen befreundet war. »Die Kirche St. Marien hält zwei zusätzliche Gottesdienste ab, und alle jungen Männer melden sich an die Front. Mein Gabriel will sich auch melden. Aber wenigstens bleibt mir Thomas. Du weißt ja, sein Herzfehler. Ich hätte nie geglaubt, dass ich mich eines Tages darüber freuen würde.« Ruth seufzte, und jetzt erst sah Aenne, dass ihre Augen rotgeweint waren.

Doch schon schellte die Ladenglocke erneut und Klärchen Stippak kam herein. Ihr Gesicht war hochrot, und auf der Oberlippe standen ein paar Schweißtropfen.

»Es ist Krieg«, rief sie gut gelaunt und kramte einen Zettel aus ihrer Handtasche bevor. »Ich brauche 5 Dutzend Kerzen, 20 Kilo Mehl, 10 Kilo Zucker, 3 Liter Essig, 10 Kilo Graupen, 5 Kilo Haferflocken und 5 große Stück Seife.«

Ruth blickte Klärchen Stippak verwundert an. »So viel?«

»Ich muss mich bevorraten. Im Krieg wird über kurz

413

oder lang alles knapp. Deshalb nehme ich vielleicht doch lieber 10 Dutzend Kerzen, falls bis Weihnachten nicht alles vorbei ist. Ach was, Frau Hirsch, geben Sie mir einfach von allem das Doppelte.« Sie legte ihren Einkaufszettel auf die Ladentheke und tippte mit dem Finger drauf.

Ruth blickte sich im Laden um. »Das wären dann 40 Kilogramm Mehl?«, fragte sie.

»Jawohl. 40 Kilo. Damit sollten wir eine Weile hinkommen.«

»So viel habe ich derzeit gar nicht auf Lager. Das muss ich erst bestellen. Soll ich Ihnen das Übrige liefern lassen?«

»Lassen Sie es liefern, ja, und sehen Sie zu, dass Sie alles kriegen, was ich bestellt habe.« Klärchen Stippak nickte Aenne zu, dann rauschte sie aus dem Laden. Aenne blickte ihr verwundert hinterher.

»Sie hat recht«, meinte Ruth Hirsch. »Im Krieg wird alles knapp. Am besten, Aenne, du machst mir auch so eine Liste. Ich wette, schon nächste Woche sind Mehl und Kerzen teurer.«

Sie schob Aenne einen Papierblock und einen Bleistift über den Verkaufstresen. »Schreib alles auf, was du brauchst. Und dann sollten wir wohl noch schnell Holz bestellen.«

Während Aenne ihre Liste aufstellte, sagte sie: »Gib mir doch bitte ein halbes Pfund Himbeerbonbons.«

In diesem Augenblick kam der Botenjunge aus dem Künstlerkeller vorbei, in der Hand einen Stapel Zettel. »Heute Abend ist Tanz im Künstlerkeller. Wir verabschieden unsere tapferen Soldaten.« Er drückte ihr einen Zettel in die Hand und verschwand.

Ruth versprach, die Sachen zu liefern, sobald sie konnte, dann verließ Aenne den Laden. Die kleine Menschenansammlung hatte sich mittlerweile zerstreut, und Aenne beschloss, noch einen Abstecher zur Sektkellerei Kloss & Foerster zu machen.

Auch Hedda fragte sich, was der Krieg brachte, und sie tat, was sie jeden Tag tat. Sie ging in die Weinberge, prüfte, ob der Boden gelockert werden musste, zerdrückte eine Traube zwischen ihren Fingern, um zu sehen, wie prall sie schon war. Sie war eine Frau im besten Alter, und immer noch kinderlos. Dabei wünschte sie sich nichts sehnlicher. Aenne wusste, dass es Tage gab, an denen Hedda der Anblick eines Säuglings so wehtat, dass sie in eine andere Richtung schauen musste.

Seit zwei Jahren war Hedda geschieden. Ihr Mann hatte sich in eine andere Frau verliebt und sie verlassen. Tief verletzt war Hedda nach Hause zurückgekehrt, ausgestattet mit einer anständigen Entschädigungssumme, die sie noch in Leipzig in amerikanische Dollar gewechselt hatte. Seither verkroch sie sich auf dem Weinschlösschen. Ihre Scham war zu groß. Niemand in ganz Freyburg war geschieden. Hier war man evangelisch, ging regelmäßig in die Kirche und trennte nicht, was Gott zusammengefügt hatte.